White Fang
Colmillo Blanco

Jack London

# White Fang
# Colmillo Blanco

Texto paralelo bilingüe
Bilingual edition

Ingles - Español
English - Spanish

texto en español, traducido del inglés por Guillermo Tirelli

ROSETTA EDU

Título original: *White Fang*

Primera publicación: 1906



Primera edición: Mayo 2024

Publicado por Rosetta Edu
Londres, Mayo 2024
www.rosettaedu.com

ISBN: 978-1-83647-003-8

# Rosetta Edu
### *Ediciones bilingües*

## Páginas enfrentadas
Páginas enfrentadas de la traducción y texto original en libros impresos.

## Párrafos alineados en libros impresos
En libros impresos, los párrafos alineados entre los dos idiomas facilitan la comparación y la comprensión, ahorrando la necesidad de referirse constantemente al diccionario.

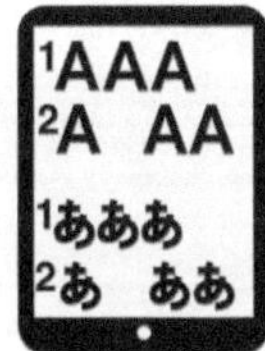

## Párrafos enlazados en libros electrónicos
En libros electrónicos la comparación y la comprensión son facilitadas por citas al pie colocadas al principio de cada párrafo enlazando el texto en el idioma original y su traducción.

## Integridad y fidelidad
Traducciones íntegras, fieles y no abreviadas del texto original.

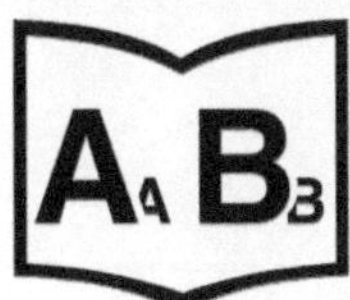

## Cuidado del vocabulario
Traducciones especiales para ediciones bilingües, con especial cuidado por la hegemonía de vocabulario utilizando glosarios en el proceso de traducción.

## Contexto educativo
Ediciones enfocadas a estudiantes intermedios y avanzados del idioma original del texto en libros coleccionables y aptos para el contexto educativo.

INDICE

PART I

## CHAPTER I — THE TRAIL OF THE MEAT

Dark spruce forest frowned on either side the frozen waterway. The trees had been stripped by a recent wind of their white covering of frost, and they seemed to lean towards each other, black and ominous, in the fading light. A vast silence reigned over the land. The land itself was a desolation, lifeless, without movement, so lone and cold that the spirit of it was not even that of sadness. There was a hint in it of laughter, but of a laughter more terrible than any sadness—a laughter that was mirthless as the smile of the sphinx, a laughter cold as the frost and partaking of the grimness of infallibility. It was the masterful and incommunicable wisdom of eternity laughing at the futility of life and the effort of life. It was the Wild, the savage, frozen-hearted Northland Wild.

But there *was* life, abroad in the land and defiant. Down the frozen waterway toiled a string of wolfish dogs. Their bristly fur was rimed with frost. Their breath froze in the air as it left their mouths, spouting forth in spumes of vapour that settled upon the hair of their bodies and formed into crystals of frost. Leather harness was on the dogs, and leather traces attached them to a sled which dragged along behind. The sled was without runners. It was made of stout birch-bark, and its full surface rested on the snow. The front end of the sled was turned up, like a scroll, in order to force down and under the bore of soft snow that surged like a wave before it. On the sled, securely lashed, was a long and narrow oblong box. There were other things on the sled—blankets, an axe, and a coffee-pot and frying-pan; but prominent, occupying most of the space, was the long and narrow oblong box.

In advance of the dogs, on wide snowshoes, toiled a man. At the rear of the sled toiled a second man. On the sled, in the box, lay a third man whose toil was over,—a man whom the Wild had conquered and beaten down until he would never move nor struggle again. It is not the way of the Wild to like movement. Life is an offence to it, for life is movement; and the Wild aims always to

PARTE I

## CAPÍTULO I — EL RASTRO DE LA CARNE

Un oscuro bosque de abetos se erguía ceñudo a ambos lados del cauce helado. Los árboles habían sido despojados por un viento reciente de su blanca cubierta de escarcha, y parecían inclinarse unos hacia otros, negros y ominosos, en la luz mortecina. Un vasto silencio reinaba sobre la tierra. La propia tierra era una desolación, sin vida, sin movimiento, tan solitaria y fría que su espíritu ni siquiera era el de la tristeza. Había en ella un atisbo de risa, pero de una risa más terrible que cualquier tristeza: una risa sin alegría como la sonrisa de la esfinge, una risa fría como la escarcha y que participaba de la adustez de la infalibilidad. Era la magistral e incomunicable sabiduría de la eternidad riéndose de la futilidad de la vida y del esfuerzo de la vida. Era lo Salvaje... el feroz y helado Salvaje de las Tierras del Norte.

Pero *había* vida, en la tierra y desafiante. Por el cauce helado se esforzaba una hilera de perros lobunos. Su pelaje erizado estaba ribeteado de escarcha. Su aliento se congelaba en el aire al salir de sus bocas, brotando en bocanadas de vapor que se posaban sobre el pelo de sus cuerpos y formaban cristales de escarcha. Los perros llevaban arneses de cuero y unas riendas de cuero los sujetaban a un trineo que arrastraban detrás. El trineo carecía de patines. Estaba hecho de robusta corteza de abedul y toda su superficie descansaba sobre la nieve. El extremo delantero del trineo estaba girado hacia arriba, como un pergamino, con el fin de forzar hacia abajo y por debajo el haz de nieve blanda que surgía como una ola ante él. Sobre el trineo, bien amarrada, había una caja oblonga larga y estrecha. Había otras cosas en el trineo: mantas, un hacha, una cafetera y una sartén; pero destacaba, ocupando la mayor parte del espacio, la larga y estrecha caja oblonga.

Delante de los perros, sobre anchas raquetas de nieve, un hombre avanzaba con esfuerzo. En la parte trasera del trineo venía un segundo hombre con esfuerzo. Sobre el trineo, en la caja, yacía un tercer hombre cuyo esfuerzo había terminado... un hombre al que lo Salvaje había conquistado y abatido hasta que no volvió a moverse ni a luchar. A lo Salvaje no le gusta el movimiento. La vida es una

destroy movement. It freezes the water to prevent it running to the sea; it drives the sap out of the trees till they are frozen to their mighty hearts; and most ferociously and terribly of all does the Wild harry and crush into submission man—man who is the most restless of life, ever in revolt against the dictum that all movement must in the end come to the cessation of movement.

But at front and rear, unawed and indomitable, toiled the two men who were not yet dead. Their bodies were covered with fur and soft-tanned leather. Eyelashes and cheeks and lips were so coated with the crystals from their frozen breath that their faces were not discernible. This gave them the seeming of ghostly masques, undertakers in a spectral world at the funeral of some ghost. But under it all they were men, penetrating the land of desolation and mockery and silence, puny adventurers bent on colossal adventure, pitting themselves against the might of a world as remote and alien and pulseless as the abysses of space.

They travelled on without speech, saving their breath for the work of their bodies. On every side was the silence, pressing upon them with a tangible presence. It affected their minds as the many atmospheres of deep water affect the body of the diver. It crushed them with the weight of unending vastness and unalterable decree. It crushed them into the remotest recesses of their own minds, pressing out of them, like juices from the grape, all the false ardours and exaltations and undue self-values of the human soul, until they perceived themselves finite and small, specks and motes, moving with weak cunning and little wisdom amidst the play and inter-play of the great blind elements and forces.

An hour went by, and a second hour. The pale light of the short sunless day was beginning to fade, when a faint far cry arose on the still air. It soared upward with a swift rush, till it reached its topmost note, where it persisted, palpitant and tense, and then slowly died away. It might have been a lost soul wailing, had it not been invested with a certain sad fierceness and hungry eager-

ofensa para él, porque la vida es movimiento; y lo Salvaje se propone siempre destruir el movimiento. Congela el agua para evitar que corra hacia el mar; expulsa la savia de los árboles hasta que se congelan incluso sus poderosos corazones; y lo más feroz y terrible de todo es que lo Salvaje acosa y aplasta hasta la sumisión al hombre... el hombre que es la vida más inquieta, siempre en rebelión contra el dictado de que todo movimiento debe al final llegar al cese del movimiento.

Pero delante y detrás, impávidos e indomables, iban con esfuerzo los dos hombres que aún no habían muerto. Sus cuerpos estaban cubiertos de pieles y cuero curtido suave. Las pestañas, las mejillas y los labios estaban tan recubiertos de los cristales de su aliento helado que sus rostros no eran discernibles. Esto les daba la apariencia de máscaras fantasmales, de enterradores en un mundo espectral en el funeral de algún fantasma. Pero bajo todo ello eran hombres, penetrando en la tierra de la desolación y la burla y el silencio, enclenques aventureros empeñados en una aventura colosal, enfrentándose al poderío de un mundo tan remoto y ajeno y sin pulso como los abismos del espacio.

Avanzaban sin hablar, reservando su aliento para el trabajo de sus cuerpos. A cada lado estaba el silencio, presionándoles con una presencia tangible. Afectaba a sus mentes como las múltiples atmósferas de las aguas profundas afectan al cuerpo del buceador. Les aplastaba con el peso de una vastedad interminable y un decreto inalterable. Los aplastaba en los más remotos recovecos de sus propias mentes, presionando fuera de ellas, como los jugos de la uva, todos los falsos ardores y exaltaciones e indebidos autovalores del alma humana, hasta que se percibieron a sí mismos finitos y pequeños, pizcas y motas, moviéndose con débil astucia y poca sabiduría en medio del juego y la interacción de los grandes elementos y fuerzas ciegas.

Pasó una hora, y una segunda hora. La pálida luz del corto día sin sol empezaba a desvanecerse, cuando un débil grito lejano surgió en el aire quieto. Se elevó hacia arriba con rapidez, hasta alcanzar su nota más alta, donde persistió, palpitante y tenso, y luego se apagó lentamente. Podría haber sido el lamento de un alma perdida, si no hubiera estado revestido de cierta triste fiereza y hambriento afán.

ness. The front man turned his head until his eyes met the eyes of the man behind. And then, across the narrow oblong box, each nodded to the other.

A second cry arose, piercing the silence with needle-like shrillness. Both men located the sound. It was to the rear, somewhere in the snow expanse they had just traversed. A third and answering cry arose, also to the rear and to the left of the second cry.

"They're after us, Bill," said the man at the front.

His voice sounded hoarse and unreal, and he had spoken with apparent effort.

"Meat is scarce," answered his comrade. "I ain't seen a rabbit sign for days."

Thereafter they spoke no more, though their ears were keen for the hunting-cries that continued to rise behind them.

At the fall of darkness they swung the dogs into a cluster of spruce trees on the edge of the waterway and made a camp. The coffin, at the side of the fire, served for seat and table. The wolf-dogs, clustered on the far side of the fire, snarled and bickered among themselves, but evinced no inclination to stray off into the darkness.

"Seems to me, Henry, they're stayin' remarkable close to camp," Bill commented.

Henry, squatting over the fire and settling the pot of coffee with a piece of ice, nodded. Nor did he speak till he had taken his seat on the coffin and begun to eat.

"They know where their hides is safe," he said. "They'd sooner eat grub than be grub. They're pretty wise, them dogs."

Bill shook his head. "Oh, I don't know."

El hombre de delante giró la cabeza hasta que sus ojos se encontraron con los del hombre de detrás. Y entonces, a través de la estrecha caja oblonga, cada uno asintió al otro.

Surgió un segundo grito que perforó el silencio con una estridencia de aguja. Ambos hombres localizaron el sonido. Venía de la retaguardia, en algún lugar de la extensión de nieve que acababan de atravesar. Surgió un tercer grito que respondió, también hacia atrás y a la izquierda del segundo grito.

«Nos persiguen, Bill», dijo el hombre de delante.

Su voz sonaba ronca e irreal, y había hablado con aparente esfuerzo.

«La carne escasea», respondió su camarada. «Hace días que no veo señas de conejos».

A partir de entonces no hablaron más, aunque sus oídos estaban atentos a los gritos de caza que seguían elevándose a sus espaldas.

Al caer la noche, subieron a los perros a un grupo de abetos al borde del cauce e hicieron un campamento. El ataúd, al lado del fuego, servía de asiento y mesa. Los perros-lobo, agrupados al otro lado del fuego, gruñían y reñían entre ellos, pero no mostraban ninguna inclinación a alejarse hacia la oscuridad.

«Me parece, Henry, que se están quedando muy cerca del campamento», comentó Bill.

Henry, acuclillado junto al fuego y acomodando la cafetera con un trozo de hielo, asintió. No habló hasta que hubo tomado asiento en el ataúd y empezó a comer.

«Saben que donde se esconden es seguro», dijo. «Prefieren comer comida que ser comida. Son bastante sabios, esos perros».

Bill negó con la cabeza. «Oh, no lo sé».

His comrade looked at him curiously. "First time I ever heard you say anything about their not bein' wise."

"Henry," said the other, munching with deliberation the beans he was eating, "did you happen to notice the way them dogs kicked up when I was a-feedin' 'em?"

"They did cut up more'n usual," Henry acknowledged.

"How many dogs 've we got, Henry?"

"Six."

"Well, Henry . . . " Bill stopped for a moment, in order that his words might gain greater significance. "As I was sayin', Henry, we've got six dogs. I took six fish out of the bag. I gave one fish to each dog, an', Henry, I was one fish short."

"You counted wrong."

"We've got six dogs," the other reiterated dispassionately. "I took out six fish. One Ear didn't get no fish. I came back to the bag afterward an' got 'm his fish."

"We've only got six dogs," Henry said.

"Henry," Bill went on. "I won't say they was all dogs, but there was seven of 'm that got fish."

Henry stopped eating to glance across the fire and count the dogs.

"There's only six now," he said.

"I saw the other one run off across the snow," Bill announced with cool positiveness. "I saw seven."

Henry looked at him commiseratingly, and said, "I'll be al-mighty glad when this trip's over."

Su camarada le miró con curiosidad. «Es la primera vez que te oigo decir algo sobre ellos que no sea sabio».

«Henry», dijo el otro, masticando con deliberación los frijoles que estaba comiendo, «¿te has dado cuenta de cómo pateaban los perros cuando les estaba dando de comer?».

«Más de lo habitual», reconoció Henry.

«¿Cuántos perros tenemos, Henry?».

«Seis».

«Bueno, Henry...», Bill se detuvo un momento, para que sus palabras cobraran mayor significado. «Como te iba diciendo, Henry, tenemos seis perros. Saqué seis peces de la bolsa. Le di un pez a cada perro, y, Henry, me faltaba un pez».

«Has contado mal».

«Tenemos seis perros», reiteró el otro desapasionadamente. «Saqué seis peces. Una Oreja no tuvo pez. Volví a la bolsa después y le di su pez».

«Sólo tenemos seis perros», dijo Henry.

«Henry», continuó Bill. «No diré que eran todos perros, pero había siete de ellos que tuvieron un pez».

Henry dejó de comer para echar un vistazo al otro lado del fuego y contar los perros.

«Ahora sólo hay seis», dijo.

«Vi al otro huir por la nieve», anunció Bill con fría positividad. «Vi siete».

Henry le miró con conmiseración y le dijo: «Me alegraré muchísimo cuando este viaje haya terminado».

"What d'ye mean by that?" Bill demanded.

"I mean that this load of ourn is gettin' on your nerves, an' that you're beginnin' to see things."

"I thought of that," Bill answered gravely. "An' so, when I saw it run off across the snow, I looked in the snow an' saw its tracks. Then I counted the dogs an' there was still six of 'em. The tracks is there in the snow now. D'ye want to look at 'em? I'll show 'em to you."

Henry did not reply, but munched on in silence, until, the meal finished, he topped it with a final cup of coffee. He wiped his mouth with the back of his hand and said:

"Then you're thinkin' as it was—"

A long wailing cry, fiercely sad, from somewhere in the darkness, had interrupted him. He stopped to listen to it, then he finished his sentence with a wave of his hand toward the sound of the cry, "—one of them?"

Bill nodded. "I'd a blame sight sooner think that than anything else. You noticed yourself the row the dogs made."

Cry after cry, and answering cries, were turning the silence into a bedlam. From every side the cries arose, and the dogs betrayed their fear by huddling together and so close to the fire that their hair was scorched by the heat. Bill threw on more wood, before lighting his pipe.

"I'm thinking you're down in the mouth some," Henry said.

"Henry . . . " He sucked meditatively at his pipe for some time before he went on. "Henry, I was a-thinkin' what a blame sight luckier he is than you an' me'll ever be."

He indicated the third person by a downward thrust of the thumb to the box on which they sat.

«¿Qué quieres decir con eso?», preguntó Bill.

«Quiero decir que esta carga nuestra te está poniendo nervioso, y que estás empezando a ver cosas».

«Eso pensé», respondió Bill con gravedad. «Así que, cuando lo vi huir por la nieve, miré en la nieve y vi sus huellas. Luego conté los perros y todavía había seis de ellos. Las huellas están ahí en la nieve ahora. ¿Quiere verlas? Te las enseñaré».

Henry no contestó, sino que comió en silencio, hasta que, terminada la comida, la completó con una última taza de café. Se limpió la boca con el dorso de la mano y dijo:

«Entonces estás pensando que era...».

Un largo grito, ferozmente triste, procedente de algún lugar de la oscuridad, le había interrumpido. Se detuvo para escucharlo y luego terminó su frase con un gesto de la mano hacia el sonido del llanto: «¿...Uno de ellos?».

Bill asintió. «Prefiero pensar eso a cualquier otra cosa. Tú mismo te diste cuenta del lío que hicieron los perros».

Grito tras grito, y gritos que respondían, convertían el silencio en un loquero. De todas partes surgían los gritos, y los perros traicionaban su miedo acurrucándose juntos, tan cerca del fuego que el calor les quemaba el pelo. Bill echó más leña, antes de encender su pipa.

«Creo que tienes algo en la boca», dijo Henry.

«Henry...». Chupó meditativamente su pipa durante algún tiempo antes de continuar. «Henry, estaba pensando que él es más afortunado de lo que tú y yo seremos nunca».

Indicó a la tercera persona con un movimiento del pulgar hacia abajo, hacia la caja sobre la que estaban sentados.

"You an' me, Henry, when we die, we'll be lucky if we get enough stones over our carcases to keep the dogs off of us."

"But we ain't got people an' money an' all the rest, like him," Henry rejoined. "Long-distance funerals is somethin' you an' me can't exactly afford."

"What gets me, Henry, is what a chap like this, that's a lord or something in his own country, and that's never had to bother about grub nor blankets; why he comes a-buttin' round the God-forsaken ends of the earth—that's what I can't exactly see."

"He might have lived to a ripe old age if he'd stayed at home," Henry agreed.

Bill opened his mouth to speak, but changed his mind. Instead, he pointed towards the wall of darkness that pressed about them from every side. There was no suggestion of form in the utter blackness; only could be seen a pair of eyes gleaming like live coals. Henry indicated with his head a second pair, and a third. A circle of the gleaming eyes had drawn about their camp. Now and again a pair of eyes moved, or disappeared to appear again a moment later.

The unrest of the dogs had been increasing, and they stampeded, in a surge of sudden fear, to the near side of the fire, cringing and crawling about the legs of the men. In the scramble one of the dogs had been overturned on the edge of the fire, and it had yelped with pain and fright as the smell of its singed coat possessed the air. The commotion caused the circle of eyes to shift restlessly for a moment and even to withdraw a bit, but it settled down again as the dogs became quiet.

"Henry, it's a blame misfortune to be out of ammunition."

Bill had finished his pipe and was helping his companion to spread the bed of fur and blanket upon the spruce boughs which he had laid over the snow before supper. Henry grunted, and be-

«Tú y yo, Henry, cuando muramos, tendremos suerte si tenemos suficientes piedras sobre nuestros cadáveres para que los perros no nos ataquen».

«Pero nosotros no tenemos gente ni dinero ni todo lo demás, como él», replicó Henry. «Los funerales a larga distancia es algo que tú y yo no podemos verdaderamente permitirnos».

«Lo que me molesta, Henry, es por qué un tipo como éste, que es un señor o algo así en su propio país, y que nunca ha tenido que preocuparse por comida ni mantas; por qué viene a dar vueltas por los confines dejados de la mano de Dios, eso es lo que no puedo entender exactamente».

«Podría haber vivido hasta una edad madura si se hubiera quedado en casa», convino Henry.

Bill abrió la boca para hablar, pero cambió de opinión. En su lugar, señaló hacia el muro de oscuridad que les apretaba por todos lados. No había ninguna sugerencia de forma en la absoluta negrura; sólo se veía un par de ojos que brillaban como carbones vivos. Henry indicó con la cabeza un segundo par, y un tercero. Un círculo de los ojos brillantes se había dibujado alrededor de su campamento. De vez en cuando un par de ojos se movía, o desaparecía para volver a aparecer un instante después.

La inquietud de los perros había ido en aumento y salieron en estampida, presas de un miedo repentino, hacia el lado cercano al fuego, encogiéndose y arrastrándose por las piernas de los hombres. En la refriega, uno de los perros había sido volcado sobre el borde del fuego, y había aullado de dolor y susto mientras el olor de su pelaje chamuscado se adueñaba del aire. La conmoción hizo que el círculo de ojos se moviera inquieto por un momento e incluso se retirara un poco, pero volvió a calmarse cuando los perros se callaron.

«Henry, es una desgracia que no tengamos municiones».

Bill había terminado su pipa y estaba ayudando a su compañero a extender el lecho de pieles y la manta sobre las ramas de abeto que había colocado sobre la nieve antes de la cena. Henry gruñó y empe-

gan unlacing his moccasins.

"How many cartridges did you say you had left?" he asked.

"Three," came the answer. "An' I wisht 'twas three hundred. Then I'd show 'em what for, damn 'em!"

He shook his fist angrily at the gleaming eyes, and began securely to prop his moccasins before the fire.

"An' I wisht this cold snap'd break," he went on. "It's ben fifty below for two weeks now. An' I wisht I'd never started on this trip, Henry. I don't like the looks of it. I don't feel right, somehow. An' while I'm wishin', I wisht the trip was over an' done with, an' you an' me a-sittin' by the fire in Fort McGurry just about now an' playing cribbage—that's what I wisht."

Henry grunted and crawled into bed. As he dozed off he was aroused by his comrade's voice.

"Say, Henry, that other one that come in an' got a fish—why didn't the dogs pitch into it? That's what's botherin' me."

"You're botherin' too much, Bill," came the sleepy response. "You was never like this before. You jes' shut up now, an' go to sleep, an' you'll be all hunkydory in the mornin'. Your stomach's sour, that's what's botherin' you."

The men slept, breathing heavily, side by side, under the one covering. The fire died down, and the gleaming eyes drew closer the circle they had flung about the camp. The dogs clustered together in fear, now and again snarling menacingly as a pair of eyes drew close. Once their uproar became so loud that Bill woke up. He got out of bed carefully, so as not to disturb the sleep of his comrade, and threw more wood on the fire. As it began to flame up, the circle of eyes drew farther back. He glanced casually at the huddling dogs. He rubbed his eyes and looked at them more sharply. Then he crawled back into the blankets.

zó a desatar sus mocasines.

«¿Cuántos cartuchos dijiste que te quedaban?», preguntó.

«Tres», fue la respuesta. «Y ojalá fueran trescientos. Entonces les enseñaría para qué... ¡malditos sean!».

Sacudió el puño con rabia ante los ojos brillantes y empezó a colocar sus mocasines de manera segura ante el fuego.

«Y ojalá acabara esta ola de frío», continuó. «Llevamos dos semanas a cincuenta grados [Farenheit] bajo cero. Y desearía no haber emprendido nunca este viaje, Henry. No me gusta el aspecto que tiene. No me siento bien, de alguna manera. Y ya que estoy deseando, desearía que el viaje hubiera terminado y acabado, y que tú y yo estuviéramos sentados junto al fuego en Fort McGurry justo ahora y jugando a los naipes... eso es lo que desearía».

Henry gruñó y se metió en la cama. Mientras dormitaba le despertó la voz de su camarada.

«Dime, Henry, ese otro que entró y cogió un pez... ¿por qué no se le echaron los perros? Eso es lo que me preocupa».

«Estás molestando demasiado, Bill», fue la respuesta somnolienta. «Nunca has estado así antes. Cállate ahora y duérmete, y estarás bien por la mañana. Estás mal del estómago, eso es lo que te molesta».

Los hombres dormían, respirando agitadamente, uno al lado del otro, bajo la única manta. El fuego se apagó y los ojos brillantes acercaron el círculo que habían trazado alrededor del campamento. Los perros se agruparon asustados, gruñendo de vez en cuando amenazadoramente cuando un par de ojos se acercaba. Una vez su alboroto se hizo tan fuerte que Bill se despertó. Se levantó de la cama con cuidado, para no perturbar el sueño de su camarada, y echó más leña al fuego. Cuando empezó a arder, el círculo de ojos se alejó. Miró despreocupadamente a los perros acurrucados. Se frotó los ojos y los miró con más agudeza. Luego volvió a meterse entre las mantas.

"Henry," he said. "Oh, Henry."

Henry groaned as he passed from sleep to waking, and demanded, "What's wrong now?"

"Nothin'," came the answer; "only there's seven of 'em again. I just counted."

Henry acknowledged receipt of the information with a grunt that slid into a snore as he drifted back into sleep.

In the morning it was Henry who awoke first and routed his companion out of bed. Daylight was yet three hours away, though it was already six o'clock; and in the darkness Henry went about preparing breakfast, while Bill rolled the blankets and made the sled ready for lashing.

"Say, Henry," he asked suddenly, "how many dogs did you say we had?"

"Six."

"Wrong," Bill proclaimed triumphantly.

"Seven again?" Henry queried.

"No, five; one's gone."

"The hell!" Henry cried in wrath, leaving the cooking to come and count the dogs.

"You're right, Bill," he concluded. "Fatty's gone."

"An' he went like greased lightnin' once he got started. Couldn't 've seen 'm for smoke."

"No chance at all," Henry concluded. "They jes' swallowed 'm alive. I bet he was yelpin' as he went down their throats, damn 'em!"

«Henry», dijo. «Oh, Henry».

Henry gimió al pasar del sueño a la vigilia y preguntó: «¿Qué pasa ahora?».

«Nada», fue la respuesta; «sólo que hay siete de nuevo. Acabo de contarlos».

Henry acusó recibo de la información con un gruñido que se deslizó en un ronquido mientras se sumía de nuevo en el sueño.

Por la mañana fue Henry quien se despertó primero y sacó a su compañero de la cama. Aún faltaban tres horas para que amaneciera, aunque ya eran las seis; y en la oscuridad Henry se dedicó a preparar el desayuno, mientras Bill enrollaba las mantas y preparaba el trineo para el amarre.

«Dime, Henry», preguntó de repente, «¿cuántos perros dijiste que teníamos?».

«Seis».

«Error», proclamó Bill triunfante.

«¿Otra vez siete?» preguntó Henry.

«No, cinco; uno se ha ido».

«¡Caramba!», gritó Henry con ira, dejando la cocina para ir a contar los perros.

«Tienes razón, Bill», concluyó. «Gordito se ha ido».

«Y fue como un rayo engrasado una vez que arrancó. No podríamos haberlo visto por el humo».

«No hay ninguna posibilidad», concluyó Henry. «Se lo tragaron vivo. Apuesto a que aullaba mientras bajaba por sus gargantas, ¡malditos sean!».

"He always was a fool dog," said Bill.

"But no fool dog ought to be fool enough to go off an' commit suicide that way." He looked over the remainder of the team with a speculative eye that summed up instantly the salient traits of each animal. "I bet none of the others would do it."

"Couldn't drive 'em away from the fire with a club," Bill agreed. "I always did think there was somethin' wrong with Fatty anyway."

And this was the epitaph of a dead dog on the Northland trail— less scant than the epitaph of many another dog, of many a man.

«Siempre fue un perro tonto», dijo Bill.

«Pero ningún perro tonto debería ser tan tonto como para irse y suicidarse de esa manera». Miró al resto del equipo con una mirada especulativa que resumía al instante los rasgos más destacados de cada animal. «Apuesto a que ninguno de los otros lo haría».

«No podría alejarlos del fuego ni con un garrote», convino Bill. «De todos modos, siempre pensé que a Fatty le pasaba algo».

Y éste fue el epitafio de un perro muerto en el rastro de la Tierra del Norte, menos escaso que el epitafio de muchos otros perros, de muchos hombres.

Breakfast eaten and the slim camp-outfit lashed to the sled, the men turned their backs on the cheery fire and launched out into the darkness. At once began to rise the cries that were fiercely sad—cries that called through the darkness and cold to one another and answered back. Conversation ceased. Daylight came at nine o'clock. At midday the sky to the south warmed to rose-colour, and marked where the bulge of the earth intervened between the meridian sun and the northern world. But the rose-colour swiftly faded. The grey light of day that remained lasted until three o'clock, when it, too, faded, and the pall of the Arctic night descended upon the lone and silent land.

As darkness came on, the hunting-cries to right and left and rear drew closer—so close that more than once they sent surges of fear through the toiling dogs, throwing them into short-lived panics.

At the conclusion of one such panic, when he and Henry had got the dogs back in the traces, Bill said:

"I wisht they'd strike game somewheres, an' go away an' leave us alone."

"They do get on the nerves horrible," Henry sympathised.

They spoke no more until camp was made.

Henry was bending over and adding ice to the babbling pot of beans when he was startled by the sound of a blow, an exclamation from Bill, and a sharp snarling cry of pain from among the dogs. He straightened up in time to see a dim form disappearing across the snow into the shelter of the dark. Then he saw Bill, standing amid the dogs, half triumphant, half crestfallen, in one hand a stout club, in the other the tail and part of the body of a sun-cured salmon.

"It got half of it," he announced; "but I got a whack at it jes' the

CAPÍTULO II — LA LOBA

Tomado el desayuno y amarrado el delgado equipo de campamento al trineo, los hombres dieron la espalda al alegre fuego y se lanzaron a la oscuridad. Al instante comenzaron a elevarse los gritos que eran ferozmente tristes... gritos que se llamaban unos a otros a través de la oscuridad y el frío y se respondían. Cesó la conversación. La luz del día llegó a las nueve. A mediodía el cielo del sur se calentó hasta adquirir un color rosado, y marcó el lugar donde la protuberancia de la tierra se interponía entre el sol meridiano y el mundo del norte. Pero el color rosa se desvaneció rápidamente. La luz gris del día que quedaba duró hasta las tres, cuando también se desvaneció y el manto de la noche ártica descendió sobre la tierra solitaria y silenciosa.

A medida que oscurecía, los gritos de caza a derecha e izquierda y en la retaguardia se acercaban tanto que más de una vez provocaron oleadas de miedo en los perros, que entraron en un pánico pasajero.

Al final de uno de esos momentos de pánico, cuando él y Henry habían vuelto a poner las riendas a los perros, Bill dijo:

«Desearía que cazaran algo y se marcharan y nos dejaran en paz».

«Sí que ponen los nervios de punta», simpatizó Henry.

No hablaron más hasta que acamparon.

Henry estaba agachado añadiendo hielo a la balbuceante olla de frijoles cuando le sobresaltó el sonido de un golpe, una exclamación de Bill y un agudo gruñido de dolor procedente de entre los perros. Se enderezó a tiempo de ver una forma tenue que desaparecía por la nieve al abrigo de la oscuridad. Entonces vio a Bill, de pie entre los perros, medio triunfante, medio cabizbajo, en una mano un robusto garrote, en la otra la cola y parte del cuerpo de un salmón curado al sol.

«Se llevó la mitad», anunció; «pero también yo le di un golpe. ¿Lo

same. D'ye hear it squeal?"

"What'd it look like?" Henry asked.

"Couldn't see. But it had four legs an' a mouth an' hair an' looked like any dog."

"Must be a tame wolf, I reckon."

"It's damned tame, whatever it is, comin' in here at feedin' time an' gettin' its whack of fish."

That night, when supper was finished and they sat on the oblong box and pulled at their pipes, the circle of gleaming eyes drew in even closer than before.

"I wisht they'd spring up a bunch of moose or something, an' go away an' leave us alone," Bill said.

Henry grunted with an intonation that was not all sympathy, and for a quarter of an hour they sat on in silence, Henry staring at the fire, and Bill at the circle of eyes that burned in the darkness just beyond the firelight.

"I wisht we was pullin' into McGurry right now," he began again.

"Shut up your wishin' and your croakin'," Henry burst out angrily. "Your stomach's sour. That's what's ailin' you. Swallow a spoonful of sody, an' you'll sweeten up wonderful an' be more pleasant company."

In the morning Henry was aroused by fervid blasphemy that proceeded from the mouth of Bill. Henry propped himself up on an elbow and looked to see his comrade standing among the dogs beside the replenished fire, his arms raised in objurgation, his face distorted with passion.

"Hello!" Henry called. "What's up now?"

oíste chillar?».

«¿Qué aspecto tenía?», preguntó Henry.

«No pude ver. Pero tenía cuatro patas, boca y pelo y parecía un perro cualquiera».

«Debe ser un lobo manso, supongo».

«Es condenadamente manso, sea lo que sea, venir aquí a la hora de comer y conseguir su ración de pescado».

Aquella noche, cuando terminaron de cenar y se sentaron en la caja oblonga y fumaron de sus pipas, el círculo de ojos brillantes se acercó aún más que antes.

«Desearía que salieran un grupo de alces o algo así, y se fueran y nos dejaran en paz», dijo Bill.

Henry gruñó con una entonación que no era del todo simpatía, y durante un cuarto de hora permanecieron sentados en silencio, Henry con la mirada fija en el fuego y Bill en el círculo de ojos que ardían en la oscuridad más allá de la luz de la hoguera.

«Ojalá estuviéramos entrando en McGurry ahora mismo», empezó a decir de nuevo.

«Calla tus deseos y tus graznidos», estalló Henry enfadado. «Estás mal del estómago. Eso es lo que te aflige. Trágate una cucharada de soda y te endulzarás de maravilla y serás una compañía más agradable».

Por la mañana Henry fue despertado por una ferviente blasfemia que salía de la boca de Bill. Henry se apoyó en un codo y miró para ver a su camarada de pie entre los perros junto al fuego reabastecido, con los brazos levantados en señal de enfado y el rostro distorsionado por la pasión.

«¡Hola!», llamó Henry. «¿Qué pasa ahora?».

"Frog's gone," came the answer.

"No."

"I tell you yes."

Henry leaped out of the blankets and to the dogs. He counted them with care, and then joined his partner in cursing the power of the Wild that had robbed them of another dog.

"Frog was the strongest dog of the bunch," Bill pronounced finally.

"An' he was no fool dog neither," Henry added.

And so was recorded the second epitaph in two days.

A gloomy breakfast was eaten, and the four remaining dogs were harnessed to the sled. The day was a repetition of the days that had gone before. The men toiled without speech across the face of the frozen world. The silence was unbroken save by the cries of their pursuers, that, unseen, hung upon their rear. With the coming of night in the mid-afternoon, the cries sounded closer as the pursuers drew in according to their custom; and the dogs grew excited and frightened, and were guilty of panics that tangled the traces and further depressed the two men.

"There, that'll fix you fool critters," Bill said with satisfaction that night, standing erect at completion of his task.

Henry left the cooking to come and see. Not only had his partner tied the dogs up, but he had tied them, after the Indian fashion, with sticks. About the neck of each dog he had fastened a leather thong. To this, and so close to the neck that the dog could not get his teeth to it, he had tied a stout stick four or five feet in length. The other end of the stick, in turn, was made fast to a stake in the ground by means of a leather thong. The dog was unable to gnaw through the leather at his own end of the stick. The stick prevented him from getting at the leather that fastened the other end.

«Rana se ha ido», fue la respuesta.

«No».

«Te digo que sí».

Henry saltó de las mantas y se acercó a los perros. Los contó con cuidado y luego se unió a su compañero para maldecir el poder de lo Salvaje que les había robado otro perro.

«Rana era el perro más fuerte del grupo», pronunció finalmente Bill.

«Y tampoco era un perro tonto», añadió Henry.

Y así se registró el segundo epitafio en dos días.

Un sombrío desayuno fue tomado y los cuatro perros restantes fueron enganchados al trineo. El día fue una repetición de los días anteriores. Los hombres caminaban con esfuerzo, sin hablar, por la faz del mundo helado. El silencio no se rompía salvo por los gritos de sus perseguidores que, invisibles, se cernían sobre su retaguardia. Con la llegada de la noche, a media tarde, los gritos sonaron más cerca a medida que los perseguidores se acercaban según su costumbre; y los perros se excitaron y asustaron, y fueron culpables de pánicos que enredaron las riendas y deprimieron aún más a los dos hombres.

«Ya está, eso los arreglará, bichos tontos», dijo Bill con satisfacción aquella noche, erguido al terminar su tarea.

Henry dejó de cocinar para venir a ver. Su compañero no sólo había atado a los perros, sino que los había atado, a la manera india, con palos. Alrededor del cuello de cada perro había atado una correa de cuero. A ésta, y tan cerca del cuello que el perro no podía clavarle los dientes, había atado un palo robusto de cuatro o cinco pies de longitud. El otro extremo del palo, a su vez, estaba sujeto a una estaca en el suelo mediante una correa de cuero. El perro era incapaz de roer el cuero en su propio extremo del palo. El palo le impedía llegar al cuero que sujetaba el otro extremo.

Henry nodded his head approvingly.

"It's the only contraption that'll ever hold One Ear," he said. "He can gnaw through leather as clean as a knife an' jes' about half as quick. They all'll be here in the mornin' hunkydory."

"You jes' bet they will," Bill affirmed. "If one of em' turns up missin', I'll go without my coffee."

"They jes' know we ain't loaded to kill," Henry remarked at bedtime, indicating the gleaming circle that hemmed them in. "If we could put a couple of shots into 'em, they'd be more respectful. They come closer every night. Get the firelight out of your eyes an' look hard—there! Did you see that one?"

For some time the two men amused themselves with watching the movement of vague forms on the edge of the firelight. By looking closely and steadily at where a pair of eyes burned in the darkness, the form of the animal would slowly take shape. They could even see these forms move at times.

A sound among the dogs attracted the men's attention. One Ear was uttering quick, eager whines, lunging at the length of his stick toward the darkness, and desisting now and again in order to make frantic attacks on the stick with his teeth.

"Look at that, Bill," Henry whispered.

Full into the firelight, with a stealthy, sidelong movement, glided a doglike animal. It moved with commingled mistrust and daring, cautiously observing the men, its attention fixed on the dogs. One Ear strained the full length of the stick toward the intruder and whined with eagerness.

"That fool One Ear don't seem scairt much," Bill said in a low tone.

"It's a she-wolf," Henry whispered back, "an' that accounts for Fatty an' Frog. She's the decoy for the pack. She draws out the dog an' then all the rest pitches in an' eats 'm up."

Henry asintió con la cabeza en señal de aprobación.

«Es el único artilugio que aguantará a Una Oreja», dijo. «Puede roer el cuero tan limpiamente como un cuchillo y casi la mitad de rápido. Todos estarán aquí por la mañana relucientes».

«Puedes apostar a que lo harán», afirmó Bill. «Si uno de ellos desaparece, me quedaré sin mi café».

«Saben que no tenemos carga para matar», comentó Henry a la hora de acostarse, indicando el círculo reluciente que los rodeaba. «Si pudiéramos pegarles un par de tiros, serían más respetuosos. Se acercan cada noche. Quítate la luz del fuego de los ojos y mira bien... ¡ahí! ¿Viste ese?».

Durante algún tiempo los dos hombres se entretuvieron observando el movimiento de vagas formas al borde de la luz del fuego. Mirando de cerca y fijamente hacia donde un par de ojos ardían en la oscuridad, el perfil del animal tomaba forma lentamente. A veces incluso podían ver cómo se movían estas formas.

Un sonido entre los perros atrajo la atención de los hombres. Uno de ellos emitía rápidos y ansiosos quejidos, se abalanzaba a lo largo de su palo hacia la oscuridad y desistía de vez en cuando para atacarlo frenéticamente con los dientes.

«Mira eso, Bill», susurró Henry.

A plena luz del fuego, con un movimiento sigiloso y de reojo, se deslizó un animal parecido a un perro. Se movía con desconfianza y osadía mezcladas, observando cautelosamente a los hombres, con su atención fija en los perros. Una Oreja estiró toda la longitud del palo hacia el intruso y gimió con impaciencia.

«Ese tonto de Una Oreja no parece muy asustado», dijo Bill en tono bajo.

«Es una loba», le susurró Henry, «y eso explica lo de Gordito y Rana. Ella es el señuelo de la manada. Ella atrae al perro y luego todos los demás se lanzan y se lo comen».

The fire crackled. A log fell apart with a loud spluttering noise. At the sound of it the strange animal leaped back into the darkness.

"Henry, I'm a-thinkin'," Bill announced.

"Thinkin' what?"

"I'm a-thinkin' that was the one I lambasted with the club."

"Ain't the slightest doubt in the world," was Henry's response.

"An' right here I want to remark," Bill went on, "that that animal's familyarity with campfires is suspicious an' immoral."

"It knows for certain more'n a self-respectin' wolf ought to know," Henry agreed. "A wolf that knows enough to come in with the dogs at feedin' time has had experiences."

"Ol' Villan had a dog once that run away with the wolves," Bill cogitates aloud. "I ought to know. I shot it out of the pack in a moose pasture over 'on Little Stick. An' Ol' Villan cried like a baby. Hadn't seen it for three years, he said. Ben with the wolves all that time."

"I reckon you've called the turn, Bill. That wolf's a dog, an' it's eaten fish many's the time from the hand of man."

"An if I get a chance at it, that wolf that's a dog'll be jes' meat," Bill declared. "We can't afford to lose no more animals."

"But you've only got three cartridges," Henry objected.

"I'll wait for a dead sure shot," was the reply.

In the morning Henry renewed the fire and cooked breakfast to the accompaniment of his partner's snoring.

"You was sleepin' jes' too comfortable for anything," Henry

El fuego crepitó. Un tronco se quebró con un fuerte chisporroteo. Al oírlo, el extraño animal retrocedió de un salto hacia la oscuridad.

«Henry, estoy pensando», anunció Bill.

«¿Qué estás pensando?».

«Creo que fue aquél que arremetí con el garrote».

«No hay la menor duda en el mundo», fue la respuesta de Henry.

«Y aquí quiero comentar», continuó Bill, «que la familiaridad de ese animal con las hogueras es sospechosa e inmoral».

«Sabe con certeza más de lo que un lobo propiamente dicho debería saber», convino Henry. «Un lobo que sabe lo suficiente como para entrar con los perros a la hora de comer ha tenido experiencias».

«El viejo Villan tuvo una vez un perro que se escapó con los lobos», cavila Bill en voz alta. «Yo debería saberlo. Le disparé para sacarlo de la manada en un pastizal de alces en Little Stick. Y el viejo Villan lloró como un bebé. No lo había visto en tres años, dijo. Ben con los lobos todo ese tiempo».

«Creo que has dado en el clavo, Bill. Ese lobo es un perro, y ha comido pescado muchas veces de la mano del hombre».

«Y si tengo la oportunidad, ese lobo que es un perro será pura carne», declaró Bill. «No podemos permitirnos perder más animales».

«Pero sólo tienes tres cartuchos», objetó Henry.

«Esperaré hasta que tenga un tiro seguro», fue la respuesta.

Por la mañana, Henry renovó el fuego y preparó el desayuno con el acompañamiento de los ronquidos de su compañero.

«Estabas durmiendo demasiado a gusto como para hacer lo que

told him, as he routed him out for breakfast. "I hadn't the heart to rouse you."

Bill began to eat sleepily. He noticed that his cup was empty and started to reach for the pot. But the pot was beyond arm's length and beside Henry.

"Say, Henry," he chided gently, "ain't you forgot somethin'?"

Henry looked about with great carefulness and shook his head. Bill held up the empty cup.

"You don't get no coffee," Henry announced.

"Ain't run out?" Bill asked anxiously.

"Nope."

"Ain't thinkin' it'll hurt my digestion?"

"Nope."

A flush of angry blood pervaded Bill's face.

"Then it's jes' warm an' anxious I am to be hearin' you explain yourself," he said.

"Spanker's gone," Henry answered.

Without haste, with the air of one resigned to misfortune Bill turned his head, and from where he sat counted the dogs.

"How'd it happen?" he asked apathetically.

Henry shrugged his shoulders. "Don't know. Unless One Ear gnawed 'm loose. He couldn't a-done it himself, that's sure."

"The darned cuss." Bill spoke gravely and slowly, with no hint of the anger that was raging within. "Jes' because he couldn't chew himself loose, he chews Spanker loose."

sea», le dijo Henry, mientras le llevaba a desayunar. «No tuve valor para despertarte».

Bill empezó a comer con sueño. Se dio cuenta de que su taza estaba vacía y empezó a inclinarse hacia el jarro. Pero el jarro estaba más allá del alcance de su brazo y al lado de Henry.

«Dime, Henry», reprendió suavemente, «¿no te olvidas de algo?».

Henry miró a su alrededor con gran cuidado y negó con la cabeza. Bill levantó la taza vacía.

«No hay café para ti», anunció Henry.

«¿Se ha acabado?», preguntó Bill con ansiedad.

«No».

«¿Crees que dañará mi digestión?».

«No».

Un rubor de sangre furiosa invadió el rostro de Bill.

«Entonces ya estoy caliente y estoy ansioso por oír tu explicación», dijo.

«Maravilla se ha ido», respondió Henry.

Sin prisa, con el aire de quien se resigna a la desgracia Bill volvió la cabeza y desde donde estaba sentado contó los perros.

«¿Cómo ocurrió?», preguntó apáticamente.

Henry se encogió de hombros. «No lo sé. A menos que Una Oreja lo haya roído. No podría haberlo hecho él mismo, eso seguro».

«El maldito desgraciado». Bill hablaba grave y despacio, sin ningún atisbo de la ira que bullía en su interior. «Sí, porque él no podría roer hasta soltarse, el otro soltó a Maravilla».

"Well, Spanker's troubles is over anyway; I guess he's digested by this time an' cavortin' over the landscape in the bellies of twenty different wolves," was Henry's epitaph on this, the latest lost dog. "Have some coffee, Bill."

But Bill shook his head.

"Go on," Henry pleaded, elevating the pot.

Bill shoved his cup aside. "I'll be ding-dong-danged if I do. I said I wouldn't if ary dog turned up missin', an' I won't."

"It's darn good coffee," Henry said enticingly.

But Bill was stubborn, and he ate a dry breakfast washed down with mumbled curses at One Ear for the trick he had played.

"I'll tie 'em up out of reach of each other to-night," Bill said, as they took the trail.

They had travelled little more than a hundred yards, when Henry, who was in front, bent down and picked up something with which his snowshoe had collided. It was dark, and he could not see it, but he recognised it by the touch. He flung it back, so that it struck the sled and bounced along until it fetched up on Bill's snowshoes.

"Mebbe you'll need that in your business," Henry said.

Bill uttered an exclamation. It was all that was left of Spanker—the stick with which he had been tied.

"They ate 'm hide an' all," Bill announced. "The stick's as clean as a whistle. They've ate the leather offen both ends. They're damn hungry, Henry, an' they'll have you an' me guessin' before this trip's over."

Henry laughed defiantly. "I ain't been trailed this way by wolves before, but I've gone through a whole lot worse an' kept my health.

«Bueno, los problemas de Maravilla han terminado de todos modos; supongo que a estas alturas ya estará digerido y retozando por el paisaje en las barrigas de veinte lobos diferentes», fue el epitafio de Henry sobre éste, el último perro perdido. «Tómate un café, Bill».

Pero Bill negó con la cabeza.

«Vamos», suplicó Henry, elevando el jarro.

Bill apartó su taza. «Estaré condenado si lo hago. Dije que no lo haría si un perro más se perdía, y no lo haré».

«Es un café condenadamente bueno», dijo Henry tentándolo.

Pero Bill era testarudo y tomó un desayuno seco regado con maldiciones murmuradas a Una Oreja por la jugarreta que le había hecho.

«Los ataré a cada uno fuera del alcance del otro esta noche», dijo Bill, mientras tomaban el rastro.

Habían recorrido poco más de cien yardas, cuando Henry, que iba delante, se agachó y recogió algo con lo que había chocado su raqueta de nieve. Estaba oscuro y no podía verlo, pero lo reconoció por el tacto. Lo lanzó hacia atrás, de modo que golpeó el trineo y rebotó hasta que se enganchó en las raquetas de Bill.

«Quizá lo necesites en tus actividades», dijo Henry.

Bill lanzó una exclamación. Era todo lo que quedaba de Maravilla: el palo con el que le habían atado.

«Se comieron el pellejo y todo», anunció Bill. «El palo está limpio como una piedra. Se han comido el cuero de ambos extremos. Están condenadamente hambrientos, Henry, y nos tendrán a ti y a mí pensando antes de que termine este viaje».

Henry rió desafiante. «No he sido perseguido por lobos por este rastro antes, pero he pasado por cosas mucho peores y he conser-

Takes more'n a handful of them pesky critters to do for yours truly, Bill, my son."

"I don't know, I don't know," Bill muttered ominously.

"Well, you'll know all right when we pull into McGurry."

"I ain't feelin' special enthusiastic," Bill persisted.

"You're off colour, that's what's the matter with you," Henry dogmatised. "What you need is quinine, an' I'm goin' to dose you up stiff as soon as we make McGurry."

Bill grunted his disagreement with the diagnosis, and lapsed into silence. The day was like all the days. Light came at nine o'clock. At twelve o'clock the southern horizon was warmed by the unseen sun; and then began the cold grey of afternoon that would merge, three hours later, into night.

It was just after the sun's futile effort to appear, that Bill slipped the rifle from under the sled-lashings and said:

"You keep right on, Henry, I'm goin' to see what I can see."

"You'd better stick by the sled," his partner protested. "You've only got three cartridges, an' there's no tellin' what might happen."

"Who's croaking now?" Bill demanded triumphantly.

Henry made no reply, and plodded on alone, though often he cast anxious glances back into the grey solitude where his partner had disappeared. An hour later, taking advantage of the cut-offs around which the sled had to go, Bill arrived.

"They're scattered an' rangin' along wide," he said: "keeping up with us an' lookin' for game at the same time. You see, they're sure of us, only they know they've got to wait to get us. In the meantime they're willin' to pick up anything eatable that comes handy."

vado mi salud. Se necesita más que un puñado de esos molestos bichos para hacerse con tu servidor, Bill, hijo mío».

«No lo sé, no lo sé», murmuró Bill siniestramente.

«Bueno, lo sabrás cuando lleguemos a McGurry».

«No me siento especialmente entusiasmado», insistió Bill.

«Estás mal de la cabeza, eso es lo que te pasa», dogmatizó Henry. «Lo que necesitas es quinina, y te voy a dar una dosis fuerte en cuanto lleguemos a McGurry».

Bill gruñó su desacuerdo con el diagnóstico y se sumió en el silencio. El día fue como todos los días. La luz llegó a las nueve. A las doce el horizonte sur se calentó con el sol invisible; y entonces comenzó el frío gris de la tarde que se fundiría, tres horas más tarde, en la noche.

Justo después del inútil esfuerzo del sol por aparecer Bill deslizó el rifle de debajo de las riendas del trineo y dijo:

«Sigue así, Henry, voy a ver qué encuentro».

«Será mejor que te quedes en el trineo», protestó su compañero. «Sólo tienes tres cartuchos y no se sabe lo que puede pasar».

«¿Quién está croando ahora?», preguntó Bill triunfante.

Henry no respondió y siguió adelante solo, aunque a menudo lanzaba miradas ansiosas hacia la soledad gris donde su compañero había desaparecido. Una hora más tarde, aprovechando los atajos por los que debía circular el trineo, llegó Bill.

«Están dispersos y recorriendo todo a lo ancho», dijo: «manteniendo nuestro paso y buscando caza al mismo tiempo. Como ves, están seguros de nosotros, sólo que saben que tienen que esperar para atraparnos. Mientras tanto, están dispuestos a recoger cualquier cosa comestible que esté a mano».

"You mean they *think* they're sure of us," Henry objected pointedly.

But Bill ignored him. "I seen some of them. They're pretty thin. They ain't had a bite in weeks I reckon, outside of Fatty an' Frog an' Spanker; an' there's so many of 'em that that didn't go far. They're remarkable thin. Their ribs is like wash-boards, an' their stomachs is right up against their backbones. They're pretty desperate, I can tell you. They'll be goin' mad, yet, an' then watch out."

A few minutes later, Henry, who was now travelling behind the sled, emitted a low, warning whistle. Bill turned and looked, then quietly stopped the dogs. To the rear, from around the last bend and plainly into view, on the very trail they had just covered, trotted a furry, slinking form. Its nose was to the trail, and it trotted with a peculiar, sliding, effortless gait. When they halted, it halted, throwing up its head and regarding them steadily with nostrils that twitched as it caught and studied the scent of them.

"It's the she-wolf," Bill answered.

The dogs had lain down in the snow, and he walked past them to join his partner in the sled. Together they watched the strange animal that had pursued them for days and that had already accomplished the destruction of half their dog-team.

After a searching scrutiny, the animal trotted forward a few steps. This it repeated several times, till it was a short hundred yards away. It paused, head up, close by a clump of spruce trees, and with sight and scent studied the outfit of the watching men. It looked at them in a strangely wistful way, after the manner of a dog; but in its wistfulness there was none of the dog affection. It was a wistfulness bred of hunger, as cruel as its own fangs, as merciless as the frost itself.

It was large for a wolf, its gaunt frame advertising the lines of an animal that was among the largest of its kind.

«Querrás decir que *creen* estar seguros de nosotros», objetó Henry señalando.

Pero Bill le ignoró. «He visto algunos. Están bastante delgados. No han probado bocado en semanas, creo, aparte de Gordito y Rana y Maravilla; y hay tantos de ellos que eso no alcanzó para mucho. Son notablemente delgados. Sus costillas son como tablas de lavar, y sus estómagos están justo contra sus espinas dorsales. Están bastante desesperados, te lo aseguro. Se volverán locos, aún, y entonces ten cuidado».

Unos minutos después, Henry, que ahora viajaba detrás del trineo, emitió un silbido bajo de advertencia. Bill se volvió y miró, luego detuvo en silencio a los perros. Por detrás, desde la última curva y claramente a la vista, por el mismo sendero que acababan de recorrer, trotaba una forma peluda y escurridiza. Tenía el hocico pegado al rastro y trotaba con un andar peculiar, deslizándose sin esfuerzo. Cuando ellos se detuvieron, éste se detuvo, levantando la cabeza y mirándoles fijamente con las fosas nasales que se agitaban al captar y estudiar su olor.

«Es la loba», respondió Bill.

Los perros se habían tumbado en la nieve y él pasó junto a ellos para unirse a su compañero en el trineo. Juntos observaron al extraño animal que les había perseguido durante días y que ya había logrado la destrucción de la mitad de su equipo de perros.

Tras un escrutinio exhaustivo, el animal trotó unos pasos hacia delante. Hizo esto varias veces, hasta que estuvo a unas cien yardas. Se detuvo, con la cabeza erguida, cerca de un grupo de abetos, y con la vista y el olfato estudió el equipo de los hombres, mientras ellos observaban. Los miró de un modo extrañamente melancólico, a la manera de un perro; pero en su melancolía no había nada del afecto canino. Era una melancolía engendrada por el hambre, tan cruel como sus propios colmillos, tan despiadada como la propia escarcha.

Era grande para ser un lobo, su enjuto armazón anunciaba las líneas de un animal que se contaba entre los más grandes de su especie.

"Stands pretty close to two feet an' a half at the shoulders," Henry commented. "An' I'll bet it ain't far from five feet long."

"Kind of strange colour for a wolf," was Bill's criticism. "I never seen a red wolf before. Looks almost cinnamon to me."

The animal was certainly not cinnamon-coloured. Its coat was the true wolf-coat. The dominant colour was grey, and yet there was to it a faint reddish hue—a hue that was baffling, that appeared and disappeared, that was more like an illusion of the vision, now grey, distinctly grey, and again giving hints and glints of a vague redness of colour not classifiable in terms of ordinary experience.

"Looks for all the world like a big husky sled-dog," Bill said. "I wouldn't be s'prised to see it wag its tail."

"Hello, you husky!" he called. "Come here, you whatever-your-name-is."

"Ain't a bit scairt of you," Henry laughed.

Bill waved his hand at it threateningly and shouted loudly; but the animal betrayed no fear. The only change in it that they could notice was an accession of alertness. It still regarded them with the merciless wistfulness of hunger. They were meat, and it was hungry; and it would like to go in and eat them if it dared.

"Look here, Henry," Bill said, unconsciously lowering his voice to a whisper because of what he imitated. "We've got three cartridges. But it's a dead shot. Couldn't miss it. It's got away with three of our dogs, an' we oughter put a stop to it. What d'ye say?"

Henry nodded his consent. Bill cautiously slipped the gun from under the sled-lashing. The gun was on the way to his shoulder, but it never got there. For in that instant the she-wolf leaped sidewise from the trail into the clump of spruce trees and disappeared.

«Se acerca bastante a los dos pies y medio en los hombros», comentó Henry. «Y apuesto a que no está lejos de los cinco pies de largo».

«Un color extraño para un lobo», fue la crítica de Bill. «Nunca había visto un lobo rojo. A mí me parece casi canela».

El animal no era ciertamente de color canela. Su pelaje era el verdadero pelaje del lobo. El color dominante era el gris y, sin embargo, había en él un tenue matiz rojizo, un matiz desconcertante, que aparecía y desaparecía, que era más bien una ilusión de la visión, ahora gris, claramente gris, y de nuevo dando indicios y destellos de un vago color rojizo no clasificable en términos de experiencia ordinaria.

«Parece, sin duda, un gran perro husky de trineo», dijo Bill. «No me sorprendería verlo mover la cola».

«¡Hola, husky!», llamó. «Ven aquí, como quiera que te llames».

«No te tiene ni un poco de miedo», se rió Henry.

Bill le agitó la mano amenazadoramente y gritó con fuerza; pero el animal no demostró ningún temor. El único cambio que pudieron notar en él fue un aumento de su estado alerta. Aún los miraba con la despiadada melancolía del hambre. Ellos eran carne, y el animal estaba hambriento; y le gustaría meterse y comérselos si se atreviera.

«Mira, Henry», dijo Bill, bajando inconscientemente la voz a un susurro de lo que imitaba. «Tenemos tres cartuchos. Pero es un tiro mortal. No podría fallar. Se ha hecho con tres de nuestros perros y deberíamos ponerle fin. ¿Qué dices?».

Henry asintió con la cabeza. Bill deslizó cautelosamente el arma de debajo de la rienda del trineo. El arma iba camino de su hombro, pero nunca llegó allí. Porque en ese instante la loba saltó de lado desde el rastro hacia el grupo de abetos y desapareció.

The two men looked at each other. Henry whistled long and comprehendingly.

"I might have knowed it," Bill chided himself aloud as he replaced the gun. "Of course a wolf that knows enough to come in with the dogs at feedin' time, 'd know all about shooting-irons. I tell you right now, Henry, that critter's the cause of all our trouble. We'd have six dogs at the present time, 'stead of three, if it wasn't for her. An' I tell you right now, Henry, I'm goin' to get her. She's too smart to be shot in the open. But I'm goin' to lay for her. I'll bushwhack her as sure as my name is Bill."

"You needn't stray off too far in doin' it," his partner admonished. "If that pack ever starts to jump you, them three cartridges'd be wuth no more'n three whoops in hell. Them animals is damn hungry, an' once they start in, they'll sure get you, Bill."

They camped early that night. Three dogs could not drag the sled so fast nor for so long hours as could six, and they were showing unmistakable signs of playing out. And the men went early to bed, Bill first seeing to it that the dogs were tied out of gnawing-reach of one another.

But the wolves were growing bolder, and the men were aroused more than once from their sleep. So near did the wolves approach, that the dogs became frantic with terror, and it was necessary to replenish the fire from time to time in order to keep the adventurous marauders at safer distance.

"I've hearn sailors talk of sharks followin' a ship," Bill remarked, as he crawled back into the blankets after one such replenishing of the fire. "Well, them wolves is land sharks. They know their business better'n we do, an' they ain't a-holdin' our trail this way for their health. They're goin' to get us. They're sure goin' to get us, Henry."

"They've half got you a'ready, a-talkin' like that," Henry retorted sharply. "A man's half licked when he says he is. An' you're half

Los dos hombres se miraron. Henry silbó larga y comprensivamente.

«Yo podría haberlo sabido», se reprendió Bill en voz alta mientras volvía a colocar el arma. «Por supuesto que un lobo que sabe lo suficiente como para mezclarse con los perros a la hora de comer debe saber todo acerca de hierros que disparan. Te lo digo ahora mismo, Henry, ese bicho es la causa de todos nuestros problemas. Tendríamos seis perros en este momento, en lugar de tres, si no fuera por ella. Y te digo ahora mismo, Henry, que voy a por ella. Es demasiado lista para que le disparen en campo abierto. Pero voy a ir a por ella. La mataré tan seguro como que me llamo Bill».

«No tienes que alejarte demasiado al hacerlo», le amonestó su compañero. «Si esa jauría empieza a asaltarte, esos tres cartuchos no valdrían más que tres gritos en el infierno. Esos animales están condenadamente hambrientos, y una vez que empiecen, seguro que te atraparán, Bill».

Aquella noche acamparon temprano. Tres perros no podían arrastrar el trineo tan rápido ni durante tantas horas como seis, y mostraban signos inequívocos de estar agotándose. Y los hombres se fueron pronto a la cama, Bill se ocupó primero de que los perros estuvieran atados fuera del alcance de las mordidas unos de otros.

Pero los lobos eran cada vez más audaces, y los hombres fueron despertados más de una vez de su sueño. Tan cerca se acercaron los lobos, que los perros se volvieron frenéticos de terror, y fue necesario reponer el fuego de vez en cuando para mantener a los aventureros merodeadores a una distancia más segura.

«He oído a marineros hablar de tiburones que siguen a un barco», comentó Bill, mientras se arrastraba de nuevo a las mantas después de una de esas reposiciones del fuego. «Bueno, esos lobos son tiburones de tierra. Saben lo que hacen mejor que nosotros, y no están siguiendo nuestro rastro hasta aquí por su salud. Van a por nosotros. Seguro que van a por nosotros, Henry».

«Ya te tienen asegurado a medias, contigo hablando así», replicó Henry bruscamente. «Un hombre está medio comido cuando dice

eaten from the way you're goin' on about it."

"They've got away with better men than you an' me," Bill answered.

"Oh, shet up your croakin'. You make me all-fired tired."

Henry rolled over angrily on his side, but was surprised that Bill made no similar display of temper. This was not Bill's way, for he was easily angered by sharp words. Henry thought long over it before he went to sleep, and as his eyelids fluttered down and he dozed off, the thought in his mind was: "There's no mistakin' it, Bill's almighty blue. I'll have to cheer him up to-morrow."

que lo está. Y tú estás medio comido por la forma en que lo dices».

«Lo han logrado con hombres mejores que tú y yo», respondió Bill.

«Oh, deja de graznar. Me cansas por completo».

Henry se revolvió enfadado sobre su costado, pero se sorprendió de que Bill no hiciera una demostración similar de mal genio. No era la forma de ser de Bill, pues se enfadaba fácilmente con palabras cortantes. Henry reflexionó largamente sobre ello antes de dormir, y mientras sus párpados se agitaban y se adormecía, el pensamiento en su mente era: «No hay duda, Bill está completamente triste. Tendré que animarle mañana».

The day began auspiciously. They had lost no dogs during the night, and they swung out upon the trail and into the silence, the darkness, and the cold with spirits that were fairly light. Bill seemed to have forgotten his forebodings of the previous night, and even waxed facetious with the dogs when, at midday, they overturned the sled on a bad piece of trail.

It was an awkward mix-up. The sled was upside down and jammed between a tree-trunk and a huge rock, and they were forced to unharness the dogs in order to straighten out the tangle. The two men were bent over the sled and trying to right it, when Henry observed One Ear sidling away.

"Here, you, One Ear!" he cried, straightening up and turning around on the dog.

But One Ear broke into a run across the snow, his traces trailing behind him. And there, out in the snow of their back track, was the she-wolf waiting for him. As he neared her, he became suddenly cautious. He slowed down to an alert and mincing walk and then stopped. He regarded her carefully and dubiously, yet desirefully. She seemed to smile at him, showing her teeth in an ingratiating rather than a menacing way. She moved toward him a few steps, playfully, and then halted. One Ear drew near to her, still alert and cautious, his tail and ears in the air, his head held high.

He tried to sniff noses with her, but she retreated playfully and coyly. Every advance on his part was accompanied by a corresponding retreat on her part. Step by step she was luring him away from the security of his human companionship. Once, as though a warning had in vague ways flitted through his intelligence, he turned his head and looked back at the overturned sled, at his team-mates, and at the two men who were calling to him.

But whatever idea was forming in his mind, was dissipated by the she-wolf, who advanced upon him, sniffed noses with him for a fleeting instant, and then resumed her coy retreat before his renewed advances.

## CAPÍTULO III — EL GRITO DEL HAMBRE

El día comenzó auspiciosamente. No habían perdido ningún perro durante la noche, y fueron al rastro y se adentraron en el silencio, la oscuridad y el frío con los ánimos bastante caldeados. Bill parecía haber olvidado sus presentimientos de la noche anterior, e incluso se puso jocoso con los perros cuando, a mediodía, volcaron el trineo en un mal trozo de rastro.

Fue una confusión incómoda. El trineo estaba boca abajo y atascado entre el tronco de un árbol y una enorme roca, y se vieron obligados a desenganchar a los perros para solucionar el enredo. Los dos hombres estaban inclinados sobre el trineo e intentaban enderezarlo, cuando Henry observó que Una Oreja se alejaba.

«¡Eh, aquí, tú, Una Oreja!», gritó, enderezándose y girando en torno al perro.

Pero Una Oreja echó a correr por la nieve, arrastrando sus riendas tras de sí. Y allí, en la nieve de su rastro trasero, estaba la loba esperándole. A medida que se acercaba a ella se volvió repentinamente cauteloso. Aminoró la marcha hasta que se convirtió en un andar alerta y torpe y luego se detuvo. La miró con cuidado y duda, pero con deseo. Ella pareció sonreírle, mostrando los dientes de forma más congraciadora que amenazadora. Avanzó hacia él unos pasos, juguetona, y luego se detuvo. Una Oreja se acercó a ella, aún alerta y cauteloso, con la cola y las orejas al aire y la cabeza alta.

Él intentó olisquearle el hocico, pero ella retrocedió juguetona y tímida. Cada avance por su parte iba acompañado de la correspondiente retirada por parte de ella. Paso a paso, ella le alejaba de la seguridad de su compañía humana. Una vez, como si una advertencia hubiera revoloteado vagamente por su inteligencia, él volvió la cabeza y miró hacia atrás, hacia el trineo volcado, hacia sus compañeros y hacia los dos hombres que le llamaban.

Pero cualquier idea que se estuviera formando en su mente, fue disipada por la loba, que avanzó hacia él, olfateó su hocico durante un fugaz instante y luego reanudó su tímida retirada ante sus renovados avances.

In the meantime, Bill had bethought himself of the rifle. But it was jammed beneath the overturned sled, and by the time Henry had helped him to right the load, One Ear and the she-wolf were too close together and the distance too great to risk a shot.

Too late One Ear learned his mistake. Before they saw the cause, the two men saw him turn and start to run back toward them. Then, approaching at right angles to the trail and cutting off his retreat they saw a dozen wolves, lean and grey, bounding across the snow. On the instant, the she-wolf's coyness and play-fulness disappeared. With a snarl she sprang upon One Ear. He thrust her off with his shoulder, and, his retreat cut off and still intent on regaining the sled, he altered his course in an attempt to circle around to it. More wolves were appearing every moment and joining in the chase. The she-wolf was one leap behind One Ear and holding her own.

"Where are you goin'?" Henry suddenly demanded, laying his hand on his partner's arm.

Bill shook it off. "I won't stand it," he said. "They ain't a-goin' to get any more of our dogs if I can help it."

Gun in hand, he plunged into the underbrush that lined the side of the trail. His intention was apparent enough. Taking the sled as the centre of the circle that One Ear was making, Bill planned to tap that circle at a point in advance of the pursuit. With his rifle, in the broad daylight, it might be possible for him to awe the wolves and save the dog.

"Say, Bill!" Henry called after him. "Be careful! Don't take no chances!"

Henry sat down on the sled and watched. There was nothing else for him to do. Bill had already gone from sight; but now and again, appearing and disappearing amongst the underbrush and the scattered clumps of spruce, could be seen One Ear. Henry judged his case to be hopeless. The dog was thoroughly alive to its danger, but it was running on the outer circle while the wolf-pack was running on the inner and shorter circle. It was vain to think of

Mientras tanto, Bill había pensado en el rifle. Pero estaba atascado bajo el trineo volcado, y para cuando Henry le había ayudado a enderezar la carga, Una Oreja y la loba estaban demasiado cerca y la distancia era demasiado grande para arriesgarse a disparar.

Demasiado tarde, Una Oreja se dio cuenta de su error. Antes de ver la causa, los dos hombres le vieron darse la vuelta y empezar a correr de nuevo hacia ellos. Entonces, acercándose en ángulo recto al sendero y cortándole la retirada vieron una docena de lobos, flacos y grises, saltando por la nieve. Al instante, la timidez y el jugueteo de la loba desaparecieron. Con un gruñido se abalanzó sobre Una Oreja. Éste la apartó con el hombro y, con la retirada cortada y aún decidido a llegar al trineo, alteró su rumbo en un intento de rodearlo. Más lobos aparecían a cada momento y se unían a la persecución. La loba iba un salto por detrás de Una Oreja y se mantenía firme.

«¿Adónde vas?», preguntó de repente Henry, poniendo la mano en el brazo de su compañero.

Bill se sacudió. «No lo soportaré», dijo. «No van a llevarse más de nuestros perros si puedo evitarlo».

Con el arma en la mano, se adentró en la maleza que bordeaba el rastro. Su intención era bastante evidente. Tomando el trineo como centro del círculo que estaba trazando Una Oreja, Bill planeaba tocar ese círculo en un punto por delante de la persecución. Con su rifle, a plena luz del día, le sería posible sorprender a los lobos y salvar al perro.

«¡Oye, Bill!», gritó Henry tras él. «¡Ten cuidado! No te arriesgues!».

Henry se sentó en el trineo y observó. No tenía nada más que hacer. Bill ya había desaparecido de la vista; pero de vez en cuando, apareciendo y desapareciendo entre la maleza y los dispersos macizos de abetos, podía verse a Una Oreja. Henry juzgó que su caso era desesperado. El perro era plenamente consciente de su peligro, pero corría por el círculo exterior mientras que la manada de lobos lo hacía por el círculo interior y más corto. Era vano pensar que Una Oreja

One Ear so outdistancing his pursuers as to be able to cut across their circle in advance of them and to regain the sled.

The different lines were rapidly approaching a point. Somewhere out there in the snow, screened from his sight by trees and thickets, Henry knew that the wolf-pack, One Ear, and Bill were coming together. All too quickly, far more quickly than he had expected, it happened. He heard a shot, then two shots, in rapid succession, and he knew that Bill's ammunition was gone. Then he heard a great outcry of snarls and yelps. He recognised One Ear's yell of pain and terror, and he heard a wolf-cry that bespoke a stricken animal. And that was all. The snarls ceased. The yelping died away. Silence settled down again over the lonely land.

He sat for a long while upon the sled. There was no need for him to go and see what had happened. He knew it as though it had taken place before his eyes. Once, he roused with a start and hastily got the axe out from underneath the lashings. But for some time longer he sat and brooded, the two remaining dogs crouching and trembling at his feet.

At last he arose in a weary manner, as though all the resilience had gone out of his body, and proceeded to fasten the dogs to the sled. He passed a rope over his shoulder, a man-trace, and pulled with the dogs. He did not go far. At the first hint of darkness he hastened to make a camp, and he saw to it that he had a generous supply of firewood. He fed the dogs, cooked and ate his supper, and made his bed close to the fire.

But he was not destined to enjoy that bed. Before his eyes closed the wolves had drawn too near for safety. It no longer required an effort of the vision to see them. They were all about him and the fire, in a narrow circle, and he could see them plainly in the firelight lying down, sitting up, crawling forward on their bellies, or slinking back and forth. They even slept. Here and there he could see one curled up in the snow like a dog, taking the sleep that was now denied himself.

He kept the fire brightly blazing, for he knew that it alone intervened between the flesh of his body and their hungry fangs. His

superara tanto a sus perseguidores como para poder atravesar su círculo por delante de ellos y recuperar el trineo.

Las diferentes líneas se acercaban rápidamente a un punto. En algún lugar de la nieve, oculto a su vista por árboles y matorrales, Henry sabía que la manada de lobos, Una Oreja y Bill se estaban reuniendo. Demasiado rápido, mucho más rápido de lo que había esperado, sucedió. Oyó un disparo, luego dos disparos, en rápida sucesión, y supo que la munición de Bill se había agotado. Entonces oyó un gran clamor de gruñidos y aullidos. Reconoció el grito de dolor y terror de Una Oreja, y oyó un aullido de lobo, propio de un animal herido. Y eso fue todo. Cesaron los gruñidos. Los aullidos se apagaron. El silencio se instaló de nuevo sobre la tierra solitaria.

Él permaneció sentado largo rato sobre el trineo. No tenía necesidad de ir a ver lo que había ocurrido. Lo sabía como si hubiera tenido lugar ante sus ojos. Una vez, se despertó con un sobresalto y sacó apresuradamente el hacha de debajo de las amarras. Pero durante algún tiempo más permaneció sentado y meditabundo, con los dos perros restantes agazapados y temblorosos a sus pies.

Por fin se levantó cansado, como si toda la resistencia hubiera salido de su cuerpo, y procedió a sujetar los perros al trineo. Se pasó una cuerda por el hombro, una rienda de hombre, y tiró con los perros. No fue muy lejos. Al primer indicio de oscuridad se apresuró a hacer un campamento, y se ocupó de tener una generosa provisión de leña. Alimentó a los perros, cocinó y cenó, e hizo su cama cerca del fuego.

Pero no estaba destinado a disfrutar de ese lecho. Antes de que sus ojos se cerraran, los lobos se habían acercado demasiado para su seguridad. Ya no requería un esfuerzo de la vista para verlos. Estaban alrededor de él y del fuego, en un estrecho círculo, y podía verlos claramente a la luz del fuego: tumbados, sentados, arrastrándose hacia delante sobre el vientre o deslizándose de un lado a otro. Incluso dormían. Aquí y allá pudo ver a uno acurrucado en la nieve como un perro, robando el sueño que ahora se le negaba.

Él mantenía el fuego ardiendo con fuerza, pues sabía que sólo éste se interponía entre la carne de su cuerpo y sus hambrientos

two dogs stayed close by him, one on either side, leaning against him for protection, crying and whimpering, and at times snarling desperately when a wolf approached a little closer than usual. At such moments, when his dogs snarled, the whole circle would be agitated, the wolves coming to their feet and pressing tentatively forward, a chorus of snarls and eager yelps rising about him. Then the circle would lie down again, and here and there a wolf would resume its broken nap.

But this circle had a continuous tendency to draw in upon him. Bit by bit, an inch at a time, with here a wolf bellying forward, and there a wolf bellying forward, the circle would narrow until the brutes were almost within springing distance. Then he would seize brands from the fire and hurl them into the pack. A hasty drawing back always resulted, accompanied by angry yelps and frightened snarls when a well-aimed brand struck and scorched a too daring animal.

Morning found the man haggard and worn, wide-eyed from want of sleep. He cooked breakfast in the darkness, and at nine o'clock, when, with the coming of daylight, the wolf-pack drew back, he set about the task he had planned through the long hours of the night. Chopping down young saplings, he made them cross-bars of a scaffold by lashing them high up to the trunks of standing trees. Using the sled-lashing for a heaving rope, and with the aid of the dogs, he hoisted the coffin to the top of the scaffold.

"They got Bill, an' they may get me, but they'll sure never get you, young man," he said, addressing the dead body in its tree-sepulchre.

Then he took the trail, the lightened sled bounding along behind the willing dogs; for they, too, knew that safety lay open in the gaining of Fort McGurry. The wolves were now more open in their pursuit, trotting sedately behind and ranging along on either side, their red tongues lolling out, their lean sides showing the undulating ribs with every movement. They were very lean, mere skin-bags stretched over bony frames, with strings for muscles—so lean that Henry found it in his mind to marvel that they

colmillos. Sus dos perros permanecían cerca de él, uno a cada lado, apoyándose en él para protegerse, llorando y gimoteando, y a veces gruñendo desesperadamente cuando un lobo se acercaba un poco más de lo habitual. En esos momentos, cuando sus perros gruñían, todo el círculo se agitaba, los lobos se ponían en pie y presionaban tentativamente hacia delante, un coro de gruñidos y aullidos ansiosos se elevaba a su alrededor. Entonces el círculo volvía a calmarse, y aquí y allá un lobo reanudaba su siesta interrumpida.

Pero este círculo tenía una tendencia continua a cerrarse sobre él. Poco a poco, una pulgada a la vez, con un lobo aquí y otro allá, el círculo se estrechaba hasta que los brutos estaban casi a una distancia desde la que podían saltar. Entonces él cogía ramas ardientes del fuego y las lanzaba contra la manada. Siempre se producía un apresurado retroceso, acompañado de furiosos aullidos y gruñidos asustados cuando una rama ardiente bien dirigida golpeaba y abrasaba a un animal demasiado atrevido.

La mañana encontró al hombre demacrado y agotado, con los ojos muy abiertos por la falta de sueño. Preparó el desayuno en la oscuridad y a las nueve, cuando con la llegada de la luz del día la manada de lobos se retiró, se puso a la tarea que había planeado durante las largas horas de la noche. Cortando árboles jóvenes, los convirtió en travesaños de un andamio atándolos a lo alto de los troncos de los árboles en pie. Utilizando las amarras del trineo como cuerda de tracción, y con la ayuda de los perros, izó el ataúd hasta lo alto del andamio.

«Tienen a Bill, y puede que me cojan a mí, pero seguro que nunca te cogerán a ti, jovencito», dijo, dirigiéndose al cadáver en su árbol-sepulcro.

Luego tomó el rastro, el trineo aligerado avanzando a saltos detrás de los voluntariosos perros; porque ellos también sabían que la seguridad estaba al alcance de la mano al ganar el Fuerte McGurry. Los lobos eran ahora más abiertos en su persecución, trotaban sedentariamente detrás y se extendían a ambos lados, con sus lenguas rojas fuera, sus flancos flacos mostrando las costillas ondulantes con cada movimiento. Eran muy delgados, meros sacos de piel estirados sobre armazones huesudos, con cuerdas en lugar de músculos; tan

still kept their feet and did not collapse forthright in the snow.

He did not dare travel until dark. At midday, not only did the sun warm the southern horizon, but it even thrust its upper rim, pale and golden, above the sky-line. He received it as a sign. The days were growing longer. The sun was returning. But scarcely had the cheer of its light departed, than he went into camp. There were still several hours of grey daylight and sombre twilight, and he utilised them in chopping an enormous supply of fire-wood.

With night came horror. Not only were the starving wolves growing bolder, but lack of sleep was telling upon Henry. He dozed despite himself, crouching by the fire, the blankets about his shoulders, the axe between his knees, and on either side a dog pressing close against him. He awoke once and saw in front of him, not a dozen feet away, a big grey wolf, one of the largest of the pack. And even as he looked, the brute deliberately stretched himself after the manner of a lazy dog, yawning full in his face and looking upon him with a possessive eye, as if, in truth, he were merely a delayed meal that was soon to be eaten.

This certitude was shown by the whole pack. Fully a score he could count, staring hungrily at him or calmly sleeping in the snow. They reminded him of children gathered about a spread table and awaiting permission to begin to eat. And he was the food they were to eat! He wondered how and when the meal would begin.

As he piled wood on the fire he discovered an appreciation of his own body which he had never felt before. He watched his moving muscles and was interested in the cunning mechanism of his fingers. By the light of the fire he crooked his fingers slowly and repeatedly now one at a time, now all together, spreading them wide or making quick gripping movements. He studied the nail-formation, and prodded the finger-tips, now sharply, and again softly, gauging the while the nerve-sensations produced. It fascinated him, and he grew suddenly fond of this subtle flesh of his that worked so beautifully and smoothly and delicately. Then

delgados que Henry se maravillaba que aún se mantuvieran en pie y no se desplomaran de frente sobre la nieve.

No se atrevió a viajar hasta que oscureció. A mediodía, el sol no sólo calentaba el horizonte sur, sino que incluso asomaba su borde superior, pálido y dorado, por encima de la línea del cielo. Lo recibió como una señal. Los días se hacían más largos. El sol regresaba. Pero apenas se había ido la alegría de su luz, cuando armó el campamento. Aún quedaban varias horas de gris luz diurna y sombrío crepúsculo, y las empleó en cortar una enorme provisión de leña.

Con la noche llegó el horror. No sólo los lobos hambrientos eran cada vez más audaces, sino que la falta de sueño estaba haciendo mella en Henry. Dormía a su pesar, agazapado junto al fuego, con las mantas sobre los hombros, el hacha entre las rodillas y, a cada lado, un perro apretándose contra él. Se despertó una vez y vio frente a él, a menos de una docena de pies, un gran lobo gris, uno de los más grandes de la manada. E incluso mientras miraba, el bruto se estiró deliberadamente a la manera de un perro perezoso, bostezando de lleno en su cara y mirándole con ojos posesivos, como si, en realidad, no fuera más que una comida retrasada que pronto iba a ser devorada.

Esta certeza la mostraba toda la manada. Podía contar hasta una veintena, que le miraban hambrientos o dormían tranquilamente en la nieve. Le recordaban a niños reunidos en torno a una mesa extendida y esperando que le dieran permiso para empezar a comer. ¡Y él era la comida que iban a comer! Se preguntó cómo y cuándo empezaría la comida.

Mientras apilaba leña en el fuego descubrió una apreciación de su propio cuerpo que nunca antes había sentido. Observó sus músculos en movimiento y se interesó por el astuto mecanismo de sus dedos. A la luz del fuego torcía los dedos lenta y repetidamente, ahora de uno en uno, ahora todos juntos, abriéndolos mucho o haciendo rápidos movimientos de agarre. Estudiaba la formación de las uñas y se punzaba las yemas de los dedos, ahora bruscamente y otras veces con suavidad, calibrando mientras tanto las sensaciones nerviosas producidas. Le fascinaba, y de pronto se encariñó con esta sutil carne suya que funcionaba de forma tan bella, suave y delicada.

he would cast a glance of fear at the wolf-circle drawn expectantly about him, and like a blow the realisation would strike him that this wonderful body of his, this living flesh, was no more than so much meat, a quest of ravenous animals, to be torn and slashed by their hungry fangs, to be sustenance to them as the moose and the rabbit had often been sustenance to him.

He came out of a doze that was half nightmare, to see the red-hued she-wolf before him. She was not more than half a dozen feet away sitting in the snow and wistfully regarding him. The two dogs were whimpering and snarling at his feet, but she took no notice of them. She was looking at the man, and for some time he returned her look. There was nothing threatening about her. She looked at him merely with a great wistfulness, but he knew it to be the wistfulness of an equally great hunger. He was the food, and the sight of him excited in her the gustatory sensations. Her mouth opened, the saliva drooled forth, and she licked her chops with the pleasure of anticipation.

A spasm of fear went through him. He reached hastily for a brand to throw at her. But even as he reached, and before his fingers had closed on the missile, she sprang back into safety; and he knew that she was used to having things thrown at her. She had snarled as she sprang away, baring her white fangs to their roots, all her wistfulness vanishing, being replaced by a carnivorous malignity that made him shudder. He glanced at the hand that held the brand, noticing the cunning delicacy of the fingers that gripped it, how they adjusted themselves to all the inequalities of the surface, curling over and under and about the rough wood, and one little finger, too close to the burning portion of the brand, sensitively and automatically writhing back from the hurtful heat to a cooler gripping-place; and in the same instant he seemed to see a vision of those same sensitive and delicate fingers being crushed and torn by the white teeth of the she-wolf. Never had he been so fond of this body of his as now when his tenure of it was so precarious.

All night, with burning brands, he fought off the hungry pack. When he dozed despite himself, the whimpering and snarling of

Entonces lanzaba una mirada de miedo al círculo de lobos que se dibujaba expectante a su alrededor, y como un puñetazo le golpeaba la comprensión de que ese maravilloso cuerpo suyo, esa carne viva, no era más que carne, buscada por animales voraces, para ser desgarrada y acuchillada por sus colmillos hambrientos, para ser sustento para ellos como el alce y el conejo lo habían sido a menudo para él.

Salió de un sopor que era una pesadilla a medias, para ver a la loba rojiza ante él. No estaba a más de media docena de pies, sentada sobre la nieve y mirándole con nostalgia. Los dos perros lloriqueaban y gruñían a sus pies, pero ella no les hizo caso. Miraba al hombre, y durante algún tiempo él le devolvió la mirada. No había nada amenazador en ella. Ella le miraba simplemente con una gran nostalgia, pero él sabía que era la nostalgia de un hambre igualmente grande. Él era la comida, y la visión de él excitaba en ella las sensaciones gustativas. Su boca se abrió, la saliva brotó y ella se lamió la boca con el placer propio a la anticipación.

Un espasmo de miedo le recorrió. Buscó apresuradamente unas ramas ardientes para arrojárselas. Pero incluso mientras la tomaba, y antes de que sus dedos se hubieran cerrado sobre el proyectil, ella se puso a salvo de un salto; y él supo que ella estaba acostumbrada a que le arrojaran cosas. Ella había gruñido mientras se alejaba corriendo, mostrando sus blancos colmillos hasta la raíz, toda su melancolía desvaneciéndose, siendo sustituida por una malignidad carnívora que le hizo estremecerse. Él miró la mano que sostenía la rama ardiente, notando la astuta delicadeza de los dedos que la agarraban, cómo se ajustaban a todas las desigualdades de la superficie, curvándose por encima y por debajo y alrededor de la áspera madera, y un meñique, demasiado cerca de la parte ardiente de la rama, retorciéndose sensible y automáticamente desde el hiriente calor hasta un lugar de agarre más fresco; y en el mismo instante le pareció tener una visión de esos mismos dedos sensibles y delicados siendo aplastados y desgarrados por los blancos dientes de la loba. Nunca había sentido tanto cariño por este cuerpo suyo como ahora, cuando su posesión era tan precaria.

Toda la noche, con ramas ardiendo, luchó contra la jauría hambrienta. Cuando se adormecía a su pesar, los gemidos y gruñidos de

the dogs aroused him. Morning came, but for the first time the light of day failed to scatter the wolves. The man waited in vain for them to go. They remained in a circle about him and his fire, displaying an arrogance of possession that shook his courage born of the morning light.

He made one desperate attempt to pull out on the trail. But the moment he left the protection of the fire, the boldest wolf leaped for him, but leaped short. He saved himself by springing back, the jaws snapping together a scant six inches from his thigh. The rest of the pack was now up and surging upon him, and a throwing of firebrands right and left was necessary to drive them back to a respectful distance.

Even in the daylight he did not dare leave the fire to chop fresh wood. Twenty feet away towered a huge dead spruce. He spent half the day extending his campfire to the tree, at any moment a half dozen burning faggots ready at hand to fling at his enemies. Once at the tree, he studied the surrounding forest in order to fell the tree in the direction of the most firewood.

The night was a repetition of the night before, save that the need for sleep was becoming overpowering. The snarling of his dogs was losing its efficacy. Besides, they were snarling all the time, and his benumbed and drowsy senses no longer took note of changing pitch and intensity. He awoke with a start. The she-wolf was less than a yard from him. Mechanically, at short range, without letting go of it, he thrust a brand full into her open and snarling mouth. She sprang away, yelling with pain, and while he took delight in the smell of burning flesh and hair, he watched her shaking her head and growling wrathfully a score of feet away.

But this time, before he dozed again, he tied a burning pine-knot to his right hand. His eyes were closed but few minutes when the burn of the flame on his flesh awakened him. For several hours he adhered to this programme. Every time he was thus awakened he drove back the wolves with flying brands, replenished the fire, and rearranged the pine-knot on his hand. All worked well, but

los perros le despertaban. Llegó la mañana, pero por primera vez la luz del día no logró dispersar a los lobos. El hombre esperó en vano a que se marcharan. Permanecieron en círculo alrededor de él y de su fuego, mostrando una arrogancia posesiva que le hizo dudar del coraje nacido de la luz de la mañana.

Hizo un intento desesperado de llegar al rastro. Pero en el momento en que abandonó la protección del fuego, el lobo más audaz saltó hacia él, pero se quedó corto. Él se salvó saltando hacia atrás, las mandíbulas chasqueando a apenas seis pulgadas de su muslo. El resto de la manada estaba ahora en pie y se abalanzaba sobre él, y fue necesario lanzar barras de fuego a diestra y siniestra para hacerlos retroceder a una distancia respetuosa.

Ni siquiera a la luz del día se atrevió a abandonar el fuego para cortar leña fresca. A veinte pies de distancia se alzaba un enorme abeto muerto. Él pasó la mitad del día extendiendo su hoguera hasta el árbol, en un instante tendría a mano media docena de haces de leña ardiendo para arrojar a sus enemigos. Una vez llegado al árbol, estudió el bosque circundante para derribarlo en la dirección de mayor leña.

La noche fue una repetición de la anterior, salvo que la necesidad de dormir se estaba volviendo imperiosa. Los gruñidos de sus perros estaban perdiendo su eficacia. Además, gruñían todo el tiempo, y sus sentidos entumecidos y somnolientos ya no tomaban nota de los cambios de tono e intensidad. Se despertó con un sobresalto. La loba estaba a menos de una yarda de él. Mecánicamente, a corta distancia, sin soltarla, le clavó de lleno una rama ardiente en la boca abierta y gruñona. Ella se apartó de un salto, gritando de dolor, y mientras él se deleitaba con el olor a carne y pelo quemados, la observó sacudiendo la cabeza y gruñendo iracunda a una veintena de pies de distancia.

Pero esta vez, antes de volver a adormecerse, se ató un nudo de pino ardiendo a la mano derecha. No había cerrado los ojos más que unos minutos cuando el ardor de la llama en su carne le despertó. Durante varias horas siguió este programa. Cada vez que se despertaba, ahuyentaba a los lobos con saetas voladoras, reponía el fuego y volvía a colocarse el nudo de pino en la mano. Todo funcionaba

there came a time when he fastened the pine-knot insecurely. As his eyes closed it fell away from his hand.

He dreamed. It seemed to him that he was in Fort McGurry. It was warm and comfortable, and he was playing cribbage with the Factor. Also, it seemed to him that the fort was besieged by wolves. They were howling at the very gates, and sometimes he and the Factor paused from the game to listen and laugh at the futile efforts of the wolves to get in. And then, so strange was the dream, there was a crash. The door was burst open. He could see the wolves flooding into the big living-room of the fort. They were leaping straight for him and the Factor. With the bursting open of the door, the noise of their howling had increased tremendously. This howling now bothered him. His dream was merging into something else—he knew not what; but through it all, following him, persisted the howling.

And then he awoke to find the howling real. There was a great snarling and yelping. The wolves were rushing him. They were all about him and upon him. The teeth of one had closed upon his arm. Instinctively he leaped into the fire, and as he leaped, he felt the sharp slash of teeth that tore through the flesh of his leg. Then began a fire fight. His stout mittens temporarily protected his hands, and he scooped live coals into the air in all directions, until the campfire took on the semblance of a volcano.

But it could not last long. His face was blistering in the heat, his eyebrows and lashes were singed off, and the heat was becoming unbearable to his feet. With a flaming brand in each hand, he sprang to the edge of the fire. The wolves had been driven back. On every side, wherever the live coals had fallen, the snow was sizzling, and every little while a retiring wolf, with wild leap and snort and snarl, announced that one such live coal had been stepped upon.

Flinging his brands at the nearest of his enemies, the man thrust his smouldering mittens into the snow and stamped about to cool his feet. His two dogs were missing, and he well knew that they had served as a course in the protracted meal which had be-

bien, pero llegó un momento en que sujetó el nudo de pino de forma insegura. Al cerrar los ojos se le cayó de la mano.

Soñó. Le parecía que estaba en el Fuerte McGurry. Era cálido y confortable, y estaba jugando a las cartas con el factor. También le parecía que el fuerte estaba asediado por lobos. Aullaban en las mismas puertas, y a veces él y el factor hacían una pausa en el juego para escuchar y reírse de los inútiles esfuerzos de los lobos por entrar. Y entonces, tan extraño era el sueño, se oyó un estruendo. La puerta se abrió de golpe. Pudo ver a los lobos inundando el gran salón del fuerte. Saltaban directamente hacia él y el factor. Con el estallido de la puerta, el ruido de sus aullidos había aumentado enormemente. Estos aullidos ahora le molestaban. Su sueño se estaba fundiendo en otra cosa, no sabía qué; pero a través de todo ello, siguiéndole, persistían los aullidos.

Y entonces se despertó y descubrió que los aullidos eran reales. Se oían grandes gruñidos y aullidos. Los lobos se abalanzaban hacia él. Estaban a su alrededor y sobre él. Los dientes de uno se habían cerrado sobre su brazo. Instintivamente saltó hacia el fuego y, mientras saltaba, sintió el agudo tajo de unos dientes que le desgarraron la carne de la pierna. Entonces comenzó la lucha contra el fuego. Sus robustas manoplas protegieron temporalmente sus manos, y levantó brasas vivas en todas direcciones, hasta que la hoguera adquirió la apariencia de un volcán.

Pero no podía durar mucho. Su cara se estaba ampollando por el calor, sus cejas y pestañas estaban chamuscadas y el calor se hacía insoportable para sus pies. Con una marca llameante en cada mano, saltó al borde del fuego. Los lobos habían retrocedido. Por todos lados, allí donde habían caído las brasas, la nieve chisporroteaba, y cada poco tiempo un lobo que se retiraba, con un salto salvaje y un bufido y un gruñido, anunciaba que una de esas brasas había sido pisada.

Arrojando sus ramas ardientes al más cercano de sus enemigos, el hombre hundió sus humeantes manoplas en la nieve y pataleó para refrescarse los pies. Faltaban sus dos perros, y bien sabía que habían servido de plato en la prolongada comida que había comen-

gun days before with Fatty, the last course of which would likely be himself in the days to follow.

"You ain't got me yet!" he cried, savagely shaking his fist at the hungry beasts; and at the sound of his voice the whole circle was agitated, there was a general snarl, and the she-wolf slid up close to him across the snow and watched him with hungry wistfulness.

He set to work to carry out a new idea that had come to him. He extended the fire into a large circle. Inside this circle he crouched, his sleeping outfit under him as a protection against the melting snow. When he had thus disappeared within his shelter of flame, the whole pack came curiously to the rim of the fire to see what had become of him. Hitherto they had been denied access to the fire, and they now settled down in a close-drawn circle, like so many dogs, blinking and yawning and stretching their lean bodies in the unaccustomed warmth. Then the she-wolf sat down, pointed her nose at a star, and began to howl. One by one the wolves joined her, till the whole pack, on haunches, with noses pointed skyward, was howling its hunger cry.

Dawn came, and daylight. The fire was burning low. The fuel had run out, and there was need to get more. The man attempted to step out of his circle of flame, but the wolves surged to meet him. Burning brands made them spring aside, but they no longer sprang back. In vain he strove to drive them back. As he gave up and stumbled inside his circle, a wolf leaped for him, missed, and landed with all four feet in the coals. It cried out with terror, at the same time snarling, and scrambled back to cool its paws in the snow.

The man sat down on his blankets in a crouching position. His body leaned forward from the hips. His shoulders, relaxed and drooping, and his head on his knees advertised that he had given up the struggle. Now and again he raised his head to note the dying down of the fire. The circle of flame and coals was breaking into segments with openings in between. These openings grew in size, the segments diminished.

zado días antes con Gordito, cuyo último plato sería probablemente él mismo en los días siguientes.

«¡Aún no me han alcanzado!», gritó, agitando salvajemente el puño hacia las bestias hambrientas; y al oír su voz todo el círculo se agitó, hubo un gruñido general, y la loba se deslizó cerca de él por la nieve y le observó con hambrienta melancolía.

Él se puso manos a la obra para llevar a cabo una nueva idea que se le había ocurrido. Extendió el fuego formando un gran círculo. Dentro de este círculo se agazapó, con su equipo para dormir bajo él como protección contra la nieve derretida. Cuando hubo desaparecido así, dentro de su refugio de llamas, toda la manada se acercó curiosa al borde del fuego para ver qué había sido de él. Hasta entonces se les había negado el acceso al fuego, y ahora se acomodaron en un círculo cerrado, como otros tantos perros, parpadeando y bostezando y estirando sus delgados cuerpos en el calor desacostumbrado. Entonces la loba se sentó, apuntó su hocico a una estrella y comenzó a aullar. Uno a uno los lobos se unieron a ella, hasta que toda la manada, sobre las ancas, con los hocicos apuntando al cielo, aullaba su grito de hambre.

Amaneció y se hizo de día. El fuego ardía bajo. El combustible se había agotado y había que conseguir más. El hombre intentó salir de su círculo de llamas, pero los lobos salieron a su encuentro. Las ramas ardientes les hicieron apartarse, pero ya no retrocedieron. En vano se esforzó él por hacerlos retroceder. Cuando se dio por vencido y tropezó dentro de su círculo, un lobo saltó hacia él, falló y aterrizó con las cuatro patas en las brasas. Gritó de terror, al tiempo que gruñía, y retrocedió para refrescarse las patas en la nieve.

El hombre se sentó sobre las mantas, agachado. Su cuerpo se inclinaba hacia delante desde las caderas. Sus hombros, relajados y caídos, y su cabeza sobre las rodillas anunciaban que había renunciado a la lucha. De vez en cuando levantaba la cabeza para observar la extinción del fuego. El círculo de llamas y brasas se rompía en segmentos con aberturas entre ellos. Estas aberturas crecían en tamaño, los segmentos disminuían.

"I guess you can come an' get me any time," he mumbled. "Anyway, I'm goin' to sleep."

Once he awakened, and in an opening in the circle, directly in front of him, he saw the she-wolf gazing at him.

Again he awakened, a little later, though it seemed hours to him. A mysterious change had taken place—so mysterious a change that he was shocked wider awake. Something had happened. He could not understand at first. Then he discovered it. The wolves were gone. Remained only the trampled snow to show how closely they had pressed him. Sleep was welling up and gripping him again, his head was sinking down upon his knees, when he roused with a sudden start.

There were cries of men, and churn of sleds, the creaking of harnesses, and the eager whimpering of straining dogs. Four sleds pulled in from the river bed to the camp among the trees. Half a dozen men were about the man who crouched in the centre of the dying fire. They were shaking and prodding him into consciousness. He looked at them like a drunken man and maundered in strange, sleepy speech.

"Red she-wolf. . . . Come in with the dogs at feedin' time. . . . First she ate the dog-food. . . . Then she ate the dogs. . . . An' after that she ate Bill. . . . "

"Where's Lord Alfred?" one of the men bellowed in his ear, shaking him roughly.

He shook his head slowly. "No, she didn't eat him. . . . He's roostin' in a tree at the last camp."

"Dead?" the man shouted.

"An' in a box," Henry answered. He jerked his shoulder petulantly away from the grip of his questioner. "Say, you lemme alone. . . . I'm jes' plump tuckered out. . . . Goo' night, everybody."

«Supongo que pueden venir a atraparme cuando quieran», murmuró. «De todos modos, me voy a dormir».

Una vez se despertó y, en una abertura del círculo, justo delante de él, vio a la loba mirándole.

De nuevo despertó, un poco más tarde, aunque le parecieron horas. Se había producido un cambio misterioso, un cambio tan misterioso que le sobresaltó aún más el despertar. Algo había sucedido. Al principio no pudo comprenderlo. Luego lo descubrió. Los lobos habían desaparecido. Sólo quedaba la nieve pisoteada para mostrar lo cerca que le habían presionado. El sueño volvía a apoderarse de él, su cabeza se hundía sobre sus rodillas... se despertó con un brusco sobresalto.

Se oyeron los gritos de los hombres, el ruido de los trineos, el crujir de los arneses y el ansioso gemido de los perros que se esforzaban por seguir. Cuatro trineos se acercaban desde el lecho del río hasta el campamento entre los árboles. Media docena de hombres estaban alrededor del hombre que se agazapaba en el centro del fuego moribundo. Le sacudían y le empujaban para que recobrara el conocimiento. Él les miraba como si estuviera borracho y maullaba con un habla extraña y somnolienta.

«Loba roja.... Vino con los perros a la hora de comer.... Primero se comió la comida de los perros.... Luego se comió a los perros... Y después se comió a Bill...».

«¿Dónde está Lord Alfred?», le gritó uno de los hombres al oído, sacudiéndole bruscamente.

Sacudió la cabeza lentamente. «No, no se lo comió.... Está posado en un árbol en el último campamento».

«¿Muerto?», gritó el hombre.

«Y en una caja», respondió Henry. Apartó petulantemente el hombro del agarre de su interlocutor. «Oye, déjame en paz... estoy muy cansado... Buenas noches a todos».

His eyes fluttered and went shut. His chin fell forward on his chest. And even as they eased him down upon the blankets his snores were rising on the frosty air.

But there was another sound. Far and faint it was, in the remote distance, the cry of the hungry wolf-pack as it took the trail of other meat than the man it had just missed.

Sus ojos parpadearon y se cerraron. Su barbilla cayó hacia delante sobre su pecho. E incluso mientras lo tumbaban sobre las mantas sus ronquidos se elevaban en el aire helado.

Pero había otro sonido. Lejano y tenue era, en la remota distancia, el grito de la manada de lobos hambrientos al seguir el rastro de otra carne que no era la del hombre al que acababan de perder.

PART II

## CHAPTER I — THE BATTLE OF THE FANGS

It was the she-wolf who had first caught the sound of men's voices and the whining of the sled-dogs; and it was the she-wolf who was first to spring away from the cornered man in his circle of dying flame. The pack had been loath to forego the kill it had hunted down, and it lingered for several minutes, making sure of the sounds, and then it, too, sprang away on the trail made by the she-wolf.

Running at the forefront of the pack was a large grey wolf—one of its several leaders. It was he who directed the pack's course on the heels of the she-wolf. It was he who snarled warningly at the younger members of the pack or slashed at them with his fangs when they ambitiously tried to pass him. And it was he who increased the pace when he sighted the she-wolf, now trotting slowly across the snow.

She dropped in alongside by him, as though it were her appointed position, and took the pace of the pack. He did not snarl at her, nor show his teeth, when any leap of hers chanced to put her in advance of him. On the contrary, he seemed kindly disposed toward her—too kindly to suit her, for he was prone to run near to her, and when he ran too near it was she who snarled and showed her teeth. Nor was she above slashing his shoulder sharply on occasion. At such times he betrayed no anger. He merely sprang to the side and ran stiffly ahead for several awkward leaps, in carriage and conduct resembling an abashed country swain.

This was his one trouble in the running of the pack; but she had other troubles. On her other side ran a gaunt old wolf, grizzled and marked with the scars of many battles. He ran always on her right side. The fact that he had but one eye, and that the left eye, might account for this. He, also, was addicted to crowding her, to veering toward her till his scarred muzzle touched her body, or shoulder, or neck. As with the running mate on the left, she repelled these attentions with her teeth; but when both bestowed

PARTE II

## CAPÍTULO I — LA BATALLA DE LOS COLMILLOS

Fue la loba la primera en captar el sonido de las voces de los hombres y el gemido de los perros de trineo; y fue la loba la primera en saltar lejos del hombre acorralado en su círculo de llamas moribundas. La manada se había resistido a renunciar a la presa que había cazado, y se demoró varios minutos, cerciorándose de los sonidos, y luego también se alejó a saltos siguiendo el rastro dejado por la loba.

Al frente de la manada iba un gran lobo gris, uno de sus varios líderes. Era él quien dirigía el rumbo de la manada pisándole los talones a la loba. Era él quien gruñía advertiendo a los miembros más jóvenes de la manada o los acuchillaba con sus colmillos cuando intentaban ambiciosamente adelantarle. Y fue él quien apuró el paso cuando divisó a la loba, que ahora trotaba lentamente por la nieve.

Ella se dejó caer a su lado, como si fuera su posición designada, y tomó el paso de la manada. Él no le gruñó ni le enseñó los dientes cuando por casualidad algún salto suyo la ponía por delante de él. Al contrario, él parecía dispuesto amablemente hacia ella —demasiado amablemente para su gusto—, pues era propenso a correr cerca de ella, y cuando corría demasiado cerca era ella quien gruñía y enseñaba los dientes. Tampoco se privaba de golpearle bruscamente en el hombro en alguna ocasión. En esos momentos él no mostraba ira. Se limitaba a echarse a un lado y a correr rígidamente hacia delante durante varios saltos torpes, con un porte y una conducta que se asemejaban a los de un zagal de campo avergonzado.

Éste era su único problema en el manejo de la manada; pero ella tenía otros problemas. A su otro lado corría un viejo lobo enjuto, canoso y marcado con las cicatrices de muchas batallas. Corría siempre por su lado derecho. El hecho de que sólo tuviera un ojo, y que fuera el izquierdo, podría explicarlo. Él, además, era adicto a apiñarse sobre ella, a virar hacia ella hasta que su hocico lleno de cicatrices tocaba su cuerpo, o su hombro, o su cuello. Al igual que lo hacía con el compañero de correrías de la izquierda, ella repelía estas atencio-

their attentions at the same time she was roughly jostled, being compelled, with quick snaps to either side, to drive both lovers away and at the same time to maintain her forward leap with the pack and see the way of her feet before her. At such times her running mates flashed their teeth and growled threateningly across at each other. They might have fought, but even wooing and its rivalry waited upon the more pressing hunger-need of the pack.

After each repulse, when the old wolf sheered abruptly away from the sharp-toothed object of his desire, he shouldered against a young three-year-old that ran on his blind right side. This young wolf had attained his full size; and, considering the weak and famished condition of the pack, he possessed more than the average vigour and spirit. Nevertheless, he ran with his head even with the shoulder of his one-eyed elder. When he ventured to run abreast of the older wolf (which was seldom), a snarl and a snap sent him back even with the shoulder again. Sometimes, however, he dropped cautiously and slowly behind and edged in between the old leader and the she-wolf. This was doubly resented, even triply resented. When she snarled her displeasure, the old leader would whirl on the three-year-old. Sometimes she whirled with him. And sometimes the young leader on the left whirled, too.

At such times, confronted by three sets of savage teeth, the young wolf stopped precipitately, throwing himself back on his haunches, with fore-legs stiff, mouth menacing, and mane bristling. This confusion in the front of the moving pack always caused confusion in the rear. The wolves behind collided with the young wolf and expressed their displeasure by administering sharp nips on his hind-legs and flanks. He was laying up trouble for himself, for lack of food and short tempers went together; but with the boundless faith of youth he persisted in repeating the manoeuvre every little while, though it never succeeded in gaining anything for him but discomfiture.

Had there been food, love-making and fighting would have gone on apace, and the pack-formation would have been broken

nes con los dientes; pero cuando ambos le otorgaban sus atenciones al mismo tiempo ella se veía bruscamente empujada, viéndose obligada, con rápidos chasquidos a ambos lados, a alejar a ambos amantes y al mismo tiempo a mantener su salto hacia delante con la manada y ver el camino de sus pies ante ella. En esos momentos, sus compañeras de correrías enseñaban los dientes y se gruñían amenazadoramente el uno al otro. Podrían haber luchado, pero incluso el cortejo y su rivalidad esperaban a la necesidad, el hambre más apremiante de la manada.

Después de cada repulsa, cuando el viejo lobo se apartaba bruscamente del afilado objeto de su deseo, se abalanzaba contra un joven de tres años que corría a su derecha, donde estaba ciego. Este joven lobo había alcanzado su tamaño completo y, teniendo en cuenta la condición débil y famélica de la manada, poseía más vigor y espíritu que la media. Sin embargo, ella corría con la cabeza a la altura del hombro de su tuerto, mayor que ella. Cuando se aventuraba a correr a la par del lobo mayor (lo que ocurría raramente), un gruñido y un chasquido le hacían retroceder de nuevo a la par con el hombro. A veces, sin embargo, se dejaba caer cautelosa y lentamente por detrás y se interponía entre el viejo líder y la loba. Esto le molestaba doblemente, incluso triplemente. Cuando ella gruñía su disgusto, el viejo líder se arremolinaba sobre el lobo de tres años. A veces ella se arremolinaba con él. Y a veces el joven líder de la izquierda también giraba.

En esos momentos, enfrentado a tres pares de dientes salvajes, el joven lobo se detenía apresurado, echándose hacia atrás sobre sus ancas, con las patas delanteras rígidas, la boca amenazante y la melena erizada. Esta confusión en la parte delantera de la manada en movimiento siempre provocaba confusión en la retaguardia. Los lobos de atrás chocaban con el joven lobo y expresaban su disgusto dándole agudos mordiscos en las patas traseras y los flancos. Se estaba creando problemas, pues la falta de comida y el mal genio iban de la mano; pero con la fe ilimitada de la juventud persistía en repetir la maniobra cada poco tiempo, aunque nunca conseguía para él más que incomodidad.

Si hubiera habido comida, los amores y las peleas habrían continuado a buen ritmo y la formación de la manada se habría deshe-

up. But the situation of the pack was desperate. It was lean with long-standing hunger. It ran below its ordinary speed. At the rear limped the weak members, the very young and the very old. At the front were the strongest. Yet all were more like skeletons than full-bodied wolves. Nevertheless, with the exception of the ones that limped, the movements of the animals were effortless and tireless. Their stringy muscles seemed founts of inexhaustible energy. Behind every steel-like contraction of a muscle, lay another steel-like contraction, and another, and another, apparently without end.

They ran many miles that day. They ran through the night. And the next day found them still running. They were running over the surface of a world frozen and dead. No life stirred. They alone moved through the vast inertness. They alone were alive, and they sought for other things that were alive in order that they might devour them and continue to live.

They crossed low divides and ranged a dozen small streams in a lower-lying country before their quest was rewarded. Then they came upon moose. It was a big bull they first found. Here was meat and life, and it was guarded by no mysterious fires nor flying missiles of flame. Splay hoofs and palmated antlers they knew, and they flung their customary patience and caution to the wind. It was a brief fight and fierce. The big bull was beset on every side. He ripped them open or split their skulls with shrewdly driven blows of his great hoofs. He crushed them and broke them on his large horns. He stamped them into the snow under him in the wallowing struggle. But he was foredoomed, and he went down with the she-wolf tearing savagely at his throat, and with other teeth fixed everywhere upon him, devouring him alive, before ever his last struggles ceased or his last damage had been wrought.

There was food in plenty. The bull weighed over eight hundred pounds—fully twenty pounds of meat per mouth for the forty-odd wolves of the pack. But if they could fast prodigiously, they could feed prodigiously, and soon a few scattered bones were all that remained of the splendid live brute that had faced the pack a few hours before.

cho. Pero la situación de la manada era desesperada. Estaba flaca por el hambre que padecía desde hacía tiempo. Corría por debajo de su velocidad ordinaria. En la retaguardia cojeaban los miembros débiles, los muy jóvenes y los muy viejos. Al frente iban los más fuertes. Sin embargo, todos se parecían más a esqueletos que a lobos de cuerpo entero. A pesar de todo, a excepción de los que cojeaban, los movimientos de los animales se hacían sin esfuerzo y eran incansables. Sus músculos fibrosos parecían fuentes de energía inagotable. Detrás de cada contracción acerada de un músculo, había otra contracción acerada, y otra, y otra, aparentemente sin fin.

Corrieron muchas millas ese día. Corrieron durante toda la noche. Y al día siguiente todavía corrían. Corrían sobre la superficie de un mundo congelado y muerto. Ninguna vida se agitaba. Sólo ellos se movían a través de la vasta inercia. Sólo ellos estaban vivos, y buscaban otras cosas que estuvieran vivas para poder devorarlas y seguir viviendo.

Cruzaron líneas divisorias bajas y recorrieron una docena de pequeños arroyos en un país de tierras bajas antes de que su búsqueda se viera recompensada. Entonces se toparon con un alce. Fue una especie de gran buey lo primero que encontraron. Aquí había carne y vida, y no estaba custodiado por fuegos misteriosos ni misiles voladores en llamas. Conocían las pezuñas desplegadas y las astas palmadas, y dejaron atrás su acostumbrada paciencia y cautela. Fue una lucha breve y feroz. El gran buey fue acosado por todos lados. Él los desgarró o les partió el cráneo con golpes astutos de sus grandes pezuñas. Los aplastó y los rompió con sus grandes cuernos. Los estampó contra la nieve bajo él, en la lucha, revolcándose. Pero estaba predestinado, y cayó con la loba desgarrándole salvajemente la garganta, y con otros dientes clavados por todas partes en él, devorándolo vivo, antes de que cesaran sus últimos forcejeos o se hubiera producido su último daño.

Había comida en abundancia. El buey pesaba más de ochocientas libras: veinte libras de carne por boca para los cuarenta y tantos lobos de la manada. Pero si podían ayunar prodigiosamente, podían también alimentarse prodigiosamente, y pronto unos pocos huesos dispersos eran todo lo que quedaba del espléndido bruto vivo que se había enfrentado a la manada unas horas antes.

There was now much resting and sleeping. With full stomachs, bickering and quarrelling began among the younger males, and this continued through the few days that followed before the breaking-up of the pack. The famine was over. The wolves were now in the country of game, and though they still hunted in pack, they hunted more cautiously, cutting out heavy cows or crippled old bulls from the small moose-herds they ran across.

There came a day, in this land of plenty, when the wolf-pack split in half and went in different directions. The she-wolf, the young leader on her left, and the one-eyed elder on her right, led their half of the pack down to the Mackenzie River and across into the lake country to the east. Each day this remnant of the pack dwindled. Two by two, male and female, the wolves were deserting. Occasionally a solitary male was driven out by the sharp teeth of his rivals. In the end there remained only four: the she-wolf, the young leader, the one-eyed one, and the ambitious three-year-old.

The she-wolf had by now developed a ferocious temper. Her three suitors all bore the marks of her teeth. Yet they never replied in kind, never defended themselves against her. They turned their shoulders to her most savage slashes, and with wagging tails and mincing steps strove to placate her wrath. But if they were all mildness toward her, they were all fierceness toward one another. The three-year-old grew too ambitious in his fierceness. He caught the one-eyed elder on his blind side and ripped his ear into ribbons. Though the grizzled old fellow could see only on one side, against the youth and vigour of the other he brought into play the wisdom of long years of experience. His lost eye and his scarred muzzle bore evidence to the nature of his experience. He had survived too many battles to be in doubt for a moment about what to do.

The battle began fairly, but it did not end fairly. There was no telling what the outcome would have been, for the third wolf joined the elder, and together, old leader and young leader, they attacked the ambitious three-year-old and proceeded to destroy him. He was beset on either side by the merciless fangs of his erstwhile comrades. Forgotten were the days they had hunted

Ahora había mucho descanso y sueño. Con los estómagos llenos, empezaron las riñas y peleas entre los machos más jóvenes, que continuaron durante los pocos días que siguieron a la disolución de la manada. La hambruna había terminado. Los lobos estaban ahora en el país de la caza, y aunque seguían cazando en manada, lo hacían con más cautela, eliminando vacas pesadas o toros viejos y lisiados de las pequeñas manadas de alces con las que se cruzaban.

Llegó un día, en esta tierra de abundancia, en que la manada de lobos se dividió por la mitad y tomó direcciones diferentes. La loba, el joven líder a su izquierda, y el anciano tuerto a su derecha, guiaron a su mitad de la manada hacia el río Mackenzie y cruzaron hacia la región de los lagos al este. Cada día este remanente de la manada menguaba. De dos en dos, machos y hembras, los lobos iban desertando. De vez en cuando un macho solitario era expulsado por los afilados dientes de sus rivales. Al final sólo quedaron cuatro: la loba, el joven líder, el tuerto y el ambicioso de tres años.

La loba había desarrollado ya un temperamento feroz. Sus tres pretendientes llevaban todos las marcas de sus dientes. Sin embargo, nunca respondieron con la misma moneda, nunca se defendieron de ella. Volvieron los hombros ante sus tajos más salvajes, y con colas meneantes y pasos torpes se esforzaron por aplacar su ira. Pero si hacia ella eran todo dulzura, entre ellos eran todo ferocidad. El de tres años se volvió demasiado ambicioso en su ferocidad. Cogió al anciano tuerto por el lado ciego y le arrancó la oreja a tiras. Aunque el viejo canoso sólo podía ver por un lado, contra la juventud y el vigor del otro puso en juego la sabiduría de largos años de experiencia. Su ojo perdido y su hocico lleno de cicatrices daban fe de la naturaleza de su experiencia. Había sobrevivido a demasiadas batallas como para dudar un instante sobre lo que debía hacer.

La batalla comenzó con justicia, pero no terminó con justicia. No se sabía cuál habría sido el resultado, porque el tercer lobo se unió al mayor, y juntos, viejo líder y joven líder, atacaron al ambicioso lobo de tres años y procedieron a destruirlo. Fue acosado a ambos lados por los colmillos despiadados de sus antiguos camaradas. Olvidados estaban los días en que habían cazado juntos, la caza que habían

together, the game they had pulled down, the famine they had suffered. That business was a thing of the past. The business of love was at hand—ever a sterner and crueller business than that of food-getting.

And in the meanwhile, the she-wolf, the cause of it all, sat down contentedly on her haunches and watched. She was even pleased. This was her day—and it came not often—when manes bristled, and fang smote fang or ripped and tore the yielding flesh, all for the possession of her.

And in the business of love the three-year-old, who had made this his first adventure upon it, yielded up his life. On either side of his body stood his two rivals. They were gazing at the she-wolf, who sat smiling in the snow. But the elder leader was wise, very wise, in love even as in battle. The younger leader turned his head to lick a wound on his shoulder. The curve of his neck was turned toward his rival. With his one eye the elder saw the opportunity. He darted in low and closed with his fangs. It was a long, ripping slash, and deep as well. His teeth, in passing, burst the wall of the great vein of the throat. Then he leaped clear.

The young leader snarled terribly, but his snarl broke midmost into a tickling cough. Bleeding and coughing, already stricken, he sprang at the elder and fought while life faded from him, his legs going weak beneath him, the light of day dulling on his eyes, his blows and springs falling shorter and shorter.

And all the while the she-wolf sat on her haunches and smiled. She was made glad in vague ways by the battle, for this was the love-making of the Wild, the sex-tragedy of the natural world that was tragedy only to those that died. To those that survived it was not tragedy, but realisation and achievement.

When the young leader lay in the snow and moved no more, One Eye stalked over to the she-wolf. His carriage was one of mingled triumph and caution. He was plainly expectant of a rebuff, and he was just as plainly surprised when her teeth did not flash out at him in anger. For the first time she met him with a kindly manner. She sniffed noses with him, and even condescended to

abatido, la hambruna que habían sufrido. Aquel negocio era cosa del pasado. El negocio del amor estaba entre manos, un negocio más duro y cruel que el de conseguir comida.

Y mientras tanto, la loba, la causante de todo, se sentó satisfecha en sus ancas y observó. Estaba incluso contenta. Este era su día —y no venía a menudo—, cuando las melenas se erizaban, y colmillo golpeaba colmillo o rasgaba y desgarraba la carne que cedía, todo por la posesión de ella.

Y en el negocio del amor el lobo de tres años, que había hecho de ésta su primera aventura en él, entregó su vida. A ambos lados de su cuerpo estaban sus dos rivales. Miraban a la loba, que estaba sentada sonriendo en la nieve. Pero el líder mayor era sabio, muy sabio, tanto en el amor como en la batalla. El líder más joven giró la cabeza para lamerse una herida del hombro. La curva de su cuello estaba girada hacia su rival. Con su único ojo, el mayor vio la oportunidad. Se lanzó por lo bajo y cerró la boca con sus colmillos. Fue un tajo largo y desgarrador, y también profundo. Sus dientes, al pasar, reventaron la pared de la gran vena de la garganta. A continuación saltó lejos.

El joven líder gruñó terriblemente, pero su gruñido se rompió a mitad de camino en una tos cosquilleante. Sangrando y tosiendo, ya agotado, se abalanzó sobre el mayor y luchó mientras la vida se le desvanecía, sus piernas debilitándose bajo él, la luz del día apagándose en sus ojos, sus golpes y saltos cada vez más cortos.

Y todo el tiempo la loba se sentó sobre sus ancas y sonrió. La batalla la alegraba de manera imprecisa, porque ésta era la relación amorosa de lo salvaje, la tragedia sexual del mundo natural que sólo era tragedia para los que morían. Para los que sobrevivían no era tragedia, sino realización y logro.

Cuando el joven líder yacía en la nieve y ya no se movía, Un Ojo se acercó a la loba. Su porte era una mezcla de triunfo y cautela. Claramente esperaba un desaire, y se sorprendió igualmente cuando los dientes de ella no relampaguearon hacia él con ira. Por primera vez ella le recibió con amabilidad. Se olisqueó el hocico con él, e incluso se dignó a saltar y corretear y jugar con él a la manera de los cacho-

leap about and frisk and play with him in quite puppyish fashion. And he, for all his grey years and sage experience, behaved quite as puppyishly and even a little more foolishly.

Forgotten already were the vanquished rivals and the love-tale red-written on the snow. Forgotten, save once, when old One Eye stopped for a moment to lick his stiffening wounds. Then it was that his lips half writhed into a snarl, and the hair of his neck and shoulders involuntarily bristled, while he half crouched for a spring, his claws spasmodically clutching into the snow-surface for firmer footing. But it was all forgotten the next moment, as he sprang after the she-wolf, who was coyly leading him a chase through the woods.

After that they ran side by side, like good friends who have come to an understanding. The days passed by, and they kept together, hunting their meat and killing and eating it in common. After a time the she-wolf began to grow restless. She seemed to be searching for something that she could not find. The hollows under fallen trees seemed to attract her, and she spent much time nosing about among the larger snow-piled crevices in the rocks and in the caves of overhanging banks. Old One Eye was not interested at all, but he followed her good-naturedly in her quest, and when her investigations in particular places were unusually protracted, he would lie down and wait until she was ready to go on.

They did not remain in one place, but travelled across country until they regained the Mackenzie River, down which they slowly went, leaving it often to hunt game along the small streams that entered it, but always returning to it again. Sometimes they chanced upon other wolves, usually in pairs; but there was no friendliness of intercourse displayed on either side, no gladness at meeting, no desire to return to the pack-formation. Several times they encountered solitary wolves. These were always males, and they were pressingly insistent on joining with One Eye and his mate. This he resented, and when she stood shoulder to shoulder with him, bristling and showing her teeth, the aspiring solitary ones would back off, turn-tail, and continue on their lonely way.

rros. Y él, a pesar de todos sus años grises y su sabia experiencia, se comportó también como cachorro e incluso de manera un poco más tonta.

Olvidados estaban ya los rivales vencidos y el cuento de amor escrito en rojo sobre la nieve. Olvidados, salvo una vez, cuando el viejo Un Ojo se detuvo un momento para lamerse sus heridas endurecidas. Entonces fue cuando sus labios se retorcieron hasta convertirse en un gruñido, y el vello de su cuello y hombros se erizó involuntariamente, mientras se agazapaba a medias para saltar, con sus garras aferrándose espasmódicamente a la superficie de la nieve para pisar más firme. Pero todo se olvidó al instante siguiente, mientras saltaba tras la loba, que le guiaba tímidamente en su persecución por el bosque.

Después corrieron uno al lado del otro, como buenos amigos que han llegado a un entendimiento. Pasaron los días y siguieron juntos, cazando su carne y matándola y comiéndola en común. Al cabo de un tiempo, la loba empezó a inquietarse. Parecía estar buscando algo que no encontraba. Los huecos bajo los árboles caídos parecían atraerla, y pasó mucho tiempo husmeando entre las grietas más grandes amontonadas por la nieve en las rocas y en las cuevas de las orillas salientes. Al viejo Un Ojo no le interesaba en absoluto, pero la seguía con buen humor en su búsqueda, y cuando las investigaciones de ella en lugares concretos se prolongaban de forma inusual, él se tumbaba y esperaba hasta que ella estaba lista para continuar.

No permanecían en un solo lugar, sino que recorrían la región hasta recuperar el río Mackenzie, por el que bajaban lentamente, abandonándolo a menudo para cazar presas a lo largo de los pequeños arroyos que entraban en él, pero siempre volviendo a él de nuevo. A veces se tropezaban con otros lobos, generalmente en parejas; pero no se manifestaba amistad de trato por ninguna de las partes, ni alegría por el encuentro, ni deseo de volver a la formación de manada. Varias veces se encontraron con lobos solitarios. Éstos eran siempre machos, e insistían insistentemente en unirse a Un Ojo y a su compañera. Esto le molestaba a él, y cuando ella se ponía hombro con hombro con él, erizándose y enseñando los dientes, los aspirantes solitarios retrocedían, giraban la cola y continuaban su camino en soledad.

One moonlight night, running through the quiet forest, One Eye suddenly halted. His muzzle went up, his tail stiffened, and his nostrils dilated as he scented the air. One foot also he held up, after the manner of a dog. He was not satisfied, and he continued to smell the air, striving to understand the message borne upon it to him. One careless sniff had satisfied his mate, and she trotted on to reassure him. Though he followed her, he was still dubious, and he could not forbear an occasional halt in order more carefully to study the warning.

She crept out cautiously on the edge of a large open space in the midst of the trees. For some time she stood alone. Then One Eye, creeping and crawling, every sense on the alert, every hair radiating infinite suspicion, joined her. They stood side by side, watching and listening and smelling.

To their ears came the sounds of dogs wrangling and scuffling, the guttural cries of men, the sharper voices of scolding women, and once the shrill and plaintive cry of a child. With the exception of the huge bulks of the skin-lodges, little could be seen save the flames of the fire, broken by the movements of intervening bodies, and the smoke rising slowly on the quiet air. But to their nostrils came the myriad smells of an Indian camp, carrying a story that was largely incomprehensible to One Eye, but every detail of which the she-wolf knew.

She was strangely stirred, and sniffed and sniffed with an increasing delight. But old One Eye was doubtful. He betrayed his apprehension, and started tentatively to go. She turned and touched his neck with her muzzle in a reassuring way, then regarded the camp again. A new wistfulness was in her face, but it was not the wistfulness of hunger. She was thrilling to a desire that urged her to go forward, to be in closer to that fire, to be squabbling with the dogs, and to be avoiding and dodging the stumbling feet of men.

One Eye moved impatiently beside her; her unrest came back upon her, and she knew again her pressing need to find the thing

Una noche de luna, corriendo por el tranquilo bosque, Un Ojo se detuvo de repente. Su hocico se levantó, su cola se puso rígida y sus fosas nasales se dilataron mientras olfateaba el aire. También levantó un pie, a la manera de un perro. No estaba satisfecho, y continuó oliendo el aire, esforzándose por comprender el mensaje que le transmitía. Un descuidado olfateo había satisfecho a su compañera, y ella siguió trotando para tranquilizarle. Aunque él la siguió, seguía dudando, y no pudo evitar detenerse de vez en cuando para estudiar con más detenimiento la advertencia.

Ella se arrastró con cautela hasta el borde de un gran espacio abierto en medio de los árboles. Durante algún tiempo permaneció sola. Entonces Un Ojo, reptando y arrastrándose, con todos los sentidos en alerta, cada pelo irradiando infinita sospecha, se unió a ella. Permanecieron el uno junto al otro, observando, escuchando y olfateando.

A sus oídos llegaban los sonidos de los perros que se peleaban y se enfrentaban, los gritos guturales de los hombres, las voces más agudas de las mujeres que regañaban y, en una ocasión, el llanto agudo y lastimero de un niño. A excepción de los enormes bultos de las tiendas hechas de piel, poco podía verse salvo las llamas del fuego, entrecortadas por los movimientos de los cuerpos que intervenían, y el humo que se elevaba lentamente en el aire tranquilo. Pero a sus fosas nasales llegaban los innumerables olores de un campamento indio, portadores de una historia en gran parte incomprensible para Un Ojo, pero de la que la loba conocía todos los detalles.

Estaba extrañamente conmovida, y olfateaba y olfateaba con un deleite cada vez mayor. Pero el viejo Un Ojo tenía sus dudas. Traicionó su aprensión y se puso en marcha tímidamente. Ella se volvió y le tocó el cuello con el hocico de forma tranquilizadora, luego volvió a mirar al campamento. Una nueva nostalgia aparecía en su rostro, pero no era la nostalgia del hambre. La estremecía un deseo que la impulsaba a seguir adelante, a estar más cerca de aquel fuego, a reñir con los perros y a evitar y esquivar las trampas de los hombres.

Un Ojo se movía a su lado con impaciencia; la inquietud volvió a apoderarse de ella y conoció de nuevo su apremiante necesidad de

for which she searched. She turned and trotted back into the forest, to the great relief of One Eye, who trotted a little to the fore until they were well within the shelter of the trees.

As they slid along, noiseless as shadows, in the moonlight, they came upon a run-way. Both noses went down to the footprints in the snow. These footprints were very fresh. One Eye ran ahead cautiously, his mate at his heels. The broad pads of their feet were spread wide and in contact with the snow were like velvet. One Eye caught sight of a dim movement of white in the midst of the white. His sliding gait had been deceptively swift, but it was as nothing to the speed at which he now ran. Before him was bounding the faint patch of white he had discovered.

They were running along a narrow alley flanked on either side by a growth of young spruce. Through the trees the mouth of the alley could be seen, opening out on a moonlit glade. Old One Eye was rapidly overhauling the fleeing shape of white. Bound by bound he gained. Now he was upon it. One leap more and his teeth would be sinking into it. But that leap was never made. High in the air, and straight up, soared the shape of white, now a struggling snowshoe rabbit that leaped and bounded, executing a fantastic dance there above him in the air and never once returning to earth.

One Eye sprang back with a snort of sudden fright, then shrank down to the snow and crouched, snarling threats at this thing of fear he did not understand. But the she-wolf coolly thrust past him. She poised for a moment, then sprang for the dancing rabbit. She, too, soared high, but not so high as the quarry, and her teeth clipped emptily together with a metallic snap. She made another leap, and another.

Her mate had slowly relaxed from his crouch and was watching her. He now evinced displeasure at her repeated failures, and himself made a mighty spring upward. His teeth closed upon the rabbit, and he bore it back to earth with him. But at the same time there was a suspicious crackling movement beside him, and his astonished eye saw a young spruce sapling bending down above

encontrar aquello que buscaba. Se dio la vuelta y trotó de nuevo hacia el bosque, para gran alivio de Un Ojo, que trotó un poco hacia delante hasta que estuvieron bien al abrigo de los árboles.

Mientras se deslizaban, silenciosos como sombras, a la luz de la luna, llegaron a un camino. Ambos hocicos bajaron hasta las huellas en la nieve. Estas huellas estaban muy frescas. Un Ojo corría por delante cautelosamente, con su compañera pisándole los talones. Las anchas almohadillas de sus pies estaban muy extendidas y en contacto con la nieve eran como de terciopelo. Un Ojo divisó un tenue movimiento blanco en medio de la blancura. Su andar deslizante había sido engañosamente veloz, pero no era nada comparado con la velocidad a la que corría ahora. Ante él saltaba la tenue mancha blanca que había descubierto.

Corrían por un estrecho camino flanqueado a ambos lados por un conjunto de crecientes jóvenes abetos. A través de los árboles podía verse la boca del camino, que se abría a un claro iluminado por la luna. El viejo Un Ojo estaba superando rápidamente a la huidiza figura blanca. Salto a salto fue ganando terreno. Ahora estaba sobre él. Un salto más y sus dientes se hundirían en él. Pero ese salto nunca se dio. Alto en el aire, y en línea recta, se elevó la forma de blanco, ahora un conejo con raquetas de nieve luchaba y brincaba, ejecutando una danza fantástica allá arriba en el aire y nunca más retornando a la tierra.

Un Ojo retrocedió con un bufido de súbito espanto, luego se encogió sobre la nieve y se agazapó, gruñendo amenazas a esa cosa de miedo que no entendía. Pero la loba le adelantó con frialdad. Se detuvo un momento y luego saltó hacia el conejo bailarín. Ella también se elevó alto, pero no tanto como la presa, y sus dientes chasquearon en el vacío con un chasquido metálico. Dio otro salto, y otro.

Su compañero se había relajado lentamente en cuclillas y la estaba observando. Él ahora mostraba su disgusto por sus repetidos fracasos, y él mismo dio un poderoso salto hacia arriba. Sus dientes se cerraron sobre el conejo y lo llevó de vuelta a la tierra con él. Pero al mismo tiempo hubo un sospechoso movimiento crujiente a su lado, y su ojo atónito vio un joven retoño de abeto que se inclinaba sobre él

him to strike him. His jaws let go their grip, and he leaped backward to escape this strange danger, his lips drawn back from his fangs, his throat snarling, every hair bristling with rage and fright. And in that moment the sapling reared its slender length upright and the rabbit soared dancing in the air again.

The she-wolf was angry. She sank her fangs into her mate's shoulder in reproof; and he, frightened, unaware of what constituted this new onslaught, struck back ferociously and in still greater fright, ripping down the side of the she-wolf's muzzle. For him to resent such reproof was equally unexpected to her, and she sprang upon him in snarling indignation. Then he discovered his mistake and tried to placate her. But she proceeded to punish him roundly, until he gave over all attempts at placation, and whirled in a circle, his head away from her, his shoulders receiving the punishment of her teeth.

In the meantime the rabbit danced above them in the air. The she-wolf sat down in the snow, and old One Eye, now more in fear of his mate than of the mysterious sapling, again sprang for the rabbit. As he sank back with it between his teeth, he kept his eye on the sapling. As before, it followed him back to earth. He crouched down under the impending blow, his hair bristling, but his teeth still keeping tight hold of the rabbit. But the blow did not fall. The sapling remained bent above him. When he moved it moved, and he growled at it through his clenched jaws; when he remained still, it remained still, and he concluded it was safer to continue remaining still. Yet the warm blood of the rabbit tasted good in his mouth.

It was his mate who relieved him from the quandary in which he found himself. She took the rabbit from him, and while the sapling swayed and teetered threateningly above her she calmly gnawed off the rabbit's head. At once the sapling shot up, and after that gave no more trouble, remaining in the decorous and perpendicular position in which nature had intended it to grow. Then, between them, the she-wolf and One Eye devoured the game which the mysterious sapling had caught for them.

There were other run-ways and alleys where rabbits were

para golpearle. Sus mandíbulas soltaron su presa y saltó hacia atrás para escapar de aquel extraño peligro, con los labios contraídos por los colmillos, la garganta gruñendo, todos los pelos erizados de rabia y espanto. Y en ese momento el pequeño árbol erguía su esbelta longitud y el conejo se elevaba bailando en el aire de nuevo.

La loba estaba furiosa. Hundió sus colmillos en el hombro de su compañero en señal de reproche; y él, asustado, ignorante de lo que constituía esta nueva embestida, contraatacó ferozmente, aún más asustado, desgarrando el costado del hocico de la loba. Que él se resintiera de tal reproche fue igualmente inesperado para ella, y se abalanzó sobre él gruñendo de indignación. Entonces él descubrió su error e intentó aplacarla. Pero ella procedió a castigarle rotundamente, hasta que él renunció a todo intento de aplacamiento y giró en círculo, con la cabeza alejada de ella y los hombros recibiendo el castigo de sus dientes.

Mientras tanto, el conejo bailaba sobre ellos en el aire. La loba se sentó en la nieve y el viejo Un Ojo, ahora más temeroso de su compañera que del misterioso árbol, se lanzó de nuevo a por el conejo. Mientras se hundía con él entre los dientes, no perdió de vista el árbol. Como antes, éste le siguió hasta la tierra. Él se agachó ante el inminente golpe, con el pelo erizado, pero con los dientes todavía sujetando con fuerza al conejo. Pero el golpe no cayó. El árbol permaneció doblado sobre él. Cuando él se movía, éste se movía, y él le gruñía a través de sus mandíbulas apretadas; cuando él permanecía quieto, éste permanecía quieto, y él concluyó que era más seguro seguir permaneciendo quieto. Sin embargo, la sangre caliente del conejo le sabía bien en la boca.

Fue su compañera quien le liberó del dilema en el que se encontraba. Le arrebató el conejo y, mientras el árbol se balanceaba y tambaleaba amenazadoramente sobre ella, ella royó tranquilamente la cabeza del conejo. Al instante el árbol se disparó hacia arriba, y después de eso no dio más problemas, permaneciendo en la posición decorosa y perpendicular en la que la naturaleza había querido que creciera. Entonces, entre los dos, la loba y Un Ojo devoraron la caza que el misterioso árbol había cazado para ellos.

Había otros senderos y caminos donde los conejos colgaban en

hanging in the air, and the wolf-pair prospected them all, the she-wolf leading the way, old One Eye following and observant, learning the method of robbing snares—a knowledge destined to stand him in good stead in the days to come.

el aire, y la pareja de lobos los exploró a todos, la loba guiando por el camino, el viejo Un Ojo siguiendo y observando, aprendiendo el método de robar trampas... un conocimiento destinado a servirle de ayuda en los días venideros.

For two days the she-wolf and One Eye hung about the Indian camp. He was worried and apprehensive, yet the camp lured his mate and she was loath to depart. But when, one morning, the air was rent with the report of a rifle close at hand, and a bullet smashed against a tree trunk several inches from One Eye's head, they hesitated no more, but went off on a long, swinging lope that put quick miles between them and the danger.

They did not go far—a couple of days' journey. The she-wolf's need to find the thing for which she searched had now become imperative. She was getting very heavy, and could run but slowly. Once, in the pursuit of a rabbit, which she ordinarily would have caught with ease, she gave over and lay down and rested. One Eye came to her; but when he touched her neck gently with his muzzle she snapped at him with such quick fierceness that he tumbled over backward and cut a ridiculous figure in his effort to escape her teeth. Her temper was now shorter than ever; but he had become more patient than ever and more solicitous.

And then she found the thing for which she sought. It was a few miles up a small stream that in the summer time flowed into the Mackenzie, but that then was frozen over and frozen down to its rocky bottom—a dead stream of solid white from source to mouth. The she-wolf was trotting wearily along, her mate well in advance, when she came upon the overhanging, high clay-bank. She turned aside and trotted over to it. The wear and tear of spring storms and melting snows had underwashed the bank and in one place had made a small cave out of a narrow fissure.

She paused at the mouth of the cave and looked the wall over carefully. Then, on one side and the other, she ran along the base of the wall to where its abrupt bulk merged from the softer-lined landscape. Returning to the cave, she entered its narrow mouth. For a short three feet she was compelled to crouch, then the walls widened and rose higher in a little round chamber nearly six feet in diameter. The roof barely cleared her head. It was dry and cosey. She inspected it with painstaking care, while One Eye, who

## CAPÍTULO II — LA GUARIDA

Durante dos días la loba y Un Ojo merodearon por el campamento indio. Él estaba preocupado y receloso, pero el campamento atraía a su compañera y ella se resistía a partir. Pero cuando, una mañana, el aire se rasgó con el estallido de un rifle cercano, y una bala se estrelló contra el tronco de un árbol a varias pulgadas de la cabeza de Un Ojo, no dudaron más, sino que emprendieron un largo y oscilante trote que puso rápidas millas entre ellos y el peligro.

No fueron muy lejos... un par de días de viaje. La necesidad de la loba de encontrar lo que buscaba se había vuelto ahora imperiosa. Ella se estaba volviendo muy pesada y sólo podía correr lentamente. Una vez, en la persecución de un conejo, que normalmente habría atrapado con facilidad, se rindió y se tumbó a descansar. Un Ojo se acercó a ella; pero cuando le tocó suavemente el cuello con el hocico ella le chasqueó con una fiereza tan rápida que él cayó de espaldas e hizo una figura ridícula en su esfuerzo por escapar de sus dientes. El temperamento de ella era ahora más irascible que nunca; pero él se había vuelto más paciente que nunca y más solícito.

Y entonces ella encontró lo que buscaba. Estaba a unas millas de un pequeño arroyo que en verano desembocaba en el Mackenzie, pero que entonces estaba helado y congelado hasta su fondo rocoso: un arroyo muerto de un blanco sólido desde el nacimiento hasta la desembocadura. La loba iba trotando cansinamente, con su compañero muy por delante, cuando se topó con la alta orilla de arcilla que sobresalía. Ella se apartó y trotó hacia éste. El desgaste de las tormentas primaverales y las nieves derretidas habían socavado la orilla y en un lugar habían hecho una pequeña cueva de una estrecha fisura.

Ella se detuvo en la boca de la cueva y observó detenidamente la pared. Luego, a un lado y a otro, recorrió la base de la pared hasta donde su abrupto volumen se fundía con el paisaje de líneas más suaves. Volviendo a la cueva, entró en su estrecha boca. Durante unos escasos tres pies se vio obligada a agacharse, luego las paredes se ensancharon y se elevaron en una pequeña cámara redonda de casi seis pies de diámetro. El techo apenas sobresalía la cabeza. Estaba seco y pastoso. Ella lo inspeccionó con minucioso cuidado,

had returned, stood in the entrance and patiently watched her. She dropped her head, with her nose to the ground and directed toward a point near to her closely bunched feet, and around this point she circled several times; then, with a tired sigh that was almost a grunt, she curled her body in, relaxed her legs, and dropped down, her head toward the entrance. One Eye, with pointed, interested ears, laughed at her, and beyond, outlined against the white light, she could see the brush of his tail waving good-naturedly. Her own ears, with a snuggling movement, laid their sharp points backward and down against the head for a moment, while her mouth opened and her tongue lolled peaceably out, and in this way she expressed that she was pleased and satisfied.

One Eye was hungry. Though he lay down in the entrance and slept, his sleep was fitful. He kept awaking and cocking his ears at the bright world without, where the April sun was blazing across the snow. When he dozed, upon his ears would steal the faint whispers of hidden trickles of running water, and he would rouse and listen intently. The sun had come back, and all the awakening Northland world was calling to him. Life was stirring. The feel of spring was in the air, the feel of growing life under the snow, of sap ascending in the trees, of buds bursting the shackles of the frost.

He cast anxious glances at his mate, but she showed no desire to get up. He looked outside, and half a dozen snow-birds fluttered across his field of vision. He started to get up, then looked back to his mate again, and settled down and dozed. A shrill and minute singing stole upon his hearing. Once, and twice, he sleepily brushed his nose with his paw. Then he woke up. There, buzzing in the air at the tip of his nose, was a lone mosquito. It was a full-grown mosquito, one that had lain frozen in a dry log all winter and that had now been thawed out by the sun. He could resist the call of the world no longer. Besides, he was hungry.

He crawled over to his mate and tried to persuade her to get up. But she only snarled at him, and he walked out alone into the bright sunshine to find the snow-surface soft under foot and

mientras Un Ojo, que había regresado, permanecía en la entrada y la observaba pacientemente. Ella bajó la cabeza, con el hocico pegado al suelo y dirigido hacia un punto cercano a sus patas muy juntas, y alrededor de este punto dio varias vueltas; luego, con un suspiro cansado que era casi un gruñido, encorvó el cuerpo, relajó las patas y se dejó caer, con la cabeza hacia la entrada. Un Ojo, con orejas puntiagudas e interesadas, se rió de ella, y más allá, perfilado contra la luz blanca, pudo ver el pincel de su cola agitándose con buen humor. Las orejas de ella, con un movimiento de acurrucamiento, colocaron sus puntas afiladas hacia atrás y hacia abajo contra la cabeza por un momento, mientras su boca se abría y su lengua se movía pacíficamente hacia fuera, y de esta forma ella expresaba que estaba complacida y satisfecha.

Un Ojo tenía hambre. Aunque se tumbó en la entrada y durmió, su sueño fue irregular. Se despertaba continuamente y aguzaba el oído hacia el brillante mundo exterior, donde el sol de abril resplandecía sobre la nieve. Cuando dormitaba, sobre sus oídos se colaban los débiles susurros de ocultos hilos de agua corriente, y él se despertaba y escuchaba atentamente. El sol había vuelto y todo el mundo de las Tierras del Norte que despertaba le llamaba. La vida se agitaba. La sensación de la primavera estaba en el aire, la sensación de la vida creciendo bajo la nieve, de la savia ascendiendo en los árboles, de los brotes rompiendo los grilletes de la escarcha.

Él lanzó miradas ansiosas a su compañera, pero ella no mostró ningún deseo de levantarse. Miró al exterior y media docena de pájaros de las nieves revoloteaban en su campo de visión. Empezó a levantarse, luego volvió a mirar a su compañera, y se acomodó y dormitó. Un canto agudo y diminuto se coló en su oído. Una vez, dos veces, se rozó somnoliento el hocico con la pata. Entonces se despertó. Allí, zumbando en el aire en la punta de su hocico, había un mosquito solitario. Era un mosquito adulto, uno que había permanecido congelado en un tronco seco durante todo el invierno y que ahora el sol había descongelado. Ya no podía resistirse a la llamada del mundo. Además, tenía hambre.

Se arrastró hasta su compañera e intentó persuadirla para que se levantara. Pero ella sólo le gruñó, y él salió solo al sol brillante para encontrar la superficie de nieve blanda bajo los pies y el des-

the travelling difficult. He went up the frozen bed of the stream, where the snow, shaded by the trees, was yet hard and crystalline. He was gone eight hours, and he came back through the darkness hungrier than when he had started. He had found game, but he had not caught it. He had broken through the melting snow crust, and wallowed, while the snowshoe rabbits had skimmed along on top lightly as ever.

He paused at the mouth of the cave with a sudden shock of suspicion. Faint, strange sounds came from within. They were sounds not made by his mate, and yet they were remotely familiar. He bellied cautiously inside and was met by a warning snarl from the she-wolf. This he received without perturbation, though he obeyed it by keeping his distance; but he remained interested in the other sounds—faint, muffled sobbings and slubberings.

His mate warned him irritably away, and he curled up and slept in the entrance. When morning came and a dim light pervaded the lair, he again sought after the source of the remotely familiar sounds. There was a new note in his mate's warning snarl. It was a jealous note, and he was very careful in keeping a respectful distance. Nevertheless, he made out, sheltering between her legs against the length of her body, five strange little bundles of life, very feeble, very helpless, making tiny whimpering noises, with eyes that did not open to the light. He was surprised. It was not the first time in his long and successful life that this thing had happened. It had happened many times, yet each time it was as fresh a surprise as ever to him.

His mate looked at him anxiously. Every little while she emitted a low growl, and at times, when it seemed to her he approached too near, the growl shot up in her throat to a sharp snarl. Of her own experience she had no memory of the thing happening; but in her instinct, which was the experience of all the mothers of wolves, there lurked a memory of fathers that had eaten their new-born and helpless progeny. It manifested itself as a fear strong within her, that made her prevent One Eye from more closely inspecting the cubs he had fathered.

But there was no danger. Old One Eye was feeling the urge of an

plazamiento difícil. Subió por el lecho helado del arroyo, donde la nieve, a la sombra de los árboles, era aún dura y cristalina. Estuvo fuera ocho horas, y regresó a través de la oscuridad más hambriento que cuando había partido. Había encontrado caza, pero no la había capturado. Había atravesado la costra de nieve derretida y se había revolcado, mientras que los conejos de raqueta se habían deslizado por encima tan ligeros como siempre.

Se detuvo ante la boca de la cueva con un repentino sobresalto de sospecha. Unos sonidos débiles y extraños provenían del interior. Eran sonidos no emitidos por su compañera y, sin embargo, le resultaban remotamente familiares. Entró con cautela y fue recibido por un gruñido de advertencia de la loba. Él lo recibió sin perturbarse, aunque lo obedeció manteniendo la distancia; pero siguió interesado en los otros sonidos: débiles y apagados sollozos y gorgoritos.

Su compañera le advirtió irritada que se alejara, y él se acurrucó y durmió en la entrada. Cuando llegó la mañana y una tenue luz invadió la guarida, buscó de nuevo la fuente de los sonidos remotamente familiares. Había una nueva nota en el gruñido de advertencia de su compañera. Era una nota celosa, y tuvo mucho cuidado en mantener una distancia respetuosa. Sin embargo, divisó, refugiados entre sus piernas contra la longitud de su cuerpo, cinco extraños pequeños bultos de vida, muy débiles, muy indefensos, emitiendo diminutos ruidos quejumbrosos, con ojos que no se abrían a la luz. Estaba sorprendido. No era la primera vez en su larga y fructífera vida que le ocurría algo así. Había sucedido muchas veces, pero cada vez era para él una sorpresa tan fresca como siempre.

Su compañera le miraba con ansiedad. Cada poco tiempo emitía un gruñido bajo, y a veces, cuando le parecía que él se acercaba demasiado, el gruñido salía de su garganta hasta convertirse en un gruñido más agudo. De su propia experiencia no tenía ningún recuerdo; pero en su instinto, que era la experiencia de todas las madres de lobos, acechaba el recuerdo de padres que se habían comido a su progenie recién nacida e indefensa. Se manifestaba como un fuerte miedo dentro de ella, que la hacía impedir que Un Ojo inspeccionara más de cerca a los cachorros que había engendrado.

Pero no había peligro. El viejo Un Ojo estaba sintiendo el empuje

impulse, that was, in turn, an instinct that had come down to him from all the fathers of wolves. He did not question it, nor puzzle over it. It was there, in the fibre of his being; and it was the most natural thing in the world that he should obey it by turning his back on his new-born family and by trotting out and away on the meat-trail whereby he lived.

Five or six miles from the lair, the stream divided, its forks going off among the mountains at a right angle. Here, leading up the left fork, he came upon a fresh track. He smelled it and found it so recent that he crouched swiftly, and looked in the direction in which it disappeared. Then he turned deliberately and took the right fork. The footprint was much larger than the one his own feet made, and he knew that in the wake of such a trail there was little meat for him.

Half a mile up the right fork, his quick ears caught the sound of gnawing teeth. He stalked the quarry and found it to be a porcupine, standing upright against a tree and trying his teeth on the bark. One Eye approached carefully but hopelessly. He knew the breed, though he had never met it so far north before; and never in his long life had porcupine served him for a meal. But he had long since learned that there was such a thing as Chance, or Opportunity, and he continued to draw near. There was never any telling what might happen, for with live things events were somehow always happening differently.

The porcupine rolled itself into a ball, radiating long, sharp needles in all directions that defied attack. In his youth One Eye had once sniffed too near a similar, apparently inert ball of quills, and had the tail flick out suddenly in his face. One quill he had carried away in his muzzle, where it had remained for weeks, a rankling flame, until it finally worked out. So he lay down, in a comfortable crouching position, his nose fully a foot away, and out of the line of the tail. Thus he waited, keeping perfectly quiet. There was no telling. Something might happen. The porcupine might unroll. There might be opportunity for a deft and ripping thrust of paw into the tender, unguarded belly.

de un impulso, que era, a su vez, un instinto que le había llegado de todos los padres de lobos. No lo cuestionó, ni le dio vueltas. Estaba ahí, en la fibra de su ser; y era lo más natural del mundo que lo obedeciera dándole la espalda a su recién nacida familia y trotando y alejándose por el sendero de carne en el que vivía.

A cinco o seis millas de la guarida, el arroyo se dividía, sus bifurcaciones se alejaban entre las montañas en ángulo recto. Aquí, subiendo por la bifurcación de la izquierda, se topó con una huella fresca. La olió y la encontró tan reciente que se agachó rápidamente y miró en la dirección en la que desaparecía. Luego giró deliberadamente y tomó la bifurcación de la derecha. La huella era mucho mayor que la que habían dejado sus propios pies, y sabía que tras semejante rastro había un poco de carne para él.

A media milla por la bifurcación de la derecha, sus rápidos oídos captaron el sonido de unos dientes royendo. Acechó a la presa y descubrió que se trataba de un puercoespín, erguido contra un árbol y probando sus dientes en la corteza. Un Ojo se acercó con cuidado pero sin éxito. Conocía la raza, aunque nunca la había encontrado tan al norte; y nunca en su larga vida el puercoespín le había servido de comida. Pero hacía tiempo que había aprendido que existía algo llamado Azar, u Oportunidad, y continuó acercándose. Nunca se sabía lo que podía ocurrir, pues con las cosas vivas los acontecimientos siempre sucedían de manera diferente.

El puercoespín se enrolló en una bola, irradiando largas y afiladas agujas en todas las direcciones que desafiaban cualquier ataque. En su juventud, Un Ojo había olfateado una vez demasiado cerca una bola de púas similar, aparentemente inerte, y la cola se le había agitado de repente en la cara. Se había llevado una aguja en el hocico, donde había permanecido durante semanas, una llama ardiente, hasta que finalmente se apagó. Así que se tumbó, en una cómoda posición agachada, con el hocico a un pie de distancia y fuera de la línea de la cola. Así esperó, manteniéndose perfectamente callado. No se sabía. Podía ocurrir algo. El puercoespín podría desenrollarse. Podría haber oportunidad para asestar un hábil y desgarrador golpe de zarpa en el tierno y desprotegido vientre.

But at the end of half an hour he arose, growled wrathfully at the motionless ball, and trotted on. He had waited too often and futilely in the past for porcupines to unroll, to waste any more time. He continued up the right fork. The day wore along, and nothing rewarded his hunt.

The urge of his awakened instinct of fatherhood was strong upon him. He must find meat. In the afternoon he blundered upon a ptarmigan. He came out of a thicket and found himself face to face with the slow-witted bird. It was sitting on a log, not a foot beyond the end of his nose. Each saw the other. The bird made a startled rise, but he struck it with his paw, and smashed it down to earth, then pounced upon it, and caught it in his teeth as it scuttled across the snow trying to rise in the air again. As his teeth crunched through the tender flesh and fragile bones, he began naturally to eat. Then he remembered, and, turning on the back-track, started for home, carrying the ptarmigan in his mouth.

A mile above the forks, running velvet-footed as was his custom, a gliding shadow that cautiously prospected each new vista of the trail, he came upon later imprints of the large tracks he had discovered in the early morning. As the track led his way, he followed, prepared to meet the maker of it at every turn of the stream.

He slid his head around a corner of rock, where began an unusually large bend in the stream, and his quick eyes made out something that sent him crouching swiftly down. It was the maker of the track, a large female lynx. She was crouching as he had crouched once that day, in front of her the tight-rolled ball of quills. If he had been a gliding shadow before, he now became the ghost of such a shadow, as he crept and circled around, and came up well to leeward of the silent, motionless pair.

He lay down in the snow, depositing the ptarmigan beside him, and with eyes peering through the needles of a low-growing spruce he watched the play of life before him—the waiting lynx

Pero al cabo de media hora se levantó, gruñó iracundo a la bola inmóvil y siguió trotando. Había esperado demasiadas veces e inútilmente en el pasado a que los puercoespines se desenrollaran, como para perder más tiempo. Continuó subiendo por la bifurcación de la derecha. El día avanzaba y nada recompensaba su caza.

El impulso de su despierto instinto de paternidad se imponía sobre él. Debía encontrar carne. Por la tarde tropezó con una perdiz. Salió de un matorral y él se encontró cara a cara con el pájaro de lento vuelo. Estaba posada en un tronco, no más allá de un palmo del extremo de su hocico. Cada uno vio al otro. El pájaro se levantó sobresaltado, pero él lo golpeó con la pata y lo derribó a tierra, luego se abalanzó sobre él y lo atrapó entre los dientes mientras correteaba por la nieve intentando elevarse de nuevo en el aire. Mientras sus dientes hacían crujir la tierna carne y los frágiles huesos, comenzó naturalmente a comer. Entonces se acordó y, dando media vuelta en el camino de vuelta, se puso en marcha hacia casa, llevando la perdiz en la boca.

Una milla por encima de las bifurcaciones, corriendo con pies de terciopelo como era su costumbre —una sombra deslizante que exploraba cautelosamente cada nueva vista del sendero— se topó con las últimas impresiones de las grandes huellas que había descubierto a primera hora de la mañana. A medida que las huellas le guiaban, él las seguía, preparado para encontrarse con su creador en cada recodo del arroyo.

Deslizó la cabeza por una esquina de roca, donde comenzaba un recodo inusualmente grande de la corriente, y sus rápidos ojos distinguieron algo que le hizo agacharse rápidamente. Era la creadora de las huellas, una gran hembra de lince. Estaba agazapada como él se había agazapado una vez aquel día, delante de ella la bola de púas bien enrollada. Si antes él había sido una sombra que se deslizaba, ahora se convirtió en el fantasma de tal sombra, mientras se arrastraba y daba vueltas alrededor, y se acercaba bien a sotavento de la silenciosa e inmóvil pareja.

Se tumbó en la nieve, depositando la perdiz a su lado, y con los ojos escrutando a través de las agujas de un abeto de poca altura observó el juego de la vida ante él: el lince y el puercoespín esperan-

and the waiting porcupine, each intent on life; and, such was the curiousness of the game, the way of life for one lay in the eating of the other, and the way of life for the other lay in being not eaten. While old One Eye, the wolf crouching in the covert, played his part, too, in the game, waiting for some strange freak of Chance, that might help him on the meat-trail which was his way of life.

Half an hour passed, an hour; and nothing happened. The ball of quills might have been a stone for all it moved; the lynx might have been frozen to marble; and old One Eye might have been dead. Yet all three animals were keyed to a tenseness of living that was almost painful, and scarcely ever would it come to them to be more alive than they were then in their seeming petrifaction.

One Eye moved slightly and peered forth with increased eagerness. Something was happening. The porcupine had at last decided that its enemy had gone away. Slowly, cautiously, it was unrolling its ball of impregnable armour. It was agitated by no tremor of anticipation. Slowly, slowly, the bristling ball straightened out and lengthened. One Eye watching, felt a sudden moistness in his mouth and a drooling of saliva, involuntary, excited by the living meat that was spreading itself like a repast before him.

Not quite entirely had the porcupine unrolled when it discovered its enemy. In that instant the lynx struck. The blow was like a flash of light. The paw, with rigid claws curving like talons, shot under the tender belly and came back with a swift ripping movement. Had the porcupine been entirely unrolled, or had it not discovered its enemy a fraction of a second before the blow was struck, the paw would have escaped unscathed; but a side-flick of the tail sank sharp quills into it as it was withdrawn.

Everything had happened at once—the blow, the counter-blow, the squeal of agony from the porcupine, the big cat's squall of sudden hurt and astonishment. One Eye half arose in his excitement, his ears up, his tail straight out and quivering behind him. The lynx's bad temper got the best of her. She sprang savagely at the thing that had hurt her. But the porcupine, squealing and

do, cada uno empeñado en vivir; y, tal era la curiosidad del juego, el camino de la vida para uno consistía en comerse al otro, y el camino de la vida para el otro consistía en no ser comido. Mientras tanto, el viejo Un Ojo, el lobo agazapado en el escondrijo, jugaba también su parte en el juego, esperando algún extraño capricho del azar que pudiera ayudarle en el rastro de la carne que era su forma de vida.

Pasó media hora, una hora; y no ocurrió nada. La bola de púas podría haber sido una piedra considerando cuanto se movía; el lince podría haberse congelado hasta convertirse en mármol; y el viejo Un Ojo podría haber muerto. Sin embargo, los tres animales vivían con una tensión que era casi dolorosa, y difícilmente se les ocurriría estar más vivos de lo que estaban entonces en su aparente petrificación.

Un Ojo se movió ligeramente y miró hacia delante con mayor impaciencia. Algo estaba ocurriendo. El puercoespín había decidido por fin que su enemigo se había marchado. Lentamente, con cautela, estaba desenrollando su bola de coraza inexpugnable. No se agitaba por ningún temblor de anticipación. Lenta, lentamente, la bola erizada se enderezó y alargó. Un Ojo observaba, sintió una repentina humedad en la boca y un babeo de saliva, involuntario, excitado por la carne viva que se extendía como un festín ante él.

El puercoespín no se había desenrollado del todo cuando descubrió a su enemigo. En ese instante el lince atacó. El golpe fue como un destello de luz. La zarpa, con rígidas garras curvadas como si fuera un ave de rapiña, se disparó bajo el tierno vientre y volvió con un rápido movimiento desgarrador. Si el puercoespín se hubiera desenrollado por completo, o si no hubiera descubierto a su enemigo una fracción de segundo antes de asestar el golpe, la zarpa habría escapado indemne; pero un movimiento lateral de la cola le hundió las afiladas púas al retirarla.

Todo había sucedido a la vez: el golpe, el contragolpe, el chillido de agonía del puercoespín, el berrido de súbito dolor y asombro del gran gato. Un Ojo se levantó a medias en su excitación, las orejas en alto, la cola estirada y temblorosa detrás de él. El mal genio del lince sacó lo mejor del animal. Se abalanzó salvajemente sobre la cosa que lo había herido. Pero el puercoespín, chillando y gruñendo,

grunting, with disrupted anatomy trying feebly to roll up into its ball-protection, flicked out its tail again, and again the big cat squalled with hurt and astonishment. Then she fell to backing away and sneezing, her nose bristling with quills like a monstrous pin-cushion. She brushed her nose with her paws, trying to dislodge the fiery darts, thrust it into the snow, and rubbed it against twigs and branches, and all the time leaping about, ahead, sidewise, up and down, in a frenzy of pain and fright.

She sneezed continually, and her stub of a tail was doing its best toward lashing about by giving quick, violent jerks. She quit her antics, and quieted down for a long minute. One Eye watched. And even he could not repress a start and an involuntary bristling of hair along his back when she suddenly leaped, without warning, straight up in the air, at the same time emitting a long and most terrible squall. Then she sprang away, up the trail, squalling with every leap she made.

It was not until her racket had faded away in the distance and died out that One Eye ventured forth. He walked as delicately as though all the snow were carpeted with porcupine quills, erect and ready to pierce the soft pads of his feet. The porcupine met his approach with a furious squealing and a clashing of its long teeth. It had managed to roll up in a ball again, but it was not quite the old compact ball; its muscles were too much torn for that. It had been ripped almost in half, and was still bleeding profusely.

One Eye scooped out mouthfuls of the blood-soaked snow, and chewed and tasted and swallowed. This served as a relish, and his hunger increased mightily; but he was too old in the world to forget his caution. He waited. He lay down and waited, while the porcupine grated its teeth and uttered grunts and sobs and occasional sharp little squeals. In a little while, One Eye noticed that the quills were drooping and that a great quivering had set up. The quivering came to an end suddenly. There was a final defiant clash of the long teeth. Then all the quills drooped quite down, and the body relaxed and moved no more.

With a nervous, shrinking paw, One Eye stretched out the por-

con la anatomía trastornada tratando débilmente de enrollarse en su bola protectora, sacó de nuevo la cola, y de nuevo la gran gata chilló de dolor y asombro. Luego se echó hacia atrás y estornudó, con el hocico erizado de púas como un monstruoso cojín de alfileres. Se frotó el hocico con las patas, tratando de sacarse los ardientes dardos, lo clavó en la nieve y lo frotó contra ramitas y ramas, y todo el tiempo daba saltitos, hacia delante, hacia los lados, arriba y abajo, en un frenesí de dolor y susto.

Estornudaba continuamente y su rabito hacía todo lo posible por azotarse dando rápidos y violentos tirones. Dejó sus payasadas y se calmó durante un largo minuto. Un Ojo la observaba. Y ni siquiera él pudo reprimir un sobresalto y un erizamiento involuntario del vello a lo largo de su espalda cuando ella saltó de repente, sin previo aviso, erguida en el aire, emitiendo al mismo tiempo un largo y terrible berrido. Luego se alejó a toda velocidad, rastro arriba, chillando a cada salto que daba.

No fue hasta que su algarabía se desvaneció en la distancia y se apagó cuando Un Ojo se aventuró a salir. Él caminaba tan delicadamente como si toda la nieve estuviera alfombrada de púas de puercoespín, erguidas y listas para atravesar las suaves almohadillas de sus pies. El puercoespín recibió su aproximación con un furioso chillido y un entrechocar de sus largos dientes. Había conseguido enrollarse de nuevo en una bola, pero no era del todo la vieja bola compacta; sus músculos estaban demasiado desgarrados para eso. Se había desgarrado casi por la mitad y aún sangraba profusamente.

Un Ojo sacó bocados de nieve empapada en sangre, y masticó, saboreó y tragó. Esto le sirvió de aliciente, y su hambre aumentó poderosamente; pero era demasiado viejo en el mundo para olvidar su cautela. Esperó. Se tumbó y esperó, mientras el puercoespín rechinaba los dientes y emitía gruñidos y sollozos y de vez en cuando pequeños chillidos agudos. Al cabo de un rato, Un Ojo notó que las púas empezaban a caer y había comenzado a temblar fuertemente. El temblor terminó de repente. Hubo un último choque desafiante de los largos dientes. Entonces todas las púas se cayeron del todo y el cuerpo se relajó y no se movió más.

Con una pata nerviosa y encogida, Un Ojo estiró al puercoespín en

cupine to its full length and turned it over on its back. Nothing had happened. It was surely dead. He studied it intently for a moment, then took a careful grip with his teeth and started off down the stream, partly carrying, partly dragging the porcupine, with head turned to the side so as to avoid stepping on the prickly mass. He recollected something, dropped the burden, and trotted back to where he had left the ptarmigan. He did not hesitate a moment. He knew clearly what was to be done, and this he did by promptly eating the ptarmigan. Then he returned and took up his burden.

When he dragged the result of his day's hunt into the cave, the she-wolf inspected it, turned her muzzle to him, and lightly licked him on the neck. But the next instant she was warning him away from the cubs with a snarl that was less harsh than usual and that was more apologetic than menacing. Her instinctive fear of the father of her progeny was toning down. He was behaving as a wolf-father should, and manifesting no unholy desire to devour the young lives she had brought into the world.

toda su longitud y le dio la vuelta sobre el lomo. No había sucedido nada. Seguramente estaba muerto. Lo estudió atentamente durante un momento, luego lo agarró con cuidado con los dientes y se puso en marcha río abajo, en parte llevando, en parte arrastrando al puercoespín, con la cabeza girada hacia un lado para no pisar la masa espinosa. Se acordó de algo, soltó la carga y volvió trotando al lugar donde había dejado a la perdiz. No dudó ni un instante. Sabía claramente lo que había que hacer, y eso hizo comiéndose rápidamente la perdiz. Luego regresó y retomó su carga.

Cuando arrastró a la cueva el resultado de su jornada de caza, la loba lo inspeccionó, volvió el hocico hacia él y le lamió ligeramente el cuello. Pero al instante siguiente le estaba advirtiendo que se alejara de los cachorros con un gruñido menos áspero que de costumbre y que era más apologético que amenazador. Su miedo instintivo al padre de su progenie se estaba atenuando. Él se estaba comportando como debería hacerlo un padre lobo y no manifestaba ningún deseo impío de devorar las jóvenes vidas que ella había traído al mundo.

He was different from his brothers and sisters. Their hair already betrayed the reddish hue inherited from their mother, the she-wolf; while he alone, in this particular, took after his father. He was the one little grey cub of the litter. He had bred true to the straight wolf-stock—in fact, he had bred true to old One Eye himself, physically, with but a single exception, and that was he had two eyes to his father's one.

The grey cub's eyes had not been open long, yet already he could see with steady clearness. And while his eyes were still closed, he had felt, tasted, and smelled. He knew his two brothers and his two sisters very well. He had begun to romp with them in a feeble, awkward way, and even to squabble, his little throat vibrating with a queer rasping noise (the forerunner of the growl), as he worked himself into a passion. And long before his eyes had opened he had learned by touch, taste, and smell to know his mother—a fount of warmth and liquid food and tenderness. She possessed a gentle, caressing tongue that soothed him when it passed over his soft little body, and that impelled him to snuggle close against her and to doze off to sleep.

Most of the first month of his life had been passed thus in sleeping; but now he could see quite well, and he stayed awake for longer periods of time, and he was coming to learn his world quite well. His world was gloomy; but he did not know that, for he knew no other world. It was dim-lighted; but his eyes had never had to adjust themselves to any other light. His world was very small. Its limits were the walls of the lair; but as he had no knowledge of the wide world outside, he was never oppressed by the narrow confines of his existence.

But he had early discovered that one wall of his world was different from the rest. This was the mouth of the cave and the source of light. He had discovered that it was different from the other walls long before he had any thoughts of his own, any conscious volitions. It had been an irresistible attraction before ever his eyes opened and looked upon it. The light from it had beat upon his sealed lids, and the eyes and the optic nerves had pul-

Era diferente de sus hermanos y hermanas. Su pelo ya delataba el tono rojizo heredado de su madre, la loba; mientras que sólo él, en este particular, se parecía a su padre. Era el único lobezno gris de la camada. Había reproducido fielmente a la estirpe de lobo categórico; de hecho, había reproducido fielmente al propio viejo Un Ojo, físicamente, con una sola excepción, y es que tenía dos ojos contra uno de su padre.

Los ojos del cachorro gris no llevaban mucho tiempo abiertos, pero ya podía ver con una nitidez constante. Y mientras sus ojos seguían cerrados, había sentido, saboreado y olido. Conocía muy bien a sus dos hermanos y a sus dos hermanas. Había empezado a retozar con ellos de una manera débil y torpe, e incluso a reñir, su pequeña garganta vibraba con un extraño ruido áspero (el precursor del gruñido), cuando se enardecía. Y mucho antes de abrir los ojos había aprendido por el tacto, el gusto y el olfato a conocer a su madre, una fuente de calor, alimento líquido y ternura. Poseía una lengua suave y acariciadora que le tranquilizaba cuando pasaba por su suave cuerpecito, y que le impulsaba a acurrucarse contra ella y a adormecerse.

La mayor parte del primer mes de su vida lo había pasado así, durmiendo; pero ahora podía ver bastante bien, y permanecía despierto durante períodos de tiempo más largos, y estaba llegando a conocer su mundo bastante bien. Su mundo era sombrío; pero él no lo sabía, porque no conocía ningún otro mundo. Estaba poco iluminado; pero sus ojos nunca habían tenido que adaptarse a otra luz. Su mundo era muy pequeño. Sus límites eran las paredes de la guarida; pero como no conocía el amplio mundo exterior, nunca se sintió oprimido por los estrechos confines de su existencia.

Pero pronto descubrió que una pared de su mundo era diferente del resto. Era la boca de la cueva y la fuente de luz. Había descubierto que era diferente de las demás paredes mucho antes de tener pensamientos propios, voluntad consciente. Había sido una atracción irresistible antes de que sus ojos se abrieran y la contemplaran. La luz que desprendía había golpeado sus párpados sellados, y los ojos y los nervios ópticos habían palpitado ante pequeños destellos como

sated to little, sparklike flashes, warm-coloured and strangely pleasing. The life of his body, and of every fibre of his body, the life that was the very substance of his body and that was apart from his own personal life, had yearned toward this light and urged his body toward it in the same way that the cunning chemistry of a plant urges it toward the sun.

Always, in the beginning, before his conscious life dawned, he had crawled toward the mouth of the cave. And in this his brothers and sisters were one with him. Never, in that period, did any of them crawl toward the dark corners of the back-wall. The light drew them as if they were plants; the chemistry of the life that composed them demanded the light as a necessity of being; and their little puppet-bodies crawled blindly and chemically, like the tendrils of a vine. Later on, when each developed individuality and became personally conscious of impulsions and desires, the attraction of the light increased. They were always crawling and sprawling toward it, and being driven back from it by their mother.

It was in this way that the grey cub learned other attributes of his mother than the soft, soothing, tongue. In his insistent crawling toward the light, he discovered in her a nose that with a sharp nudge administered rebuke, and later, a paw, that crushed him down and rolled him over and over with swift, calculating stroke. Thus he learned hurt; and on top of it he learned to avoid hurt, first, by not incurring the risk of it; and second, when he had incurred the risk, by dodging and by retreating. These were conscious actions, and were the results of his first generalisations upon the world. Before that he had recoiled automatically from hurt, as he had crawled automatically toward the light. After that he recoiled from hurt because he *knew* that it was hurt.

He was a fierce little cub. So were his brothers and sisters. It was to be expected. He was a carnivorous animal. He came of a breed of meat-killers and meat-eaters. His father and mother lived wholly upon meat. The milk he had sucked with his first flickering life, was milk transformed directly from meat, and now, at a month old, when his eyes had been open for but a week, he was

chispas, de color cálido y extrañamente agradables. La vida de su cuerpo, y de cada fibra de su cuerpo, la vida que era la sustancia misma de su cuerpo y que estaba apartada de su propia vida personal, había anhelado esta luz e impulsado a su cuerpo hacia ella del mismo modo que la astuta química de una planta la impulsa hacia el sol.

Siempre, al principio, antes de que amaneciera su vida consciente, se había arrastrado hacia la boca de la cueva. Y en esto sus hermanos y hermanas eran uno con él. Nunca, en ese periodo, ninguno de ellos se arrastró hacia los rincones oscuros de la pared del fondo. La luz los atraía como si fueran plantas; la química de la vida que los componía exigía la luz como una necesidad del ser; y sus pequeños cuerpos-marioneta se arrastraban ciega y químicamente, como los zarcillos de una enredadera. Más tarde, cuando cada uno desarrolló su individualidad y tomó conciencia personal de sus impulsos y deseos, la atracción de la luz aumentó. Siempre se arrastraban y desperezaban hacia ella, y eran alejados de ella por su madre.

Fue así como el cachorro gris aprendió otros atributos de su madre además de la lengua suave y tranquilizadora. En su insistente arrastrarse hacia la luz, descubrió en ella un hocico que con un agudo empujón le administraba reprimendas, y más tarde, una pata, que lo aplastaba y lo hacía rodar una y otra vez con trazo rápido y calculador. Así aprendió lo que es el daño; y además aprendió a evitar el daño, primero, no incurriendo en el riesgo de sufrirlo; y segundo, cuando había incurrido en el riesgo, esquivándolo y retrocediendo. Éstas eran acciones conscientes, y fueron el resultado de sus primeras generalizaciones sobre el mundo. Antes había retrocedido automáticamente ante el daño, como se había arrastrado automáticamente hacia la luz. Después de eso retrocedió ante el daño porque *sabía* que era daño.

Era un cachorro feroz. También lo eran sus hermanos y hermanas. Era de esperar. Era un animal carnívoro. Provenía de una raza de matadores de carne y comedores de carne. Su padre y su madre vivían enteramente de la carne. La leche que había mamado con su primera vida vacilante era leche transformada directamente de carne, y ahora, con un mes de edad, cuando sus ojos llevaban abiertos

beginning himself to eat meat—meat half-digested by the she-wolf and disgorged for the five growing cubs that already made too great demand upon her breast.

But he was, further, the fiercest of the litter. He could make a louder rasping growl than any of them. His tiny rages were much more terrible than theirs. It was he that first learned the trick of rolling a fellow-cub over with a cunning paw-stroke. And it was he that first gripped another cub by the ear and pulled and tugged and growled through jaws tight-clenched. And certainly it was he that caused the mother the most trouble in keeping her litter from the mouth of the cave.

The fascination of the light for the grey cub increased from day to day. He was perpetually departing on yard-long adventures to-ward the cave's entrance, and as perpetually being driven back. Only he did not know it for an entrance. He did not know anything about entrances—passages whereby one goes from one place to another place. He did not know any other place, much less of a way to get there. So to him the entrance of the cave was a wall—a wall of light. As the sun was to the outside dweller, this wall was to him the sun of his world. It attracted him as a candle attracts a moth. He was always striving to attain it. The life that was so swiftly expanding within him, urged him continually toward the wall of light. The life that was within him knew that it was the one way out, the way he was predestined to tread. But he himself did not know anything about it. He did not know there was any out-side at all.

There was one strange thing about this wall of light. His father (he had already come to recognise his father as the one other dweller in the world, a creature like his mother, who slept near the light and was a bringer of meat)—his father had a way of walk-ing right into the white far wall and disappearing. The grey cub could not understand this. Though never permitted by his moth-er to approach that wall, he had approached the other walls, and encountered hard obstruction on the end of his tender nose. This hurt. And after several such adventures, he left the walls alone. Without thinking about it, he accepted this disappearing into the wall as a peculiarity of his father, as milk and half-digested meat

sólo una semana, empezaba él mismo a comer carne: carne digerida a medias por la loba y degollada para los cinco cachorros en crecimiento que ya exigían demasiado de su pecho.

Pero era, además, el más fiero de la camada. Podía emitir un gruñido rasposo más fuerte que cualquiera de ellos. Sus pequeñas rabietas eran mucho más terribles que las de ellos. Fue él quien aprendió por primera vez el truco de hacer rodar a un compañero con un astuto golpe de pata. Y fue él quien agarró por primera vez a otro cachorro por la oreja y tiró y tiró y gruñó con las mandíbulas apretadas. Y ciertamente fue él quien causó más problemas a la madre para alejar a su camada de la boca de la cueva.

La fascinación que ejercía la luz sobre el cachorro gris aumentaba de día en día. Perpetuamente partía en aventuras de yardas de distancia hacia la entrada de la cueva, y perpetuamente era devuelto. Sólo que él no sabía que era una entrada. No sabía nada de entradas-pasajes por los que se va de un lugar a otro lugar. No conocía ningún otro lugar, y mucho menos la forma de llegar a él. Así que para él la entrada de la cueva era un muro, un muro de luz. Como el sol lo era para el habitante del exterior, este muro era para él el sol de su mundo. Le atraía como una vela atrae a una polilla. Siempre se esforzaba por alcanzarla. La vida que tan rápidamente se expandía en su interior, le impulsaba continuamente hacia el muro de luz. La vida que había en él sabía que era la única salida, el camino que estaba predestinado a recorrer. Pero él mismo no sabía nada al respecto. No sabía en absoluto que había un exterior.

Había algo extraño en este muro de luz. Su padre (ya había llegado a reconocer a su padre como el único otro morador del mundo, una criatura como su madre, que dormía cerca de la luz y era portador de carne), su padre tenía una forma de caminar directamente hacia la pared blanca del fondo y desaparecer. El cachorro gris no podía entenderlo. Aunque su madre nunca le había permitido acercarse a ese muro, se había acercado a los otros muros y había encontrado una dura obstrucción en el extremo de su tierno hocico. Esto le dolía. Y después de varias aventuras de este tipo, dejó las paredes en paz. Sin pensarlo, aceptó esta desaparición en la pared como una peculiaridad de su padre, como la leche y la carne a medio digerir eran

were peculiarities of his mother.

In fact, the grey cub was not given to thinking—at least, to the kind of thinking customary of men. His brain worked in dim ways. Yet his conclusions were as sharp and distinct as those achieved by men. He had a method of accepting things, without questioning the why and wherefore. In reality, this was the act of classification. He was never disturbed over why a thing happened. How it happened was sufficient for him. Thus, when he had bumped his nose on the back-wall a few times, he accepted that he would not disappear into walls. In the same way he accepted that his father could disappear into walls. But he was not in the least disturbed by desire to find out the reason for the difference between his father and himself. Logic and physics were no part of his mental make-up.

Like most creatures of the Wild, he early experienced famine. There came a time when not only did the meat-supply cease, but the milk no longer came from his mother's breast. At first, the cubs whimpered and cried, but for the most part they slept. It was not long before they were reduced to a coma of hunger. There were no more spats and squabbles, no more tiny rages nor attempts at growling; while the adventures toward the far white wall ceased altogether. The cubs slept, while the life that was in them flickered and died down.

One Eye was desperate. He ranged far and wide, and slept but little in the lair that had now become cheerless and miserable. The she-wolf, too, left her litter and went out in search of meat. In the first days after the birth of the cubs, One Eye had journeyed several times back to the Indian camp and robbed the rabbit snares; but, with the melting of the snow and the opening of the streams, the Indian camp had moved away, and that source of supply was closed to him.

When the grey cub came back to life and again took interest in the far white wall, he found that the population of his world had been reduced. Only one sister remained to him. The rest were gone. As he grew stronger, he found himself compelled to play alone, for the sister no longer lifted her head nor moved about.

peculiaridades de su madre.

De hecho, el cachorro gris no era dado a pensar; al menos, al tipo de pensamiento habitual en los hombres. Su cerebro funcionaba de forma poco clara. Sin embargo, sus conclusiones eran tan nítidas y claras como las de los hombres. Tenía un método para aceptar las cosas, sin cuestionarse el por qué y el para qué. En realidad, éste era el acto de clasificar. Nunca se inquietaba por saber por qué sucedía una cosa. El cómo sucedía era suficiente para él. Así, cuando se había golpeado el hocico contra la pared del fondo varias veces, aceptó que no desaparecería entre las paredes. Del mismo modo aceptó que su padre pudiera desaparecer entre las paredes. Pero no le perturbaba lo más mínimo el deseo de averiguar la razón de la diferencia entre su padre y él. La lógica y la física no formaban parte de su estructura mental.

Como la mayoría de las criaturas de la Naturaleza, pronto experimentó el hambre. Llegó un momento en que no sólo cesó el suministro de carne, sino que la leche ya no salía del pecho de su madre. Al principio, los cachorros gemían y lloraban, pero en su mayor parte dormían. No pasó mucho tiempo antes de que quedaran reducidos a un coma de hambre. No hubo más riñas ni peleas, ni pequeños enfados ni intentos de gruñidos; al mismo tiempo las aventuras hacia la lejana pared blanca cesaron por completo. Los cachorros dormían, mientras la vida que había en ellos parpadeaba y se extinguía.

Un Ojo estaba desesperado. Corrió a lo largo y ancho, y durmió poco en la guarida que ahora había perdido su alegría y era miserable. También la loba abandonó a su camada y salió en busca de carne. En los primeros días tras el nacimiento de los cachorros, Un Ojo había viajado varias veces de vuelta al campamento indio y había robado los cepos de los conejos; pero, con el deshielo y la fluidez de los arroyos, el campamento indio se había alejado, y esa fuente de suministros se terminó para él.

Cuando el cachorro gris volvió a la vida y se interesó de nuevo por la lejana pared blanca, descubrió que la población de su mundo se había reducido. Sólo le quedaba una hermana. Los demás habían desaparecido. Cuando se hizo más fuerte, se vio obligado a jugar solo, pues la hermana ya no levantaba la cabeza ni se movía. Su pe-

His little body rounded out with the meat he now ate; but the food had come too late for her. She slept continuously, a tiny skeleton flung round with skin in which the flame flickered lower and lower and at last went out.

Then there came a time when the grey cub no longer saw his father appearing and disappearing in the wall nor lying down asleep in the entrance. This had happened at the end of a second and less severe famine. The she-wolf knew why One Eye never came back, but there was no way by which she could tell what she had seen to the grey cub. Hunting herself for meat, up the left fork of the stream where lived the lynx, she had followed a day-old trail of One Eye. And she had found him, or what remained of him, at the end of the trail. There were many signs of the battle that had been fought, and of the lynx's withdrawal to her lair after having won the victory. Before she went away, the she-wolf had found this lair, but the signs told her that the lynx was inside, and she had not dared to venture in.

After that, the she-wolf in her hunting avoided the left fork. For she knew that in the lynx's lair was a litter of kittens, and she knew the lynx for a fierce, bad-tempered creature and a terrible fighter. It was all very well for half a dozen wolves to drive a lynx, spitting and bristling, up a tree; but it was quite a different matter for a lone wolf to encounter a lynx—especially when the lynx was known to have a litter of hungry kittens at her back.

But the Wild is the Wild, and motherhood is motherhood, at all times fiercely protective whether in the Wild or out of it; and the time was to come when the she-wolf, for her grey cub's sake, would venture the left fork, and the lair in the rocks, and the lynx's wrath.

queño cuerpo se redondeaba con la carne que ahora comía; pero la comida había llegado demasiado tarde para ella. Dormía continuamente, un diminuto esqueleto envuelto en una piel en la que la llama parpadeaba cada vez más bajo y al final se apagó.

Entonces llegó un momento en que el cachorro gris ya no veía a su padre aparecer y desaparecer en el muro ni acostarse dormido en la entrada. Esto había ocurrido al final de una segunda y menos severa hambruna. La loba sabía por qué Un Ojo no volvía, pero no había forma de que pudiera contarle lo que había visto al cachorro gris. Cazando ella misma la carne, subiendo por la bifurcación izquierda del arroyo donde vivía el lince, había seguido el rastro del día anterior de Un Ojo. Y lo había encontrado, o lo que quedaba de él, al final del rastro. Había muchas señales de la batalla que se había librado y de la retirada del lince a su guarida tras haber obtenido la victoria. Antes de marcharse, la loba había encontrado esta guarida, pero las señales le decían que el lince estaba dentro, y no se había atrevido a aventurarse a entrar.

Después de eso, la loba en su cacería evitó la bifurcación de la izquierda. Porque sabía que en la guarida del lince había una camada de gatitos, y conocía al lince como una criatura feroz, malhumorada y una terrible luchadora. Estaba muy bien que media docena de lobos hicieran subir a un lince, escupiendo y erizándose, a un árbol; pero era muy distinto que un lobo solitario se encontrara con un lince, especialmente cuando se sabía que el lince tenía una camada de gatitos hambrientos a sus espaldas.

Pero lo Salvaje es lo Salvaje, y la maternidad es la maternidad, en todo momento ferozmente protectora ya sea en lo Salvaje o fuera de él; y estaba por llegar el momento en que la loba, por el bien de su cachorro gris, se aventurara a la bifurcación izquierda, y a la guarida en las rocas, y a la ira del lince.

## CHAPTER IV — THE WALL OF THE WORLD

By the time his mother began leaving the cave on hunting expeditions, the cub had learned well the law that forbade his approaching the entrance. Not only had this law been forcibly and many times impressed on him by his mother's nose and paw, but in him the instinct of fear was developing. Never, in his brief cave-life, had he encountered anything of which to be afraid. Yet fear was in him. It had come down to him from a remote ancestry through a thousand thousand lives. It was a heritage he had received directly from One Eye and the she-wolf; but to them, in turn, it had been passed down through all the generations of wolves that had gone before. Fear!—that legacy of the Wild which no animal may escape nor exchange for pottage.

So the grey cub knew fear, though he knew not the stuff of which fear was made. Possibly he accepted it as one of the restrictions of life. For he had already learned that there were such restrictions. Hunger he had known; and when he could not appease his hunger he had felt restriction. The hard obstruction of the cave-wall, the sharp nudge of his mother's nose, the smashing stroke of her paw, the hunger unappeased of several famines, had borne in upon him that all was not freedom in the world, that to life there was limitations and restraints. These limitations and restraints were laws. To be obedient to them was to escape hurt and make for happiness.

He did not reason the question out in this man fashion. He merely classified the things that hurt and the things that did not hurt. And after such classification he avoided the things that hurt, the restrictions and restraints, in order to enjoy the satisfactions and the remunerations of life.

Thus it was that in obedience to the law laid down by his mother, and in obedience to the law of that unknown and nameless thing, fear, he kept away from the mouth of the cave. It remained to him a white wall of light. When his mother was absent, he slept most of the time, while during the intervals that he was awake he kept very quiet, suppressing the whimpering cries that tickled in

# CAPÍTULO IV — EL MURO DEL MUNDO

Para cuando su madre empezó a salir de la cueva en expediciones de caza, el cachorro había aprendido bien la ley que le prohibía acercarse a la entrada. Esta ley no sólo le había sido inculcada a la fuerza y muchas veces por el hocico y la pata de su madre, sino que en él se estaba desarrollando el instinto del miedo. Nunca, en su breve vida cavernícola, se había encontrado con nada de lo que tener miedo. Sin embargo, el miedo estaba en él. Había llegado a él desde una remota ascendencia a través de miles y miles de vidas. Era una herencia que había recibido directamente de Un Ojo y de la loba; pero a ellos, a su vez, les había sido transmitido a través de todas las generaciones de lobos que le habían precedido. ¡Miedo!... esa herencia de lo Salvaje de la que ningún animal puede escapar ni cambiar por un plato de lentejas.

Así que el cachorro gris conocía el miedo, aunque no sabía de qué estaba hecho. Posiblemente lo aceptó como una de las restricciones de la vida. Pues ya había aprendido que existían tales restricciones. Había conocido el hambre; y cuando no podía aplacar su hambre había sentido la restricción. La dura obstrucción de la pared de la cueva, el agudo empujón del hocico de su madre, el golpe seco de su pata, el hambre no aplacada de varias hambrunas, le habían hecho comprender que no todo era libertad en el mundo, que para la vida había limitaciones y restricciones. Estas limitaciones y restricciones eran leyes. Ser obediente a ellas era escapar del daño y aspirar a la felicidad.

No razonó la cuestión a la manera del hombre. Se limitó a clasificar las cosas que hacían daño y las que no. Y tras esa clasificación evitó las cosas que hacían daño, las restricciones y las ataduras, para poder disfrutar de las satisfacciones y las remuneraciones de la vida.

Así fue como en obediencia a la ley establecida por su madre, y en obediencia a la ley de esa cosa desconocida y sin nombre, el miedo, se mantuvo alejado de la boca de la cueva. Seguía siendo para él un muro blanco de luz. Cuando su madre estaba ausente, dormía la mayor parte del tiempo, mientras que durante los intervalos en que estaba despierto se mantenía muy callado, reprimiendo los gimo-

his throat and strove for noise.

Once, lying awake, he heard a strange sound in the white wall. He did not know that it was a wolverine, standing outside, all a-trembling with its own daring, and cautiously scenting out the contents of the cave. The cub knew only that the sniff was strange, a something unclassified, therefore unknown and terrible—for the unknown was one of the chief elements that went into the making of fear.

The hair bristled upon the grey cub's back, but it bristled silently. How was he to know that this thing that sniffed was a thing at which to bristle? It was not born of any knowledge of his, yet it was the visible expression of the fear that was in him, and for which, in his own life, there was no accounting. But fear was accompanied by another instinct—that of concealment. The cub was in a frenzy of terror, yet he lay without movement or sound, frozen, petrified into immobility, to all appearances dead. His mother, coming home, growled as she smelt the wolverine's track, and bounded into the cave and licked and nozzled him with undue vehemence of affection. And the cub felt that somehow he had escaped a great hurt.

But there were other forces at work in the cub, the greatest of which was growth. Instinct and law demanded of him obedience. But growth demanded disobedience. His mother and fear impelled him to keep away from the white wall. Growth is life, and life is for ever destined to make for light. So there was no damming up the tide of life that was rising within him—rising with every mouthful of meat he swallowed, with every breath he drew. In the end, one day, fear and obedience were swept away by the rush of life, and the cub straddled and sprawled toward the entrance.

Unlike any other wall with which he had had experience, this wall seemed to recede from him as he approached. No hard surface collided with the tender little nose he thrust out tentatively before him. The substance of the wall seemed as permeable and yielding as light. And as condition, in his eyes, had the seeming of form, so he entered into what had been wall to him and bathed in

teos que le cosquilleaban en la garganta y pugnaban por hacer ruido.

Una vez, estando despierto, oyó un sonido extraño en la pared blanca. No sabía que era un glotón, de pie, fuera, todo tembloroso por su propia osadía, y olfateando cautelosamente el contenido de la cueva. El cachorro sólo sabía que el olfato era extraño, algo sin clasificar, por lo tanto desconocido y terrible, pues lo desconocido era uno de los principales elementos que intervenían en la formación del miedo.

El pelo se erizó en la espalda del cachorro gris, pero se erizó en silencio. ¿Cómo iba a saber que aquello que olfateaba era algo ante lo que erizarse? No nacía de ningún conocimiento suyo, pero era la expresión visible del miedo que había en él y para el que, en su propia vida, no había registro. Pero el miedo iba acompañado de otro instinto: el de ocultarse. El cachorro estaba sumido en un frenesí de terror, y sin embargo yacía sin movimiento ni sonido, congelado, petrificado en la inmovilidad, a todas luces muerto. Su madre, que volvía a casa, gruñó al oler el rastro del glotón y, entrando en la cueva, lo lamió y lo besuqueó con indebida vehemencia de afecto. Y el cachorro sintió que de alguna manera se había librado de un gran daño.

Pero había otras fuerzas actuando en el cachorro, la mayor de las cuales era el crecimiento. El instinto y la ley le exigían obediencia. Pero el crecimiento exigía desobediencia. Su madre y el miedo le impulsaron a mantenerse alejado del muro blanco. El crecimiento es vida, y la vida está destinada para siempre a hacer lugar a la luz. Así que no había forma de frenar la marea de vida que crecía en su interior: crecía con cada bocado de carne que tragaba, con cada aliento que respiraba. Al final, un día, el miedo y la obediencia fueron barridos por el torrente de la vida, y el cachorro se lanzó a horcajadas hacia la entrada.

A diferencia de cualquier otro muro con el que hubiera tenido experiencia, éste parecía retroceder ante él a medida que se acercaba. Ninguna superficie dura chocaba con la tierna naricita que extendía tentativamente ante él. La sustancia del muro parecía tan permeable y parecía ceder como la luz. Y como la condición, a sus ojos, tenía la apariencia de la forma, así entró en lo que para él había sido muro

the substance that composed it.

It was bewildering. He was sprawling through solidity. And ever the light grew brighter. Fear urged him to go back, but growth drove him on. Suddenly he found himself at the mouth of the cave. The wall, inside which he had thought himself, as suddenly leaped back before him to an immeasurable distance. The light had become painfully bright. He was dazzled by it. Likewise he was made dizzy by this abrupt and tremendous extension of space. Automatically, his eyes were adjusting themselves to the brightness, focusing themselves to meet the increased distance of objects. At first, the wall had leaped beyond his vision. He now saw it again; but it had taken upon itself a remarkable remoteness. Also, its appearance had changed. It was now a variegated wall, composed of the trees that fringed the stream, the opposing mountain that towered above the trees, and the sky that out-towered the mountain.

A great fear came upon him. This was more of the terrible unknown. He crouched down on the lip of the cave and gazed out on the world. He was very much afraid. Because it was unknown, it was hostile to him. Therefore the hair stood up on end along his back and his lips wrinkled weakly in an attempt at a ferocious and intimidating snarl. Out of his puniness and fright he challenged and menaced the whole wide world.

Nothing happened. He continued to gaze, and in his interest he forgot to snarl. Also, he forgot to be afraid. For the time, fear had been routed by growth, while growth had assumed the guise of curiosity. He began to notice near objects—an open portion of the stream that flashed in the sun, the blasted pine-tree that stood at the base of the slope, and the slope itself, that ran right up to him and ceased two feet beneath the lip of the cave on which he crouched.

Now the grey cub had lived all his days on a level floor. He had never experienced the hurt of a fall. He did not know what a fall was. So he stepped boldly out upon the air. His hind-legs still rested on the cave-lip, so he fell forward head downward. The earth struck him a harsh blow on the nose that made him yelp. Then

y se bañó en la sustancia que lo componía.

Era desconcertante. Se desparramaba a través de la solidez. Y cada vez la luz se hacía más brillante. El miedo le instaba a retroceder, pero el crecimiento le impulsaba a seguir. De repente se encontró en la boca de la cueva. La pared, dentro de la cual se había creído, saltó de repente ante él a una distancia inconmensurable. La luz se había vuelto dolorosamente brillante. Estaba deslumbrado por ella. También le mareó esta brusca y tremenda extensión del espacio. Automáticamente, sus ojos se ajustaban a la luminosidad, enfocándose para encontrarse con la distancia creciente de los objetos. Al principio, la pared había saltado más allá de su visión. Ahora la veía de nuevo; pero había adquirido una notable lejanía. Además, su aspecto había cambiado. Ahora era un muro abigarrado, compuesto por los árboles que bordeaban el arroyo, la montaña opuesta que se elevaba por encima de los árboles y el cielo que sobresalía por encima de la montaña.

Un gran temor se apoderó de él. Esto era más de lo terriblemente desconocido. Se agachó en el borde de la cueva y contempló el mundo. Tenía mucho miedo. Como era desconocido, le resultaba hostil. Por eso el vello se le erizó a lo largo de la espalda y sus labios se arrugaron débilmente en un intento de gruñido feroz e intimidatorio. Desde su puntillosidad y su miedo desafió y amenazó a todo el ancho mundo.

No ocurrió nada. Siguió mirando, y en su interés se olvidó de gruñir. También se olvidó de tener miedo. Por el momento, el miedo había sido derrotado por el crecimiento, mientras que éste había asumido el disfraz de la curiosidad. Empezó a fijarse en los objetos cercanos: una porción abierta del arroyo que centelleaba al sol, el pino tronchado que se alzaba en la base de la ladera y la ladera misma, que corría hasta él y cesaba a dos pies por debajo del borde de la cueva en la que estaba agazapado.

Ahora bien, el cachorro gris había vivido todos sus días en un suelo llano. Nunca había experimentado el dolor de una caída. No sabía lo que era una caída. Así que salió audazmente al aire. Sus patas traseras aún descansaban sobre el labio de la cueva, así que cayó hacia delante con la cabeza hacia abajo. La tierra le dio un duro golpe en el

he began rolling down the slope, over and over. He was in a panic of terror. The unknown had caught him at last. It had gripped savagely hold of him and was about to wreak upon him some terrific hurt. Growth was now routed by fear, and he ki-yi'd like any frightened puppy.

The unknown bore him on he knew not to what frightful hurt, and he yelped and ki-yi'd unceasingly. This was a different proposition from crouching in frozen fear while the unknown lurked just alongside. Now the unknown had caught tight hold of him. Silence would do no good. Besides, it was not fear, but terror, that convulsed him.

But the slope grew more gradual, and its base was grass-covered. Here the cub lost momentum. When at last he came to a stop, he gave one last agonised yell and then a long, whimpering wail. Also, and quite as a matter of course, as though in his life he had already made a thousand toilets, he proceeded to lick away the dry clay that soiled him.

After that he sat up and gazed about him, as might the first man of the earth who landed upon Mars. The cub had broken through the wall of the world, the unknown had let go its hold of him, and here he was without hurt. But the first man on Mars would have experienced less unfamiliarity than did he. Without any antecedent knowledge, without any warning whatever that such existed, he found himself an explorer in a totally new world.

Now that the terrible unknown had let go of him, he forgot that the unknown had any terrors. He was aware only of curiosity in all the things about him. He inspected the grass beneath him, the moss-berry plant just beyond, and the dead trunk of the blasted pine that stood on the edge of an open space among the trees. A squirrel, running around the base of the trunk, came full upon him, and gave him a great fright. He cowered down and snarled. But the squirrel was as badly scared. It ran up the tree, and from a point of safety chattered back savagely.

hocico que le hizo chillar. Entonces empezó a rodar por la pendiente, una y otra vez. Sentía un pánico terrorífico. Lo desconocido le había atrapado por fin. Se había apoderado salvajemente de él y estaba a punto de causarle un daño terrible. Ahora el miedo le dominaba y se puso a dar coces como cualquier cachorro asustado.

Lo desconocido le arrastró no sabía a qué espantoso daño, y gritó y aulló sin cesar. Esta era una propuesta diferente a la de agazaparse con el miedo congelado mientras lo desconocido acechaba justo al lado. Ahora lo desconocido le había atrapado con toda su fuerza. El silencio no serviría de nada. Además, no era el miedo, sino el terror, lo que le convulsionaba.

Pero la pendiente se hizo más gradual y su base estaba cubierta de hierba. Aquí el cachorro perdió impulso. Cuando por fin se detuvo, dio un último grito agónico y luego un largo y quejumbroso gemido. Además, y con toda naturalidad, como si en su vida hubiera hecho ya mil aseos, procedió a lamerse la arcilla seca que le ensuciaba.

Después se sentó y miró a su alrededor, como podría hacerlo el primer hombre de la tierra que aterrizó en Marte. El cachorro había atravesado el muro del mundo, lo desconocido había soltado su agarre sobre él, y aquí estaba sin heridas. Pero el primer hombre en Marte habría experimentado menos desconocimiento que él. Sin ningún conocimiento previo, sin ninguna advertencia de que tal cosa existía, se encontró como explorador en un mundo totalmente nuevo.

Ahora que lo terrible desconocido se había desprendido de él, olvidó que lo desconocido traía sus terrores. Sólo era consciente de la curiosidad que le producían todas las cosas que le rodeaban. Inspeccionó la hierba que había bajo él, la planta de bayas de musgo que había un poco más allá y el tronco muerto del pino tronchado que se alzaba en el borde de un espacio abierto entre los árboles. Una ardilla, que corría alrededor de la base del tronco, se le echó encima y le dio un gran susto. Él se acobardó y gruñó. Pero la ardilla estaba igual de asustada. Subió corriendo al árbol y, desde un punto seguro, volvió a hablarle salvajemente.

This helped the cub's courage, and though the woodpecker he next encountered gave him a start, he proceeded confidently on his way. Such was his confidence, that when a moose-bird impudently hopped up to him, he reached out at it with a playful paw. The result was a sharp peck on the end of his nose that made him cower down and ki-yi. The noise he made was too much for the moose-bird, who sought safety in flight.

But the cub was learning. His misty little mind had already made an unconscious classification. There were live things and things not alive. Also, he must watch out for the live things. The things not alive remained always in one place, but the live things moved about, and there was no telling what they might do. The thing to expect of them was the unexpected, and for this he must be prepared.

He travelled very clumsily. He ran into sticks and things. A twig that he thought a long way off, would the next instant hit him on the nose or rake along his ribs. There were inequalities of surface. Sometimes he overstepped and stubbed his nose. Quite as often he understepped and stubbed his feet. Then there were the pebbles and stones that turned under him when he trod upon them; and from them he came to know that the things not alive were not all in the same state of stable equilibrium as was his cave—also, that small things not alive were more liable than large things to fall down or turn over. But with every mishap he was learning. The longer he walked, the better he walked. He was adjusting himself. He was learning to calculate his own muscular movements, to know his physical limitations, to measure distances between objects, and between objects and himself.

His was the luck of the beginner. Born to be a hunter of meat (though he did not know it), he blundered upon meat just outside his own cave-door on his first foray into the world. It was by sheer blundering that he chanced upon the shrewdly hidden ptarmigan nest. He fell into it. He had essayed to walk along the trunk of a fallen pine. The rotten bark gave way under his feet, and with a despairing yelp he pitched down the rounded crescent, smashed through the leafage and stalks of a small bush, and in the heart of the bush, on the ground, fetched up in the midst of seven ptarmi-

Esto ayudó al valor del cachorro, y aunque el pájaro carpintero que se encontró a continuación le dio un sobresalto, prosiguió con confianza su camino. Tal era su confianza, que cuando un pájaro alce saltó impúdicamente hacia él, lo alcanzó con una pata juguetona. El resultado fue un picotazo agudo en la punta del hocico que le hizo encogerse y aullar. El ruido que hizo fue demasiado para el pájaro alce, que buscó seguridad en el vuelo.

Pero el cachorro estaba aprendiendo. Su pequeña mente brumosa ya había hecho una clasificación inconsciente. Había cosas vivas y cosas que no lo eran. Además, debía tener cuidado con las cosas vivas. Las cosas que no estaban vivas permanecían siempre en un mismo lugar, pero las cosas vivas se movían y no se sabía lo que podían hacer. Lo que había que esperar de ellas era lo inesperado, y para ello debía estar preparado.

Andaba con mucha torpeza. Chocaba con palos y cosas. Una ramita que creía lejana, al instante siguiente le golpeaba en el hocico o le rastrillaba las costillas. Había desigualdades de superficie. A veces se excedía y se golpeaba el hocico. Con la misma frecuencia se quedaba corto y se golpeaba los pies. Luego estaban los guijarros y las piedras que giraban bajo él cuando los pisaba; y por ellos llegó a saber que las cosas no vivas no estaban todas en el mismo estado de equilibrio estable que su cueva; también, que las cosas pequeñas que no estaban vivas eran más propensas que las grandes a caerse o volcarse. Pero con cada percance iba aprendiendo. Cuanto más caminaba, mejor andaba. Se estaba ajustando a sí mismo. Estaba aprendiendo a calcular sus propios movimientos musculares, a conocer sus limitaciones físicas, a medir las distancias entre los objetos y entre los objetos y él mismo.

La suya fue la suerte de principiante. Nacido para ser cazador de carne (aunque él no lo sabía), en su primera incursión en el mundo tropezó con la carne justo a la puerta de su propia cueva. Fue por pura torpeza que dio por casualidad con el nido de perdiz astutamente escondido. Cayó en él. Había intentado caminar por el tronco de un pino caído. La corteza podrida cedió bajo sus pies, y con un aullido desesperado se precipitó por la media luna redondeada, se estrelló contra el follaje y los tallos de un pequeño arbusto, y en el corazón del arbusto, en el suelo, se encontró en medio de siete po-

gan chicks.

They made noises, and at first he was frightened at them. Then he perceived that they were very little, and he became bolder. They moved. He placed his paw on one, and its movements were accelerated. This was a source of enjoyment to him. He smelled it. He picked it up in his mouth. It struggled and tickled his tongue. At the same time he was made aware of a sensation of hunger. His jaws closed together. There was a crunching of fragile bones, and warm blood ran in his mouth. The taste of it was good. This was meat, the same as his mother gave him, only it was alive between his teeth and therefore better. So he ate the ptarmigan. Nor did he stop till he had devoured the whole brood. Then he licked his chops in quite the same way his mother did, and began to crawl out of the bush.

He encountered a feathered whirlwind. He was confused and blinded by the rush of it and the beat of angry wings. He hid his head between his paws and yelped. The blows increased. The mother ptarmigan was in a fury. Then he became angry. He rose up, snarling, striking out with his paws. He sank his tiny teeth into one of the wings and pulled and tugged sturdily. The ptarmigan struggled against him, showering blows upon him with her free wing. It was his first battle. He was elated. He forgot all about the unknown. He no longer was afraid of anything. He was fighting, tearing at a live thing that was striking at him. Also, this live thing was meat. The lust to kill was on him. He had just destroyed little live things. He would now destroy a big live thing. He was too busy and happy to know that he was happy. He was thrilling and exulting in ways new to him and greater to him than any he had known before.

He held on to the wing and growled between his tight-clenched teeth. The ptarmigan dragged him out of the bush. When she turned and tried to drag him back into the bush's shelter, he pulled her away from it and on into the open. And all the time she was making outcry and striking with her free wing, while feathers were flying like a snow-fall. The pitch to which he was aroused was tremendous. All the fighting blood of his breed was up in him and surging through him. This was living, though he did not know

lluelos de perdiz.

Hacían ruidos y al principio se asustó de ellos. Luego percibió que eran muy pequeños y se envalentonó. Se movían. Puso su pata sobre una, y sus movimientos se aceleraron. Esto fue una fuente de placer para él. La olió. Se la llevó a la boca. Forcejeó y le hizo cosquillas en la lengua. Al mismo tiempo se hizo consciente de una sensación de hambre. Sus mandíbulas se cerraron. Hubo un crujido de huesos frágiles y la sangre caliente corrió por su boca. Su sabor era bueno. Era carne, la misma que le daba su madre, sólo que estaba viva entre sus dientes y, por lo tanto, era mejor. Así que se comió la perdiz. No paró hasta que hubo devorado todas las crías. Entonces se lamió la cara de la misma manera que lo hacía su madre, y empezó a arrastrarse fuera del arbusto.

Se encontró con un torbellino de plumas. Él estaba confuso y cegado por el ajetreo y el batir de alas furiosas. Escondió la cabeza entre las patas y aulló. Los golpes aumentaron. La perdiz madre estaba furiosa. Entonces él se enfureció. Se levantó, gruñendo, golpeando con las patas. Hundió sus pequeños dientes en una de las alas y tiró y tiró con fuerza. La perdiz luchó contra él, descargando golpes sobre él con su ala libre. Era su primera batalla. Él estaba eufórico. Se olvidó por completo de lo desconocido. Ya no tenía miedo de nada. Estaba luchando, desgarrando a una cosa viva que le golpeaba. Además, esta cosa viva era carne. El ansia de matar estaba en él. Acababa de destruir pequeños seres vivos. Ahora destruiría una cosa viva grande. Estaba demasiado ocupado y feliz para saber que era feliz. Se emocionaba y regocijaba de maneras nuevas para él y mayores que cualquiera que hubiera conocido antes.

Se agarró al ala y gruñó entre sus dientes apretados. La perdiz lo arrastró fuera del arbusto. Cuando se volvió y trató de arrastrarlo de nuevo al refugio del arbusto, él la apartó y salió a campo abierto. Y todo el tiempo ella lanzaba gritos y golpeaba con el ala libre, mientras las plumas volaban como si nevara. El tono al que él se había excitado era tremendo. Toda la sangre luchadora de su raza estaba en él y surgía a través de él. Esto era vivir, aunque él no lo sabía. Se estaba dando cuenta de su propio significado en el mundo; estaba

it. He was realising his own meaning in the world; he was doing that for which he was made—killing meat and battling to kill it. He was justifying his existence, than which life can do no greater; for life achieves its summit when it does to the uttermost that which it was equipped to do.

After a time, the ptarmigan ceased her struggling. He still held her by the wing, and they lay on the ground and looked at each other. He tried to growl threateningly, ferociously. She pecked on his nose, which by now, what of previous adventures was sore. He winced but held on. She pecked him again and again. From wincing he went to whimpering. He tried to back away from her, oblivious to the fact that by his hold on her he dragged her after him. A rain of pecks fell on his ill-used nose. The flood of fight ebbed down in him, and, releasing his prey, he turned tail and scampered on across the open in inglorious retreat.

He lay down to rest on the other side of the open, near the edge of the bushes, his tongue lolling out, his chest heaving and panting, his nose still hurting him and causing him to continue his whimper. But as he lay there, suddenly there came to him a feeling as of something terrible impending. The unknown with all its terrors rushed upon him, and he shrank back instinctively into the shelter of the bush. As he did so, a draught of air fanned him, and a large, winged body swept ominously and silently past. A hawk, driving down out of the blue, had barely missed him.

While he lay in the bush, recovering from his fright and peering fearfully out, the mother-ptarmigan on the other side of the open space fluttered out of the ravaged nest. It was because of her loss that she paid no attention to the winged bolt of the sky. But the cub saw, and it was a warning and a lesson to him—the swift downward swoop of the hawk, the short skim of its body just above the ground, the strike of its talons in the body of the ptarmigan, the ptarmigan's squawk of agony and fright, and the hawk's rush upward into the blue, carrying the ptarmigan away with it.

It was a long time before the cub left its shelter. He had learned much. Live things were meat. They were good to eat. Also, live things when they were large enough, could give hurt. It was bet-

haciendo aquello para lo que estaba hecho: matar carne y luchar para matarla. Estaba justificando su existencia, que la vida no puede dar más que esto; porque la vida alcanza su cumbre cuando hace hasta el extremo aquello para lo que fue equipada.

Al cabo de un rato, la perdiz dejó de forcejear. Él todavía la sujetaba por el ala, y se tumbaron en el suelo y se miraron. Él intentó gruñir amenazadoramente, con ferocidad. Ella le picoteó en el hocico, que a estas alturas, por las aventuras anteriores, estaba dolorido. Él hizo una mueca de dolor pero aguantó. Ella le picoteó una y otra vez. De las muecas de dolor pasó a los gemidos. Intentó alejarse de ella, ajeno al hecho de que con su agarre la arrastraba tras de sí. Una lluvia de picotazos cayó sobre su maltratado hocico. El torrente de lucha se desvaneció en él y, soltando a su presa, giró la cola y correteó por el descampado en una poco gloriosa retirada.

Se tumbó a descansar al otro lado del descampado, cerca del borde de los arbustos, con la lengua fuera, el pecho agitado y jadeante, el hocico todavía doliéndole y todavía haciéndole gemir. Pero mientras yacía allí, de repente le vino una sensación como de algo terrible e inminente. Lo desconocido con todos sus terrores se abalanzó sobre él y él se encogió instintivamente al abrigo de los arbustos. Al hacerlo, una corriente de aire le abanicó y un gran cuerpo alado pasó ominosa y silenciosamente. Un halcón, descendiendo de la nada, apenas le había esquivado.

Mientras él yacía entre los arbustos, recuperándose del susto y asomándose temeroso al exterior, la perdiz madre, al otro lado del descampado, salió aleteando del nido destrozado. Debido a su pérdida no prestó atención al rayo alado del cielo. Pero el cachorro lo vio, y fue una advertencia y una lección para él: la rápida bajada en picado del halcón, el corto roce de su cuerpo justo por encima del suelo, el golpe de sus garras en el cuerpo de la perdiz, el graznido de agonía y espanto de la perdiz y la carrera del halcón hacia el azul, llevándose a la perdiz con él.

Pasó mucho tiempo antes de que el cachorro abandonara su refugio. Había aprendido mucho. Las cosas vivas eran carne. Eran buenas para comer. Además, las cosas vivas, cuando eran lo sufi-

ter to eat small live things like ptarmigan chicks, and to let alone large live things like ptarmigan hens. Nevertheless he felt a little prick of ambition, a sneaking desire to have another battle with that ptarmigan hen—only the hawk had carried her away. May be there were other ptarmigan hens. He would go and see.

He came down a shelving bank to the stream. He had never seen water before. The footing looked good. There were no inequalities of surface. He stepped boldly out on it; and went down, crying with fear, into the embrace of the unknown. It was cold, and he gasped, breathing quickly. The water rushed into his lungs instead of the air that had always accompanied his act of breathing. The suffocation he experienced was like the pang of death. To him it signified death. He had no conscious knowledge of death, but like every animal of the Wild, he possessed the instinct of death. To him it stood as the greatest of hurts. It was the very essence of the unknown; it was the sum of the terrors of the unknown, the one culminating and unthinkable catastrophe that could happen to him, about which he knew nothing and about which he feared everything.

He came to the surface, and the sweet air rushed into his open mouth. He did not go down again. Quite as though it had been a long-established custom of his he struck out with all his legs and began to swim. The near bank was a yard away; but he had come up with his back to it, and the first thing his eyes rested upon was the opposite bank, toward which he immediately began to swim. The stream was a small one, but in the pool it widened out to a score of feet.

Midway in the passage, the current picked up the cub and swept him downstream. He was caught in the miniature rapid at the bottom of the pool. Here was little chance for swimming. The quiet water had become suddenly angry. Sometimes he was under, sometimes on top. At all times he was in violent motion, now being turned over or around, and again, being smashed against a rock. And with every rock he struck, he yelped. His progress was a series of yelps, from which might have been adduced the number of rocks he encountered.

cientemente grandes, podían hacer daño. Era mejor comer cosas vivas pequeñas, como polluelos de perdiz, y dejar de lado cosas vivas grandes, como gallinas de perdiz. Sin embargo, sintió un pequeño pinchazo de ambición, un deseo furtivo de tener otra batalla con aquella gallina de perdiz... sólo que el halcón se la había llevado. Puede que hubiera otras gallinas de perdiz. Iría a ver.

Bajó por una orilla hasta el arroyo. Nunca había visto agua. El suelo parecía bueno. No había desigualdades de superficie. Pisó con valentía; y descendió, gritando de miedo, al abrazo de lo desconocido. Hacía frío, y jadeó, respirando rápidamente. El agua se precipitó en sus pulmones en lugar del aire que siempre había acompañado su acto de respirar. La asfixia que experimentó fue como la punzada de la muerte. Para él significaba la muerte. No tenía conocimiento consciente de la muerte, pero como todo animal salvaje, poseía el instinto de la muerte. Para él era la mayor de las heridas. Era la esencia misma de lo desconocido; era la suma de los terrores de lo desconocido, la única catástrofe culminante e impensable que podía sucederle, de la que no sabía nada y a la que temía todo.

Salió a la superficie y el aire dulce se precipitó en su boca abierta. No volvió a hundirse. Como si fuera una costumbre suya arraigada desde hacía mucho tiempo, se impulsó con sus piernas y comenzó a nadar. La orilla cercana estaba a una yarda de distancia; pero él había subido de espaldas, y lo primero en lo que se posaron sus ojos fue en la orilla opuesta, hacia la que inmediatamente comenzó a nadar. El arroyo era pequeño, pero en el remanso se ensanchaba hasta una veintena de pies.

A mitad del paso, la corriente recogió al cachorro y lo arrastró río abajo. Quedó atrapado en el rápido en miniatura del fondo del estanque. Aquí había pocas posibilidades de nadar. El agua tranquila se había enfurecido de repente. A veces estaba debajo, a veces encima. En todo momento estaba en violento movimiento, ahora él estaba siendo volteado o dando vueltas, y una vez más, aplastado contra una roca. Y con cada roca que golpeaba, aullaba. Su avance era una serie de aullidos, a partir de los cuales se podría haber deducido el número de rocas con las que se topaba.

Below the rapid was a second pool, and here, captured by the eddy, he was gently borne to the bank, and as gently deposited on a bed of gravel. He crawled frantically clear of the water and lay down. He had learned some more about the world. Water was not alive. Yet it moved. Also, it looked as solid as the earth, but was without any solidity at all. His conclusion was that things were not always what they appeared to be. The cub's fear of the unknown was an inherited distrust, and it had now been strengthened by experience. Thenceforth, in the nature of things, he would possess an abiding distrust of appearances. He would have to learn the reality of a thing before he could put his faith into it.

One other adventure was destined for him that day. He had recollected that there was such a thing in the world as his mother. And then there came to him a feeling that he wanted her more than all the rest of the things in the world. Not only was his body tired with the adventures it had undergone, but his little brain was equally tired. In all the days he had lived it had not worked so hard as on this one day. Furthermore, he was sleepy. So he started out to look for the cave and his mother, feeling at the same time an overwhelming rush of loneliness and helplessness.

He was sprawling along between some bushes, when he heard a sharp intimidating cry. There was a flash of yellow before his eyes. He saw a weasel leaping swiftly away from him. It was a small live thing, and he had no fear. Then, before him, at his feet, he saw an extremely small live thing, only several inches long, a young weasel, that, like himself, had disobediently gone out adventuring. It tried to retreat before him. He turned it over with his paw. It made a queer, grating noise. The next moment the flash of yellow reappeared before his eyes. He heard again the intimidating cry, and at the same instant received a sharp blow on the side of the neck and felt the sharp teeth of the mother-weasel cut into his flesh.

While he yelped and ki-yi'd and scrambled backward, he saw the mother-weasel leap upon her young one and disappear with it into the neighbouring thicket. The cut of her teeth in his neck still hurt, but his feelings were hurt more grievously, and he sat down

Debajo del rápido había un segundo remanso, y aquí, capturado por el remolino, fue llevado suavemente hasta la orilla, y depositado con la misma suavidad sobre un lecho de grava. Se arrastró frenéticamente fuera del agua y se tumbó. Había aprendido algo más sobre el mundo. El agua no estaba viva. Sin embargo, se movía. Además, parecía tan sólida como la tierra, pero carecía de toda solidez. Su conclusión fue que las cosas no siempre eran lo que parecían. El miedo del cachorro a lo desconocido era una desconfianza heredada, y ahora se había fortalecido con la experiencia. A partir de entonces, en la naturaleza de las cosas, poseería una desconfianza permanente hacia las apariencias. Tendría que conocer la realidad de una cosa antes de poder depositar su fe en ella.

Aquel día le esperaba otra aventura. Había recordado que existía algo en el mundo como su madre. Y entonces le vino la sensación de que la deseaba más que a todas las demás cosas del mundo. No sólo su cuerpo estaba cansado por las aventuras que había vivido, sino que su pequeño cerebro estaba igualmente cansado. En todos los días que había vivido no había trabajado tanto como en éste. Además, tenía sueño. Así que salió en busca de la cueva y de su madre, sintiendo al mismo tiempo una abrumadora oleada de soledad e impotencia.

Estaba extendido entre unos arbustos, cuando oyó un agudo grito intimidatorio. Hubo un destello amarillo ante sus ojos. Vio a una comadreja que saltaba velozmente lejos de él. Era un bicho pequeño y vivo, y no tuvo miedo. Entonces, ante él, a sus pies, vio un ser vivo extremadamente pequeño, de sólo unas pulgadas de largo, una comadreja joven que, como él, había salido desobedientemente a la aventura. Intentó retroceder ante él. Le dio la vuelta con la pata. Hizo un ruido extraño y chirriante. A continuación, el destello amarillo reapareció ante sus ojos. Volvió a oír el grito intimidatorio y, en el mismo instante, recibió un fuerte golpe en el costado del cuello y sintió cómo los afilados dientes de la comadreja le cortaban la carne.

Mientras él aullaba y gemía y se retorcía hacia atrás, vio a la comadreja madre saltar sobre su cría y desaparecer con ella en la espesura vecina. El corte de sus dientes en el cuello aún le dolía, pero sus sentimientos estaban heridos más gravemente, y se sentó y gimoteó

and weakly whimpered. This mother-weasel was so small and so savage. He was yet to learn that for size and weight the weasel was the most ferocious, vindictive, and terrible of all the killers of the Wild. But a portion of this knowledge was quickly to be his.

He was still whimpering when the mother-weasel reappeared. She did not rush him, now that her young one was safe. She approached more cautiously, and the cub had full opportunity to observe her lean, snakelike body, and her head, erect, eager, and snake-like itself. Her sharp, menacing cry sent the hair bristling along his back, and he snarled warningly at her. She came closer and closer. There was a leap, swifter than his unpractised sight, and the lean, yellow body disappeared for a moment out of the field of his vision. The next moment she was at his throat, her teeth buried in his hair and flesh.

At first he snarled and tried to fight; but he was very young, and this was only his first day in the world, and his snarl became a whimper, his fight a struggle to escape. The weasel never relaxed her hold. She hung on, striving to press down with her teeth to the great vein where his life-blood bubbled. The weasel was a drinker of blood, and it was ever her preference to drink from the throat of life itself.

The grey cub would have died, and there would have been no story to write about him, had not the she-wolf come bounding through the bushes. The weasel let go the cub and flashed at the she-wolf's throat, missing, but getting a hold on the jaw instead. The she-wolf flirted her head like the snap of a whip, breaking the weasel's hold and flinging it high in the air. And, still in the air, the she-wolf's jaws closed on the lean, yellow body, and the weasel knew death between the crunching teeth.

The cub experienced another access of affection on the part of his mother. Her joy at finding him seemed even greater than his joy at being found. She nozzled him and caressed him and licked the cuts made in him by the weasel's teeth. Then, between them, mother and cub, they ate the blood-drinker, and after that went back to the cave and slept.

débilmente. Esta comadreja era tan pequeña y tan salvaje. Aún tenía que aprender que por tamaño y peso la comadreja era la más feroz, vengativa y terrible de todas las asesinas de la Naturaleza. Pero una parte de este conocimiento iba a ser suya rápidamente.

Aún lloriqueaba cuando reapareció la comadreja madre. Ella no se abalanzó sobre él, ahora que su cría estaba a salvo. Se acercó con más cautela, y el cachorro tuvo plena oportunidad de observar su cuerpo delgado y serpenteante, y su cabeza, erguida, ansiosa y serpenteante ella misma. Su grito agudo y amenazador hizo que se le erizara el vello de la espalda, y le gruñó como advertencia. Ella se acercó más y más. Hubo un salto, más rápido que su vista inexperta, y el cuerpo delgado y amarillo desapareció por un momento del campo de su visión. A continuación ella estaba en su garganta, sus dientes enterrados en su pelo y carne.

Al principio él gruñó e intentó luchar; pero era muy joven, y éste era sólo su primer día en el mundo, y su gruñido se convirtió en un quejido, su lucha en una lucha por escapar. La comadreja nunca aflojó su agarre. Aguantó, esforzándose por presionar con sus dientes la gran vena donde burbujeaba su sangre vital. La comadreja era una bebedora de sangre, y siempre fue su preferencia beber de la garganta de la vida misma.

El cachorro gris habría muerto, y no habría habido historia que escribir sobre él, si la loba no hubiera aparecido saltando entre los arbustos. La comadreja soltó al cachorro y se abalanzó sobre la garganta de la loba, fallando, pero consiguiendo aferrarse a la mandíbula en su lugar. La loba agitó la cabeza como el chasquido de un látigo, rompiendo el agarre de la comadreja y lanzándola por los aires. Y, aún en el aire, las mandíbulas de la loba se cerraron sobre el cuerpo delgado y amarillo, y la comadreja conoció la muerte entre los dientes crujientes.

El cachorro experimentó otro acceso de afecto por parte de su madre. La alegría de ella por encontrarlo parecía incluso mayor que la de él por ser encontrado. Ella lo hociqueó y lo acarició y lamió los cortes hechos en él por los dientes de la comadreja. Luego, entre los dos, madre y cachorro, se comieron el bebedor de sangre, y después volvieron a la cueva y durmieron.

The cub's development was rapid. He rested for two days, and then ventured forth from the cave again. It was on this adventure that he found the young weasel whose mother he had helped eat, and he saw to it that the young weasel went the way of its mother. But on this trip he did not get lost. When he grew tired, he found his way back to the cave and slept. And every day thereafter found him out and ranging a wider area.

He began to get accurate measurement of his strength and his weakness, and to know when to be bold and when to be cautious. He found it expedient to be cautious all the time, except for the rare moments, when, assured of his own intrepidity, he abandoned himself to petty rages and lusts.

He was always a little demon of fury when he chanced upon a stray ptarmigan. Never did he fail to respond savagely to the chatter of the squirrel he had first met on the blasted pine. While the sight of a moose-bird almost invariably put him into the wildest of rages; for he never forgot the peck on the nose he had received from the first of that ilk he encountered.

But there were times when even a moose-bird failed to affect him, and those were times when he felt himself to be in danger from some other prowling meat hunter. He never forgot the hawk, and its moving shadow always sent him crouching into the nearest thicket. He no longer sprawled and straddled, and already he was developing the gait of his mother, slinking and furtive, apparently without exertion, yet sliding along with a swiftness that was as deceptive as it was imperceptible.

In the matter of meat, his luck had been all in the beginning. The seven ptarmigan chicks and the baby weasel represented the sum of his killings. His desire to kill strengthened with the days, and he cherished hungry ambitions for the squirrel that chattered so volubly and always informed all wild creatures that the wolf-cub was approaching. But as birds flew in the air, squirrels could climb trees, and the cub could only try to crawl unobserved

# CAPÍTULO V — LA LEY DE LA CARNE

El desarrollo del cachorro fue rápido. Descansó durante dos días y luego volvió a aventurarse a salir de la cueva. En esta aventura encontró a la joven comadreja cuya madre había ayudado a comer, y se encargó de que la joven comadreja siguiera el camino de su madre. Pero en este viaje no se perdió. Cuando se cansó, encontró el camino de vuelta a la cueva y durmió. Y cada día posterior lo encontró fuera y recorriendo una zona más amplia.

Empezó a medir con precisión su fuerza y su debilidad, y a saber cuándo ser audaz y cuándo cauteloso. Encontró conveniente ser cauto todo el tiempo, excepto en los raros momentos en que, seguro de su propia intrepidez, se abandonaba a pequeñas rabias y lujurias.

Siempre era un pequeño demonio de furia cuando se topaba con una perdiz. Nunca dejaba de responder salvajemente al parloteo de la ardilla que había encontrado por primera vez en el pino tronchado. Mientras que la visión de un pájaro alce le ponía casi invariablemente en el más salvaje de los furores; pues nunca olvidaba el picotazo en el hocico que había recibido del primero de esa calaña que encontró.

Pero había ocasiones en las que ni siquiera un pájaro alce lograba afectarle, y eran momentos en los que se sentía en peligro por algún otro cazador de carne merodeando. Nunca olvidaba al halcón, y su sombra en movimiento siempre le hacía agazaparse en la espesura más cercana. Ya no se desperezaba ni se ponía a horcajadas, y ya estaba desarrollando el andar de su madre, escurridizo y furtivo, aparentemente sin esfuerzo, pero deslizándose con una rapidez tan engañosa como imperceptible.

En cuestión de carne, su suerte había estado toda al principio. Los siete polluelos de perdiz y la cría de comadreja representaban la suma de sus matanzas. Su deseo de matar se fortalecía con los días, y ambicionaba con hambre a la ardilla que parloteaba tan volublemente y siempre informaba a todas las criaturas salvajes de que el cachorro de lobo se acercaba. Pero así como los pájaros volaban por el aire, las ardillas podían trepar a los árboles, y el cachorro sólo

upon the squirrel when it was on the ground.

The cub entertained a great respect for his mother. She could get meat, and she never failed to bring him his share. Further, she was unafraid of things. It did not occur to him that this fearlessness was founded upon experience and knowledge. Its effect on him was that of an impression of power. His mother represented power; and as he grew older he felt this power in the sharper admonishment of her paw; while the reproving nudge of her nose gave place to the slash of her fangs. For this, likewise, he respected his mother. She compelled obedience from him, and the older he grew the shorter grew her temper.

Famine came again, and the cub with clearer consciousness knew once more the bite of hunger. The she-wolf ran herself thin in the quest for meat. She rarely slept any more in the cave, spending most of her time on the meat-trail, and spending it vainly. This famine was not a long one, but it was severe while it lasted. The cub found no more milk in his mother's breast, nor did he get one mouthful of meat for himself.

Before, he had hunted in play, for the sheer joyousness of it; now he hunted in deadly earnestness, and found nothing. Yet the failure of it accelerated his development. He studied the habits of the squirrel with greater carefulness, and strove with greater craft to steal upon it and surprise it. He studied the wood-mice and tried to dig them out of their burrows; and he learned much about the ways of moose-birds and woodpeckers. And there came a day when the hawk's shadow did not drive him crouching into the bushes. He had grown stronger and wiser, and more confident. Also, he was desperate. So he sat on his haunches, conspicuously in an open space, and challenged the hawk down out of the sky. For he knew that there, floating in the blue above him, was meat, the meat his stomach yearned after so insistently. But the hawk refused to come down and give battle, and the cub crawled away into a thicket and whimpered his disappointment and hunger.

The famine broke. The she-wolf brought home meat. It was strange meat, different from any she had ever brought before. It

podía intentar arrastrarse sin ser visto sobre la ardilla cuando ésta estaba en el suelo.

El cachorro sentía un gran respeto por su madre. Ella sabía conseguir carne y nunca dejaba de llevarle su parte. Además, no tenía miedo a las cosas. No se le ocurrió pensar que esta intrepidez se basaba en la experiencia y el conocimiento. Para él se resumía a una impresión de poder. Su madre representaba el poder; y a medida que él crecía sintió este poder en la admonición más aguda de su pata; mientras que el empujón reprobador de su hocico dio paso al tajo de sus colmillos. También por esto respetaba a su madre. Ella le imponía obediencia, y cuanto más crecía él, más corto era su temperamento.

La hambruna llegó de nuevo, y el cachorro, con la conciencia más clara, conoció una vez más la mordedura del hambre. La loba se agotó en la búsqueda de carne. Rara vez dormía ya en la cueva, pasaba la mayor parte del tiempo en el rastro de la carne, y lo pasaba en vano. Esta hambruna no fue larga, pero fue severa mientras duró. El cachorro no encontró más leche en el pecho de su madre, ni consiguió un bocado de carne para él.

Antes había cazado jugando, por la pura alegría de hacerlo; ahora cazaba con una seriedad mortal, y no encontró nada. Sin embargo, el fracaso aceleró su desarrollo. Estudió los hábitos de la ardilla con mayor detenimiento, y se esforzó con mayor astucia para robarle y sorprenderla. Estudió a los ratones de bosque e intentó sacarlos de sus madrigueras; y aprendió mucho sobre las costumbres de los pájaros alces y los pájaros carpinteros. Y llegó un día en que la sombra del halcón no le hizo agazaparse entre los arbustos. Se había hecho más fuerte y más sabio, y más seguro de sí mismo. Además, estaba desesperado. Así que se sentó sobre sus ancas, llamativamente en un espacio abierto, y desafió al halcón a bajar del cielo. Porque sabía que allí, flotando en el azul sobre él, había carne, la carne que su estómago anhelaba con tanta insistencia. Pero el halcón se negó a bajar y dar batalla, y el cachorro se arrastró hasta un matorral y gimoteó su decepción y su hambre.

La hambruna se acabó. La loba trajo carne a casa. Era una carne extraña, diferente a cualquiera que ella hubiera traído antes. Era un

was a lynx kitten, partly grown, like the cub, but not so large. And it was all for him. His mother had satisfied her hunger elsewhere; though he did not know that it was the rest of the lynx litter that had gone to satisfy her. Nor did he know the desperateness of her deed. He knew only that the velvet-furred kitten was meat, and he ate and waxed happier with every mouthful.

A full stomach conduces to inaction, and the cub lay in the cave, sleeping against his mother's side. He was aroused by her snarling. Never had he heard her snarl so terribly. Possibly in her whole life it was the most terrible snarl she ever gave. There was reason for it, and none knew it better than she. A lynx's lair is not despoiled with impunity. In the full glare of the afternoon light, crouching in the entrance of the cave, the cub saw the lynx-mother. The hair rippled up along his back at the sight. Here was fear, and it did not require his instinct to tell him of it. And if sight alone were not sufficient, the cry of rage the intruder gave, beginning with a snarl and rushing abruptly upward into a hoarse screech, was convincing enough in itself.

The cub felt the prod of the life that was in him, and stood up and snarled valiantly by his mother's side. But she thrust him ignominiously away and behind her. Because of the low-roofed entrance the lynx could not leap in, and when she made a crawling rush of it the she-wolf sprang upon her and pinned her down. The cub saw little of the battle. There was a tremendous snarling and spitting and screeching. The two animals threshed about, the lynx ripping and tearing with her claws and using her teeth as well, while the she-wolf used her teeth alone.

Once, the cub sprang in and sank his teeth into the hind leg of the lynx. He clung on, growling savagely. Though he did not know it, by the weight of his body he clogged the action of the leg and thereby saved his mother much damage. A change in the battle crushed him under both their bodies and wrenched loose his hold. The next moment the two mothers separated, and, before they rushed together again, the lynx lashed out at the cub with a huge fore-paw that ripped his shoulder open to the bone and sent him hurtling sidewise against the wall. Then was added to the up-

gatito de lince, parcialmente crecido, como el cachorro, pero no tan grande. Y era todo para él. Su madre había saciado su hambre en otra parte; aunque él no sabía que era el resto de la camada de linces la que la había saciado. Tampoco conocía la desesperación de su hazaña. Sólo sabía que el gatito de pelaje aterciopelado era carne, y comía y se sentía más feliz con cada bocado.

Un estómago lleno conduce a la inacción, y el cachorro se tumbó en la cueva, durmiendo contra el costado de su madre. Lo despertaron los gruñidos de ella. Nunca la había oído gruñir tan terriblemente. Posiblemente en toda su vida fue el gruñido más terrible que dio jamás. Había una razón para ello, y nadie la conocía mejor que ella. La guarida de un lince no se desvalija impunemente. En pleno resplandor de la luz de la tarde, agazapada en la entrada de la cueva, el cachorro vio al lince madre. El vello se le erizó a lo largo de la espalda ante esa visión. Allí estaba el miedo, y no hizo falta que su instinto se lo dijera. Y si con la vista no fuera suficiente, el grito de rabia que lanzó la intrusa, comenzando con un gruñido y precipitándose bruscamente hacia arriba en un ronco chillido, fue suficientemente convincente por sí mismo.

El cachorro sintió el aguijón de la vida que había en él, se levantó y gruñó valientemente al lado de su madre. Pero ella lo empujó ignominiosamente lejos y detrás de ella. Debido a la entrada de techo bajo, el lince no pudo entrar de un salto, y cuando se abalanzó sobre ella arrastrándose, la loba saltó sobre ella y la inmovilizó. El cachorro vio poco de la batalla. Hubo un tremendo gruñido, escupitajos y chillidos. Los dos animales se trenzaron, el lince rasgando y desgarrando con sus garras y utilizando también sus dientes, mientras que la loba utilizaba sólo sus dientes.

Una vez, el cachorro saltó y hundió sus dientes en la pata trasera del lince. Se aferró, gruñendo salvajemente. Aunque no lo sabía, con el peso de su cuerpo obstruyó la acción de la pata y así le ahorró mucho daño a su madre. Un cambio en la batalla lo aplastó bajo los cuerpos de ambas y le arrancó el agarre. A continuación las dos madres se separaron y, antes de que volvieran a lanzarse juntas, el lince arremetió contra el cachorro con una enorme pata delantera que le desgarró el hombro hasta el hueso y lo lanzó de costado contra la pared. Entonces se añadió al alboroto el agudo aullido de dolor y miedo

roar the cub's shrill yelp of pain and fright. But the fight lasted so long that he had time to cry himself out and to experience a second burst of courage; and the end of the battle found him again clinging to a hind-leg and furiously growling between his teeth.

The lynx was dead. But the she-wolf was very weak and sick. At first she caressed the cub and licked his wounded shoulder; but the blood she had lost had taken with it her strength, and for all of a day and a night she lay by her dead foe's side, without movement, scarcely breathing. For a week she never left the cave, except for water, and then her movements were slow and painful. At the end of that time the lynx was devoured, while the she-wolf's wounds had healed sufficiently to permit her to take the meat-trail again.

The cub's shoulder was stiff and sore, and for some time he limped from the terrible slash he had received. But the world now seemed changed. He went about in it with greater confidence, with a feeling of prowess that had not been his in the days before the battle with the lynx. He had looked upon life in a more ferocious aspect; he had fought; he had buried his teeth in the flesh of a foe; and he had survived. And because of all this, he carried himself more boldly, with a touch of defiance that was new in him. He was no longer afraid of minor things, and much of his timidity had vanished, though the unknown never ceased to press upon him with its mysteries and terrors, intangible and ever-menacing.

He began to accompany his mother on the meat-trail, and he saw much of the killing of meat and began to play his part in it. And in his own dim way he learned the law of meat. There were two kinds of life—his own kind and the other kind. His own kind included his mother and himself. The other kind included all live things that moved. But the other kind was divided. One portion was what his own kind killed and ate. This portion was composed of the non-killers and the small killers. The other portion killed and ate his own kind, or was killed and eaten by his own kind. And out of this classification arose the law. The aim of life was meat. Life itself was meat. Life lived on life. There were the eaters and the eaten. The law was: EAT OR BE EATEN. He did not formulate the law in clear, set terms

del cachorro. Pero la lucha duró tanto que tuvo tiempo de gritar y de experimentar un segundo estallido de valor; y el final de la batalla lo encontró de nuevo aferrado a una pata trasera y gruñendo furiosamente entre dientes.

El lince estaba muerto. Pero la loba estaba muy débil y enferma. Al principio ella acarició al cachorro y le lamió el hombro herido; pero la sangre que había perdido se había llevado consigo su fuerza, y durante todo un día y una noche permaneció tumbada junto a su enemigo muerto, sin moverse, apenas respirando. Durante una semana no salió de la cueva, salvo para beber agua, y entonces sus movimientos eran lentos y dolorosos. Al cabo de ese tiempo el lince fue devorado, mientras que las heridas de la loba habían cicatrizado lo suficiente como para permitirle retomar el rastro de la carne.

El hombro del cachorro estaba rígido y dolorido, y durante algún tiempo cojeó a causa del terrible tajo que había recibido. Pero ahora el mundo parecía haber cambiado. Iba por él con mayor confianza, con una sensación de destreza que no había tenido en los días anteriores a la batalla con el lince. Había contemplado la vida con un aspecto más feroz; había luchado; había enterrado sus dientes en la carne de un enemigo; y había sobrevivido. Y por todo ello, se comportó con más audacia, con un toque de desafío que era nuevo en él. Ya no le asustaban las cosas sin importancia y gran parte de su timidez se había desvanecido, aunque lo desconocido no dejaba de presionarle con sus misterios y terrores, intangibles y siempre amenazadores.

Empezó a acompañar a su madre en el rastro de la carne, y vio mucho de la matanza de la carne y empezó a desempeñar su papel en ella. Y a su tenue manera aprendió la ley de la carne. Había dos tipos de vida: la de su propia especie y la de la otra especie. Su propia especie incluía a su madre y a él mismo. La otra clase incluía todas las cosas vivas que se movían. Pero la otra clase estaba dividida. Una parte era lo que su propia especie mataba y comía. Esta porción estaba compuesta por los no asesinos y los pequeños asesinos. La otra porción mataba y comía a los de su propia especie, o era matada y comida por los de su propia especie. Y de esta clasificación surgió la ley. El objetivo de la vida era la carne. La vida misma era carne. La vida vivía de la vida. Estaban los comedores y los comidos. La ley era: COMER O SER COMIDO. No formuló

and moralise about it. He did not even think the law; he merely lived the law without thinking about it at all.

He saw the law operating around him on every side. He had eaten the ptarmigan chicks. The hawk had eaten the ptarmigan-mother. The hawk would also have eaten him. Later, when he had grown more formidable, he wanted to eat the hawk. He had eaten the lynx kitten. The lynx-mother would have eaten him had she not herself been killed and eaten. And so it went. The law was being lived about him by all live things, and he himself was part and parcel of the law. He was a killer. His only food was meat, live meat, that ran away swiftly before him, or flew into the air, or climbed trees, or hid in the ground, or faced him and fought with him, or turned the tables and ran after him.

Had the cub thought in man-fashion, he might have epitomised life as a voracious appetite and the world as a place wherein ranged a multitude of appetites, pursuing and being pursued, hunting and being hunted, eating and being eaten, all in blindness and confusion, with violence and disorder, a chaos of gluttony and slaughter, ruled over by chance, merciless, planless, endless.

But the cub did not think in man-fashion. He did not look at things with wide vision. He was single-purposed, and entertained but one thought or desire at a time. Besides the law of meat, there were a myriad other and lesser laws for him to learn and obey. The world was filled with surprise. The stir of the life that was in him, the play of his muscles, was an unending happiness. To run down meat was to experience thrills and elations. His rages and battles were pleasures. Terror itself, and the mystery of the unknown, led to his living.

And there were easements and satisfactions. To have a full stomach, to doze lazily in the sunshine—such things were remuneration in full for his ardours and toils, while his ardours and toils were in themselves self-remunerative. They were expressions of life, and life is always happy when it is expressing itself. So the cub had no quarrel with his hostile environment. He was very much alive, very happy, and very proud of himself.

la ley en términos claros y fijos ni moralizó sobre ella. Ni siquiera pensó la ley; simplemente vivió la ley sin pensar en ella en absoluto.

Vio que la ley operaba a su alrededor por todos lados. Se había comido a los polluelos de la perdiz. El halcón se había comido a la madre de las perdices. El halcón también se lo habría comido a él. Más tarde, cuando él se hizo más formidable, quiso comerse al halcón. Se había comido al gatito lince. El lince madre se lo habría comido si no hubiera sido asesinado y devorado. Y así era. La ley se vivía a su alrededor por todas las cosas vivas, y él mismo era parte y parcela de la ley. Era un asesino. Su único alimento era la carne, carne viva, que huía velozmente ante él, o volaba por los aires, o trepaba a los árboles, o se escondía en el suelo, o se enfrentaba a él y luchaba con él, o daba vuelta las cosas y corría tras él.

Si el cachorro hubiera pensado a la manera del hombre, podría haber personificado la vida como un apetito voraz y el mundo como un lugar en el que se agolpan multitud de apetitos, persiguiendo y siendo perseguidos, cazando y siendo cazados, comiendo y siendo comidos, todo ello en la ceguera y la confusión, con violencia y desorden, un caos de glotonería y matanza, gobernado por el azar, despiadado, sin planes, sin fin.

Pero el cachorro no pensaba a la manera de los hombres. No miraba las cosas con amplitud de miras. Tenía un solo propósito y sólo albergaba un pensamiento o deseo a la vez. Además de la ley de la carne, había una miríada de otras leyes menores que debía aprender y obedecer. El mundo estaba lleno de sorpresas. La agitación de la vida que había en él, el juego de sus músculos, era una felicidad sin fin. Correr por la carne era experimentar emociones y euforias. Sus furias y batallas eran placeres. El propio terror y el misterio de lo desconocido le llevaban a vivir.

Y había facilidades y satisfacciones. Tener el estómago lleno, dormitar perezosamente bajo el sol... tales cosas eran la remuneración íntegra de sus ardores y fatigas, mientras que sus ardores y fatigas eran en sí mismos autorretributivos. Eran expresiones de la vida, y la vida siempre es feliz cuando se expresa. Así que el cachorro no tenía nada que objetar a su entorno hostil. Estaba muy vivo, muy feliz y muy orgulloso de sí mismo.

PART III

## CHAPTER I — THE MAKERS OF FIRE

The cub came upon it suddenly. It was his own fault. He had been careless. He had left the cave and run down to the stream to drink. It might have been that he took no notice because he was heavy with sleep. (He had been out all night on the meat-trail, and had but just then awakened.) And his carelessness might have been due to the familiarity of the trail to the pool. He had travelled it often, and nothing had ever happened on it.

He went down past the blasted pine, crossed the open space, and trotted in amongst the trees. Then, at the same instant, he saw and smelt. Before him, sitting silently on their haunches, were five live things, the like of which he had never seen before. It was his first glimpse of mankind. But at the sight of him the five men did not spring to their feet, nor show their teeth, nor snarl. They did not move, but sat there, silent and ominous.

Nor did the cub move. Every instinct of his nature would have impelled him to dash wildly away, had there not suddenly and for the first time arisen in him another and counter instinct. A great awe descended upon him. He was beaten down to movelessness by an overwhelming sense of his own weakness and littleness. Here was mastery and power, something far and away beyond him.

The cub had never seen man, yet the instinct concerning man was his. In dim ways he recognised in man the animal that had fought itself to primacy over the other animals of the Wild. Not alone out of his own eyes, but out of the eyes of all his ancestors was the cub now looking upon man—out of eyes that had circled in the darkness around countless winter camp-fires, that had peered from safe distances and from the hearts of thickets at the strange, two-legged animal that was lord over living things. The spell of the cub's heritage was upon him, the fear and the respect born of the centuries of struggle and the accumulated experience of the generations. The heritage was too compelling for a wolf that was only a cub. Had he been full-grown, he would have run away.

PARTE III

## CAPÍTULO I – LOS ARTÍFICES DEL FUEGO

El cachorro se lo encontró de repente. Fue culpa suya. Había sido descuidado. Había salido de la cueva y corrido hacia el arroyo para beber. Puede que no se diera cuenta porque estaba pesado por el sueño. (Había estado fuera toda la noche en el rastro de la carne y acababa de despertarse). Y su descuido pudo deberse a la familiaridad del sendero hacia el estanque. Lo había recorrido a menudo y nunca le había ocurrido nada en él.

Descendió más allá del pino tronchado, cruzó el espacio abierto y trotó entre los árboles. Entonces, en el mismo instante, vio y olió. Ante él, sentados en silencio sobre sus ancas, había cinco seres vivos, como nunca antes había visto. Era su primera visión de los humanos. Pero al verle, los cinco hombres no se pusieron en pie de un salto, ni mostraron los dientes, ni gruñeron. No se movieron, sino que permanecieron sentados, silenciosos y ominosos.

El cachorro tampoco se movió. Todos los instintos de su naturaleza le habrían impulsado a alejarse precipitadamente, si no hubiera surgido en él de repente y por primera vez otro instinto contrario. Un gran temor descendió sobre él. Se sintió abatido por una abrumadora sensación de su propia debilidad y pequeñez. Aquí había dominio y poder, algo que le superaba con creces.

El cachorro nunca había visto al hombre, y sin embargo poseía el instinto relativo al hombre. De forma tenue, reconocía en el hombre al animal que había luchado por sí mismo hasta alcanzar la primacía sobre los demás animales de la Naturaleza. No sólo con sus propios ojos, sino con los ojos de todos sus antepasados, el cachorro miraba ahora al hombre, con ojos que habían dado vueltas en la oscuridad alrededor de innumerables hogueras de invierno, que habían observado desde distancias seguras y desde el corazón de los matorrales al extraño animal de dos patas que era el señor de los seres vivos. El hechizo de la herencia del cachorro estaba sobre él, el miedo y el respeto nacidos de los siglos de lucha y la experiencia acumulada de las generaciones. La herencia era demasiado convincente para un

As it was, he cowered down in a paralysis of fear, already half proffering the submission that his kind had proffered from the first time a wolf came in to sit by man's fire and be made warm.

One of the Indians arose and walked over to him and stooped above him. The cub cowered closer to the ground. It was the unknown, objectified at last, in concrete flesh and blood, bending over him and reaching down to seize hold of him. His hair bristled involuntarily; his lips writhed back and his little fangs were bared. The hand, poised like doom above him, hesitated, and the man spoke laughing, "*Wabam wabisca ip pit tah.*" ("Look! The white fangs!")

The other Indians laughed loudly, and urged the man on to pick up the cub. As the hand descended closer and closer, there raged within the cub a battle of the instincts. He experienced two great impulsions—to yield and to fight. The resulting action was a compromise. He did both. He yielded till the hand almost touched him. Then he fought, his teeth flashing in a snap that sank them into the hand. The next moment he received a clout alongside the head that knocked him over on his side. Then all fight fled out of him. His puppyhood and the instinct of submission took charge of him. He sat up on his haunches and ki-yi'd. But the man whose hand he had bitten was angry. The cub received a clout on the other side of his head. Whereupon he sat up and ki-yi'd louder than ever.

The four Indians laughed more loudly, while even the man who had been bitten began to laugh. They surrounded the cub and laughed at him, while he wailed out his terror and his hurt. In the midst of it, he heard something. The Indians heard it too. But the cub knew what it was, and with a last, long wail that had in it more of triumph than grief, he ceased his noise and waited for the coming of his mother, of his ferocious and indomitable mother who fought and killed all things and was never afraid. She was snarling as she ran. She had heard the cry of her cub and was dashing to save him.

lobo que sólo era un cachorro. Si hubiera sido adulto, habría huido. Tal como estaba, se acobardó en una parálisis de miedo, ya ofreciendo a medias la sumisión que los de su especie habían ofrecido desde la primera vez que un lobo entró para sentarse junto al fuego del hombre y calentarse.

Uno de los indios se levantó, caminó hacia él y se agachó sobre él. El cachorro se encogió más cerca del suelo. Era lo desconocido, objetivado por fin, en carne y hueso, inclinándose sobre él y agachándose para agarrarlo. Su pelo se erizó involuntariamente; sus labios se retorcieron y sus pequeños colmillos se mostraron. La mano, dispuesta como una fatalidad sobre él, vaciló, y el hombre habló riendo: «*Wabam wabisca ip pit tah*». («¡Miren! ¡Los colmillos blancos!»).

Los otros indios rieron a carcajadas e instaron al hombre a coger al cachorro. Mientras la mano descendía cada vez más cerca, en el interior del cachorro se desató una batalla de instintos. Experimentó dos grandes impulsos: ceder y luchar. La acción resultante fue un compromiso. Hizo ambas cosas. Cedió hasta que la mano casi le tocó. Entonces luchó, sus dientes relampaguearon en un chasquido y se hundieron en la mano. A continuación recibió un golpe junto a la cabeza que le derribó sobre un costado. Entonces toda lucha huyó de él. Su condición de cachorro y el instinto de sumisión se apoderaron de él. Se sentó sobre sus ancas y gruñó. Pero el hombre cuya mano había mordido estaba enfadado. El cachorro recibió un golpe en el otro lado de la cabeza. Entonces se incorporó y gruñó más fuerte que nunca.

Los cuatro indios rieron con más fuerza, mientras que incluso el hombre que había sido mordido comenzó a reír. Rodeaban al cachorro y se reían de él, mientras él se lamentaba de su terror y de su herida. En medio de ello, oyó algo. Los indios también lo oyeron. Pero el cachorro sabía lo que era, y con un último y largo aullido que tenía en él más de triunfo que de pena, cesó su ruido y esperó la llegada de su madre, de su feroz e indomable madre que luchaba y mataba a todas las cosas y nunca tenía miedo. Ella gruñía mientras corría. Había oído el grito de su cachorro y corría a salvarlo.

She bounded in amongst them, her anxious and militant motherhood making her anything but a pretty sight. But to the cub the spectacle of her protective rage was pleasing. He uttered a glad little cry and bounded to meet her, while the man-animals went back hastily several steps. The she-wolf stood over against her cub, facing the men, with bristling hair, a snarl rumbling deep in her throat. Her face was distorted and malignant with menace, even the bridge of the nose wrinkling from tip to eyes so prodigious was her snarl.

Then it was that a cry went up from one of the men. "Kiche!" was what he uttered. It was an exclamation of surprise. The cub felt his mother wilting at the sound.

"Kiche!" the man cried again, this time with sharpness and authority.

And then the cub saw his mother, the she-wolf, the fearless one, crouching down till her belly touched the ground, whimpering, wagging her tail, making peace signs. The cub could not understand. He was appalled. The awe of man rushed over him again. His instinct had been true. His mother verified it. She, too, rendered submission to the man-animals.

The man who had spoken came over to her. He put his hand upon her head, and she only crouched closer. She did not snap, nor threaten to snap. The other men came up, and surrounded her, and felt her, and pawed her, which actions she made no attempt to resent. They were greatly excited, and made many noises with their mouths. These noises were not indication of danger, the cub decided, as he crouched near his mother still bristling from time to time but doing his best to submit.

"It is not strange," an Indian was saying. "Her father was a wolf. It is true, her mother was a dog; but did not my brother tie her out in the woods all of three nights in the mating season? Therefore was the father of Kiche a wolf."

"It is a year, Grey Beaver, since she ran away," spoke a second

Saltó hacia ellos, su maternidad ansiosa y militante la convertía en cualquier cosa menos en una visión bonita. Pero al cachorro el espectáculo de su furia protectora le resultó agradable. Lanzó un gritito de alegría y saltó a su encuentro, mientras los hombres-animales retrocedían apresuradamente varios pasos. La loba estaba de pie frente a su cachorro, de cara a los hombres, con el pelo erizado y un gruñido que retumbaba en lo más profundo de su garganta. Su rostro estaba distorsionado y se mostraba maligno por la amenaza, incluso el puente del hocico se arrugaba desde la punta hasta los ojos, tan prodigioso era su gruñido.

Fue entonces cuando uno de los hombres lanzó un grito. «¡Kiche!», fue lo que pronunció. Fue una exclamación de sorpresa. El cachorro sintió que su madre se marchitaba ante el sonido.

«¡Kiche!», volvió a gritar el hombre, esta vez con agudeza y autoridad.

Y entonces el cachorro vio a su madre, la loba, la intrépida, agachada hasta que su vientre tocaba el suelo, gimoteando, moviendo la cola, haciendo signos de paz. El cachorro no podía entenderlo. Estaba consternado. El asombro del hombre se apoderó de él de nuevo. Su instinto había sido cierto. Su madre lo comprobó. Ella también rindió sumisión al hombre-animal.

El hombre que había hablado se acercó a ella. Le puso la mano en la cabeza y ella sólo se agachó más. No mordió, ni amenazó con morder. Los otros hombres se acercaron, la rodearon, la palparon y la manosearon, acciones que ella no intentó repeler. Estaban muy excitados e hicieron muchos ruidos con la boca. Estos ruidos no eran indicio de peligro, decidió el cachorro, mientras se agazapaba cerca de su madre erizándose aún de vez en cuando pero haciendo todo lo posible por someterse.

«No es extraño», decía un indio. «Su padre era un lobo. Es cierto que su madre era una perra, pero ¿no la ató mi hermano en el bosque durante tres noches en la época de celo? Por lo tanto, el padre de Kiche era un lobo».

«Hace un año, Castor Gris, que se escapó», habló un segundo in-

Indian.

"It is not strange, Salmon Tongue," Grey Beaver answered. "It was the time of the famine, and there was no meat for the dogs."

"She has lived with the wolves," said a third Indian.

"So it would seem, Three Eagles," Grey Beaver answered, laying his hand on the cub; "and this be the sign of it."

The cub snarled a little at the touch of the hand, and the hand flew back to administer a clout. Whereupon the cub covered its fangs, and sank down submissively, while the hand, returning, rubbed behind his ears, and up and down his back.

"This be the sign of it," Grey Beaver went on. "It is plain that his mother is Kiche. But his father was a wolf. Wherefore is there in him little dog and much wolf. His fangs be white, and White Fang shall be his name. I have spoken. He is my dog. For was not Kiche my brother's dog? And is not my brother dead?"

The cub, who had thus received a name in the world, lay and watched. For a time the man-animals continued to make their mouth-noises. Then Grey Beaver took a knife from a sheath that hung around his neck, and went into the thicket and cut a stick. White Fang watched him. He notched the stick at each end and in the notches fastened strings of raw-hide. One string he tied around the throat of Kiche. Then he led her to a small pine, around which he tied the other string.

White Fang followed and lay down beside her. Salmon Tongue's hand reached out to him and rolled him over on his back. Kiche looked on anxiously. White Fang felt fear mounting in him again. He could not quite suppress a snarl, but he made no offer to snap. The hand, with fingers crooked and spread apart, rubbed his stomach in a playful way and rolled him from side to side. It was ridiculous and ungainly, lying there on his back with legs sprawling in the air. Besides, it was a position of such utter helplessness that White Fang's whole nature revolted against it. He could do noth-

dio.

«No es extraño, Lengua de Salmón», respondió Castor Gris. «Era la época de la hambruna y no había carne para los perros».

«Ha vivido con los lobos», dijo un tercer indio.

«Así parece, Tres Águilas», respondió Castor Gris, poniendo su mano sobre el cachorro; «y ésta es la señal de ello».

El cachorro gruñó un poco al contacto con la mano, y ésta volvió rápidamente para administrarle un golpe. El cachorro se cubrió los colmillos y se hundió sumiso, mientras la mano, volviendo, le frotaba detrás de las orejas y de arriba abajo por el lomo.

«Esta es la señal de ello», continuó Castor Gris. «Está claro que su madre es Kiche. Pero su padre era un lobo. Por eso hay en él poco de perro y mucho de lobo. Sus colmillos son blancos, y Colmillo Blanco será su nombre. Yo he hablado. Él es mi perro. Pues, ¿no era Kiche el perro de mi hermano? ¿Y no está mi hermano muerto?».

El cachorro, que había recibido así un nombre en el mundo, se tumbó y observó. Durante un rato los hombres-animales siguieron haciendo sus ruidos con la boca. Entonces Castor Gris sacó un cuchillo de una funda que colgaba de su cuello, se adentró en la espesura y cortó un palo. Colmillo Blanco le observaba. Hizo muescas en el palo en cada extremo y en las muescas sujetó cuerdas de cuero crudo. Una de las cuerdas la ató alrededor de la garganta de Kiche. Luego la condujo hasta un pequeño pino, alrededor del cual ató la otra cuerda.

Colmillo Blanco le siguió y se tumbó a su lado. La mano de Lengua de Salmón le alcanzó y le hizo rodar sobre su espalda. Kiche miraba ansiosa. Colmillo Blanco sintió que el miedo aumentaba de nuevo en él. No pudo reprimir del todo un gruñido, pero no se dispuso a morder. La mano, con los dedos torcidos y separados, le frotó el estómago de forma juguetona y le hizo rodar de un lado a otro. Era ridículo y desgarbado, allí tumbado de espaldas con las piernas extendidas en el aire. Además, era una posición de indefensión tan absoluta que toda la naturaleza de Colmillo Blanco se rebelaba contra ella. No po-

ing to defend himself. If this man-animal intended harm, White Fang knew that he could not escape it. How could he spring away with his four legs in the air above him? Yet submission made him master his fear, and he only growled softly. This growl he could not suppress; nor did the man-animal resent it by giving him a blow on the head. And furthermore, such was the strangeness of it, White Fang experienced an unaccountable sensation of pleasure as the hand rubbed back and forth. When he was rolled on his side he ceased to growl, when the fingers pressed and prodded at the base of his ears the pleasurable sensation increased; and when, with a final rub and scratch, the man left him alone and went away, all fear had died out of White Fang. He was to know fear many times in his dealing with man; yet it was a token of the fearless companionship with man that was ultimately to be his.

After a time, White Fang heard strange noises approaching. He was quick in his classification, for he knew them at once for man-animal noises. A few minutes later the remainder of the tribe, strung out as it was on the march, trailed in. There were more men and many women and children, forty souls of them, and all heavily burdened with camp equipage and outfit. Also there were many dogs; and these, with the exception of the part-grown puppies, were likewise burdened with camp outfit. On their backs, in bags that fastened tightly around underneath, the dogs carried from twenty to thirty pounds of weight.

White Fang had never seen dogs before, but at sight of them he felt that they were his own kind, only somehow different. But they displayed little difference from the wolf when they discovered the cub and his mother. There was a rush. White Fang bristled and snarled and snapped in the face of the open-mouthed oncoming wave of dogs, and went down and under them, feeling the sharp slash of teeth in his body, himself biting and tearing at the legs and bellies above him. There was a great uproar. He could hear the snarl of Kiche as she fought for him; and he could hear the cries of the man-animals, the sound of clubs striking upon bodies, and the yelps of pain from the dogs so struck.

Only a few seconds elapsed before he was on his feet again. He

día hacer nada para defenderse. Si este hombre-animal pretendía hacerle daño, Colmillo Blanco sabía que no podría escapar de él. ¿Cómo podría saltar con sus cuatro patas en el aire por encima de él? Sin embargo, la sumisión le hizo dominar su miedo y sólo gruñó suavemente. Este gruñido no pudo reprimirlo; ni el hombre-animal se resintió dándole un golpe en la cabeza. Y además, tal era su extrañeza, Colmillo Blanco experimentó una inexplicable sensación de placer cuando la mano le frotó de un lado a otro. Cuando le hicieron rodar sobre un costado dejó de gruñir, cuando los dedos le presionaron y pincharon en la base de las orejas la sensación placentera aumentó; y cuando, con un último roce y arañazo, el hombre le dejó en paz y se marchó, todo el miedo había desaparecido de Colmillo Blanco. Iba a conocer el miedo muchas veces en su trato con el hombre; sin embargo, era una muestra de la intrépida compañía con el hombre que iba a ser suya en última instancia.

Al cabo de un rato, Colmillo Blanco oyó que se acercaban ruidos extraños. Fue rápido en su clasificación, pues los reconoció enseguida por ruidos de hombre-animal. Unos minutos más tarde, el resto de la tribu, enfilada como estaba en la marcha, se acercó. Había más hombres y muchas mujeres y niños, cuarenta almas de ellos, y todos pesadamente cargados con equipo y pertrechos de campamento. También había muchos perros; y éstos, a excepción de los cachorros parcialmente crecidos, iban igualmente cargados con el equipo de campamento. Sobre sus lomos, en bolsas que se sujetaban bien por debajo, los perros llevaban de veinte a treinta libras de peso.

Colmillo Blanco nunca había visto perros antes, pero al verlos sintió que eran de su misma especie, sólo que de algún modo diferentes. Pero mostraron poca diferencia con el lobo cuando descubrieron al cachorro y a su madre. Se precipitaron. Colmillo Blanco se erizó y gruñó y chasqueó ante la oleada de perros que se acercaban con la boca abierta, y bajó y pasó por debajo de ellos, sintiendo el afilado tajo de los dientes en su cuerpo, mordiendo y desgarrando él mismo las patas y los vientres por encima de él. Hubo un gran alboroto. Podía oír el gruñido de Kiche mientras luchaba por él; y podía oír los gritos de los hombres-animales, el sonido de los garrotes golpeando los cuerpos y los aullidos de dolor de los perros así golpeados.

Sólo transcurrieron unos segundos antes de que volviera a poner-

could now see the man-animals driving back the dogs with clubs and stones, defending him, saving him from the savage teeth of his kind that somehow was not his kind. And though there was no reason in his brain for a clear conception of so abstract a thing as justice, nevertheless, in his own way, he felt the justice of the man-animals, and he knew them for what they were—makers of law and executors of law. Also, he appreciated the power with which they administered the law. Unlike any animals he had ever encountered, they did not bite nor claw. They enforced their live strength with the power of dead things. Dead things did their bidding. Thus, sticks and stones, directed by these strange creatures, leaped through the air like living things, inflicting grievous hurts upon the dogs.

To his mind this was power unusual, power inconceivable and beyond the natural, power that was godlike. White Fang, in the very nature of him, could never know anything about gods; at the best he could know only things that were beyond knowing—but the wonder and awe that he had of these man-animals in ways resembled what would be the wonder and awe of man at sight of some celestial creature, on a mountain top, hurling thunderbolts from either hand at an astonished world.

The last dog had been driven back. The hubbub died down. And White Fang licked his hurts and meditated upon this, his first taste of pack-cruelty and his introduction to the pack. He had never dreamed that his own kind consisted of more than One Eye, his mother, and himself. They had constituted a kind apart, and here, abruptly, he had discovered many more creatures apparently of his own kind. And there was a subconscious resentment that these, his kind, at first sight had pitched upon him and tried to destroy him. In the same way he resented his mother being tied with a stick, even though it was done by the superior man-animals. It savoured of the trap, of bondage. Yet of the trap and of bondage he knew nothing. Freedom to roam and run and lie down at will, had been his heritage; and here it was being infringed upon. His mother's movements were restricted to the length of a stick, and by the length of that same stick was he restricted, for he had not yet got beyond the need of his mother's side.

se en pie. Ahora podía ver a los hombres-animales haciendo retroceder a los perros con garrotes y piedras, defendiéndole, salvándole de los dientes salvajes de su especie que, de alguna manera, no era la suya. Y aunque no había razón en su cerebro para una concepción clara de una cosa tan abstracta como la justicia, sin embargo, a su manera, sintió la justicia de los hombres-animales, y los conoció por lo que eran: hacedores de la ley y ejecutores de la ley. Además, apreciaba el poder con el que administraban la ley. A diferencia de cualquier otro animal que hubiera encontrado, no mordían ni arañaban. Imponían su fuerza viva con el poder de las cosas muertas. Las cosas muertas cumplían sus órdenes. Así, palos y piedras, dirigidos por estas extrañas criaturas, saltaban por el aire como cosas vivas, infligiendo graves heridas a los perros.

Para su mente esto era un poder inusual, un poder inconcebible y más allá de lo natural, un poder que era semejante a un dios. Colmillo Blanco, por su propia naturaleza, nunca podría saber nada de los dioses; en el mejor de los casos sólo podía conocer cosas que estaban más allá del conocimiento... pero la maravilla y el asombro que le producían estos hombres-animales se asemejaban en cierto modo a lo que serían la maravilla y el asombro del hombre a la vista de alguna criatura celestial, en la cima de una montaña, lanzando rayos de ambas manos a un mundo atónito.

El último perro había retrocedido. El alboroto se calmó. Y Colmillo Blanco se lamió las heridas y meditó sobre esto, su primer contacto con la crueldad de la manada y su introducción a la misma. Nunca había soñado que su propia especie consistiera en algo más que Un Ojo, su madre y él mismo. Habían constituido una especie aparte, y aquí, abruptamente, había descubierto muchas más criaturas aparentemente de su propia especie. Y sentía un resentimiento subconsciente porque éstas, las de su especie, a primera vista se habían abalanzado sobre él y habían intentado destruirlo. Del mismo modo, le molestaba que ataran a su madre con un palo, aunque lo hubieran hecho los hombres-animales superiores. Sabía a trampa, a esclavitud. Sin embargo, de la trampa y de la esclavitud él no sabía nada. La libertad de vagar y correr y tumbarse a voluntad, había sido su herencia; y aquí se la estaban infringiendo. Los movimientos de su madre estaban restringidos a la longitud de un palo, y por la longitud de ese mismo palo estaba restringido él, pues aún no había supera-

He did not like it. Nor did he like it when the man-animals arose and went on with their march; for a tiny man-animal took the other end of the stick and led Kiche captive behind him, and behind Kiche followed White Fang, greatly perturbed and worried by this new adventure he had entered upon.

They went down the valley of the stream, far beyond White Fang's widest ranging, until they came to the end of the valley, where the stream ran into the Mackenzie River. Here, where canoes were cached on poles high in the air and where stood fish-racks for the drying of fish, camp was made; and White Fang looked on with wondering eyes. The superiority of these man-animals increased with every moment. There was their mastery over all these sharp-fanged dogs. It breathed of power. But greater than that, to the wolf-cub, was their mastery over things not alive; their capacity to communicate motion to unmoving things; their capacity to change the very face of the world.

It was this last that especially affected him. The elevation of frames of poles caught his eye; yet this in itself was not so remarkable, being done by the same creatures that flung sticks and stones to great distances. But when the frames of poles were made into tepees by being covered with cloth and skins, White Fang was astounded. It was the colossal bulk of them that impressed him. They arose around him, on every side, like some monstrous quick-growing form of life. They occupied nearly the whole circumference of his field of vision. He was afraid of them. They loomed ominously above him; and when the breeze stirred them into huge movements, he cowered down in fear, keeping his eyes warily upon them, and prepared to spring away if they attempted to precipitate themselves upon him.

But in a short while his fear of the tepees passed away. He saw the women and children passing in and out of them without harm, and he saw the dogs trying often to get into them, and being driven away with sharp words and flying stones. After a time, he left Kiche's side and crawled cautiously toward the wall of the nearest tepee. It was the curiosity of growth that urged him on—the neces-

do la necesidad de estar al lado de su madre.

No le gustó. Tampoco le gustó cuando los hombres-animales se levantaron y prosiguieron su marcha; porque un hombre-animal diminuto cogió el otro extremo del palo y llevó a Kiche cautiva detrás de él, y detrás de Kiche seguía Colmillo Blanco, muy perturbado y preocupado por esta nueva aventura en la que se había metido.

Descendieron por el valle del arroyo, mucho más allá del área de Colmillo Blanco, hasta que llegaron al final del valle, donde el arroyo desembocaba en el río Mackenzie. Aquí, donde las canoas estaban guardadas en postes elevados en el aire y donde se levantaban las piraguas para secar el pescado, acamparon; y Colmillo Blanco los contemplaba con ojos maravillados. La superioridad de estos hombres-animales aumentaba a cada momento. Dominaban todos estos perros de colmillos afilados. Se respiraba poder. Pero mayor que eso, para el cachorro de lobo, era su dominio sobre las cosas no vivas; su capacidad para comunicar movimiento a las cosas inmóviles; su capacidad para cambiar la faz misma del mundo.

Fue esto último lo que le afectó especialmente. La elevación de armazones de palos le llamó la atención; aunque esto en sí mismo no era tan notable, ya que lo hacían las mismas criaturas que lanzaban palos y piedras a grandes distancias. Pero cuando los armazones de palos se convirtieron en tipis al ser cubiertos con telas y pieles, Colmillo Blanco quedó asombrado. Fue el colosal volumen de los mismos lo que le impresionó. Se alzaban a su alrededor, por todos lados, como una monstruosa forma de vida de rápido crecimiento. Ocupaban casi toda la circunferencia de su campo de visión. Le daban miedo. Se cernían ominosamente sobre él; y cuando la brisa las agitaba haciendo enormes movimientos, se acobardaba de miedo, manteniendo los ojos cautelosamente sobre ellas, y se preparaba para saltar si intentaban precipitarse sobre él.

Pero en poco tiempo su miedo a los tipis desapareció. Vio cómo las mujeres y los niños entraban y salían de ellos sin sufrir daño alguno, y vio cómo los perros intentaban a menudo entrar en ellos y eran ahuyentados con palabras secas y piedras voladoras. Al cabo de un tiempo, se apartó del lado de Kiche y se arrastró cautelosamente hacia la pared del tipi más cercano. Era la curiosidad del crecimiento lo

sity of learning and living and doing that brings experience. The last few inches to the wall of the tepee were crawled with painful slowness and precaution. The day's events had prepared him for the unknown to manifest itself in most stupendous and unthinkable ways. At last his nose touched the canvas. He waited. Nothing happened. Then he smelled the strange fabric, saturated with the man-smell. He closed on the canvas with his teeth and gave a gentle tug. Nothing happened, though the adjacent portions of the tepee moved. He tugged harder. There was a greater movement. It was delightful. He tugged still harder, and repeatedly, until the whole tepee was in motion. Then the sharp cry of a squaw inside sent him scampering back to Kiche. But after that he was afraid no more of the looming bulks of the tepees.

A moment later he was straying away again from his mother. Her stick was tied to a peg in the ground and she could not follow him. A part-grown puppy, somewhat larger and older than he, came toward him slowly, with ostentatious and belligerent importance. The puppy's name, as White Fang was afterward to hear him called, was Lip-lip. He had had experience in puppy fights and was already something of a bully.

Lip-lip was White Fang's own kind, and, being only a puppy, did not seem dangerous; so White Fang prepared to meet him in a friendly spirit. But when the strangers walk became stiff-legged and his lips lifted clear of his teeth, White Fang stiffened too, and answered with lifted lips. They half circled about each other, tentatively, snarling and bristling. This lasted several minutes, and White Fang was beginning to enjoy it, as a sort of game. But suddenly, with remarkable swiftness, Lip-lip leaped in, delivering a slashing snap, and leaped away again. The snap had taken effect on the shoulder that had been hurt by the lynx and that was still sore deep down near the bone. The surprise and hurt of it brought a yelp out of White Fang; but the next moment, in a rush of anger, he was upon Lip-lip and snapping viciously.

But Lip-lip had lived his life in camp and had fought many puppy fights. Three times, four times, and half a dozen times, his

que le impulsaba a seguir adelante, la necesidad de aprender y vivir y hacer que trae la experiencia. Las últimas pulgadas hasta la pared del tipi las recorrió a gatas con dolorosa lentitud y precaución. Los acontecimientos del día le habían preparado para que lo desconocido se manifestara de las formas más estupendas e impensables. Por fin su hocico tocó la lona. Esperó. No ocurrió nada. Entonces olió la extraña tela, saturada del olor a hombre. Cerró la tela con los dientes y dio un suave tirón. No ocurrió nada, aunque las partes adyacentes del tipi se movieron. Tiró con más fuerza. El movimiento fue mayor. Fue delicioso. Tiró aún más fuerte, y repetidamente, hasta que todo el tipi estuvo en movimiento. Entonces el grito agudo de una india en el interior le hizo volver corriendo hacia Kiche. Pero después de eso ya no tuvo miedo de los imponentes bultos de los tipis.

Un momento después volvía a alejarse de su madre. El palo de ella estaba atado a una estaca en el suelo y no podía seguirle. Un cachorro medio crecido, algo más grande y mayor que él, se acercó a él lentamente, con ostentosa y beligerante importancia. El nombre del cachorro, como Colmillo Blanco oyó que le llamaban después, era Labio-labio. Había tenido experiencia en peleas de cachorros y ya era algo así como un matón.

Labio-labio era de la misma especie que Colmillo Blanco y, siendo sólo un cachorro, no parecía peligroso; así que Colmillo Blanco se preparó para recibirlo con espíritu amistoso. Pero cuando el andar del extraño se volvió rígido y sus labios se despegaron de sus dientes, Colmillo Blanco se puso rígido también y respondió con los labios despegados. Dieron media vuelta el uno alrededor del otro, tentativamente, gruñendo y erizándose. Esto duró varios minutos, y Colmillo Blanco empezaba a disfrutarlo, como una especie de juego. Pero de repente, con notable rapidez, Labio-labio saltó, lanzando un mordisco cortante, y volvió a alejarse de un salto. El mordisco había sucedido en el hombro que había sido herido por el lince y que seguía dolorido en lo más profundo, cerca del hueso. La sorpresa y el dolor provocaron un aullido de Colmillo Blanco; pero a continuación, en un arrebato de ira, estaba sobre Labio-labio y mordiendo con saña.

Pero Labio-labio había vivido su vida en el campamento y había librado muchas peleas de cachorros. Tres, cuatro y media docena

sharp little teeth scored on the newcomer, until White Fang, yelping shamelessly, fled to the protection of his mother. It was the first of the many fights he was to have with Lip-lip, for they were enemies from the start, born so, with natures destined perpetually to clash.

Kiche licked White Fang soothingly with her tongue, and tried to prevail upon him to remain with her. But his curiosity was rampant, and several minutes later he was venturing forth on a new quest. He came upon one of the man-animals, Grey Beaver, who was squatting on his hams and doing something with sticks and dry moss spread before him on the ground. White Fang came near to him and watched. Grey Beaver made mouth-noises which White Fang interpreted as not hostile, so he came still nearer.

Women and children were carrying more sticks and branches to Grey Beaver. It was evidently an affair of moment. White Fang came in until he touched Grey Beaver's knee, so curious was he, and already forgetful that this was a terrible man-animal. Suddenly he saw a strange thing like mist beginning to arise from the sticks and moss beneath Grey Beaver's hands. Then, amongst the sticks themselves, appeared a live thing, twisting and turning, of a colour like the colour of the sun in the sky. White Fang knew nothing about fire. It drew him as the light, in the mouth of the cave had drawn him in his early puppyhood. He crawled the several steps toward the flame. He heard Grey Beaver chuckle above him, and he knew the sound was not hostile. Then his nose touched the flame, and at the same instant his little tongue went out to it.

For a moment he was paralysed. The unknown, lurking in the midst of the sticks and moss, was savagely clutching him by the nose. He scrambled backward, bursting out in an astonished explosion of ki-yi's. At the sound, Kiche leaped snarling to the end of her stick, and there raged terribly because she could not come to his aid. But Grey Beaver laughed loudly, and slapped his thighs, and told the happening to all the rest of the camp, till everybody was laughing uproariously. But White Fang sat on his haunches and ki-yi'd and ki-yi'd, a forlorn and pitiable little figure in the

de veces, sus afilados dientecillos marcaron al recién llegado, hasta que Colmillo Blanco, aullando abiertamente, huyó a la protección de su madre. Fue la primera de las muchas peleas que iba a tener con Labio-labio, pues eran enemigos desde el principio, de nacimiento, con naturalezas destinadas a chocar perpetuamente.

Kiche lamió con tranquilidad a Colmillo Blanco con su lengua e intentó convencerle de que se quedara con ella. Pero la curiosidad de él era desenfrenada y unos minutos después se aventuró en una nueva búsqueda. Se encontró con uno de los hombres-animales, Castor Gris, que estaba en cuclillas sobre sus ancas y haciendo algo con palos y musgo seco extendidos ante él en el suelo. Colmillo Blanco se acercó a él y lo observó. Castor Gris hizo ruidos con la boca que Colmillo Blanco interpretó como no hostiles, así que se acercó aún más.

Mujeres y niños llevaban más palos y ramas a Castor Gris. Evidentemente era algo que sucedía en ese momento. Colmillo Blanco se acercó hasta tocar la rodilla de Castor Gris, tan curioso era, y se olvidaba que se trataba de un terrible hombre-animal. De pronto vio que una cosa extraña, como una niebla, empezaba a surgir de entre los palos y el musgo bajo las manos de Castor Gris. Luego, entre los palos mismos, apareció una cosa viva, retorciéndose y girando, de un color como el del sol en el cielo. Colmillo Blanco no sabía nada del fuego. Le atrajo como la luz, en la boca de la cueva, le había atraído en su temprana condición de cachorro. Se arrastró varios pasos hacia la llama. Oyó la risita de Castor Gris por encima de él, y supo que el sonido no era hostil. Entonces su hocico tocó la llama, y en el mismo instante su pequeña lengua salió hacia ella.

Por un momento se quedó paralizado. Lo desconocido, al acecho entre los palos y el musgo, le agarraba salvajemente por el hocico. Se torció hacia atrás, estallando en una asombrada explosión de aullidos. Al oírlo, Kiche saltó gruñendo al extremo de su bastón, y allí se enfureció terriblemente porque no podía acudir en su ayuda. Pero Castor Gris se rió a carcajadas, se dio palmadas en los muslos y contó el suceso al resto del campamento, hasta que todos se rieron a carcajadas. Pero Colmillo Blanco se sentó sobre sus ancas y aulló y aulló, una pequeña figura desamparada y lastimosa en medio de los

midst of the man-animals.

It was the worst hurt he had ever known. Both nose and tongue had been scorched by the live thing, sun-coloured, that had grown up under Grey Beaver's hands. He cried and cried interminably, and every fresh wail was greeted by bursts of laughter on the part of the man-animals. He tried to soothe his nose with his tongue, but the tongue was burnt too, and the two hurts coming together produced greater hurt; whereupon he cried more hopelessly and helplessly than ever.

And then shame came to him. He knew laughter and the meaning of it. It is not given us to know how some animals know laughter, and know when they are being laughed at; but it was this same way that White Fang knew it. And he felt shame that the man-animals should be laughing at him. He turned and fled away, not from the hurt of the fire, but from the laughter that sank even deeper, and hurt in the spirit of him. And he fled to Kiche, raging at the end of her stick like an animal gone mad—to Kiche, the one creature in the world who was not laughing at him.

Twilight drew down and night came on, and White Fang lay by his mother's side. His nose and tongue still hurt, but he was perplexed by a greater trouble. He was homesick. He felt a vacancy in him, a need for the hush and quietude of the stream and the cave in the cliff. Life had become too populous. There were so many of the man-animals, men, women, and children, all making noises and irritations. And there were the dogs, ever squabbling and bickering, bursting into uproars and creating confusions. The restful loneliness of the only life he had known was gone. Here the very air was palpitant with life. It hummed and buzzed unceasingly. Continually changing its intensity and abruptly variant in pitch, it impinged on his nerves and senses, made him nervous and restless and worried him with a perpetual imminence of happening.

He watched the man-animals coming and going and moving about the camp. In fashion distantly resembling the way men look upon the gods they create, so looked White Fang upon the man-animals before him. They were superior creatures, of a verity, gods.

hombres-animales.

Era la peor herida que había conocido. Tanto el hocico como la lengua habían sido abrasadas por la cosa viva, del color del sol, que había crecido bajo las manos de Castor Gris. Lloraba y lloraba interminablemente, y cada nuevo lamento era recibido por estallidos de risa por parte de los hombres-animales. Intentó aliviarse el hocico con la lengua, pero la lengua también estaba quemada, y las dos heridas unidas produjeron un daño mayor; con lo cual lloró más desesperado e impotente que nunca.

Y entonces le sobrevino la vergüenza. Conoció la risa y su significado. No nos es dado saber cómo algunos animales conocen la risa y saben cuándo se están riendo de ellos; pero fue de esta misma manera como Colmillo Blanco la conoció. Y sintió vergüenza de que los hombres-animales se rieran de él. Se dio la vuelta y huyó, no de la herida del fuego, sino de la risa que se hundía aún más en él, y dolía en su espíritu. Y huyó hacia Kiche, rabiando al extremo de su bastón como un animal enloquecido; hacia Kiche, la única criatura del mundo que no se reía de él.

Caía el crepúsculo y llegaba la noche, y Colmillo Blanco yacía al lado de su madre. Aún le dolían el hocico y la lengua, pero estaba perplejo por un problema mayor. Sentía nostalgia. Sentía un vacío en su interior, una necesidad de silencio y de la quietud del arroyo y de la cueva en el acantilado. La vida se había vuelto demasiado populosa. Había tantos hombres-animales, hombres, mujeres y niños, todos haciendo ruidos e irritándolo. Y estaban los perros, siempre riñendo y peleando, alborotando y creando confusiones. La apacible soledad de la única vida que había conocido había desaparecido. Aquí el aire mismo palpitaba de vida. Zumbaba y zumbaba sin cesar. Cambiando continuamente de intensidad y variando bruscamente de tono, incidía en sus nervios y sentidos, le ponía nervioso e inquieto y le preocupaba con una perpetua inminencia de sucesos.

Observó a los hombres-animales que iban y venían y se movían por el campamento. De forma muy parecida a como los hombres miran a los dioses que crean, así miraba Colmillo Blanco a los hombres-animales que tenía ante él. Eran criaturas superiores, en

To his dim comprehension they were as much wonder-workers as gods are to men. They were creatures of mastery, possessing all manner of unknown and impossible potencies, overlords of the alive and the not alive—making obey that which moved, imparting movement to that which did not move, and making life, sun-coloured and biting life, to grow out of dead moss and wood. They were fire-makers! They were gods.

verdad, dioses. Para su tenue comprensión eran tan hacedores de maravillas como los dioses lo son para los hombres. Eran criaturas de dominio, poseedoras de todo tipo de potencias desconocidas e imposibles, señores de lo vivo y de lo no vivo... haciendo obedecer a lo que se movía, impartiendo movimiento a lo que no se movía, y haciendo que la vida, la vida color sol y mordaz, creciera del musgo y la madera muertos. Eran hacedores de fuego. Eran dioses.

## CHAPTER II — THE BONDAGE

The days were thronged with experience for White Fang. During the time that Kiche was tied by the stick, he ran about over all the camp, inquiring, investigating, learning. He quickly came to know much of the ways of the man-animals, but familiarity did not breed contempt. The more he came to know them, the more they vindicated their superiority, the more they displayed their mysterious powers, the greater loomed their god-likeness.

To man has been given the grief, often, of seeing his gods overthrown and his altars crumbling; but to the wolf and the wild dog that have come in to crouch at man's feet, this grief has never come. Unlike man, whose gods are of the unseen and the over-guessed, vapours and mists of fancy eluding the garmenture of reality, wandering wraiths of desired goodness and power, intangible out-croppings of self into the realm of spirit—unlike man, the wolf and the wild dog that have come in to the fire find their gods in the living flesh, solid to the touch, occupying earth-space and requiring time for the accomplishment of their ends and their existence. No effort of faith is necessary to believe in such a god; no effort of will can possibly induce disbelief in such a god. There is no getting away from it. There it stands, on its two hind-legs, club in hand, immensely potential, passionate and wrathful and loving, god and mystery and power all wrapped up and around by flesh that bleeds when it is torn and that is good to eat like any flesh.

And so it was with White Fang. The man-animals were gods unmistakable and unescapable. As his mother, Kiche, had rendered her allegiance to them at the first cry of her name, so he was beginning to render his allegiance. He gave them the trail as a privilege indubitably theirs. When they walked, he got out of their way. When they called, he came. When they threatened, he cowered down. When they commanded him to go, he went away hurriedly. For behind any wish of theirs was power to enforce that wish, power that hurt, power that expressed itself in clouts and clubs, in flying stones and stinging lashes of whips.

## CAPÍTULO II — LA ESCLAVITUD

Los días estaban repletos de experiencias para Colmillo Blanco. Durante el tiempo que Kiche estaba atada al palo, recorría todo el campamento, indagando, investigando, aprendiendo. Rápidamente llegó a conocer muchas de las costumbres de los hombres-animales, pero la familiaridad no engendraba desprecio. Cuanto más llegaba a conocerlos, más reivindicaban su superioridad, más hacían gala de sus misteriosos poderes, mayor era su semejanza con los dioses.

Al hombre le ha sido dado el dolor, a menudo, de ver a sus dioses derribados y sus altares desmoronándose; pero al lobo y al perro salvaje que han venido a agazaparse a los pies del hombre, este dolor nunca les ha llegado. A diferencia del hombre, cuyos dioses pertenecen a lo invisible y lo sobreactuado —vapores y brumas de la fantasía que eluden la vestidura de la realidad, espectros errantes de bondad y poder deseados, intangibles excrecencias del yo en el reino del espíritu—, a diferencia del hombre, el lobo y el perro salvaje que se han llegado al fuego encuentran a sus dioses en carne viva, sólidos al tacto, ocupando el espacio terrestre y requiriendo tiempo para el cumplimiento de sus fines y su existencia. No es necesario ningún esfuerzo de fe para creer en un dios así; ningún esfuerzo de voluntad puede inducir a la incredulidad en un dios así. No hay forma de escapar de él. Ahí está, sobre sus dos patas traseras, garrote en mano, inmensamente potencial, apasionado e iracundo y amoroso, dios y misterio y poder todo envuelto y alrededor de una carne que sangra cuando se desgarra y que es buena para comer como cualquier carne.

Y así fue con Colmillo Blanco. Los hombres-animales eran dioses inconfundibles e ineludibles. Al igual que su madre, Kiche, les había rendido pleitesía al primer grito de su nombre, él empezaba a rendirles la suya. Les cedió el rastro como un privilegio indudablemente suyo. Cuando ellos caminaban, él se apartaba de su camino. Cuando llamaban, él acudía. Cuando le amenazaban, se acobardaba. Cuando le ordenaban que se fuera, se alejaba apresuradamente. Porque detrás de cualquier deseo de ellos había poder para hacer cumplir ese deseo, poder que dolía, poder que se expresaba en porrazos y garrotes, en piedras voladoras y golpes urticantes de látigos.

He belonged to them as all dogs belonged to them. His actions were theirs to command. His body was theirs to maul, to stamp upon, to tolerate. Such was the lesson that was quickly borne in upon him. It came hard, going as it did, counter to much that was strong and dominant in his own nature; and, while he disliked it in the learning of it, unknown to himself he was learning to like it. It was a placing of his destiny in another's hands, a shifting of the responsibilities of existence. This in itself was compensation, for it is always easier to lean upon another than to stand alone.

But it did not all happen in a day, this giving over of himself, body and soul, to the man-animals. He could not immediately forego his wild heritage and his memories of the Wild. There were days when he crept to the edge of the forest and stood and listened to something calling him far and away. And always he returned, restless and uncomfortable, to whimper softly and wistfully at Kiche's side and to lick her face with eager, questioning tongue.

White Fang learned rapidly the ways of the camp. He knew the injustice and greediness of the older dogs when meat or fish was thrown out to be eaten. He came to know that men were more just, children more cruel, and women more kindly and more likely to toss him a bit of meat or bone. And after two or three painful adventures with the mothers of part-grown puppies, he came into the knowledge that it was always good policy to let such mothers alone, to keep away from them as far as possible, and to avoid them when he saw them coming.

But the bane of his life was Lip-lip. Larger, older, and stronger, Lip-lip had selected White Fang for his special object of persecution. White Fang fought willingly enough, but he was outclassed. His enemy was too big. Lip-lip became a nightmare to him. Whenever he ventured away from his mother, the bully was sure to appear, trailing at his heels, snarling at him, picking upon him, and watchful of an opportunity, when no man-animal was near, to spring upon him and force a fight. As Lip-lip invariably won, he enjoyed it hugely. It became his chief delight in life, as it became White Fang's chief torment.

Él les pertenecía como les pertenecen todos los perros. Sus acciones eran suyas para mandarlas. Su cuerpo era suyo para maltratarlo, para pisotearlo, para tolerarlo. Tal fue la lección que se le impuso rápidamente. Le resultó dura, yendo como iba, en contra de mucho de lo que era fuerte y dominante en su propia naturaleza; y, aunque le disgustaba al aprenderla, sin saberlo, estaba aprendiendo a gustarle. Era poner su destino en manos de otro, desplazar las responsabilidades de la existencia. Esto en sí mismo era una compensación, pues siempre es más fácil apoyarse en otro que permanecer solo.

Pero no todo sucedió en un día, esta entrega de sí mismo, en cuerpo y alma, a los hombres-animales. No podía renunciar inmediatamente a su herencia salvaje y a sus recuerdos de lo Salvaje. Había días en los que se arrastraba hasta el lindero del bosque y se paraba a escuchar algo que le llamaba a lo lejos y a ir lejos. Y siempre regresaba, inquieto e incómodo, para gemir suave y melancólicamente al lado de Kiche y lamerle la cara con lengua ansiosa e inquisitiva.

Colmillo Blanco aprendió rápidamente las costumbres del campamento. Conoció la injusticia y la avaricia de los perros mayores cuando se les arrojaba carne o pescado para que se los comieran. Llegó a saber que los hombres eran más justos, los niños más crueles y las mujeres más amables y más propensas a arrojarle un poco de carne o hueso. Y después de dos o tres dolorosas aventuras con las madres de cachorros criados a medias, llegó a saber que siempre era una buena política dejar en paz a esas madres, mantenerse alejado de ellas en la medida de lo posible y evitarlas cuando las veía venir.

Pero la perdición de su vida era Labio-labio. Más grande, más viejo y más fuerte, Labio-labio había elegido a Colmillo Blanco como su objeto especial de persecución. Colmillo Blanco luchaba de buena gana, pero él le superaba. Su enemigo era demasiado grande. Labio-labio se convirtió en una pesadilla para él. Siempre que se aventuraba lejos de su madre, el matón aparecía, pisándole los talones, gruñéndole, metiéndose con él, y atento a una oportunidad, cuando ningún hombre-animal estaba cerca, para saltar sobre él y forzar una pelea. Como Labio-labio ganaba invariablemente, disfrutaba enormemente. Se convirtió en su principal deleite en la vida, como

But the effect upon White Fang was not to cow him. Though he suffered most of the damage and was always defeated, his spirit remained unsubdued. Yet a bad effect was produced. He became malignant and morose. His temper had been savage by birth, but it became more savage under this unending persecution. The genial, playful, puppyish side of him found little expression. He never played and gambolled about with the other puppies of the camp. Lip-lip would not permit it. The moment White Fang appeared near them, Lip-lip was upon him, bullying and hectoring him, or fighting with him until he had driven him away.

The effect of all this was to rob White Fang of much of his puppyhood and to make him in his comportment older than his age. Denied the outlet, through play, of his energies, he recoiled upon himself and developed his mental processes. He became cunning; he had idle time in which to devote himself to thoughts of trickery. Prevented from obtaining his share of meat and fish when a general feed was given to the camp-dogs, he became a clever thief. He had to forage for himself, and he foraged well, though he was oft-times a plague to the squaws in consequence. He learned to sneak about camp, to be crafty, to know what was going on everywhere, to see and to hear everything and to reason accordingly, and successfully to devise ways and means of avoiding his implacable persecutor.

It was early in the days of his persecution that he played his first really big crafty game and got there from his first taste of revenge. As Kiche, when with the wolves, had lured out to destruction dogs from the camps of men, so White Fang, in manner somewhat similar, lured Lip-lip into Kiche's avenging jaws. Retreating before Lip-lip, White Fang made an indirect flight that led in and out and around the various tepees of the camp. He was a good runner, swifter than any puppy of his size, and swifter than Lip-lip. But he did not run his best in this chase. He barely held his own, one leap ahead of his pursuer.

Lip-lip, excited by the chase and by the persistent nearness of

se convirtió en el principal tormento de Colmillo Blanco.

Pero eso no hizo que Colmillo Blanco se acobardara. Aunque sufrió la mayor parte del daño y siempre fue derrotado, su espíritu permaneció indoblegable. Sin embargo, se produjo un efecto negativo. Se volvió maligno y malhumorado. Su temperamento había sido salvaje de nacimiento, pero se volvió más salvaje bajo esta persecución interminable. Su lado genial, juguetón y de cachorro encontró poca expresión. Nunca jugó ni retozó con los otros cachorros del campamento. Labio-labio no lo permitía. En el momento en que Colmillo Blanco aparecía cerca de ellos, Labio-labio estaba sobre él, intimidándolo e instigándolo, o peleando con él hasta que lo alejaba.

El efecto de todo esto fue robarle a Colmillo Blanco gran parte de su condición de cachorro y hacerlo, en su comportamiento, mayor a su edad. Al negársele la salida, a través del juego, de sus energías, se replegó sobre sí mismo y desarrolló sus procesos mentales. Se volvió astuto; tenía tiempo ocioso en el que dedicarse a pensar en artimañas. Impedido de obtener su parte de carne y pescado cuando se daba un alimento en general a los perros del campamento, se convirtió en un ladrón astuto. Tuvo que forrajear por sí mismo, y forrajeaba bien, aunque a menudo era una plaga para las indias como consecuencia de ello. Aprendió a moverse a hurtadillas por el campamento, a ser astuto, a saber lo que ocurría en todas partes, a verlo y oírlo todo y a razonar en consecuencia, y a idear con éxito formas y medios de evitar a su implacable perseguidor.

Fue al principio de los días de su persecución cuando jugó su primer gran juego de astucia y consiguió allí su primer sabor de venganza. Como Kiche, cuando estaba con los lobos, había atraído a la destrucción a los perros de los campamentos de los hombres, así Colmillo Blanco, de manera un tanto similar, atrajo a Labio-labio a las fauces vengadoras de Kiche. Retirándose ante Labio-labio, Colmillo Blanco emprendió una huida indirecta que le llevó dentro y fuera y alrededor de los diversos tipis del campamento. Era un buen corredor, más veloz que cualquier cachorro de su tamaño, y más veloz que Labio-labio. Pero no corrió lo mejor posible en esta persecución. Apenas se sostuvo a un salto por delante de su perseguidor.

Labio-labio, excitado por la persecución y por la persistente cer-

his victim, forgot caution and locality. When he remembered locality, it was too late. Dashing at top speed around a tepee, he ran full tilt into Kiche lying at the end of her stick. He gave one yelp of consternation, and then her punishing jaws closed upon him. She was tied, but he could not get away from her easily. She rolled him off his legs so that he could not run, while she repeatedly ripped and slashed him with her fangs.

When at last he succeeded in rolling clear of her, he crawled to his feet, badly dishevelled, hurt both in body and in spirit. His hair was standing out all over him in tufts where her teeth had mauled. He stood where he had arisen, opened his mouth, and broke out the long, heart-broken puppy wail. But even this he was not allowed to complete. In the middle of it, White Fang, rushing in, sank his teeth into Lip-lip's hind leg. There was no fight left in Lip-lip, and he ran away shamelessly, his victim hot on his heels and worrying him all the way back to his own tepee. Here the squaws came to his aid, and White Fang, transformed into a raging demon, was finally driven off only by a fusillade of stones.

Came the day when Grey Beaver, deciding that the liability of her running away was past, released Kiche. White Fang was delighted with his mother's freedom. He accompanied her joyfully about the camp; and, so long as he remained close by her side, Lip-lip kept a respectful distance. White-Fang even bristled up to him and walked stiff-legged, but Lip-lip ignored the challenge. He was no fool himself, and whatever vengeance he desired to wreak, he could wait until he caught White Fang alone.

Later on that day, Kiche and White Fang strayed into the edge of the woods next to the camp. He had led his mother there, step by step, and now when she stopped, he tried to inveigle her farther. The stream, the lair, and the quiet woods were calling to him, and he wanted her to come. He ran on a few steps, stopped, and looked back. She had not moved. He whined pleadingly, and scurried playfully in and out of the underbrush. He ran back to her, licked her face, and ran on again. And still she did not move. He stopped and regarded her, all of an intentness and eagerness,

canía de su víctima, olvidó la precaución y el lugar. Cuando recordó el lugar, ya era demasiado tarde. Corriendo a toda velocidad alrededor de un tipi, chocó de lleno con Kiche, que yacía en el extremo de su palo. Dio un aullido de consternación y entonces las fauces castigadoras de ella se cerraron sobre él. Ella estaba atada, pero él no podía zafarse de ella fácilmente. Ella le hizo rodar sobre sus piernas para que no pudiera correr, mientras le desgarraba y acuchillaba repetidamente con sus colmillos.

Cuando por fin consiguió zafarse de ella, se arrastró hasta ponerse en pie, todo alborotado, herido tanto en el cuerpo como en el espíritu. Su pelo se erizaba por todas partes en mechones donde sus dientes lo habían mutilado. Se paró donde se había levantado, abrió la boca y soltó el largo y desconsolado lamento de cachorro. Pero ni siquiera esto se le permitió completar. En medio de éste, Colmillo Blanco, lanzándose, hundió sus dientes en la pata trasera de Labio-labio. Ya no quedaba lucha en Labio-labio, y huyó desvergonzadamente, con su víctima pisándole los talones y preocupándole todo el camino de vuelta a su propio tipi. Aquí las indias acudieron en su ayuda, y Colmillo Blanco, transformado en un demonio furioso, fue finalmente ahuyentado sólo por una andanada de piedras.

Llegó el día en que Castor Gris, decidiendo que el castigo por su huida había pasado, liberó a Kiche. Colmillo Blanco estaba encantado con la libertad de su madre. La acompañó alegremente por el campamento; y, mientras permaneció a su lado, Labio-labio mantuvo una respetuosa distancia. Colmillo Blanco incluso se le acercó y caminó con las piernas rígidas, pero Labio-labio ignoró el desafío. Él mismo no era tonto, y cualquiera que fuera la venganza que deseaba llevar a cabo, podía esperar hasta atrapar a Colmillo Blanco a solas.

Más tarde ese mismo día, Kiche y Colmillo Blanco se adentraron en el linde del bosque próximo al campamento. Había conducido a su madre hasta allí, paso a paso, y ahora, cuando ella se detenía, él intentaba convencerla para que fuera más lejos. El arroyo, la guarida y el tranquilo bosque le llamaban, y él quería que ella viniera. Corrió unos pasos, se detuvo y miró hacia atrás. Ella no se había movido. Gimoteó suplicante, y se escabulló juguetonamente dentro y fuera de la maleza. Corrió de nuevo hacia ella, le lamió la cara y volvió a correr. Y ella seguía sin moverse. Se detuvo y la miró, con toda su

physically expressed, that slowly faded out of him as she turned her head and gazed back at the camp.

There was something calling to him out there in the open. His mother heard it too. But she heard also that other and louder call, the call of the fire and of man—the call which has been given alone of all animals to the wolf to answer, to the wolf and the wild-dog, who are brothers.

Kiche turned and slowly trotted back toward camp. Stronger than the physical restraint of the stick was the clutch of the camp upon her. Unseen and occultly, the gods still gripped with their power and would not let her go. White Fang sat down in the shadow of a birch and whimpered softly. There was a strong smell of pine, and subtle wood fragrances filled the air, reminding him of his old life of freedom before the days of his bondage. But he was still only a part-grown puppy, and stronger than the call either of man or of the Wild was the call of his mother. All the hours of his short life he had depended upon her. The time was yet to come for independence. So he arose and trotted forlornly back to camp, pausing once, and twice, to sit down and whimper and to listen to the call that still sounded in the depths of the forest.

In the Wild the time of a mother with her young is short; but under the dominion of man it is sometimes even shorter. Thus it was with White Fang. Grey Beaver was in the debt of Three Eagles. Three Eagles was going away on a trip up the Mackenzie to the Great Slave Lake. A strip of scarlet cloth, a bearskin, twenty cartridges, and Kiche, went to pay the debt. White Fang saw his mother taken aboard Three Eagles' canoe, and tried to follow her. A blow from Three Eagles knocked him backward to the land. The canoe shoved off. He sprang into the water and swam after it, deaf to the sharp cries of Grey Beaver to return. Even a man-animal, a god, White Fang ignored, such was the terror he was in of losing his mother.

But gods are accustomed to being obeyed, and Grey Beaver wrathfully launched a canoe in pursuit. When he overtook White

intención y afán, expresados físicamente, que se desvanecieron lentamente en él cuando ella volvió la cabeza y miró hacia el campamento.

Había algo que le llamaba ahí fuera, al aire libre. Su madre también lo oyó. Pero también oyó esa otra llamada más fuerte, la llamada del fuego y del hombre, la llamada que se ha dado sólo al lobo de entre todos los animales para que responda, al lobo y al perro salvaje, que son hermanos.

Kiche se volvió y trotó lentamente hacia el campamento. Más fuerte que la restricción física del palo era el agarre del campamento sobre ella. De forma invisible y oculta, los dioses seguían tomándola con su poder y no la dejaban marchar. Colmillo Blanco se sentó a la sombra de un abedul y gimió suavemente. Había un fuerte olor a pino y sutiles fragancias de madera llenaban el aire, recordándole su antigua vida de libertad antes de los días de su esclavitud. Pero aún era sólo un cachorro parcialmente crecido, y más fuerte que la llamada del hombre o de la naturaleza salvaje era la llamada de su madre. Todas las horas de su corta vida había dependido de ella. Aún no había llegado el momento de independizarse. Así que se levantó y trotó tristemente de vuelta al campamento, deteniéndose una, y dos veces, para sentarse y gimotear y escuchar la llamada que aún sonaba en las profundidades del bosque.

En la naturaleza, el tiempo de una madre con sus crías es corto; pero bajo el dominio del hombre a veces es incluso más corto. Así le ocurrió a Colmillo Blanco. Castor Gris estaba en deuda con Tres Águilas. Tres Águilas se iba de viaje por el Mackenzie hacia el Gran Lago de los Esclavos. Una tira de tela escarlata, una piel de oso, veinte cartuchos y Kiche, fueron a pagar la deuda. Colmillo Blanco vio cómo subían a su madre a bordo de la canoa de Tres Águilas e intentó seguirla. Un golpe de Tres Águilas le hizo caer de espaldas a tierra. La canoa se alejó. Él se lanzó al agua y nadó tras ella, sordo a los agudos gritos de Castor Gris para que regresara. Colmillo Blanco ignoró incluso un hombre-animal, un dios, tal era el terror que sentía de perder a su madre.

Pero los dioses están acostumbrados a que se les obedezca, y Castor Gris lanzó iracundo una canoa en su persecución. Cuando alcan-

Fang, he reached down and by the nape of the neck lifted him clear of the water. He did not deposit him at once in the bottom of the canoe. Holding him suspended with one hand, with the other hand he proceeded to give him a beating. And it *was* a beating. His hand was heavy. Every blow was shrewd to hurt; and he delivered a multitude of blows.

Impelled by the blows that rained upon him, now from this side, now from that, White Fang swung back and forth like an erratic and jerky pendulum. Varying were the emotions that surged through him. At first, he had known surprise. Then came a momentary fear, when he yelped several times to the impact of the hand. But this was quickly followed by anger. His free nature asserted itself, and he showed his teeth and snarled fearlessly in the face of the wrathful god. This but served to make the god more wrathful. The blows came faster, heavier, more shrewd to hurt.

Grey Beaver continued to beat, White Fang continued to snarl. But this could not last for ever. One or the other must give over, and that one was White Fang. Fear surged through him again. For the first time he was being really man-handled. The occasional blows of sticks and stones he had previously experienced were as caresses compared with this. He broke down and began to cry and yelp. For a time each blow brought a yelp from him; but fear passed into terror, until finally his yelps were voiced in unbroken succession, unconnected with the rhythm of the punishment.

At last Grey Beaver withheld his hand. White Fang, hanging limply, continued to cry. This seemed to satisfy his master, who flung him down roughly in the bottom of the canoe. In the meantime the canoe had drifted down the stream. Grey Beaver picked up the paddle. White Fang was in his way. He spurned him savagely with his foot. In that moment White Fang's free nature flashed forth again, and he sank his teeth into the moccasined foot.

The beating that had gone before was as nothing compared with the beating he now received. Grey Beaver's wrath was terrible; likewise was White Fang's fright. Not only the hand, but the hard wooden paddle was used upon him; and he was bruised and

zó a Colmillo Blanco, se agachó y por la nuca lo levantó del agua. No lo depositó de inmediato en el fondo de la canoa. Sosteniéndole suspendido con una mano, con la otra procedió a darle una paliza. Y *fue* una paliza. Su mano era pesada. Cada golpe era astuto para herir; y asestó una multitud de golpes.

Impulsado por los golpes que llovían sobre él, ahora desde este lado, ahora desde aquel, Colmillo Blanco oscilaba de un lado a otro como un péndulo errático y espasmódico. Variadas eran las emociones que le invadían. Al principio, conoció la sorpresa. Luego vino un miedo momentáneo, cuando chilló varias veces ante el impacto de la mano. Pero a esto le siguió rápidamente la ira. Su naturaleza libre se afirmó, y mostró los dientes y gruñó sin miedo ante la cara del iracundo dios. Esto sólo sirvió para que el dios se enfureciera más. Los golpes llegaron más rápidos, más fuertes, más certeros para herir.

Castor Gris seguía golpeando, Colmillo Blanco seguía gruñendo. Pero esto no podía durar para siempre. Uno u otro debía ceder, y ese fue Colmillo Blanco. El miedo le recorrió de nuevo. Por primera vez estaba siendo dominado realmente por un hombre. Los golpes ocasionales de palos y piedras que había experimentado anteriormente eran como caricias comparados con esto. Se derrumbó y empezó a llorar y a aullar. Durante un tiempo, cada golpe le arrancaba un aullido; pero el miedo se transformó en terror, hasta que finalmente sus aullidos se escucharon en una sucesión ininterrumpida, ajena al ritmo del castigo.

Por fin Castor Gris retuvo su mano. Colmillo Blanco, colgando sin fuerzas, siguió llorando. Esto pareció satisfacer a su amo, que lo arrojó bruscamente al fondo de la canoa. Mientras tanto, la canoa había ido a la deriva corriente abajo. Castor Gris cogió el remo. Colmillo Blanco estaba en su camino. Lo apartó salvajemente con el pie. En ese momento la naturaleza libre de Colmillo Blanco relampagueó de nuevo y hundió sus dientes en el pie con mocasín.

La paliza anterior no fue nada comparada con la que recibió ahora. La ira de Castor Gris fue terrible; también lo fue el susto de Colmillo Blanco. No sólo la mano, sino el duro remo de madera fue usado sobre él; y él estaba magullado y dolorido en todo su pequeño cuer-

sore in all his small body when he was again flung down in the canoe. Again, and this time with purpose, did Grey Beaver kick him. White Fang did not repeat his attack on the foot. He had learned another lesson of his bondage. Never, no matter what the circumstance, must he dare to bite the god who was lord and master over him; the body of the lord and master was sacred, not to be defiled by the teeth of such as he. That was evidently the crime of crimes, the one offence there was no condoning nor overlooking.

When the canoe touched the shore, White Fang lay whimpering and motionless, waiting the will of Grey Beaver. It was Grey Beaver's will that he should go ashore, for ashore he was flung, striking heavily on his side and hurting his bruises afresh. He crawled tremblingly to his feet and stood whimpering. Lip-lip, who had watched the whole proceeding from the bank, now rushed upon him, knocking him over and sinking his teeth into him. White Fang was too helpless to defend himself, and it would have gone hard with him had not Grey Beaver's foot shot out, lifting Lip-lip into the air with its violence so that he smashed down to earth a dozen feet away. This was the man-animal's justice; and even then, in his own pitiable plight, White Fang experienced a little grateful thrill. At Grey Beaver's heels he limped obediently through the village to the tepee. And so it came that White Fang learned that the right to punish was something the gods reserved for themselves and denied to the lesser creatures under them.

That night, when all was still, White Fang remembered his mother and sorrowed for her. He sorrowed too loudly and woke up Grey Beaver, who beat him. After that he mourned gently when the gods were around. But sometimes, straying off to the edge of the woods by himself, he gave vent to his grief, and cried it out with loud whimperings and wailings.

It was during this period that he might have harkened to the memories of the lair and the stream and run back to the Wild. But the memory of his mother held him. As the hunting man-animals went out and came back, so she would come back to the village some time. So he remained in his bondage waiting for her.

po cuando fue arrojado de nuevo a la canoa. De nuevo, y esta vez a propósito, Castor Gris le dio una patada. Colmillo Blanco no repitió su ataque en el pie. Había aprendido otra lección de su esclavitud. Nunca, fueran cuales fueran las circunstancias, debía atreverse a morder al dios que era amo y señor sobre él; el cuerpo del amo y señor era sagrado, no debía ser profanado por los dientes de alguien como él. Ese era evidentemente el crimen de los crímenes, la única ofensa que no se podía condonar ni pasar por alto.

Cuando la canoa tocó la orilla, Colmillo Blanco yacía gimoteando e inmóvil, esperando la voluntad de Castor Gris. Fue la voluntad de Castor Gris que bajara a tierra, pues fue arrojado a tierra, golpeándose fuertemente en el costado y lastimándose de nuevo las magulladuras. Se arrastró temblorosamente hasta ponerse de pie y se quedó gimoteando. Labio-labio, que había observado todo el procedimiento desde la orilla, se abalanzó ahora sobre él, derribándolo y hundiéndole los dientes. Colmillo Blanco estaba demasiado débil para defenderse, y habría sido duro si el pie de Castor Gris no hubiera salido disparado, levantando a Labio-labio en el aire con su violencia, de modo que se estrelló contra la tierra a una docena de pies de distancia. Esta fue la justicia del hombre-animal; e incluso entonces, en su propia penosa situación, Colmillo Blanco experimentó un pequeño estremecimiento de agradecimiento. Pisando los talones de Castor Gris, cojeó obedientemente a través de la aldea hasta el tipi. Y así fue como Colmillo Blanco aprendió que el derecho a castigar era algo que los dioses se reservaban para sí mismos y negaban a las criaturas inferiores bajo sus órdenes.

Aquella noche, cuando todo estaba en calma, Colmillo Blanco se acordó de su madre y se lamentó por ella. Se lamentó demasiado fuerte y despertó a Castor Gris, que lo golpeó. Después de eso lloró suavemente cuando los dioses estaban cerca. Pero a veces, alejándose solo a la linde del bosque, daba rienda suelta a su pena y la lloraba con fuertes gemidos y lamentos.

Fue durante este periodo cuando podría haber recurrido a los recuerdos de la guarida y el arroyo y haber corrido de vuelta a lo salvaje. Pero el recuerdo de su madre lo retenía. Como los hombres-animales de caza salían y volvían, así ella volvería al pueblo en algún momento. Así que él permaneció en su cautiverio, esperándola.

But it was not altogether an unhappy bondage. There was much to interest him. Something was always happening. There was no end to the strange things these gods did, and he was always curious to see. Besides, he was learning how to get along with Grey Beaver. Obedience, rigid, undeviating obedience, was what was exacted of him; and in return he escaped beatings and his existence was tolerated.

Nay, Grey Beaver himself sometimes tossed him a piece of meat, and defended him against the other dogs in the eating of it. And such a piece of meat was of value. It was worth more, in some strange way, then a dozen pieces of meat from the hand of a squaw. Grey Beaver never petted nor caressed. Perhaps it was the weight of his hand, perhaps his justice, perhaps the sheer power of him, and perhaps it was all these things that influenced White Fang; for a certain tie of attachment was forming between him and his surly lord.

Insidiously, and by remote ways, as well as by the power of stick and stone and clout of hand, were the shackles of White Fang's bondage being riveted upon him. The qualities in his kind that in the beginning made it possible for them to come in to the fires of men, were qualities capable of development. They were developing in him, and the camp-life, replete with misery as it was, was secretly endearing itself to him all the time. But White Fang was unaware of it. He knew only grief for the loss of Kiche, hope for her return, and a hungry yearning for the free life that had been his.

Pero no era del todo una esclavitud infeliz. Había mucho que le interesaba. Siempre ocurría algo. Las cosas extrañas que hacían estos dioses no tenían fin, y él siempre tenía curiosidad por verlas. Además, estaba aprendiendo a llevarse bien con Castor Gris. Obediencia, obediencia rígida, sin desviaciones, era lo que se le exigía; y a cambio se libraba de las palizas y su existencia era tolerada.

Es más, el propio Castor Gris a veces le arrojaba un trozo de carne y lo defendía de los otros perros al comerlo. Y tal trozo de carne tenía valor. Valía más, de alguna extraña manera, que una docena de trozos de carne de la mano de una india. Castor Gris nunca acariciaba ni daba palmadas. Tal vez era el peso de su mano, tal vez su justicia, tal vez su puro poder, y tal vez eran todas estas cosas las que influían en Colmillo Blanco; porque se estaba formando un cierto lazo de apego entre él y su hosco señor.

Insidiosamente, y por vías remotas, así como por el poder del palo y la piedra y el golpe de mano, se le estaban clavando los grilletes de la esclavitud de Colmillo Blanco. Las cualidades de su especie que en un principio permitieron a los lobos acercarse al fuego de los hombres, eran cualidades capaces de desarrollarse. Se estaban desarrollando en él, y la vida en el campamento, repleta de miseria como estaba, le gustaba en secreto, continuamente. Pero Colmillo Blanco no era consciente de ello. Sólo conocía el dolor por la pérdida de Kiche, la esperanza de su regreso y un hambriento anhelo por la vida libre que había sido suya.

# CHAPTER III — THE OUTCAST

Lip-lip continued so to darken his days that White Fang became wickeder and more ferocious than it was his natural right to be. Savageness was a part of his make-up, but the savageness thus developed exceeded his make-up. He acquired a reputation for wickedness amongst the man-animals themselves. Wherever there was trouble and uproar in camp, fighting and squabbling or the outcry of a squaw over a bit of stolen meat, they were sure to find White Fang mixed up in it and usually at the bottom of it. They did not bother to look after the causes of his conduct. They saw only the effects, and the effects were bad. He was a sneak and a thief, a mischief-maker, a fomenter of trouble; and irate squaws told him to his face, the while he eyed them alert and ready to dodge any quick-flung missile, that he was a wolf and worthless and bound to come to an evil end.

He found himself an outcast in the midst of the populous camp. All the young dogs followed Lip-lip's lead. There was a difference between White Fang and them. Perhaps they sensed his wild-wood breed, and instinctively felt for him the enmity that the domestic dog feels for the wolf. But be that as it may, they joined with Lip-lip in the persecution. And, once declared against him, they found good reason to continue declared against him. One and all, from time to time, they felt his teeth; and to his credit, he gave more than he received. Many of them he could whip in single fight; but single fight was denied him. The beginning of such a fight was a signal for all the young dogs in camp to come running and pitch upon him.

Out of this pack-persecution he learned two important things: how to take care of himself in a mass-fight against him—and how, on a single dog, to inflict the greatest amount of damage in the briefest space of time. To keep one's feet in the midst of the hostile mass meant life, and this he learnt well. He became cat-like in his ability to stay on his feet. Even grown dogs might hurtle him backward or sideways with the impact of their heavy bodies; and backward or sideways he would go, in the air or sliding on the ground, but always with his legs under him and his feet downward to the mother earth.

Labio-labio continuó oscureciendo de tal manera sus días que Colmillo Blanco se volvió más malvado y feroz de lo que era su derecho natural. El salvajismo formaba parte de su constitución, pero el salvajismo así desarrollado excedía su constitución. Adquirió fama de malvado entre los propios hombres-animales. Dondequiera que hubiera problemas y alboroto en el campamento, peleas y disputas o el clamor de una india por un poco de carne robada, estaban seguros de encontrar a Colmillo Blanco mezclado en ello y, por lo general, en el fondo del asunto. No se molestaban en buscar las causas de su conducta. Sólo veían los efectos, y los efectos eran malos. Era un furtivo y un ladrón, un hacedor de travesuras, un creador de problemas; y las iracundas indias le decían a la cara, mientras él las miraba alerta y listo para esquivar cualquier rápido proyectil, que era un lobo y un inútil y que estaba destinado a tener un mal final.

Era como un paria en medio del populoso campamento. Todos los perros jóvenes siguieron el ejemplo de Labio-labio. Había una diferencia entre Colmillo Blanco y ellos. Tal vez percibieron su raza salvaje e instintivamente sintieron por él la enemistad que el perro doméstico siente por el lobo. Pero sea como fuere, se unieron a Labio-labio en la persecución. Y, una vez declarados en su contra, encontraron una buena razón para seguir declarándose en su contra. Unos y otros, de vez en cuando, sentían sus dientes; y para crédito suyo, daba más de lo que recibía. A muchos de ellos podía darles una paliza en la lucha singular; pero la lucha singular le era negada. El comienzo de una pelea así era una señal para que todos los perros jóvenes del campamento vinieran corriendo y se lanzaran sobre él.

De esta persecución en manada aprendió dos cosas importantes: cómo cuidarse en una lucha masiva contra él y cómo, en un solo perro, infligir la mayor cantidad de daño en el menor espacio de tiempo. Mantenerse en pie en medio de la masa hostil significaba la vida, y esto lo aprendió bien. Se volvió felino en su habilidad para mantenerse en pie. Incluso los perros adultos podían lanzarle hacia atrás o hacia los lados con el impacto de sus pesados cuerpos; y hacia atrás o hacia los lados iba él, en el aire o deslizándose por el suelo, pero siempre con las patas debajo de él y los pies hacia abajo, hacia la madre tierra.

When dogs fight, there are usually preliminaries to the actual combat—snarlings and bristlings and stiff-legged struttings. But White Fang learned to omit these preliminaries. Delay meant the coming against him of all the young dogs. He must do his work quickly and get away. So he learnt to give no warning of his intention. He rushed in and snapped and slashed on the instant, without notice, before his foe could prepare to meet him. Thus he learned how to inflict quick and severe damage. Also he learned the value of surprise. A dog, taken off its guard, its shoulder slashed open or its ear ripped in ribbons before it knew what was happening, was a dog half whipped.

Furthermore, it was remarkably easy to overthrow a dog taken by surprise; while a dog, thus overthrown, invariably exposed for a moment the soft underside of its neck—the vulnerable point at which to strike for its life. White Fang knew this point. It was a knowledge bequeathed to him directly from the hunting generation of wolves. So it was that White Fang's method when he took the offensive, was: first to find a young dog alone; second, to surprise it and knock it off its feet; and third, to drive in with his teeth at the soft throat.

Being but partly grown his jaws had not yet become large enough nor strong enough to make his throat-attack deadly; but many a young dog went around camp with a lacerated throat in token of White Fang's intention. And one day, catching one of his enemies alone on the edge of the woods, he managed, by repeatedly overthrowing him and attacking the throat, to cut the great vein and let out the life. There was a great row that night. He had been observed, the news had been carried to the dead dog's master, the squaws remembered all the instances of stolen meat, and Grey Beaver was beset by many angry voices. But he resolutely held the door of his tepee, inside which he had placed the culprit, and refused to permit the vengeance for which his tribespeople clamoured.

White Fang became hated by man and dog. During this period of his development he never knew a moment's security. The tooth of every dog was against him, the hand of every man. He

Cuando los perros pelean, suele haber preliminares al combate propiamente dicho: gruñidos, brincos y zancadas con las patas tiesas. Pero Colmillo Blanco aprendió a omitir estos preliminares. La demora significaba la llegada contra él de todos los perros jóvenes. Debía hacer su trabajo rápidamente y escapar. Así que aprendió a no dar ningún aviso de su intención. Se abalanzaba y asestaba golpes y mordiscos al instante, sin previo aviso, antes de que su enemigo pudiera prepararse para hacerle frente. Así aprendió a infligir un daño rápido y severo. También aprendió el valor de la sorpresa. Un perro, tomado fuera de guardia, con el hombro abierto de un tajo o la oreja rasgada en tiras antes de que supiera lo que ocurría, era un perro dominado a medias.

Además, era notablemente fácil derribar a un perro cogido por sorpresa; mientras que un perro, así derribado, invariablemente exponía por un momento la suave parte inferior de su cuello, el punto vulnerable en el que atacar para salvar su vida. Colmillo Blanco conocía este punto. Era un conocimiento que le había legado directamente la generación cazadora de lobos. Así que el método de Colmillo Blanco cuando tomaba la ofensiva era: primero, encontrar a un perro joven solo; segundo, sorprenderlo y derribarlo; y tercero, clavar sus dientes en la suave garganta.

Al no haber crecido más que parcialmente, sus mandíbulas aún no se habían hecho lo bastante grandes ni fuertes como para que su ataque a la garganta fuera mortal; pero muchos perros jóvenes recorrieron el campamento con la garganta lacerada señalando la intención de Colmillo Blanco. Y un día, atrapando a uno de sus enemigos solo en el linde del bosque, consiguió, derribándolo repetidamente y atacando la garganta, cortarle la gran vena y sacarle la vida. Aquella noche hubo un gran alboroto. Le habían observado, habían llevado la noticia al amo del perro muerto, las indias recordaban todos los casos de carne robada y Castor Gris se vio acosado por muchas voces airadas. Pero él sostuvo resueltamente la puerta de su tipi, dentro de la cual había colocado al culpable, y se negó a permitir la venganza por la que clamaban los miembros de su tribu.

Colmillo Blanco llegó a ser odiado por hombres y perros. Durante este periodo de su desarrollo nunca conoció un momento de seguridad. El diente de cada perro estaba contra él, la mano de cada

was greeted with snarls by his kind, with curses and stones by his gods. He lived tensely. He was always keyed up, alert for attack, wary of being attacked, with an eye for sudden and unexpected missiles, prepared to act precipitately and coolly, to leap in with a flash of teeth, or to leap away with a menacing snarl.

As for snarling he could snarl more terribly than any dog, young or old, in camp. The intent of the snarl is to warn or frighten, and judgment is required to know when it should be used. White Fang knew how to make it and when to make it. Into his snarl he incorporated all that was vicious, malignant, and horrible. With nose serrulated by continuous spasms, hair bristling in recurrent waves, tongue whipping out like a red snake and whipping back again, ears flattened down, eyes gleaming hatred, lips wrinkled back, and fangs exposed and dripping, he could compel a pause on the part of almost any assailant. A temporary pause, when taken off his guard, gave him the vital moment in which to think and determine his action. But often a pause so gained lengthened out until it evolved into a complete cessation from the attack. And before more than one of the grown dogs White Fang's snarl enabled him to beat an honourable retreat.

An outcast himself from the pack of the part-grown dogs, his sanguinary methods and remarkable efficiency made the pack pay for its persecution of him. Not permitted himself to run with the pack, the curious state of affairs obtained that no member of the pack could run outside the pack. White Fang would not permit it. What of his bushwhacking and waylaying tactics, the young dogs were afraid to run by themselves. With the exception of Lip-lip, they were compelled to hunch together for mutual protection against the terrible enemy they had made. A puppy alone by the river bank meant a puppy dead or a puppy that aroused the camp with its shrill pain and terror as it fled back from the wolf-cub that had waylaid it.

But White Fang's reprisals did not cease, even when the young dogs had learned thoroughly that they must stay together. He attacked them when he caught them alone, and they attacked him

hombre. Fue recibido con gruñidos por los de su especie, con maldiciones y pedradas por sus dioses. Vivía tenso. Siempre estaba alerta, alerta para el ataque, receloso de ser atacado, con un ojo puesto en los proyectiles repentinos e inesperados, preparado para actuar repentina y fríamente, para saltar con un destello de dientes o alejarse con un gruñido amenazador.

En cuanto al gruñido, podía gruñir más terriblemente que cualquier perro, joven o viejo, en el campamento. La intención del gruñido es advertir o asustar, y se requiere juicio para saber cuándo debe utilizarse. Colmillo Blanco sabía cómo hacerlo y cuándo hacerlo. En su gruñido incorporaba todo lo que era vicioso, maligno y horrible. Con el hocico serrado por continuos espasmos, el pelo erizado en ondas recurrentes, la lengua saliendo como una serpiente roja y volviendo a azotar, las orejas aplastadas hacia abajo, los ojos brillantes de odio, los labios arrugados hacia atrás y los colmillos expuestos y goteantes, podía obligar a una pausa a casi cualquier asaltante. Una pausa temporal, cuando se le tomaba desprevenido, le proporcionaba el momento vital para pensar y determinar su acción. Pero a menudo una pausa así ganada se alargaba hasta convertirse en un cese completo del ataque. Y antes de que más de uno de los perros adultos gruñera, Colmillo Blanco le permitía emprender una honrosa retirada.

Marginado él mismo de la manada de los perros crecidos a medias, sus métodos sanguinarios y su notable eficacia hicieron que la manada pagara por su persecución contra él. Al no permitírsele correr con la manada, se dio la curiosa circunstancia de que ningún miembro de la manada podía correr fuera de ella. Colmillo Blanco no lo permitía. A causa de sus tácticas de acecho y extravío, los perros jóvenes tenían miedo de correr solos. A excepción de Labio-labio, se veían obligados a juntarse para protegerse mutuamente contra el terrible enemigo que se habían creado. Un cachorro solo en la orilla del río significaba un cachorro muerto o un cachorro que despertaba al campamento con su estridente dolor y terror mientras huía de vuelta del cachorro de lobo que le había tendido una trampa.

Pero las represalias de Colmillo Blanco no cesaron, incluso cuando los perros jóvenes habían aprendido firmemente que debían permanecer juntos. Los atacaba cuando los pillaba solos, y ellos le

when they were bunched. The sight of him was sufficient to start them rushing after him, at which times his swiftness usually carried him into safety. But woe the dog that outran his fellows in such pursuit! White Fang had learned to turn suddenly upon the pursuer that was ahead of the pack and thoroughly to rip him up before the pack could arrive. This occurred with great frequency, for, once in full cry, the dogs were prone to forget themselves in the excitement of the chase, while White Fang never forgot himself. Stealing backward glances as he ran, he was always ready to whirl around and down the overzealous pursuer that outran his fellows.

Young dogs are bound to play, and out of the exigencies of the situation they realised their play in this mimic warfare. Thus it was that the hunt of White Fang became their chief game—a deadly game, withal, and at all times a serious game. He, on the other hand, being the fastest-footed, was unafraid to venture anywhere. During the period that he waited vainly for his mother to come back, he led the pack many a wild chase through the adjacent woods. But the pack invariably lost him. Its noise and outcry warned him of its presence, while he ran alone, velvet-footed, silently, a moving shadow among the trees after the manner of his father and mother before him. Further he was more directly connected with the Wild than they; and he knew more of its secrets and stratagems. A favourite trick of his was to lose his trail in running water and then lie quietly in a near-by thicket while their baffled cries arose around him.

Hated by his kind and by mankind, indomitable, perpetually warred upon and himself waging perpetual war, his development was rapid and one-sided. This was no soil for kindliness and affection to blossom in. Of such things he had not the faintest glimmering. The code he learned was to obey the strong and to oppress the weak. Grey Beaver was a god, and strong. Therefore White Fang obeyed him. But the dog younger or smaller than himself was weak, a thing to be destroyed. His development was in the direction of power. In order to face the constant danger of hurt and even of destruction, his predatory and protective fac-

atacaban a él cuando estaban agrupados. Bastaba con verle para que se lanzaran a por él, momento en el que su rapidez solía ponerle a salvo. Pero, ¡ay del perro que aventajara a sus congéneres en semejante persecución! Colmillo Blanco había aprendido a volverse repentinamente sobre el perseguidor que iba por delante de la manada y a destrozarlo por completo antes de que ésta pudiera llegar. Esto ocurría con gran frecuencia, ya que, una vez en plena excitación, los perros eran propensos a olvidarse de sí mismos en el calor de la persecución, mientras que Colmillo Blanco nunca se olvidaba de sí mismo. Echando miradas hacia atrás mientras corría, siempre estaba listo para dar la vuelta y derribar al perseguidor demasiado entusiasta que dejaba atrás a sus compañeros.

Los perros jóvenes están obligados a jugar, y por las exigencias de la situación realizaban su juego en esta guerra mímica. Así fue como la caza de Colmillo Blanco se convirtió en su principal juego... un juego mortal, por cierto, y en todo momento un juego serio. Él, por su parte, al ser el de patas más rápidas, no temía aventurarse a ninguna parte. Durante el periodo en que esperó en vano a que su madre regresara, condujo a la manada a muchas persecuciones salvajes por los bosques adyacentes. Pero la manada invariablemente le perdía. El ruido y los gritos le advertían de su presencia, mientras él corría solo, con pies de terciopelo, en silencio, una sombra que se movía entre los árboles a la manera de su padre y su madre antes que él. Además, estaba más directamente relacionado con la naturaleza que ellos y conocía más de sus secretos y estratagemas. Uno de sus trucos favoritos consistía en perder su rastro en el agua corriente y luego tumbarse tranquilamente en un matorral cercano mientras gritos desconcertados surgían a su alrededor.

Odiado por los de su especie y por la humanidad, indomable, perpetuamente guerreado y él mismo librando una guerra perpetua, su desarrollo fue rápido y unilateral. No era terreno propicio para que florecieran la bondad y el afecto. De tales cosas no tenía el menor atisbo. El código que aprendió fue obedecer al fuerte y oprimir al débil. Castor Gris era un dios, y fuerte. Por lo tanto Colmillo Blanco le obedecía. Pero el perro más joven o más pequeño que él era débil, una cosa a destruir. Su desarrollo iba en la dirección del poder. Para hacer frente al peligro constante de ser herido e incluso de ser destruido, sus facultades depredadoras y protectoras se desarrolla-

ulties were unduly developed. He became quicker of movement than the other dogs, swifter of foot, craftier, deadlier, more lithe, more lean with ironlike muscle and sinew, more enduring, more cruel, more ferocious, and more intelligent. He had to become all these things, else he would not have held his own nor survive the hostile environment in which he found himself.

ron inusualmente. Se hizo más rápido de movimientos que los otros perros, más veloz de pies, más astuto, más mortífero, más ágil, más esbelto con músculos y tendones férreos, más resistente, más cruel, más feroz y más inteligente. Tuvo que convertirse en todas estas cosas, de lo contrario no habría resistido ni sobrevivido al entorno hostil en el que se encontraba.

CHAPTER IV — THE TRAIL OF THE GODS

In the fall of the year, when the days were shortening and the bite of the frost was coming into the air, White Fang got his chance for liberty. For several days there had been a great hubbub in the village. The summer camp was being dismantled, and the tribe, bag and baggage, was preparing to go off to the fall hunting. White Fang watched it all with eager eyes, and when the tepees began to come down and the canoes were loading at the bank, he understood. Already the canoes were departing, and some had disappeared down the river.

Quite deliberately he determined to stay behind. He waited his opportunity to slink out of camp to the woods. Here, in the running stream where ice was beginning to form, he hid his trail. Then he crawled into the heart of a dense thicket and waited. The time passed by, and he slept intermittently for hours. Then he was aroused by Grey Beaver's voice calling him by name. There were other voices. White Fang could hear Grey Beaver's squaw taking part in the search, and Mit-sah, who was Grey Beaver's son.

White Fang trembled with fear, and though the impulse came to crawl out of his hiding-place, he resisted it. After a time the voices died away, and some time after that he crept out to enjoy the success of his undertaking. Darkness was coming on, and for a while he played about among the trees, pleasuring in his freedom. Then, and quite suddenly, he became aware of loneliness. He sat down to consider, listening to the silence of the forest and perturbed by it. That nothing moved nor sounded, seemed ominous. He felt the lurking of danger, unseen and unguessed. He was suspicious of the looming bulks of the trees and of the dark shadows that might conceal all manner of perilous things.

Then it was cold. Here was no warm side of a tepee against which to snuggle. The frost was in his feet, and he kept lifting first one fore-foot and then the other. He curved his bushy tail around to cover them, and at the same time he saw a vision. There was nothing strange about it. Upon his inward sight was impressed a succession of memory-pictures. He saw the camp again, the te-

En el otoño del año, cuando los días se acortaban y la mordedura de la escarcha entraba en el aire, Colmillo Blanco tuvo su oportunidad de libertad. Desde hacía varios días había un gran alboroto en la aldea. El campamento de verano estaba siendo desmantelado y la tribu, con bolsos y equipaje, se preparaba para partir a la caza del otoño. Colmillo Blanco lo observaba todo con ojos ansiosos, y cuando los tipis empezaron a desmontarse y las canoas a cargarse en la orilla, lo comprendió. Las canoas ya estaban partiendo y algunas habían desaparecido río abajo.

Decididamente, tomó la determinación de quedarse atrás. Esperó su oportunidad para escabullirse del campamento hacia el bosque. Aquí, en el arroyo que corría, donde empezaba a formarse hielo, ocultó su rastro. Luego se arrastró hasta el corazón de una densa espesura y esperó. Pasó el tiempo y durmió intermitentemente durante horas. Entonces le despertó la voz de Castor Gris llamándole por su nombre. Había otras voces. Colmillo Blanco podía oír a la india de Castor Gris que participaba en la búsqueda, y a Mit-sah, que era hijo de Castor Gris.

Colmillo Blanco temblaba de miedo, y aunque le vino el impulso de salir arrastrándose de su escondite, lo resistió. Al cabo de un rato las voces se apagaron, y algún tiempo después salió sigilosamente para disfrutar del éxito de su empresa. Estaba anocheciendo y durante un rato jugueteó entre los árboles, disfrutando de su libertad. Entonces, y de repente, fue consciente de la soledad. Se sentó a reflexionar, escuchando el silencio del bosque y perturbado por él. Que nada se moviera ni sonara, le pareció ominoso. Sintió el acecho del peligro, invisible e imposible de adivinar. Desconfiaba de los imponentes bultos de los árboles y de las oscuras sombras que podían ocultar todo tipo de cosas peligrosas.

Entonces hizo frío. Aquí no había ningún lado cálido de un tipi contra el que acurrucarse. La escarcha le llegaba a las patas y él no paraba de levantar primero una pata delantera y luego la otra. Curvó su tupida cola para cubrir las patas y, al mismo tiempo, tuvo una visión. No tenía nada de extraño. Sobre su vista interior se imprimió una sucesión de imágenes-recuerdos. Volvió a ver el campamento,

pees, and the blaze of the fires. He heard the shrill voices of the women, the gruff basses of the men, and the snarling of the dogs. He was hungry, and he remembered pieces of meat and fish that had been thrown him. Here was no meat, nothing but a threatening and inedible silence.

His bondage had softened him. Irresponsibility had weakened him. He had forgotten how to shift for himself. The night yawned about him. His senses, accustomed to the hum and bustle of the camp, used to the continuous impact of sights and sounds, were now left idle. There was nothing to do, nothing to see nor hear. They strained to catch some interruption of the silence and immobility of nature. They were appalled by inaction and by the feel of something terrible impending.

He gave a great start of fright. A colossal and formless something was rushing across the field of his vision. It was a tree-shadow flung by the moon, from whose face the clouds had been brushed away. Reassured, he whimpered softly; then he suppressed the whimper for fear that it might attract the attention of the lurking dangers.

A tree, contracting in the cool of the night, made a loud noise. It was directly above him. He yelped in his fright. A panic seized him, and he ran madly toward the village. He knew an overpowering desire for the protection and companionship of man. In his nostrils was the smell of the camp-smoke. In his ears the camp-sounds and cries were ringing loud. He passed out of the forest and into the moonlit open where were no shadows nor darknesses. But no village greeted his eyes. He had forgotten. The village had gone away.

His wild flight ceased abruptly. There was no place to which to flee. He slunk forlornly through the deserted camp, smelling the rubbish-heaps and the discarded rags and tags of the gods. He would have been glad for the rattle of stones about him, flung by an angry squaw, glad for the hand of Grey Beaver descending upon him in wrath; while he would have welcomed with delight Lip-lip and the whole snarling, cowardly pack.

los tipis y el resplandor de las hogueras. Oyó las voces chillonas de las mujeres, los bajos roncos de los hombres y los gruñidos de los perros. Tenía hambre y recordaba los trozos de carne y pescado que le habían arrojado. Aquí no había carne, nada más que un silencio amenazador e incomestible.

Su esclavitud le había ablandado. La irresponsabilidad le había debilitado. Había olvidado cómo cambiar por sí mismo. La noche bostezaba a su alrededor. Sus sentidos, acostumbrados al zumbido y al bullicio del campamento, habituados al impacto continuo de imágenes y sonidos, se encontraban ahora ociosos. No había nada que hacer, nada que ver ni oír. Éstos se esforzaban por captar alguna interrupción del silencio y la inmovilidad de la naturaleza. Estaban consternados por la inacción y por la sensación de algo terrible e inminente.

Se dio un gran susto. Algo colosal e informe cruzaba velozmente el campo de su visión. Era una sombra de árbol arrojada por la luna, de cuyo rostro se habían apartado las nubes. Tranquilizado, gimió suavemente; luego reprimió el gemido por miedo a que pudiera atraer la atención de los peligros que le acechaban.

Un árbol, contrayéndose en el frescor de la noche, hizo un fuerte ruido. Estaba directamente encima de él. Él gritó asustado. El pánico se apoderó de él y corrió enloquecido hacia la aldea. Sintió un deseo abrumador de protección y compañía del hombre. En sus fosas nasales estaba el olor del humo del campamento. En sus oídos resonaban con fuerza los sonidos y los gritos del campamento. Salió del bosque y se adentró en un claro iluminado por la luna donde no había sombras ni tinieblas. Pero ninguna aldea saludó sus ojos. Él lo había olvidado. La aldea se había ido.

Su alocada huida cesó bruscamente. No había lugar al que huir. Él se deslizó desamparado por el campamento desierto, oliendo los montones de basura y los harapos desechados de los dioses. Se habría alegrado por el traqueteo de las piedras a su alrededor, arrojadas por una furiosa india, se habría alegrado por la mano de Castor Gris descendiendo sobre él con ira; mientras que habría acogido con deleite a Labio-labio y a toda la manada gruñona y cobarde.

He came to where Grey Beaver's tepee had stood. In the centre of the space it had occupied, he sat down. He pointed his nose at the moon. His throat was afflicted by rigid spasms, his mouth opened, and in a heart-broken cry bubbled up his loneliness and fear, his grief for Kiche, all his past sorrows and miseries as well as his apprehension of sufferings and dangers to come. It was the long wolf-howl, full-throated and mournful, the first howl he had ever uttered.

The coming of daylight dispelled his fears but increased his loneliness. The naked earth, which so shortly before had been so populous; thrust his loneliness more forcibly upon him. It did not take him long to make up his mind. He plunged into the forest and followed the river bank down the stream. All day he ran. He did not rest. He seemed made to run on for ever. His iron-like body ignored fatigue. And even after fatigue came, his heritage of endurance braced him to endless endeavour and enabled him to drive his complaining body onward.

Where the river swung in against precipitous bluffs, he climbed the high mountains behind. Rivers and streams that entered the main river he forded or swam. Often he took to the rim-ice that was beginning to form, and more than once he crashed through and struggled for life in the icy current. Always he was on the lookout for the trail of the gods where it might leave the river and proceed inland.

White Fang was intelligent beyond the average of his kind; yet his mental vision was not wide enough to embrace the other bank of the Mackenzie. What if the trail of the gods led out on that side? It never entered his head. Later on, when he had travelled more and grown older and wiser and come to know more of trails and rivers, it might be that he could grasp and apprehend such a possibility. But that mental power was yet in the future. Just now he ran blindly, his own bank of the Mackenzie alone entering into his calculations.

All night he ran, blundering in the darkness into mishaps and obstacles that delayed but did not daunt. By the middle of the second day he had been running continuously for thirty hours, and

Llegó al lugar donde había estado el tipi de Castor Gris. Se sentó en el centro del espacio que había ocupado. Señaló la luna con el hocico. Su garganta se afligió por espasmos rígidos, su boca se abrió, y en un grito desgarrado burbujeó su soledad y miedo, su pena por Kiche, todas sus penas y miserias pasadas así como su temor de sufrimientos y peligros venideros. Era el largo aullido del lobo, a todo pulmón y lastimero, el primer aullido que había emitido en su vida.

La llegada de la luz del día disipó sus temores pero aumentó su soledad. La tierra desnuda, que tan poco antes había estado tan poblada, le empujó a su soledad con más fuerza. No tardó mucho en decidirse. Se internó en el bosque y siguió la orilla del río corriente abajo. Corrió durante todo el día. No descansó. Parecía hecho para correr eternamente. Su cuerpo de hierro ignoraba la fatiga. E incluso después de que llegara la fatiga, su herencia de resistencia le animaba a un esfuerzo sin fin y le permitía impulsar su quejoso cuerpo hacia adelante.

Allí donde el río giraba contra rápidos acantilados, escalaba las altas montañas que había detrás. Los ríos y arroyos que entraban en el río principal los vadeaba o nadaba. A menudo se lanzaba al hielo del borde que empezaba a formarse, y más de una vez se estrelló y luchó por la vida en la corriente helada. Siempre estaba atento al rastro de los dioses por donde podía abandonar el río y dirigirse tierra adentro.

Colmillo Blanco era inteligente más allá de la media de su especie; sin embargo, su visión mental no era lo suficientemente amplia como para abarcar la otra orilla del Mackenzie. ¿Y si el rastro de los dioses conducía por ese lado? Nunca se le pasó por la cabeza. Más adelante, cuando hubiera viajado más y se hubiera hecho más viejo y sabio y llegara a saber más de senderos y ríos, podría ser que pudiera captar y aprehender tal posibilidad. Pero ese poder mental estaba aún en el futuro. Ahora mismo corría a ciegas, sólo su propia orilla del Mackenzie entraba en sus cálculos.

Toda la noche corrió, tropezando en la oscuridad con percances y obstáculos que le retrasaban pero no le amedrentaban. A mediados del segundo día llevaba treinta horas corriendo sin parar, y el hierro

the iron of his flesh was giving out. It was the endurance of his mind that kept him going. He had not eaten in forty hours, and he was weak with hunger. The repeated drenchings in the icy water had likewise had their effect on him. His handsome coat was draggled. The broad pads of his feet were bruised and bleeding. He had begun to limp, and this limp increased with the hours. To make it worse, the light of the sky was obscured and snow began to fall—a raw, moist, melting, clinging snow, slippery under foot, that hid from him the landscape he traversed, and that covered over the inequalities of the ground so that the way of his feet was more difficult and painful.

Grey Beaver had intended camping that night on the far bank of the Mackenzie, for it was in that direction that the hunting lay. But on the near bank, shortly before dark, a moose coming down to drink, had been espied by Kloo-kooch, who was Grey Beaver's squaw. Now, had not the moose come down to drink, had not Mitsah been steering out of the course because of the snow, had not Kloo-kooch sighted the moose, and had not Grey Beaver killed it with a lucky shot from his rifle, all subsequent things would have happened differently. Grey Beaver would not have camped on the near side of the Mackenzie, and White Fang would have passed by and gone on, either to die or to find his way to his wild brothers and become one of them—a wolf to the end of his days.

Night had fallen. The snow was flying more thickly, and White Fang, whimpering softly to himself as he stumbled and limped along, came upon a fresh trail in the snow. So fresh was it that he knew it immediately for what it was. Whining with eagerness, he followed back from the river bank and in among the trees. The camp-sounds came to his ears. He saw the blaze of the fire, Kloo-kooch cooking, and Grey Beaver squatting on his hams and mumbling a chunk of raw tallow. There was fresh meat in camp!

White Fang expected a beating. He crouched and bristled a little at the thought of it. Then he went forward again. He feared and disliked the beating he knew to be waiting for him. But he knew, further, that the comfort of the fire would be his, the protection of

de su carne estaba cediendo. Fue la resistencia de su mente la que le mantuvo en marcha. No había comido en cuarenta horas y estaba débil por el hambre. Los repetidos chapuzones en el agua helada también habían hecho efecto en él. Su hermoso pelaje estaba sucio y mojado. Las anchas almohadillas de sus pies estaban magulladas y sangrantes. Había empezado a cojear y esta cojera aumentaba con las horas. Para empeorar las cosas, la luz del cielo se oscureció y empezó a caer nieve, una nieve cruda, húmeda, derretida, pegajosa, resbaladiza bajo los pies, que le ocultaba el paisaje que atravesaba y que cubría las desigualdades del terreno haciendo que el camino de sus pies fuera más difícil y doloroso.

Castor Gris tenía la intención de acampar esa noche en la orilla lejana del Mackenzie, pues era en esa dirección donde se encontraba la caza. Pero en la orilla cercana, poco antes del anochecer, un alce que bajaba a beber había sido espiado por Kloo-kooch, que era la india de Castor Gris. Ahora bien, si el alce no hubiera bajado a beber, si Mit-sah no hubiera estado desviando el rumbo a causa de la nieve, si Kloo-kooch no hubiera avistado al alce y si Castor Gris no lo hubiera matado con un afortunado disparo de su rifle, todas las cosas posteriores habrían sucedido de manera diferente. Castor Gris no habría acampado en la orilla cercana del Mackenzie, y Colmillo Blanco habría pasado de largo y seguido su camino, bien para morir, bien para encontrar el camino hacia sus hermanos salvajes y convertirse en uno de ellos... un lobo hasta el fin de sus días.

Había caído la noche. La nieve volaba más espesa y Colmillo Blanco gimoteando suavemente para sí mismo mientras avanzaba a trompicones y cojeando, se topó con un rastro fresco en la nieve. Tan fresco era que lo reconoció inmediatamente por lo que era. Gimoteando de impaciencia, lo siguió desde la orilla del río y entre los árboles. Los sonidos del campamento llegaron a sus oídos. Vio el resplandor del fuego, a Kloo-kooch cocinando y a Castor Gris acuclillado sobre sus ancas y saboreando un trozo de sebo crudo. ¡Había carne fresca en el campamento!

Colmillo Blanco esperaba una paliza. Se agachó y se erizó un poco al pensarlo. Luego volvió a avanzar. Temía y le disgustaba la paliza que sabía que le esperaba. Pero sabía, además, que la comodidad del fuego sería suya, la protección de los dioses, la compañía de los pe-

the gods, the companionship of the dogs—the last, a companionship of enmity, but none the less a companionship and satisfying to his gregarious needs.

He came cringing and crawling into the firelight. Grey Beaver saw him, and stopped munching the tallow. White Fang crawled slowly, cringing and grovelling in the abjectness of his abasement and submission. He crawled straight toward Grey Beaver, every inch of his progress becoming slower and more painful. At last he lay at the master's feet, into whose possession he now surrendered himself, voluntarily, body and soul. Of his own choice, he came in to sit by man's fire and to be ruled by him. White Fang trembled, waiting for the punishment to fall upon him. There was a movement of the hand above him. He cringed involuntarily under the expected blow. It did not fall. He stole a glance upward. Grey Beaver was breaking the lump of tallow in half! Grey Beaver was offering him one piece of the tallow! Very gently and somewhat suspiciously, he first smelled the tallow and then proceeded to eat it. Grey Beaver ordered meat to be brought to him, and guarded him from the other dogs while he ate. After that, grateful and content, White Fang lay at Grey Beaver's feet, gazing at the fire that warmed him, blinking and dozing, secure in the knowledge that the morrow would find him, not wandering forlorn through bleak forest-stretches, but in the camp of the man-animals, with the gods to whom he had given himself and upon whom he was now dependent.

rros… la última, una compañía de enemistad, pero no por ello dejaba de ser una compañía, satisfactoria para sus necesidades gregarias.

Se acercó encogiéndose y arrastrándose a la luz del fuego. Castor Gris lo vio y dejó de masticar el sebo. Colmillo Blanco se arrastró lentamente, encogiéndose y arrastrándose en la abyección de su abajamiento y sumisión. Se arrastró en línea recta hacia Castor Gris, cada pulgada de su avance se hacía más lenta y dolorosa. Por fin yacía a los pies del amo, en cuya posesión se entregaba ahora, voluntariamente, en cuerpo y alma. Por su propia elección, entró para sentarse junto al fuego del hombre y ser gobernado por él. Colmillo Blanco temblaba, esperando que el castigo cayera sobre él. Hubo un movimiento de la mano por encima de él. Él se encogió involuntariamente ante el golpe esperado. La mano no cayó. Él arriesgó una mirada hacia arriba. ¡Castor Gris estaba partiendo el trozo de sebo por la mitad! ¡Castor Gris le estaba ofreciendo un trozo del sebo! Muy suavemente y con cierto recelo, primero olió el sebo y luego procedió a comérselo. Castor Gris ordenó que le trajeran carne y lo protegió de los otros perros mientras comía. Después de eso, agradecido y contento, Colmillo Blanco se echó a los pies de Castor Gris, contemplando el fuego que lo calentaba, parpadeando y dormitando, seguro de que el día siguiente lo encontraría, no vagando desamparado por desoladas extensiones de bosque, sino en el campamento de los hombres-animales, con los dioses a los que se había entregado y de los que ahora dependía.

When December was well along, Grey Beaver went on a journey up the Mackenzie. Mit-sah and Kloo-kooch went with him. One sled he drove himself, drawn by dogs he had traded for or borrowed. A second and smaller sled was driven by Mit-sah, and to this was harnessed a team of puppies. It was more of a toy affair than anything else, yet it was the delight of Mit-sah, who felt that he was beginning to do a man's work in the world. Also, he was learning to drive dogs and to train dogs; while the puppies themselves were being broken in to the harness. Furthermore, the sled was of some service, for it carried nearly two hundred pounds of outfit and food.

White Fang had seen the camp-dogs toiling in the harness, so that he did not resent overmuch the first placing of the harness upon himself. About his neck was put a moss-stuffed collar, which was connected by two pulling-traces to a strap that passed around his chest and over his back. It was to this that was fastened the long rope by which he pulled at the sled.

There were seven puppies in the team. The others had been born earlier in the year and were nine and ten months old, while White Fang was only eight months old. Each dog was fastened to the sled by a single rope. No two ropes were of the same length, while the difference in length between any two ropes was at least that of a dog's body. Every rope was brought to a ring at the front end of the sled. The sled itself was without runners, being a birch-bark toboggan, with upturned forward end to keep it from ploughing under the snow. This construction enabled the weight of the sled and load to be distributed over the largest snow-surface; for the snow was crystal-powder and very soft. Observing the same principle of widest distribution of weight, the dogs at the ends of their ropes radiated fan-fashion from the nose of the sled, so that no dog trod in another's footsteps.

There was, furthermore, another virtue in the fan-formation. The ropes of varying length prevented the dogs attacking from the rear those that ran in front of them. For a dog to attack anoth-

Cuando el mes de diciembre estaba bien avanzado, Castor Gris emprendió un viaje por el Mackenzie. Mit-sah y Kloo-kooch fueron con él. Un trineo lo conducía él mismo, tirado por perros que había comprado o pedido prestados. Un segundo trineo, más pequeño, era conducido por Mit-sah, y a éste iba enganchado un equipo de cachorros. Era más un juguete que otra cosa, pero hacía las delicias de Mit-sah, que sentía que empezaba a hacer el trabajo de un hombre en el mundo. Además, estaba aprendiendo a conducir perros y a adiestrarlos; mientras que los propios cachorros estaban siendo domados con el arnés. Además, el trineo era de cierta utilidad, pues transportaba casi doscientas libras de equipo y comida.

Colmillo Blanco había visto a los perros del campamento trabajar con el arnés, por lo que no se resintió demasiado al serle colocado por primera vez. Alrededor de su cuello le pusieron un collar relleno de musgo, que estaba unido por dos tirantes a una correa que pasaba alrededor de su pecho y sobre su espalda. A ella estaba sujeta la larga cuerda con la que tiraba del trineo.

Había siete cachorros en el equipo. Los otros habían nacido a principios de año y tenían nueve o diez meses, mientras que Colmillo Blanco sólo tenía ocho meses. Cada perro estaba sujeto al trineo por una sola cuerda. No había dos cuerdas con la misma longitud, mientras que la diferencia de longitud entre dos cuerdas cualesquiera era como mínimo la del cuerpo de un perro. Cada cuerda llevaba a una anilla en el extremo delantero del trineo. El trineo en sí carecía de patines, siendo un tobogán de corteza de abedul, con el extremo delantero volcado para evitar que se hundiera bajo la nieve. Esta construcción permitía distribuir el peso del trineo y de la carga sobre la mayor superficie de nieve, ya que ésta era cristalina y muy blanda. Observando el mismo principio de la más amplia distribución del peso, los perros en los extremos de sus cuerdas irradiaban en forma de abanico desde el morro del trineo, de modo que ningún perro interrumpía los pasos de otro.

Había, además, otra virtud en la formación en abanico. Las cuerdas de longitud variable impedían que los perros atacaran por la retaguardia a los que corrían delante de ellos. Para que un perro ata-

er, it would have to turn upon one at a shorter rope. In which case it would find itself face to face with the dog attacked, and also it would find itself facing the whip of the driver. But the most peculiar virtue of all lay in the fact that the dog that strove to attack one in front of him must pull the sled faster, and that the faster the sled travelled, the faster could the dog attacked run away. Thus, the dog behind could never catch up with the one in front. The faster he ran, the faster ran the one he was after, and the faster ran all the dogs. Incidentally, the sled went faster, and thus, by cunning indirection, did man increase his mastery over the beasts.

Mit-sah resembled his father, much of whose grey wisdom he possessed. In the past he had observed Lip-lip's persecution of White Fang; but at that time Lip-lip was another man's dog, and Mit-sah had never dared more than to shy an occasional stone at him. But now Lip-lip was his dog, and he proceeded to wreak his vengeance on him by putting him at the end of the longest rope. This made Lip-lip the leader, and was apparently an honour! but in reality it took away from him all honour, and instead of being bully and master of the pack, he now found himself hated and persecuted by the pack.

Because he ran at the end of the longest rope, the dogs had always the view of him running away before them. All that they saw of him was his bushy tail and fleeing hind legs—a view far less ferocious and intimidating than his bristling mane and gleaming fangs. Also, dogs being so constituted in their mental ways, the sight of him running away gave desire to run after him and a feeling that he ran away from them.

The moment the sled started, the team took after Lip-lip in a chase that extended throughout the day. At first he had been prone to turn upon his pursuers, jealous of his dignity and wrathful; but at such times Mit-sah would throw the stinging lash of the thirty-foot cariboo-gut whip into his face and compel him to turn tail and run on. Lip-lip might face the pack, but he could not face that whip, and all that was left him to do was to keep his long rope taut and his flanks ahead of the teeth of his mates.

cara a otro, tendría que girar sobre uno con la cuerda más corta. En cuyo caso se encontraría cara a cara con el perro atacado, y también se encontraría frente al látigo del conductor. Pero la virtud más peculiar de todas residía en el hecho de que el perro que se esforzaba por atacar al que tenía delante debía tirar más rápido del trineo, y que cuanto más rápido viajaba el trineo, más rápido podía huir el perro atacado. Así, el perro que iba detrás nunca podía alcanzar al que iba delante. Cuanto más rápido corría, más rápido corría el que iba detrás, y más rápido corrían todos los perros. Por cierto, el trineo iba más rápido, y así, por astuta indirección, el hombre aumentaba su dominio sobre las bestias.

Mit-sah se parecía a su padre, del que poseía gran parte de su gris sabiduría. En el pasado había observado la persecución de Colmillo Blanco por parte de Labio-labio; pero entonces Labio-labio era el perro de otro hombre, y Mit-sah nunca se había atrevido más que a tirarle una piedra de vez en cuando. Pero ahora Labio-labio era su perro, y procedió a vengarse de él poniéndole al final de la cuerda más larga. Esto convirtió a Labio-labio en el líder, ¡y aparentemente fue un honor! pero en realidad le quitó todo honor, y en lugar de ser el matón y el amo de la manada, ahora se encontró odiado y perseguido por la manada.

Como corría al final de la cuerda más larga, los perros siempre tenían la visión de él huyendo delante de ellos. Todo lo que veían de él era su cola tupida y sus patas traseras huyendo, una visión mucho menos feroz e intimidatoria que su melena erizada y sus colmillos relucientes. Además, al estar los perros tan constituidos mentalmente, la visión de él huyendo les provocaba el deseo de correr tras él y la sensación de que huía de ellos.

En cuanto el trineo arrancaba, el equipo se lanzó tras Labio-labio en una persecución que se prolongaba durante todo el día. Al principio él había sido propenso a volverse contra sus perseguidores, celoso de su dignidad e iracundo; pero en esos momentos Mit-sah le lanzaba a la cara el latigazo urticante del látigo de tripa de caribú de treinta pies y le obligaba a girar la cola y seguir corriendo. Labio-labio podía enfrentarse a la manada, pero no podía enfrentarse a ese látigo, y todo lo que le quedaba por hacer era mantener su larga cuerda tensa y sus flancos por delante de los dientes de sus compañeros.

But a still greater cunning lurked in the recesses of the Indian mind. To give point to unending pursuit of the leader, Mit-sah favoured him over the other dogs. These favours aroused in them jealousy and hatred. In their presence Mit-sah would give him meat and would give it to him only. This was maddening to them. They would rage around just outside the throwing-distance of the whip, while Lip-lip devoured the meat and Mit-sah protected him. And when there was no meat to give, Mit-sah would keep the team at a distance and make believe to give meat to Lip-lip.

White Fang took kindly to the work. He had travelled a greater distance than the other dogs in the yielding of himself to the rule of the gods, and he had learned more thoroughly the futility of opposing their will. In addition, the persecution he had suffered from the pack had made the pack less to him in the scheme of things, and man more. He had not learned to be dependent on his kind for companionship. Besides, Kiche was well-nigh forgotten; and the chief outlet of expression that remained to him was in the allegiance he tendered the gods he had accepted as masters. So he worked hard, learned discipline, and was obedient. Faithfulness and willingness characterised his toil. These are essential traits of the wolf and the wild-dog when they have become domesticated, and these traits White Fang possessed in unusual measure.

A companionship did exist between White Fang and the other dogs, but it was one of warfare and enmity. He had never learned to play with them. He knew only how to fight, and fight with them he did, returning to them a hundred-fold the snaps and slashes they had given him in the days when Lip-lip was leader of the pack. But Lip-lip was no longer leader—except when he fled away before his mates at the end of his rope, the sled bounding along behind. In camp he kept close to Mit-sah or Grey Beaver or Klookooch. He did not dare venture away from the gods, for now the fangs of all dogs were against him, and he tasted to the dregs the persecution that had been White Fang's.

With the overthrow of Lip-lip, White Fang could have become leader of the pack. But he was too morose and solitary for that. He merely thrashed his team-mates. Otherwise he ignored them.

Pero una astucia aún mayor acechaba en los recovecos de la mente india. Para dar pie a la persecución incesante del líder, Mit-sah le favorecía frente a los demás perros. Estos favores despertaban en ellos celos y odio. En su presencia Mit-sah le daba carne y se la daba sólo a él. Esto les enloquecía. Rondaban furiosos justo fuera de la distancia de alcance del látigo, mientras Labio-labio devoraba la carne y Mit-sah le protegía. Y cuando no había carne para dar, Mit-sah mantenía al equipo a distancia y hacía creer que daba carne a Labio-labio.

Colmillo Blanco aceptó de buen grado el trabajo. Había recorrido una distancia mayor que los otros perros en la cesión de sí mismo al gobierno de los dioses, y había aprendido más a fondo la inutilidad de oponerse a su voluntad. Además, la persecución que había sufrido por parte de la manada había hecho que ésta fuera menos importante para él en el esquema de las cosas, y el hombre más. No había aprendido a depender de los de su especie para tener compañía. Además, Kiche estaba casi olvidada; y la principal salida de expresión que le quedaba era la lealtad que rendía a los dioses que había aceptado como amos. Así que trabajó duro, aprendió disciplina y fue obediente. La fidelidad y la voluntad caracterizaban su labor. Estos son rasgos esenciales del lobo y del perro salvaje cuando se han domesticado, y estos rasgos los poseía Colmillo Blanco en una medida inusual.

Existía un compañerismo entre Colmillo Blanco y los otros perros, pero era de guerra y enemistad. Él nunca había aprendido a jugar con ellos. Sólo sabía luchar, y luchaba con ellos, devolviéndoles cien veces las mordeduras y los cortes que le habían dado en los días en que Labio-labio era el líder de la manada. Pero Labio-labio ya no era el líder... excepto cuando huía delante de sus compañeros al final de la cuerda, con el trineo saltando detrás. En el campamento se mantenía cerca de Mit-sah o de Castor Gris o de Kloo-kooch. No se atrevía a aventurarse lejos de los dioses, pues ahora los colmillos de todos los perros estaban contra él, y saboreaba hasta la saciedad la persecución que había sufrido Colmillo Blanco.

Con el derrocamiento de Labio-labio, Colmillo Blanco podría haberse convertido en el líder de la manada. Pero era demasiado taciturno y solitario para eso. Se limitaba a golpear a sus compañeros.

They got out of his way when he came along; nor did the boldest of them ever dare to rob him of his meat. On the contrary, they devoured their own meat hurriedly, for fear that he would take it away from them. White Fang knew the law well: *to oppress the weak and obey the strong*. He ate his share of meat as rapidly as he could. And then woe the dog that had not yet finished! A snarl and a flash of fangs, and that dog would wail his indignation to the uncomforting stars while White Fang finished his portion for him.

Every little while, however, one dog or another would flame up in revolt and be promptly subdued. Thus White Fang was kept in training. He was jealous of the isolation in which he kept himself in the midst of the pack, and he fought often to maintain it. But such fights were of brief duration. He was too quick for the others. They were slashed open and bleeding before they knew what had happened, were whipped almost before they had begun to fight.

As rigid as the sled-discipline of the gods, was the discipline maintained by White Fang amongst his fellows. He never allowed them any latitude. He compelled them to an unremitting respect for him. They might do as they pleased amongst themselves. That was no concern of his. But it *was* his concern that they leave him alone in his isolation, get out of his way when he elected to walk among them, and at all times acknowledge his mastery over them. A hint of stiff-leggedness on their part, a lifted lip or a bristle of hair, and he would be upon them, merciless and cruel, swiftly convincing them of the error of their way.

He was a monstrous tyrant. His mastery was rigid as steel. He oppressed the weak with a vengeance. Not for nothing had he been exposed to the pitiless struggles for life in the day of his cubhood, when his mother and he, alone and unaided, held their own and survived in the ferocious environment of the Wild. And not for nothing had he learned to walk softly when superior strength went by. He oppressed the weak, but he respected the strong. And in the course of the long journey with Grey Beaver he walked softly indeed amongst the full-grown dogs in the camps of the strange man-animals they encountered.

Por lo demás, los ignoraba. Se apartaban de su camino cuando se acercaba; ni el más audaz de ellos se atrevió nunca a robarle su carne. Al contrario, devoraban su propia carne apresuradamente, por miedo a que él se la quitara. Colmillo Blanco conocía bien la ley: *oprimir al débil y obedecer al fuerte*. Comía su parte de carne tan rápido como podía. Y entonces, ¡ay del perro que aún no había terminado! Un gruñido y un destello de colmillos, y ese perro gemía su indignación a las incómodas estrellas mientras Colmillo Blanco terminaba su porción por él.

De vez en cuando, sin embargo, uno u otro perro se rebelaba y era rápidamente sometido. Así fue que Colmillo Blanco se mantuvo adiestrado. Era celoso del aislamiento en el que se mantenía en medio de la manada y luchaba a menudo para mantenerlo. Pero esas peleas eran de corta duración. Era demasiado rápido para los demás. Los perros eran cortados y sangraban antes de que supieran lo que había pasado, recibían una paliza casi antes de que hubieran empezado a luchar.

Tan rígida como la disciplina de trineo de los dioses, era la que mantenía Colmillo Blanco entre sus compañeros. Nunca les permitía ningún desvío. Les obligaba a un respeto inquebrantable hacia él. Podían hacer lo que quisieran entre ellos. Eso no era asunto suyo. Pero *sí le preocupaba* que le dejaran en paz en su aislamiento, que se apartaran de su camino cuando decidía caminar entre ellos y que reconocieran en todo momento su dominio sobre ellos. Una insinuación de rigidez de piernas por su parte, un labio levantado o un vello erizado, y él estaría sobre ellos, despiadado y cruel, convenciéndoles rápidamente del error de su camino.

Era un tirano monstruoso. Su dominio era rígido como el acero. Oprimía a los débiles con saña. No en vano había estado expuesto a las despiadadas luchas por la vida en los días de su cría, cuando su madre y él, solos y sin ayuda, se defendieron y sobrevivieron en el feroz entorno de la Naturaleza. Y no en vano había aprendido a caminar suavemente cuando pasaba una fuerza superior. Oprimía a los débiles, pero respetaba a los fuertes. Y en el transcurso del largo viaje con Castor Gris caminó, de hecho, suavemente entre los perros adultos en los campamentos de los extraños hombres-animales que encontraron.

The months passed by. Still continued the journey of Grey Beaver. White Fang's strength was developed by the long hours on trail and the steady toil at the sled; and it would have seemed that his mental development was well-nigh complete. He had come to know quite thoroughly the world in which he lived. His outlook was bleak and materialistic. The world as he saw it was a fierce and brutal world, a world without warmth, a world in which caresses and affection and the bright sweetnesses of the spirit did not exist.

He had no affection for Grey Beaver. True, he was a god, but a most savage god. White Fang was glad to acknowledge his lordship, but it was a lordship based upon superior intelligence and brute strength. There was something in the fibre of White Fang's being that made his lordship a thing to be desired, else he would not have come back from the Wild when he did to tender his allegiance. There were deeps in his nature which had never been sounded. A kind word, a caressing touch of the hand, on the part of Grey Beaver, might have sounded these deeps; but Grey Beaver did not caress, nor speak kind words. It was not his way. His primacy was savage, and savagely he ruled, administering justice with a club, punishing transgression with the pain of a blow, and rewarding merit, not by kindness, but by withholding a blow.

So White Fang knew nothing of the heaven a man's hand might contain for him. Besides, he did not like the hands of the man-animals. He was suspicious of them. It was true that they sometimes gave meat, but more often they gave hurt. Hands were things to keep away from. They hurled stones, wielded sticks and clubs and whips, administered slaps and clouts, and, when they touched him, were cunning to hurt with pinch and twist and wrench. In strange villages he had encountered the hands of the children and learned that they were cruel to hurt. Also, he had once nearly had an eye poked out by a toddling papoose. From these experiences he became suspicious of all children. He could not tolerate them. When they came near with their ominous hands, he got up.

It was in a village at the Great Slave Lake, that, in the course

Pasaron los meses. Aún continuaba el viaje de Castor Gris. La fuerza de Colmillo Blanco se había desarrollado gracias a las largas horas en el sendero y al trabajo constante en el trineo; y hubiera parecido que su desarrollo mental estaba casi completo. Había llegado a conocer a fondo el mundo en el que vivía. Su perspectiva era sombría y materialista. El mundo tal como él lo veía era un mundo feroz y brutal, un mundo sin calor, un mundo en el que no existían las caricias ni el afecto ni las brillantes dulzuras del espíritu.

No sentía ningún afecto por Castor Gris. Cierto, era un dios, pero un dios muy salvaje. Colmillo Blanco se alegraba de reconocer su señorío, pero era un señorío basado en una inteligencia superior y en la fuerza bruta. Había algo en la fibra del ser de Colmillo Blanco que hacía de su señorío algo deseable, de lo contrario no habría regresado de lo Salvaje cuando lo hizo para ofrecer su lealtad. Había profundidades en su naturaleza que nunca habían sido sondeadas. Una palabra amable, un toque acariciador de la mano, por parte de Castor Gris, podría haber hecho sonar esas profundidades; pero Castor Gris no acariciaba, ni decía palabras amables. No era su estilo. Su primacía era salvaje, y salvajemente gobernaba, administrando justicia con un garrote, castigando la transgresión con el dolor de un golpe, y recompensando el mérito, no con amabilidad, sino reteniendo un golpe.

Así que Colmillo Blanco no sabía nada del paraíso que la mano de un hombre podía contener para él. Además, no le gustaban las manos de los hombres-animales. Desconfiaba de ellas. Era cierto que a veces daban carne, pero más a menudo hacían daño. Las manos eran cosas de las que había que mantenerse alejado. Arrojaban piedras, blandían palos y garrotes y látigos, administraban bofetadas y tortazos y, cuando le tocaban, eran astutas para herir con pellizcos y torceduras y tirones. En pueblos extraños se había topado con las manos de los niños y había aprendido que eran crueles al hacer daño. Además, una vez casi le había sacado un ojo un papoose que estaba aprendiendo a caminar. A partir de estas experiencias él empezó a desconfiar de todos los niños. No podía tolerarlos. Cuando se acercaban con sus manos ominosas, se levantaba.

Fue en una aldea del Gran Lago de los Esclavos donde, al resen-

of resenting the evil of the hands of the man-animals, he came to modify the law that he had learned from Grey Beaver: namely, that the unpardonable crime was to bite one of the gods. In this village, after the custom of all dogs in all villages, White Fang went foraging, for food. A boy was chopping frozen moose-meat with an axe, and the chips were flying in the snow. White Fang, sliding by in quest of meat, stopped and began to eat the chips. He observed the boy lay down the axe and take up a stout club. White Fang sprang clear, just in time to escape the descending blow. The boy pursued him, and he, a stranger in the village, fled between two tepees to find himself cornered against a high earth bank.

There was no escape for White Fang. The only way out was between the two tepees, and this the boy guarded. Holding his club prepared to strike, he drew in on his cornered quarry. White Fang was furious. He faced the boy, bristling and snarling, his sense of justice outraged. He knew the law of forage. All the wastage of meat, such as the frozen chips, belonged to the dog that found it. He had done no wrong, broken no law, yet here was this boy preparing to give him a beating. White Fang scarcely knew what happened. He did it in a surge of rage. And he did it so quickly that the boy did not know either. All the boy knew was that he had in some unaccountable way been overturned into the snow, and that his club-hand had been ripped wide open by White Fang's teeth.

But White Fang knew that he had broken the law of the gods. He had driven his teeth into the sacred flesh of one of them, and could expect nothing but a most terrible punishment. He fled away to Grey Beaver, behind whose protecting legs he crouched when the bitten boy and the boy's family came, demanding vengeance. But they went away with vengeance unsatisfied. Grey Beaver defended White Fang. So did Mit-sah and Kloo-kooch. White Fang, listening to the wordy war and watching the angry gestures, knew that his act was justified. And so it came that he learned there were gods and gods. There were his gods, and there were other gods, and between them there was a difference. Justice or injustice, it was all the same, he must take all things from the hands of

tirse de la maldad de las manos de los hombres-animales, llegó a modificar la ley que había aprendido de Castor Gris: a saber, que el crimen imperdonable era morder a uno de los dioses. En esta aldea, según la costumbre de todos los perros de todas las aldeas, Colmillo Blanco fue a buscar comida. Un muchacho estaba cortando carne de alce congelada con un hacha, y las astillas volaban por la nieve. Colmillo Blanco, que se deslizaba en busca de carne, se detuvo y empezó a comer las astillas. Observó que el muchacho dejaba el hacha y cogía un robusto garrote. Colmillo Blanco salió corriendo, justo a tiempo para escapar del golpe descendente. El muchacho le persiguió y él, un extraño en la aldea, huyó entre dos tipis para encontrarse acorralado contra un alto banco de tierra.

No había escapatoria para Colmillo Blanco. La única salida estaba entre los dos tipis, y ésta la vigilaba el muchacho. Con su garrote preparado para golpear, se acercó a su acorralada presa. Colmillo Blanco estaba furioso. Se enfrentó al muchacho, erizado y gruñendo, con su sentido de la justicia ultrajado. Conocía la ley del forraje. Todos los desperdicios de carne, como las astillas congeladas, pertenecían al perro que los encontraba. Él no había hecho nada malo, no había infringido ninguna ley, y sin embargo aquí estaba este chico preparándose para darle una paliza. Colmillo Blanco apenas supo lo que pasó. Lo hizo en un arrebato de rabia. Y lo hizo tan rápido que el muchacho tampoco lo supo. Todo lo que el muchacho sabía era que de alguna manera inexplicable había sido volcado sobre la nieve, y que su mano-garrote había sido desgarrada de par en par por los dientes de Colmillo Blanco.

Pero Colmillo Blanco sabía que había quebrantado la ley de los dioses. Había clavado sus dientes en la carne sagrada de uno de ellos, y no podía esperar otra cosa que un castigo de lo más terrible. Huyó hacia Castor Gris, detrás de cuyas piernas protectoras se agazapó cuando el muchacho mordido y la familia del muchacho llegaron, exigiendo venganza. Pero se fueron con la venganza insatisfecha. Castor Gris defendió a Colmillo Blanco. También lo hicieron Mit-sah y Kloo-kooch. Colmillo Blanco, escuchando la guerra de palabras y observando los gestos airados, supo que su acto estaba justificado. Y así fue como aprendió que había dioses y dioses. Estaban sus dioses y había otros dioses, y entre ellos había una diferencia. Justicia o injusticia, todo era lo mismo, él debía tomar todas las cosas de las

his own gods. But he was not compelled to take injustice from the other gods. It was his privilege to resent it with his teeth. And this also was a law of the gods.

Before the day was out, White Fang was to learn more about this law. Mit-sah, alone, gathering firewood in the forest, encountered the boy that had been bitten. With him were other boys. Hot words passed. Then all the boys attacked Mit-sah. It was going hard with him. Blows were raining upon him from all sides. White Fang looked on at first. This was an affair of the gods, and no concern of his. Then he realised that this was Mit-sah, one of his own particular gods, who was being maltreated. It was no reasoned impulse that made White Fang do what he then did. A mad rush of anger sent him leaping in amongst the combatants. Five minutes later the landscape was covered with fleeing boys, many of whom dripped blood upon the snow in token that White Fang's teeth had not been idle. When Mit-sah told the story in camp, Grey Beaver ordered meat to be given to White Fang. He ordered much meat to be given, and White Fang, gorged and sleepy by the fire, knew that the law had received its verification.

It was in line with these experiences that White Fang came to learn the law of property and the duty of the defence of property. From the protection of his god's body to the protection of his god's possessions was a step, and this step he made. What was his god's was to be defended against all the world—even to the extent of biting other gods. Not only was such an act sacrilegious in its nature, but it was fraught with peril. The gods were all-powerful, and a dog was no match against them; yet White Fang learned to face them, fiercely belligerent and unafraid. Duty rose above fear, and thieving gods learned to leave Grey Beaver's property alone.

One thing, in this connection, White Fang quickly learnt, and that was that a thieving god was usually a cowardly god and prone to run away at the sounding of the alarm. Also, he learned that but brief time elapsed between his sounding of the alarm and Grey Beaver coming to his aid. He came to know that it was not fear of

manos de sus propios dioses. Pero no estaba obligado a tomar la injusticia de los otros dioses. Era su privilegio resentirla con los dientes. Y esto también era una ley de los dioses.

Antes de que acabara el día, Colmillo Blanco iba a aprender más sobre esta ley. Mit-sah, solo, recogiendo leña en el bosque, se encontró con el muchacho que había sido mordido. Con él estaban otros muchachos. Se cruzaron palabras acaloradas. Entonces todos los chicos atacaron a Mit-sah. La cosa iba mal con él. Le llovían golpes de todas partes. Al principio, Colmillo Blanco sólo miró. Éste era un asunto de los dioses y no le incumbía. Luego se dio cuenta de que era Mit-sah, uno de sus dioses particulares, el que estaba siendo maltratado. No fue ningún impulso razonado lo que llevó a Colmillo Blanco a hacer lo que entonces hizo. Una loca descarga de ira le hizo saltar entre los combatientes. Cinco minutos después el paisaje estaba cubierto de muchachos que huían, muchos de los cuales goteaban sangre sobre la nieve en señal de que los dientes de Colmillo Blanco no habían estado ociosos. Cuando Mit-sah contó la historia en el campamento, Castor Gris ordenó que se le diera carne a Colmillo Blanco. Ordenó que se le diera mucha carne, y Colmillo Blanco, atiborrado y somnoliento junto al fuego, supo que la ley había recibido su verificación.

Fue al hilo de estas experiencias que Colmillo Blanco llegó a aprender la ley de la propiedad y el deber de la defensa de la propiedad. De la protección del cuerpo de su dios a la protección de las posesiones de su dios había un paso, y él dio este paso. Lo que era de su dios debía ser defendido contra todo el mundo, incluso hasta el punto de morder a otros dioses. Tal acto no sólo era sacrílego por naturaleza, sino que estaba plagado de peligros. Los dioses eran todopoderosos, y un perro no era rival para ellos; sin embargo, Colmillo Blanco aprendió a enfrentarse a ellos, ferozmente beligerante y sin miedo. El deber se elevó por encima del miedo, y los dioses ladrones aprendieron a dejar en paz la propiedad de Castor Gris.

Una cosa, a este respecto, aprendió rápidamente Colmillo Blanco, y fue que un dios ladrón solía ser un dios cobarde y propenso a huir al sonar la alarma. También aprendió que no transcurría más que un breve lapso de tiempo entre la voz de alarma y Castor Gris acudendo en su ayuda. Llegó a saber que no fue el miedo a él lo que ahu-

him that drove the thief away, but fear of Grey Beaver. White Fang did not give the alarm by barking. He never barked. His method was to drive straight at the intruder, and to sink his teeth in if he could. Because he was morose and solitary, having nothing to do with the other dogs, he was unusually fitted to guard his master's property; and in this he was encouraged and trained by Grey Beaver. One result of this was to make White Fang more ferocious and indomitable, and more solitary.

The months went by, binding stronger and stronger the covenant between dog and man. This was the ancient covenant that the first wolf that came in from the Wild entered into with man. And, like all succeeding wolves and wild dogs that had done likewise, White Fang worked the covenant out for himself. The terms were simple. For the possession of a flesh-and-blood god, he exchanged his own liberty. Food and fire, protection and companionship, were some of the things he received from the god. In return, he guarded the god's property, defended his body, worked for him, and obeyed him.

The possession of a god implies service. White Fang's was a service of duty and awe, but not of love. He did not know what love was. He had no experience of love. Kiche was a remote memory. Besides, not only had he abandoned the Wild and his kind when he gave himself up to man, but the terms of the covenant were such that if ever he met Kiche again he would not desert his god to go with her. His allegiance to man seemed somehow a law of his being greater than the love of liberty, of kind and kin.

yentó al ladrón, sino el miedo a Castor Gris. Colmillo Blanco no daba la alarma ladrando. Nunca ladraba. Su método consistía en lanzarse directamente contra el intruso y clavarle los dientes si podía. Debido a que era taciturno y solitario, sin tener nada que ver con los otros perros, era inusualmente apto para vigilar la propiedad de su amo; y en esto fue alentado y entrenado por Castor Gris. Uno de los resultados de esto fue hacer a Colmillo Blanco más feroz e indomable, y más solitario.

Los meses pasaban, haciendo cada vez más fuerte el pacto entre el perro y el hombre. Éste era el antiguo pacto que el primer lobo que llegó de lo Salvaje estableció con el hombre. Y, como todos los lobos y perros salvajes sucesivos que habían hecho lo mismo, Colmillo Blanco elaboró el pacto por sí mismo. Los términos eran sencillos. Por la posesión de un dios de carne y hueso, intercambiaba su propia libertad. Comida y fuego, protección y compañía, fueron algunas de las cosas que recibía del dios. A cambio, custodiaba la propiedad del dios, defendía su cuerpo, trabajaba para él y le obedecía.

La posesión de un dios implica servicio. El de Colmillo Blanco era un servicio de deber y temor, pero no de amor. No sabía lo que era el amor. No tenía experiencia del amor. Kiche era un recuerdo remoto. Además, no sólo había abandonado a lo Salvaje y a los de su especie cuando se entregó al hombre, sino que los términos del pacto eran tales que si alguna vez volvía a encontrarse con Kiche no abandonaría a su dios para irse con ella. Su lealtad al hombre parecía de algún modo una ley de su ser, mayor que el amor a la libertad, a la clase y a la parentela.

CHAPTER VI — THE FAMINE

The spring of the year was at hand when Grey Beaver finished his long journey. It was April, and White Fang was a year old when he pulled into the home villages and was loosed from the harness by Mit-sah. Though a long way from his full growth, White Fang, next to Lip-lip, was the largest yearling in the village. Both from his father, the wolf, and from Kiche, he had inherited stature and strength, and already he was measuring up alongside the full-grown dogs. But he had not yet grown compact. His body was slender and rangy, and his strength more stringy than massive, His coat was the true wolf-grey, and to all appearances he was true wolf himself. The quarter-strain of dog he had inherited from Kiche had left no mark on him physically, though it had played its part in his mental make-up.

He wandered through the village, recognising with staid satisfaction the various gods he had known before the long journey. Then there were the dogs, puppies growing up like himself, and grown dogs that did not look so large and formidable as the memory pictures he retained of them. Also, he stood less in fear of them than formerly, stalking among them with a certain careless ease that was as new to him as it was enjoyable.

There was Baseek, a grizzled old fellow that in his younger days had but to uncover his fangs to send White Fang cringing and crouching to the right about. From him White Fang had learned much of his own insignificance; and from him he was now to learn much of the change and development that had taken place in himself. While Baseek had been growing weaker with age, White Fang had been growing stronger with youth.

It was at the cutting-up of a moose, fresh-killed, that White Fang learned of the changed relations in which he stood to the dog-world. He had got for himself a hoof and part of the shin-bone, to which quite a bit of meat was attached. Withdrawn from the immediate scramble of the other dogs—in fact out of sight behind a thicket—he was devouring his prize, when Baseek rushed in upon him. Before he knew what he was doing, he had slashed

Se acercaba la primavera del año cuando Castor Gris terminó su largo viaje. Era abril y Colmillo Blanco tenía un año cuando llegó a las aldeas natales y Mit-sah lo soltó del arnés. Aunque aún le faltaba mucho para alcanzar su pleno crecimiento, Colmillo Blanco, junto a Labio-labio, era el cachorro de un año más grande de la aldea. Tanto de su padre, el lobo, como de Kiche, había heredado la estatura y la fuerza, y ya daba la talla junto a los perros adultos. Pero aún no se había hecho compacto. Su cuerpo era delgado y espigado, y su fuerza más fibrosa que maciza. Su pelaje era el verdadero gris lobo, y a todas luces él mismo era un verdadero lobo. El cuarto de raza de perro que había heredado de Kiche no había dejado ninguna marca en él físicamente, aunque había desempeñado su papel en su constitución mental.

Deambuló por la aldea, reconociendo con asidua satisfacción a los diversos dioses que había conocido antes del largo viaje. También estaban los perros, cachorros que crecían como él, y perros adultos que no parecían tan grandes y formidables como las imágenes que conservaba de ellos en la memoria. Además, les temía menos que antes, acechando entre ellos con cierta despreocupada facilidad que le resultaba tan nueva como agradable.

Allí estaba Baseek, un viejo compañero canoso que en sus días de juventud no tenía más que descubrir sus colmillos para hacer que Colmillo Blanco se encogiera y se agachara hacia la derecha. De él, Colmillo Blanco había aprendido mucho de su propia insignificancia; y de él iba a aprender ahora mucho del cambio y desarrollo que habían tenido lugar en él mismo. Mientras Baseek se había ido debilitando con la edad, Colmillo Blanco se había ido fortaleciendo con la juventud.

Fue al descuartizar un alce, recién matado, cuando Colmillo Blanco se enteró del cambio en las relaciones que mantenía con el mundo de los perros. Había conseguido para sí una pezuña y parte de la espinilla, a la que estaba adherida bastante carne. Retirado de la inmediata lucha de los otros perros —de hecho, fuera de la vista tras un matorral— estaba devorando su premio, cuando Baseek se abalanzó sobre él. Antes de que supiera lo que hacía, había cortado dos

the intruder twice and sprung clear. Baseek was surprised by the other's temerity and swiftness of attack. He stood, gazing stupidly across at White Fang, the raw, red shin-bone between them.

Baseek was old, and already he had come to know the increasing valour of the dogs it had been his wont to bully. Bitter experiences these, which, perforce, he swallowed, calling upon all his wisdom to cope with them. In the old days he would have sprung upon White Fang in a fury of righteous wrath. But now his waning powers would not permit such a course. He bristled fiercely and looked ominously across the shin-bone at White Fang. And White Fang, resurrecting quite a deal of the old awe, seemed to wilt and to shrink in upon himself and grow small, as he cast about in his mind for a way to beat a retreat not too inglorious.

And right here Baseek erred. Had he contented himself with looking fierce and ominous, all would have been well. White Fang, on the verge of retreat, would have retreated, leaving the meat to him. But Baseek did not wait. He considered the victory already his and stepped forward to the meat. As he bent his head carelessly to smell it, White Fang bristled slightly. Even then it was not too late for Baseek to retrieve the situation. Had he merely stood over the meat, head up and glowering, White Fang would ultimately have slunk away. But the fresh meat was strong in Baseek's nostrils, and greed urged him to take a bite of it.

This was too much for White Fang. Fresh upon his months of mastery over his own team-mates, it was beyond his self-control to stand idly by while another devoured the meat that belonged to him. He struck, after his custom, without warning. With the first slash, Baseek's right ear was ripped into ribbons. He was astounded at the suddenness of it. But more things, and most grievous ones, were happening with equal suddenness. He was knocked off his feet. His throat was bitten. While he was struggling to his feet the young dog sank teeth twice into his shoulder. The swiftness of it was bewildering. He made a futile rush at White Fang, clipping the empty air with an outraged snap. The next moment

veces al intruso y se había librado de él. Baseek quedó sorprendido por la temeridad y la rapidez del ataque del otro. Se quedó de pie, mirando estúpidamente a Colmillo Blanco, con la espinilla cruda y roja entre ambos.

Baseek era viejo, y ya había llegado a conocer el creciente valor de los perros a los que acostumbraba a intimidar. Experiencias amargas éstas que, forzosamente, se tragó, apelando a toda su sabiduría para hacerles frente. En los viejos tiempos habría saltado sobre Colmillo Blanco en una furia de justa ira. Pero ahora sus menguantes facultades no le permitían tal proceder. Se erizó con fiereza y miró ominosamente a través de la espinilla a Colmillo Blanco. Y Colmillo Blanco, resucitando bastante del antiguo temor, pareció marchitarse y encogerse sobre sí mismo y empequeñecerse, mientras buscaba en su mente una forma de batirse en retirada no demasiado ignominiosa.

Y aquí Baseek se equivocó. Si se hubiera contentado con parecer feroz y ominoso, todo habría ido bien. Colmillo Blanco, a punto de retroceder, se habría retirado, dejándole la carne para él. Pero Baseek no esperó. Consideró que la victoria ya era suya y se adelantó hacia la carne. Al inclinar descuidadamente la cabeza para olerla, Colmillo Blanco se erizó ligeramente. Incluso entonces no era demasiado tarde para que Baseek recuperara la situación. Si se hubiera limitado a permanecer de pie junto a la carne, con la cabeza levantada y el ceño fruncido, Colmillo Blanco habría acabado por escabullirse. Pero la carne fresca se sentía fuerte en las fosas nasales de Baseek, y la codicia le instó a darle un mordisco.

Esto era demasiado para Colmillo Blanco. Recién salido de sus meses de dominio sobre sus propios compañeros, estaba más allá de su autocontrol quedarse sin hacer nada mientras otro devoraba la carne que le pertenecía. Atacó, según su costumbre, sin previo aviso. Con el primer corte, la oreja derecha de Baseek se rasgó en tiras. Se quedó atónito ante lo repentino del hecho. Pero más actos, y más graves, sucedían con igual brusquedad. Fue derribado. Le mordieron la garganta. Mientras luchaba por ponerse en pie, el joven perro le hundió los dientes dos veces en el hombro. La rapidez fue desconcertante. Se abalanzó inútilmente sobre Colmillo Blanco, cortando el aire vacío con un chasquido indignado. Un momento después tenía

his nose was laid open, and he was staggering backward away from the meat.

The situation was now reversed. White Fang stood over the shin-bone, bristling and menacing, while Baseek stood a little way off, preparing to retreat. He dared not risk a fight with this young lightning-flash, and again he knew, and more bitterly, the enfeeblement of oncoming age. His attempt to maintain his dignity was heroic. Calmly turning his back upon young dog and shin-bone, as though both were beneath his notice and unworthy of his consideration, he stalked grandly away. Nor, until well out of sight, did he stop to lick his bleeding wounds.

The effect on White Fang was to give him a greater faith in himself, and a greater pride. He walked less softly among the grown dogs; his attitude toward them was less compromising. Not that he went out of his way looking for trouble. Far from it. But upon his way he demanded consideration. He stood upon his right to go his way unmolested and to give trail to no dog. He had to be taken into account, that was all. He was no longer to be disregarded and ignored, as was the lot of puppies, and as continued to be the lot of the puppies that were his team-mates. They got out of the way, gave trail to the grown dogs, and gave up meat to them under compulsion. But White Fang, uncompanionable, solitary, morose, scarcely looking to right or left, redoubtable, forbidding of aspect, remote and alien, was accepted as an equal by his puzzled elders. They quickly learned to leave him alone, neither venturing hostile acts nor making overtures of friendliness. If they left him alone, he left them alone—a state of affairs that they found, after a few encounters, to be pre-eminently desirable.

In midsummer White Fang had an experience. Trotting along in his silent way to investigate a new tepee which had been erected on the edge of the village while he was away with the hunters after moose, he came full upon Kiche. He paused and looked at her. He remembered her vaguely, but he *remembered* her, and that was more than could be said for her. She lifted her lip at him in the old snarl of menace, and his memory became clear. His forgotten

el hocico abierto y se tambaleaba hacia atrás alejándose de la carne.

Ahora la situación se había invertido. Colmillo Blanco estaba de pie sobre la espinilla, erizado y amenazador, mientras que Baseek permanecía un poco alejado, preparándose para retirarse. No se atrevía a arriesgarse a una pelea con este joven relámpago, y de nuevo conoció, y más amargamente, el debilitamiento de la edad que se aproximaba. Su intento de mantener su dignidad fue heroico. Volviendo tranquilamente la espalda al joven perro y a la espinilla, como si ambos estuvieran por debajo de su atención y fueran indignos de su consideración, se alejó a grandes zancadas. Tampoco, hasta bien fuera de su vista, se detuvo a lamerse sus heridas sangrantes.

El efecto sobre Colmillo Blanco fue darle una mayor fe en sí mismo, y un mayor orgullo. Caminaba con menos suavidad entre los perros adultos; su actitud hacia ellos era menos transigente. No es que se desviara de su camino en busca de problemas. Ni mucho menos. Pero en su camino exigía consideración. Defendía su derecho a seguir su camino sin ser molestado y a no dejar rastro a ningún perro. Había que tenerle en cuenta, eso era todo. Ya no se le podía despreciar e ignorar, como era la suerte de los cachorros, y como seguía siendo la suerte de los cachorros que eran sus compañeros. Se quitaban de en medio, daban rastro a los perros adultos y les entregaban carne por obligación. Pero Colmillo Blanco, incómodo, solitario, taciturno, sin apenas mirar a derecha ni a izquierda, redomado, de aspecto imponente, remoto y ajeno, fue aceptado como un igual por sus desconcertados mayores. Éstos aprendieron rápidamente a dejarle en paz, sin aventurarse a realizar actos hostiles ni hacer insinuaciones de amistad. Si le dejaban en paz, él les dejaba en paz, un estado de cosas que, tras unos cuantos encuentros, encontraron preeminentemente deseable.

En pleno verano Colmillo Blanco tuvo una experiencia. Trotando en su silencioso camino para investigar un nuevo tipi que se había levantado en las afueras de la aldea mientras él estaba fuera con los cazadores en busca de alces, se encontró de frente con Kiche. Se detuvo y la miró. La recordaba vagamente, pero la *recordaba*, y eso era más de lo que podía decirse de ella. Ella levantó su labio hacia él en el viejo gruñido de amenaza, y su memoria se aclaró. Su olvidada

cubhood, all that was associated with that familiar snarl, rushed back to him. Before he had known the gods, she had been to him the centre-pin of the universe. The old familiar feelings of that time came back upon him, surged up within him. He bounded towards her joyously, and she met him with shrewd fangs that laid his cheek open to the bone. He did not understand. He backed away, bewildered and puzzled.

But it was not Kiche's fault. A wolf-mother was not made to remember her cubs of a year or so before. So she did not remember White Fang. He was a strange animal, an intruder; and her present litter of puppies gave her the right to resent such intrusion.

One of the puppies sprawled up to White Fang. They were half-brothers, only they did not know it. White Fang sniffed the puppy curiously, whereupon Kiche rushed upon him, gashing his face a second time. He backed farther away. All the old memories and associations died down again and passed into the grave from which they had been resurrected. He looked at Kiche licking her puppy and stopping now and then to snarl at him. She was without value to him. He had learned to get along without her. Her meaning was forgotten. There was no place for her in his scheme of things, as there was no place for him in hers.

He was still standing, stupid and bewildered, the memories forgotten, wondering what it was all about, when Kiche attacked him a third time, intent on driving him away altogether from the vicinity. And White Fang allowed himself to be driven away. This was a female of his kind, and it was a law of his kind that the males must not fight the females. He did not know anything about this law, for it was no generalisation of the mind, not a something acquired by experience of the world. He knew it as a secret prompting, as an urge of instinct—of the same instinct that made him howl at the moon and stars of nights, and that made him fear death and the unknown.

The months went by. White Fang grew stronger, heavier, and more compact, while his character was developing along the lines laid down by his heredity and his environment. His heredity was a life-stuff that may be likened to clay. It possessed many possi-

cobardía, todo lo que estaba asociado a ese familiar gruñido, se precipitó hacia él. Antes de conocer a los dioses, ella había sido para él el eje central del universo. Los viejos sentimientos familiares de entonces volvieron a él, surgieron en su interior. Él saltó hacia ella alegremente, y ella le salió al encuentro con unos colmillos afilados que le abrieron la mejilla hasta el hueso. Él no comprendió. Retrocedió, desconcertado y perplejo.

Pero no era culpa de Kiche. Una madre loba no está hecha para recordar a sus cachorros de hace un año o antes. Así que ella no recordaba a Colmillo Blanco. Era un animal extraño, un intruso; y su actual camada de cachorros le daba derecho a resentir tal intrusión.

Uno de los cachorros se acercó hacia Colmillo Blanco. Eran medio hermanos, sólo que no lo sabían. Colmillo Blanco olisqueó al cachorro con curiosidad, momento en el que Kiche se abalanzó sobre él, atacándole la cara por segunda vez. Él retrocedió más lejos. Todos los viejos recuerdos y asociaciones se apagaron de nuevo y pasaron a la tumba de la que habían resucitado. Miró a Kiche lamiendo el cachorro y deteniéndose de vez en cuando para gruñirle. Ella carecía de valor para él. Había aprendido a arreglárselas sin ella. Había olvidado su significado. No había lugar para ella en su esquema de cosas, como no lo había para él en el de ella.

Él todavía estaba de pie, estúpido y desconcertado, con los recuerdos olvidados, preguntándose de qué iba todo aquello, cuando Kiche le atacó por tercera vez, con la intención de alejarlo por completo de las inmediaciones. Y Colmillo Blanco se dejó alejar. Se trataba de una hembra de su especie, y era una ley de su especie que los machos no debían luchar contra las hembras. Él no sabía nada de esta ley, pues no era una generalización de la mente, no era algo adquirido por la experiencia del mundo. La conocía como un impulso secreto, como un impulso del instinto, del mismo instinto que le hacía aullar a la luna y a las estrellas de las noches, y que le hacía temer a la muerte y a lo desconocido.

Pasaron los meses. Colmillo Blanco se hizo más fuerte, más pesado y más compacto, mientras su carácter se desarrollaba siguiendo las líneas marcadas por su herencia y su entorno. Su herencia era una materia vital que puede compararse a la arcilla. Poseía muchas

bilities, was capable of being moulded into many different forms. Environment served to model the clay, to give it a particular form. Thus, had White Fang never come in to the fires of man, the Wild would have moulded him into a true wolf. But the gods had given him a different environment, and he was moulded into a dog that was rather wolfish, but that was a dog and not a wolf.

And so, according to the clay of his nature and the pressure of his surroundings, his character was being moulded into a certain particular shape. There was no escaping it. He was becoming more morose, more uncompanionable, more solitary, more ferocious; while the dogs were learning more and more that it was better to be at peace with him than at war, and Grey Beaver was coming to prize him more greatly with the passage of each day.

White Fang, seeming to sum up strength in all his qualities, nevertheless suffered from one besetting weakness. He could not stand being laughed at. The laughter of men was a hateful thing. They might laugh among themselves about anything they pleased except himself, and he did not mind. But the moment laughter was turned upon him he would fly into a most terrible rage. Grave, dignified, sombre, a laugh made him frantic to ridiculousness. It so outraged him and upset him that for hours he would behave like a demon. And woe to the dog that at such times ran foul of him. He knew the law too well to take it out of Grey Beaver; behind Grey Beaver were a club and godhead. But behind the dogs there was nothing but space, and into this space they flew when White Fang came on the scene, made mad by laughter.

In the third year of his life there came a great famine to the Mackenzie Indians. In the summer the fish failed. In the winter the cariboo forsook their accustomed track. Moose were scarce, the rabbits almost disappeared, hunting and preying animals perished. Denied their usual food-supply, weakened by hunger, they fell upon and devoured one another. Only the strong survived. White Fang's gods were always hunting animals. The old and the weak of them died of hunger. There was wailing in the village, where the women and children went without in order that what little they had might go into the bellies of the lean and hol-

posibilidades, era capaz de ser moldeada en muchas formas diferentes. El entorno servía para modelar la arcilla, para darle una forma particular. Así, si Colmillo Blanco nunca se hubiera acercado a los fuegos del hombre, la naturaleza salvaje lo habría moldeado hasta convertirlo en un verdadero lobo. Pero los dioses le habían dado un entorno diferente, y fue moldeado en un perro bastante lobuno, pero que era un perro y no un lobo.

Y así, según la arcilla de su naturaleza y la presión de su entorno, su carácter se iba moldeando en una forma determinada. No había escapatoria. Se estaba volviendo más malhumorado, más poco sociable, más solitario, más feroz; mientras los perros aprendían cada vez más que era mejor estar en paz con él que en guerra, y Castor Gris llegaba a apreciarlo más con el paso de cada día.

Colmillo Blanco, que parecía resumir la fuerza en todas sus cualidades, sufría sin embargo de una acuciante debilidad. No soportaba que se rieran de él. La risa de los hombres era algo odioso. Podían reírse entre ellos de lo que quisieran excepto de él, y a él no le importaba. Pero en el momento en que la risa se volvía contra él, se enfurecía de la forma más terrible. Grave, digno, sombrío, una risa le ponía frenético hasta el ridículo. Le indignaba y alteraba tanto que durante horas se comportaba como un demonio. Y pobre del perro que en esos momentos se le echara encima. Conocía demasiado bien la ley como para sacarla de Castor Gris; detrás de Castor Gris había un garrote y una divinidad. Pero detrás de los perros no había más que espacio, y a este espacio volaban cuando Colmillo Blanco entraba en escena, enloquecido por la risa.

En el tercer año de su vida sobrevino una gran hambruna para los indios del Mackenzie. En verano escaseó la pesca. En invierno los caribúes abandonaron su rastro acostumbrado. Los alces escasearon, los conejos casi desaparecieron, los animales de caza y de presa perecieron. Privados de su habitual provisión de alimentos, debilitados por el hambre, cayeron unos sobre otros y se devoraron. Sólo los fuertes sobrevivieron. Los dioses de Colmillo Blanco siempre cazaban animales. Los viejos y los débiles murieron de hambre. Hubo lamentos en la aldea, donde las mujeres y los niños se quedaron sin nada para que lo poco que tenían pudiera ir a parar a las barrigas de

low-eyed hunters who trod the forest in the vain pursuit of meat.

To such extremity were the gods driven that they ate the soft-tanned leather of their mocassins and mittens, while the dogs ate the harnesses off their backs and the very whip-lashes. Also, the dogs ate one another, and also the gods ate the dogs. The weakest and the more worthless were eaten first. The dogs that still lived, looked on and understood. A few of the boldest and wisest forsook the fires of the gods, which had now become a shambles, and fled into the forest, where, in the end, they starved to death or were eaten by wolves.

In this time of misery, White Fang, too, stole away into the woods. He was better fitted for the life than the other dogs, for he had the training of his cubhood to guide him. Especially adept did he become in stalking small living things. He would lie concealed for hours, following every movement of a cautious tree-squirrel, waiting, with a patience as huge as the hunger he suffered from, until the squirrel ventured out upon the ground. Even then, White Fang was not premature. He waited until he was sure of striking before the squirrel could gain a tree-refuge. Then, and not until then, would he flash from his hiding-place, a grey projectile, incredibly swift, never failing its mark—the fleeing squirrel that fled not fast enough.

Successful as he was with squirrels, there was one difficulty that prevented him from living and growing fat on them. There were not enough squirrels. So he was driven to hunt still smaller things. So acute did his hunger become at times that he was not above rooting out wood-mice from their burrows in the ground. Nor did he scorn to do battle with a weasel as hungry as himself and many times more ferocious.

In the worst pinches of the famine he stole back to the fires of the gods. But he did not go into the fires. He lurked in the forest, avoiding discovery and robbing the snares at the rare intervals when game was caught. He even robbed Grey Beaver's snare of a

los cazadores flacos y de ojos hundidos que recorrían el bosque en la vana búsqueda de carne.

Hasta tal extremo llegaron los dioses que se comieron el suave cuero curtido de sus mocasines y mitones, mientras que los perros se comieron los arneses de sus lomos y los propios látigos. Además, los perros se comían unos a otros, y también los dioses se comían a los perros. Se comieron primero a los más débiles y a los más despreciables. Los perros que aún vivían, miraban y comprendían. Algunos de los más audaces y sabios abandonaron las hogueras de los dioses, que ahora se habían convertido en un caos, y huyeron al bosque, donde, al final, murieron de hambre o fueron devorados por los lobos.

En esta época de miseria, Colmillo Blanco también se escabulló al bosque. Estaba mejor preparado para la vida que los otros perros, pues tenía el adiestramiento de su etapa de cachorro para guiarle. Se volvió especialmente adepto a acechar pequeños seres vivos. Permanecía oculto durante horas, siguiendo cada movimiento de una cautelosa ardilla de los árboles, esperando, con una paciencia tan enorme como el hambre que padecía, hasta que la ardilla se aventuraba a salir al suelo. Incluso entonces, Colmillo Blanco no se precipitaba. Esperaba hasta estar seguro de atacar antes de que la ardilla pudiera conseguir un árbol-refugio. Entonces, y sólo hasta entonces, se lanzaba desde su escondite un proyectil gris, increíblemente veloz, que nunca fallaría a su objetivo... la ardilla que huía no lo hacía lo bastante rápido.

Por mucho éxito que tuviera con las ardillas, había una dificultad que le impedía vivir y engordar a base de ellas. No había suficientes ardillas. Así que se vio obligado a cazar cosas aún más pequeñas. Su hambre llegó a ser tan aguda a veces que no dudó en arrancar ratones de bosque de sus madrigueras en el suelo. Tampoco desdeñaba librar batalla con una comadreja tan hambrienta como él y muchas veces más feroz.

En los peores pellizcos de la hambruna volvió a los fuegos de los dioses. Pero no se acercó a los fuegos. Acechaba en el bosque, evitando ser descubierto y robando los cepos en los raros intervalos en que se cazaba. Incluso robó un conejo en el cepo de Castor Gris en

rabbit at a time when Grey Beaver staggered and tottered through the forest, sitting down often to rest, what of weakness and of shortness of breath.

One day While Fang encountered a young wolf, gaunt and scrawny, loose-jointed with famine. Had he not been hungry himself, White Fang might have gone with him and eventually found his way into the pack amongst his wild brethren. As it was, he ran the young wolf down and killed and ate him.

Fortune seemed to favour him. Always, when hardest pressed for food, he found something to kill. Again, when he was weak, it was his luck that none of the larger preying animals chanced upon him. Thus, he was strong from the two days' eating a lynx had afforded him when the hungry wolf-pack ran full tilt upon him. It was a long, cruel chase, but he was better nourished than they, and in the end outran them. And not only did he outrun them, but, circling widely back on his track, he gathered in one of his exhausted pursuers.

After that he left that part of the country and journeyed over to the valley wherein he had been born. Here, in the old lair, he encountered Kiche. Up to her old tricks, she, too, had fled the inhospitable fires of the gods and gone back to her old refuge to give birth to her young. Of this litter but one remained alive when White Fang came upon the scene, and this one was not destined to live long. Young life had little chance in such a famine.

Kiche's greeting of her grown son was anything but affectionate. But White Fang did not mind. He had outgrown his mother. So he turned tail philosophically and trotted on up the stream. At the forks he took the turning to the left, where he found the lair of the lynx with whom his mother and he had fought long before. Here, in the abandoned lair, he settled down and rested for a day.

During the early summer, in the last days of the famine, he met Lip-lip, who had likewise taken to the woods, where he had eked out a miserable existence.

un momento en que Castor Gris se tambaleaba y hacía eses por el bosque, sentándose a menudo a descansar, a causa de la debilidad y la falta de aliento.

Un día, Colmillo Blanco se encontró con un lobo joven, enjuto y flaco, con las articulaciones flojas por el hambre. Si él mismo no hubiera estado hambriento, Colmillo Blanco podría haberse ido con él y, con el tiempo, se habría hecho un lugar en la manada entre sus hermanos salvajes. Así las cosas, persiguió al joven lobo y lo mató y se lo comió.

La fortuna parecía favorecerle. Siempre, cuando más apretaba el hambre, encontraba algo que matar. De nuevo, cuando estaba débil, tenía la suerte de que ninguno de los animales de presa más grandes se le echara encima. Así, estaba fuerte por los dos días de comida que le había proporcionado un lince cuando la manada de lobos hambrientos corrió a toda velocidad sobre él. Fue una persecución larga y cruel, pero él estaba mejor alimentado que ellos y al final los superó. Y no sólo los superó, sino que, dando amplias vueltas sobre su rastro, reunió a uno de sus exhaustos perseguidores.

Después abandonó esa parte de la región y se dirigió al valle donde había nacido. Aquí, en la vieja guarida, se encontró con Kiche. Ella también había huido de los fuegos inhóspitos de los dioses y había regresado a su antiguo refugio para dar a luz a sus crías. De esta camada sólo quedaba una viva cuando Colmillo Blanco entró en escena, y ésta no estaba destinada a vivir mucho tiempo. La vida joven tenía pocas posibilidades en semejante hambruna.

El saludo de Kiche a su hijo adulto fue todo menos afectuoso. Pero a Colmillo Blanco no le importó. Había superado a su madre. Así que giró la cola filosóficamente y siguió trotando arroyo arriba. En las bifurcaciones tomó el desvío de la izquierda, donde encontró la guarida del lince con el que su madre y él habían luchado mucho antes. Aquí, en la guarida abandonada, se instaló y descansó durante un día.

A principios del verano, en los últimos días de la hambruna, se encontró con Labio-labio, que también se había refugiado en el bosque, donde había llevado una existencia miserable.

White Fang came upon him unexpectedly. Trotting in opposite directions along the base of a high bluff, they rounded a corner of rock and found themselves face to face. They paused with instant alarm, and looked at each other suspiciously.

White Fang was in splendid condition. His hunting had been good, and for a week he had eaten his fill. He was even gorged from his latest kill. But in the moment he looked at Lip-lip his hair rose on end all along his back. It was an involuntary bristling on his part, the physical state that in the past had always accompanied the mental state produced in him by Lip-lip's bullying and persecution. As in the past he had bristled and snarled at sight of Lip-lip, so now, and automatically, he bristled and snarled. He did not waste any time. The thing was done thoroughly and with despatch. Lip-lip essayed to back away, but White Fang struck him hard, shoulder to shoulder. Lip-lip was overthrown and rolled upon his back. White Fang's teeth drove into the scrawny throat. There was a death-struggle, during which White Fang walked around, stiff-legged and observant. Then he resumed his course and trotted on along the base of the bluff.

One day, not long after, he came to the edge of the forest, where a narrow stretch of open land sloped down to the Mackenzie. He had been over this ground before, when it was bare, but now a village occupied it. Still hidden amongst the trees, he paused to study the situation. Sights and sounds and scents were familiar to him. It was the old village changed to a new place. But sights and sounds and smells were different from those he had last had when he fled away from it. There was no whimpering nor wailing. Contented sounds saluted his ear, and when he heard the angry voice of a woman he knew it to be the anger that proceeds from a full stomach. And there was a smell in the air of fish. There was food. The famine was gone. He came out boldly from the forest and trotted into camp straight to Grey Beaver's tepee. Grey Beaver was not there; but Kloo-kooch welcomed him with glad cries and the whole of a fresh-caught fish, and he lay down to wait Grey Beaver's coming.

Colmillo Blanco le salió al paso de forma inesperada. Trotando en direcciones opuestas por la base de un alto risco, doblaron una esquina de roca y se encontraron cara a cara. Se detuvieron con alarma instantánea y se miraron con desconfianza.

Colmillo Blanco estaba en espléndidas condiciones. Su caza había sido buena y durante una semana había comido hasta saciarse. Incluso estaba atiborrado de su última presa. Pero en el momento en que miró a Labio-labio se le erizó el vello a lo largo de toda la espalda. Fue un erizamiento involuntario por su parte, el estado físico que en el pasado siempre había acompañado al estado mental que le producían el acoso y la persecución de Labio-labio. Como en el pasado se había erizado y gruñido al ver a Labio-labio, así ahora, y de forma automática, se erizó y gruñó. No perdió el tiempo. La cosa se hizo a fondo y con presteza. Labio-labio intentó retroceder, pero Colmillo Blanco le atacó con fuerza, hombro con hombro. Labio-labio fue derribado y rodó sobre su espalda. Los dientes de Colmillo Blanco se clavaron en la escuálida garganta. Hubo una lucha a muerte, durante la cual Colmillo Blanco se paseó, con las piernas rígidas y observador. Luego reanudó su curso y siguió trotando a lo largo de la base del risco.

Un día, no mucho después, llegó al borde del bosque, donde una estrecha franja de terreno abierto descendía hacia el Mackenzie. Ya había pasado por este terreno antes, cuando estaba desnudo, pero ahora lo ocupaba una aldea. Todavía oculto entre los árboles, él se detuvo para estudiar la situación. Las imágenes, los sonidos y los olores le resultaban familiares. Era la antigua aldea cambiada de lugar. Pero las imágenes, los sonidos y los olores eran diferentes de los que había tenido por última vez cuando huyó de allí. No había gemidos ni lamentos. Sonidos contentos saludaron su oído, y cuando oyó la voz airada de una mujer supo que era la ira que procede de un estómago lleno. Y había en el aire olor a pescado. Había comida. El hambre había desaparecido. Salió audazmente del bosque y trotó hacia el campamento directo al tipi de Castor Gris. Castor Gris no estaba allí; pero Kloo-kooch le dio la bienvenida con gritos de alegría y todo un pescado recién sacado del agua, y él se tumbó a esperar la llegada de Castor Gris.

PART IV

CHAPTER I — THE ENEMY OF HIS KIND

Had there been in White Fang's nature any possibility, no matter how remote, of his ever coming to fraternise with his kind, such possibility was irretrievably destroyed when he was made leader of the sled-team. For now the dogs hated him—hated him for the extra meat bestowed upon him by Mit-sah; hated him for all the real and fancied favours he received; hated him for that he fled always at the head of the team, his waving brush of a tail and his perpetually retreating hind-quarters for ever maddening their eyes.

And White Fang just as bitterly hated them back. Being sled-leader was anything but gratifying to him. To be compelled to run away before the yelling pack, every dog of which, for three years, he had thrashed and mastered, was almost more than he could endure. But endure it he must, or perish, and the life that was in him had no desire to perish out. The moment Mit-sah gave his order for the start, that moment the whole team, with eager, savage cries, sprang forward at White Fang.

There was no defence for him. If he turned upon them, Mit-sah would throw the stinging lash of the whip into his face. Only remained to him to run away. He could not encounter that howling horde with his tail and hind-quarters. These were scarcely fit weapons with which to meet the many merciless fangs. So run away he did, violating his own nature and pride with every leap he made, and leaping all day long.

One cannot violate the promptings of one's nature without having that nature recoil upon itself. Such a recoil is like that of a hair, made to grow out from the body, turning unnaturally upon the direction of its growth and growing into the body—a rankling, festering thing of hurt. And so with White Fang. Every urge of his being impelled him to spring upon the pack that cried at his heels, but it was the will of the gods that this should not be; and behind the will, to enforce it, was the whip of cariboo-gut with its biting thirty-foot lash. So White Fang could only eat his heart in

PARTE IV

## CAPÍTULO I — EL ENEMIGO DE SU ESPECIE

Si hubiera existido en la naturaleza de Colmillo Blanco alguna posibilidad, por remota que fuera, de que alguna vez llegara a fraternizar con los de su especie, tal posibilidad quedó irremediablemente destruida cuando fue nombrado jefe del equipo de trineo. Porque ahora los perros le odiaban... le odiaban por la carne extra que le concedía Mit-sah; le odiaban por todos los favores reales e imaginarios que recibía; le odiaban porque huía siempre a la cabeza del equipo, con su cola ondulante y sus cuartos traseros en perpetuo retroceso para siempre enloqueciendo sus ojos.

Y Colmillo Blanco les devolvía el odio con la misma amargura. Ser el líder del trineo era cualquier cosa menos gratificante para él. Verse obligado a huir ante la manada vociferante, cada uno de cuyos perros, durante tres años, había atacado y dominado, era casi más de lo que podía soportar. Pero debía soportarlo o perecer, y la vida que había en él no tenía ningún deseo de perecer. En el momento en que Mit-sah daba la orden de partida, todo el equipo, con gritos ansiosos y salvajes, se lanzaba hacia Colmillo Blanco.

No había defensa para él. Si se volvía contra ellos, Mit-sah le lanzaría a la cara el punzante látigo. Sólo le quedaba huir. No podía enfrentarse a aquella horda aullante con la cola y los cuartos traseros. Éstas apenas eran armas adecuadas con las que enfrentarse a los numerosos y despiadados colmillos. Así que huyó, violando su propia naturaleza y orgullo con cada salto que daba, y saltando todo el día.

Uno no puede violar los impulsos de su naturaleza sin que esa naturaleza retroceda sobre sí misma. Tal retroceso es como el de un cabello, hecho crecer fuera del cuerpo, que gira antinaturalmente sobre la dirección de su crecimiento y crece dentro del cuerpo: una cosa hiriente y enconada de dolor. Y así fue con Colmillo Blanco. Cada impulso de su ser le impelía a saltar sobre la manada que gritaba pisándole los talones, pero era voluntad de los dioses que esto no fuera así; y detrás de la voluntad, para hacerla cumplir, estaba el látigo de tripa de caribú con su mordaz azote de treinta pies. De

bitterness and develop a hatred and malice commensurate with the ferocity and indomitability of his nature.

If ever a creature was the enemy of its kind, White Fang was that creature. He asked no quarter, gave none. He was continually marred and scarred by the teeth of the pack, and as continually he left his own marks upon the pack. Unlike most leaders, who, when camp was made and the dogs were unhitched, huddled near to the gods for protection, White Fang disdained such protection. He walked boldly about the camp, inflicting punishment in the night for what he had suffered in the day. In the time before he was made leader of the team, the pack had learned to get out of his way. But now it was different. Excited by the day-long pursuit of him, swayed subconsciously by the insistent iteration on their brains of the sight of him fleeing away, mastered by the feeling of mastery enjoyed all day, the dogs could not bring themselves to give way to him. When he appeared amongst them, there was always a squabble. His progress was marked by snarl and snap and growl. The very atmosphere he breathed was surcharged with hatred and malice, and this but served to increase the hatred and malice within him.

When Mit-sah cried out his command for the team to stop, White Fang obeyed. At first this caused trouble for the other dogs. All of them would spring upon the hated leader only to find the tables turned. Behind him would be Mit-sah, the great whip singing in his hand. So the dogs came to understand that when the team stopped by order, White Fang was to be let alone. But when White Fang stopped without orders, then it was allowed them to spring upon him and destroy him if they could. After several experiences, White Fang never stopped without orders. He learned quickly. It was in the nature of things, that he must learn quickly if he were to survive the unusually severe conditions under which life was vouchsafed him.

But the dogs could never learn the lesson to leave him alone in camp. Each day, pursuing him and crying defiance at him, the

modo que Colmillo Blanco sólo podía comerse el corazón de amargura y desarrollar un odio y una malicia acordes con la ferocidad y la indomabilidad de su naturaleza.

Si alguna vez una criatura fue enemiga de su especie, Colmillo Blanco era esa criatura. No pedía cuartel, no daba tampoco. Los dientes de la manada le marcaban y cicatrizaban continuamente, así como continuamente él dejaba sus propias marcas en la manada. A diferencia de la mayoría de los líderes, que, cuando se acampaba y se desenganchaban los perros, se acurrucaban junto a los dioses en busca de protección, Colmillo Blanco desdeñaba tal protección. Caminaba audazmente por el campamento, infligiendo castigos en la noche por lo que había sufrido en el día. En el tiempo anterior a ser nombrado líder de la manada, ésta había aprendido a apartarse de su camino. Pero ahora era diferente. Excitados por haberle perseguido durante todo el día, mecidos inconscientemente por la insistente iteración en sus cerebros de verle huir, dominados por la sensación de dominio que habían disfrutado durante todo el día, los perros no se atrevían a cederle el paso. Cuando aparecía entre ellos, siempre se producía una pelea. Su avance estaba marcado por gruñidos, chasquidos y ladridos. La propia atmósfera que respiraba estaba cargada de odio y malicia, y esto no hacía sino aumentar el odio y la malicia que llevaba dentro.

Cuando Mit-sah gritaba su orden para que el equipo se detuviera, Colmillo Blanco obedecía. Al principio esto causó problemas a los otros perros. Todos se abalanzaban sobre el odiado líder sólo para encontrarse con un cambio de juego. Detrás de él estaría Mit-sah, con el gran látigo silbando en su mano. Así que los perros llegaron a entender que cuando el equipo se detenía por órdenes, había que dejar en paz a Colmillo Blanco. Pero cuando Colmillo Blanco se detenía sin órdenes, entonces les estaba permitido saltar sobre él y destruirlo si podían. Tras varias experiencias, Colmillo Blanco nunca se detuvo sin órdenes. Aprendió rápidamente. Estaba en la naturaleza de las cosas, que debía aprender rápido si quería sobrevivir a las condiciones inusualmente severas en las que se le había concedido la vida.

Pero los perros nunca pudieron aprender la lección de dejarlo solo en el campamento. Cada día, persiguiéndole y ladrándole desa-

lesson of the previous night was erased, and that night would have to be learned over again, to be as immediately forgotten. Besides, there was a greater consistence in their dislike of him. They sensed between themselves and him a difference of kind—cause sufficient in itself for hostility. Like him, they were domesticated wolves. But they had been domesticated for generations. Much of the Wild had been lost, so that to them the Wild was the unknown, the terrible, the ever-menacing and ever warring. But to him, in appearance and action and impulse, still clung the Wild. He symbolised it, was its personification: so that when they showed their teeth to him they were defending themselves against the powers of destruction that lurked in the shadows of the forest and in the dark beyond the camp-fire.

But there was one lesson the dogs did learn, and that was to keep together. White Fang was too terrible for any of them to face single-handed. They met him with the mass-formation, otherwise he would have killed them, one by one, in a night. As it was, he never had a chance to kill them. He might roll a dog off its feet, but the pack would be upon him before he could follow up and deliver the deadly throat-stroke. At the first hint of conflict, the whole team drew together and faced him. The dogs had quarrels among themselves, but these were forgotten when trouble was brewing with White Fang.

On the other hand, try as they would, they could not kill White Fang. He was too quick for them, too formidable, too wise. He avoided tight places and always backed out of it when they bade fair to surround him. While, as for getting him off his feet, there was no dog among them capable of doing the trick. His feet clung to the earth with the same tenacity that he clung to life. For that matter, life and footing were synonymous in this unending warfare with the pack, and none knew it better than White Fang.

So he became the enemy of his kind, domesticated wolves that they were, softened by the fires of man, weakened in the sheltering shadow of man's strength. White Fang was bitter and implacable. The clay of him was so moulded. He declared a vendetta against all dogs. And so terribly did he live this vendetta that

fiantes, se borraba la lección de la noche anterior, y esa noche tendría que aprenderse de nuevo, para ser olvidada inmediatamente. Además, había una mayor consistencia en su aversión hacia él. Percibían entre ellos y él una diferencia de clase... causa suficiente en sí misma para la hostilidad. Como él, eran lobos domesticados. Pero habían sido domesticados durante generaciones. Gran parte de lo Salvaje se había perdido, de modo que para ellos lo Salvaje era lo desconocido, lo terrible, lo siempre amenazante y siempre belicoso. Pero para él, en apariencia y acción e impulso, aún se aferraba lo Salvaje. Él lo simbolizaba, era su personificación: de modo que cuando le enseñaban los dientes se defendían de los poderes de destrucción que acechaban en las sombras del bosque y en la oscuridad más allá de la hoguera.

Pero hubo una lección que los perros sí aprendieron, y fue la de mantenerse unidos. Colmillo Blanco era demasiado terrible para que cualquiera de ellos se enfrentara solo. Se enfrentaron a él en masa, de lo contrario los habría matado, uno a uno, en una noche. Así las cosas, nunca tuvo la oportunidad de matarlos. Podía hacer rodar a un perro, pero la manada estaría sobre él antes de que pudiera seguirle y asestarle el mortal golpe en la garganta. Al primer indicio de conflicto, toda la manada se agrupaba y se enfrentaba a él. Los perros tenían peleas entre ellos, pero éstas se olvidaban cuando se avecinaban problemas con Colmillo Blanco.

Por otro lado, por mucho que lo intentaran, no podían matar a Colmillo Blanco. Era demasiado rápido para ellos, demasiado formidable, demasiado sabio. Evitaba los lugares estrechos y siempre retrocedía cuando intentaban rodearle. Mientras que, en cuanto a sacarle de sus casillas, no había perro entre ellos capaz de hacerlo. Sus pies se aferraban a la tierra con la misma tenacidad con la que él se aferraba a la vida. Para el caso, vida y pie eran sinónimos en esta interminable guerra con la manada, y nadie lo sabía mejor que Colmillo Blanco.

Así que se convirtió en el enemigo de los de su especie, lobos domesticados que eran, ablandados por los fuegos del hombre, debilitados a la sombra protectora de la fuerza del hombre. Colmillo Blanco era amargo e implacable. Su arcilla estaba así moldeada. Declaró una *vendetta* contra todos los perros. Y tan terriblemente vivió esta

Grey Beaver, fierce savage himself, could not but marvel at White Fang's ferocity. Never, he swore, had there been the like of this animal; and the Indians in strange villages swore likewise when they considered the tale of his killings amongst their dogs.

When White Fang was nearly five years old, Grey Beaver took him on another great journey, and long remembered was the havoc he worked amongst the dogs of the many villages along the Mackenzie, across the Rockies, and down the Porcupine to the Yukon. He revelled in the vengeance he wreaked upon his kind. They were ordinary, unsuspecting dogs. They were not prepared for his swiftness and directness, for his attack without warning. They did not know him for what he was, a lightning-flash of slaughter. They bristled up to him, stiff-legged and challenging, while he, wasting no time on elaborate preliminaries, snapping into action like a steel spring, was at their throats and destroying them before they knew what was happening and while they were yet in the throes of surprise.

He became an adept at fighting. He economised. He never wasted his strength, never tussled. He was in too quickly for that, and, if he missed, was out again too quickly. The dislike of the wolf for close quarters was his to an unusual degree. He could not endure a prolonged contact with another body. It smacked of danger. It made him frantic. He must be away, free, on his own legs, touching no living thing. It was the Wild still clinging to him, asserting itself through him. This feeling had been accentuated by the Ishmaelite life he had led from his puppyhood. Danger lurked in contacts. It was the trap, ever the trap, the fear of it lurking deep in the life of him, woven into the fibre of him.

In consequence, the strange dogs he encountered had no chance against him. He eluded their fangs. He got them, or got away, himself untouched in either event. In the natural course of things there were exceptions to this. There were times when several dogs, pitching on to him, punished him before he could get away; and there were times when a single dog scored deeply on him. But these were accidents. In the main, so efficient a fighter had he become, he went his way unscathed.

*vendetta* que Castor Gris, feroz salvaje él mismo, no pudo sino maravillarse ante la ferocidad de Colmillo Blanco. Nunca, juraba, había existido un animal semejante; y los indios de aldeas extrañas juraban lo mismo cuando consideraban el relato de sus matanzas entre sus perros.

Cuando Colmillo Blanco tenía casi cinco años, Castor Gris lo llevó en otro gran viaje, y durante mucho tiempo se recordó el estrago que hizo entre los perros de los muchos pueblos a lo largo del Mackenzie, a través de las Rocosas y bajando por el Porcupine hasta el Yukón. Se regocijaba en la venganza que ejercía sobre los de su especie. Eran perros corrientes y estaban desprevenidos. No estaban preparados para su rapidez y franqueza, para su ataque sin previo aviso. No le conocían como lo que era, un relámpago que mataba. Se erizaban ante él, con las piernas rígidas y desafiantes, mientras él, sin perder tiempo en elaborados preliminares, entrando en acción como un resorte de acero, estaba sobre sus gargantas, destruyéndolos antes de que supieran lo que estaba ocurriendo y cuando aún estaban en plena agonía de la sorpresa.

Se convirtió en un experto en la lucha. Economizó. Nunca malgastaba su fuerza, nunca luchaba. Entraba demasiado rápido para eso y, si fallaba, volvía a salir demasiado rápido. La aversión del lobo por el cuerpo a cuerpo era suya en un grado inusual. No podía soportar un contacto prolongado con otro cuerpo. Olía el peligro. Le ponía frenético. Debía estar lejos, libre, sobre sus propias patas, sin tocar a ningún ser vivo. Era lo Salvaje que aún se aferraba a él, afirmándose a través de él. Este sentimiento se había acentuado por la vida ismaelita que había llevado desde cachorro. El peligro acechaba en los contactos. Era la trampa, siempre la trampa, el miedo a ella acechando en lo más profundo de su vida, entretejido en su fibra.

En consecuencia, los perros extraños que encontró no tuvieron ninguna oportunidad contra él. Eludió sus colmillos. Los atrapaba, o escapaba, él mismo intacto en cualquier caso. En el curso natural de las cosas hubo excepciones a esto. Hubo veces en que varios perros, lanzándose sobre él, le atacaron antes de que pudiera escapar; y hubo veces en que un solo perro le marcó profundamente. Pero se trataba de accidentes. En general, tan eficiente luchador se había vuelto, siguió su camino ileso.

Another advantage he possessed was that of correctly judging time and distance. Not that he did this consciously, however. He did not calculate such things. It was all automatic. His eyes saw correctly, and the nerves carried the vision correctly to his brain. The parts of him were better adjusted than those of the average dog. They worked together more smoothly and steadily. His was a better, far better, nervous, mental, and muscular co-ordination. When his eyes conveyed to his brain the moving image of an action, his brain without conscious effort, knew the space that limited that action and the time required for its completion. Thus, he could avoid the leap of another dog, or the drive of its fangs, and at the same moment could seize the infinitesimal fraction of time in which to deliver his own attack. Body and brain, his was a more perfected mechanism. Not that he was to be praised for it. Nature had been more generous to him than to the average animal, that was all.

It was in the summer that White Fang arrived at Fort Yukon. Grey Beaver had crossed the great watershed between Mackenzie and the Yukon in the late winter, and spent the spring in hunting among the western outlying spurs of the Rockies. Then, after the break-up of the ice on the Porcupine, he had built a canoe and paddled down that stream to where it effected its junction with the Yukon just under the Artic circle. Here stood the old Hudson's Bay Company fort; and here were many Indians, much food, and unprecedented excitement. It was the summer of 1898, and thousands of gold-hunters were going up the Yukon to Dawson and the Klondike. Still hundreds of miles from their goal, nevertheless many of them had been on the way for a year, and the least any of them had travelled to get that far was five thousand miles, while some had come from the other side of the world.

Here Grey Beaver stopped. A whisper of the gold-rush had reached his ears, and he had come with several bales of furs, and another of gut-sewn mittens and moccasins. He would not have ventured so long a trip had he not expected generous profits. But what he had expected was nothing to what he realised. His wildest dreams had not exceeded a hundred per cent. profit; he made a thousand per cent. And like a true Indian, he settled down to trade carefully and slowly, even if it took all summer and the rest

Otra ventaja que poseía era la de juzgar correctamente el tiempo y la distancia. Sin embargo, no lo hacía conscientemente. No calculaba tales cosas. Todo era automático. Sus ojos veían correctamente y los nervios llevaban la visión correctamente a su cerebro. Sus partes estaban mejor ajustadas que las del perro medio. Trabajaban juntas de forma más suave y estable. La suya era una coordinación nerviosa, mental y muscular mejor, mucho mejor. Cuando sus ojos transmitían a su cerebro la imagen en movimiento de una acción, su cerebro, sin esfuerzo consciente, conocía el espacio que limitaba esa acción y el tiempo necesario para completarla. Así, podía evitar el salto de otro perro, o el impulso de sus colmillos, y en el mismo momento podía aprovechar la fracción infinitesimal de tiempo en la que asestar su propio ataque. Cuerpo y cerebro, el suyo era un mecanismo más perfeccionado. No es que hubiera que alabarle por ello. La naturaleza había sido más generosa con él que con el animal medio, eso era todo.

Fue en verano cuando Colmillo Blanco llegó a Fuerte Yukón. Castor Gris había cruzado la gran divisoria de aguas entre el Mackenzie y el Yukón a finales del invierno y había pasado la primavera cazando entre las estribaciones periféricas occidentales de las Rocosas. Luego, tras la ruptura del hielo en el Porcupine, había construido una canoa y remado por ese arroyo hasta donde efectuaba su unión con el Yukón justo bajo el círculo polar ártico. Allí se alzaba el viejo fuerte de la Compañía de la Bahía de Hudson; y allí había muchos indios, mucha comida y una excitación sin precedentes. Era el verano de 1898 y miles de cazadores de oro remontaban el Yukón hacia Dawson y el Klondike. Todavía a cientos de millas de su objetivo, sin embargo muchos de ellos llevaban un año en camino, y lo menos que habían viajado para llegar tan lejos eran cinco mil millas, mientras que algunos habían venido desde el otro lado del mundo.

Aquí Castor Gris se detuvo. Un susurro de la fiebre del oro había llegado a sus oídos, y había venido con varios fardos de pieles, y otro de mitones y mocasines cosidos con tripa. No se habría aventurado a un viaje tan largo si no hubiera esperado generosas ganancias. Pero lo que había esperado no era nada comparado con lo que realizó. Sus sueños más salvajes no habían superado el cien por cien de beneficio; él obtuvo un mil por cien. Y como un verdadero indio, se dedicó a comerciar cuidadosa y lentamente, aunque tardara todo el

of the winter to dispose of his goods.

It was at Fort Yukon that White Fang saw his first white men. As compared with the Indians he had known, they were to him another race of beings, a race of superior gods. They impressed him as possessing superior power, and it is on power that godhead rests. White Fang did not reason it out, did not in his mind make the sharp generalisation that the white gods were more powerful. It was a feeling, nothing more, and yet none the less potent. As, in his puppyhood, the looming bulks of the tepees, man-reared, had affected him as manifestations of power, so was he affected now by the houses and the huge fort all of massive logs. Here was power. Those white gods were strong. They possessed greater mastery over matter than the gods he had known, most powerful among which was Grey Beaver. And yet Grey Beaver was as a child-god among these white-skinned ones.

To be sure, White Fang only felt these things. He was not conscious of them. Yet it is upon feeling, more often than thinking, that animals act; and every act White Fang now performed was based upon the feeling that the white men were the superior gods. In the first place he was very suspicious of them. There was no telling what unknown terrors were theirs, what unknown hurts they could administer. He was curious to observe them, fearful of being noticed by them. For the first few hours he was content with slinking around and watching them from a safe distance. Then he saw that no harm befell the dogs that were near to them, and he came in closer.

In turn he was an object of great curiosity to them. His wolfish appearance caught their eyes at once, and they pointed him out to one another. This act of pointing put White Fang on his guard, and when they tried to approach him he showed his teeth and backed away. Not one succeeded in laying a hand on him, and it was well that they did not.

White Fang soon learned that very few of these gods—not more than a dozen—lived at this place. Every two or three days a steamer (another and colossal manifestation of power) came into the

verano y el resto del invierno en disponer de sus mercancías.

Fue en Fuerte Yukón donde Colmillo Blanco vio a sus primeros hombres blancos. Comparados con los indios que había conocido, eran para él otra raza de seres, una raza de dioses superiores. Le impresionaron como poseedores de un poder superior, y es en el poder donde descansa la divinidad. Colmillo Blanco no lo razonó, no hizo en su mente la tajante generalización de que los dioses blancos eran más poderosos. Era un sentimiento, nada más, y sin embargo no por ello menos potente. Al igual que, en su etapa de cachorro, los imponentes bultos de los tipis, hechos por el hombre, le habían afectado como manifestaciones de poder, así le afectaban ahora las casas y el enorme fuerte, todo de troncos macizos. Aquí había poder. Aquellos dioses blancos eran fuertes. Poseían mayor dominio sobre la materia que los dioses que él había conocido, el más poderoso de los cuales era Castor Gris. Y sin embargo Castor Gris era como un niño-dios entre estos de piel blanca.

Con seguridad, Colmillo Blanco sólo sentía estas cosas. No era consciente de ellas. Sin embargo, es sobre el sentimiento, más a menudo que sobre el pensamiento, que los animales actúan; y cada acto que Colmillo Blanco realizaba ahora se basaba en el sentimiento de que los hombres blancos eran los dioses superiores. En primer lugar desconfiaba mucho de ellos. No se sabía qué terrores desconocidos eran suyos, qué heridas desconocidas podían administrar. Sentía curiosidad por observarlos, temía ser observado por ellos. Durante las primeras horas se contentó con escabullirse y observarles desde una distancia segura. Luego vio que a los perros que estaban cerca de ellos no les ocurría nada y se acercó.

A su vez, él era objeto de gran curiosidad para ellos. Su aspecto lobuno les llamó la atención enseguida y se lo señalaron unos a otros. Este acto de señalarlo puso a Colmillo Blanco en guardia, y cuando intentaron acercarse a él mostró los dientes y retrocedió. Ninguno consiguió ponerle la mano encima, y fue bueno que no lo hicieran.

Colmillo Blanco pronto supo que muy pocos de estos dioses —no más de una docena— vivían en este lugar. Cada dos o tres días un vapor (otra, y una colosal, manifestación de poder) llegaba a la orilla

bank and stopped for several hours. The white men came from off these steamers and went away on them again. There seemed untold numbers of these white men. In the first day or so, he saw more of them than he had seen Indians in all his life; and as the days went by they continued to come up the river, stop, and then go on up the river out of sight.

But if the white gods were all-powerful, their dogs did not amount to much. This White Fang quickly discovered by mixing with those that came ashore with their masters. They were irregular shapes and sizes. Some were short-legged—too short; others were long-legged—too long. They had hair instead of fur, and a few had very little hair at that. And none of them knew how to fight.

As an enemy of his kind, it was in White Fang's province to fight with them. This he did, and he quickly achieved for them a mighty contempt. They were soft and helpless, made much noise, and floundered around clumsily trying to accomplish by main strength what he accomplished by dexterity and cunning. They rushed bellowing at him. He sprang to the side. They did not know what had become of him; and in that moment he struck them on the shoulder, rolling them off their feet and delivering his stroke at the throat.

Sometimes this stroke was successful, and a stricken dog rolled in the dirt, to be pounced upon and torn to pieces by the pack of Indian dogs that waited. White Fang was wise. He had long since learned that the gods were made angry when their dogs were killed. The white men were no exception to this. So he was content, when he had overthrown and slashed wide the throat of one of their dogs, to drop back and let the pack go in and do the cruel finishing work. It was then that the white men rushed in, visiting their wrath heavily on the pack, while White Fang went free. He would stand off at a little distance and look on, while stones, clubs, axes, and all sorts of weapons fell upon his fellows. White Fang was very wise.

But his fellows grew wise in their own way; and in this White

y se detenía durante varias horas. Los hombres blancos bajaban de estos vapores y volvían a marcharse en ellos. Parecía haber un número incalculable de estos hombres blancos. Durante el primer día, más o menos, vio más de ellos de los que había visto indios en toda su vida; y a medida que pasaban los días seguían subiendo por el río, se detenían y luego seguían remontándolo hasta perderse de vista.

Pero si los dioses blancos eran todopoderosos, sus perros no valían gran cosa. Esto lo descubrió rápidamente Colmillo Blanco al mezclarse con los que desembarcaban con sus amos. Tenían formas y tamaños irregulares. Algunos eran de patas cortas —demasiado cortas—; otros, de patas largas —demasiado largas—. Tenían pelo en lugar de pelaje, y unos pocos tenían muy poco pelo además. Y ninguno de ellos sabía luchar.

Como enemigo de los de su especie, a Colmillo Blanco le correspondía luchar con ellos. Esto hizo, y rápidamente cultivó por ellos un poderoso desprecio. Eran blandos e indefensos, hacían mucho ruido y se revolvían torpemente intentando lograr con su fuerza lo que él lograba con destreza y astucia. Se abalanzaban bramando sobre él. Él se hacía a un lado. No sabían qué había sido de él; y en ese momento les atacaba en el hombro, haciéndoles rodar de sus pies y asestándoles su ataque en la garganta.

A veces este ataque tenía éxito, y un perro herido rodaba por el suelo, para ser atestado y despedazado por la manada de perros indios que esperaba. Colmillo Blanco era sabio. Hacía tiempo que había aprendido que los dioses se enfadaban cuando mataban a sus perros. Los hombres blancos no eran una excepción. Así que se contentaba, cuando hubo derribado y cortado de par en par la garganta de uno de sus perros, con retirarse y dejar que la manada viniera y realizara el cruel trabajo final. Era entonces cuando los hombres blancos se abalanzaban sobre la manada, descargando su ira contra ellos, mientras Colmillo Blanco quedaba libre. Se quedaba a una pequeña distancia y miraba, mientras piedras, garrotes, hachas y todo tipo de armas caían sobre sus compañeros. Colmillo Blanco era muy sabio.

Pero sus compañeros se hicieron sabios a su manera; y en esto

Fang grew wise with them. They learned that it was when a steamer first tied to the bank that they had their fun. After the first two or three strange dogs had been downed and destroyed, the white men hustled their own animals back on board and wrecked savage vengeance on the offenders. One white man, having seen his dog, a setter, torn to pieces before his eyes, drew a revolver. He fired rapidly, six times, and six of the pack lay dead or dying—another manifestation of power that sank deep into White Fang's consciousness.

White Fang enjoyed it all. He did not love his kind, and he was shrewd enough to escape hurt himself. At first, the killing of the white men's dogs had been a diversion. After a time it became his occupation. There was no work for him to do. Grey Beaver was busy trading and getting wealthy. So White Fang hung around the landing with the disreputable gang of Indian dogs, waiting for steamers. With the arrival of a steamer the fun began. After a few minutes, by the time the white men had got over their surprise, the gang scattered. The fun was over until the next steamer should arrive.

But it can scarcely be said that White Fang was a member of the gang. He did not mingle with it, but remained aloof, always himself, and was even feared by it. It is true, he worked with it. He picked the quarrel with the strange dog while the gang waited. And when he had overthrown the strange dog the gang went in to finish it. But it is equally true that he then withdrew, leaving the gang to receive the punishment of the outraged gods.

It did not require much exertion to pick these quarrels. All he had to do, when the strange dogs came ashore, was to show himself. When they saw him they rushed for him. It was their instinct. He was the Wild—the unknown, the terrible, the ever-menacing, the thing that prowled in the darkness around the fires of the primeval world when they, cowering close to the fires, were reshaping their instincts, learning to fear the Wild out of which they had come, and which they had deserted and betrayed. Generation by

Colmillo Blanco se hizo sabio con ellos. Aprendieron que era cuando un barco de vapor se amarraba por primera vez a la orilla cuando tenían su diversión. Después de que los dos o tres primeros perros extraños hubieran sido abatidos y destruidos, los hombres blancos subían de nuevo a bordo a sus propios animales y descargaban una salvaje venganza sobre los infractores. Un hombre blanco, tras ver a su perro, un setter, despedazado ante sus ojos, desenfundó un revólver. Disparó rápidamente, seis veces, y seis perros de la manada yacían muertos o moribundos... otra manifestación de poder que caló hondo en la conciencia de Colmillo Blanco.

Colmillo Blanco lo disfrutó todo. No amaba a los de su especie, y era lo suficientemente astuto como para no escapar herido. Al principio, la matanza de los perros de los hombres blancos había sido una diversión. Después de un tiempo se convirtió en su ocupación. No tenía trabajo que hacer. Castor Gris estaba ocupado comerciando y haciéndose rico. Así que Colmillo Blanco merodeaba por el embarcadero con la banda de perros indios de mala reputación, esperando a los vapores. Con la llegada de un vapor comenzaba la diversión. Al cabo de unos minutos, cuando los hombres blancos ya se habían recuperado de su sorpresa, la banda se dispersaba. La diversión había terminado hasta que llegara el siguiente vapor.

Pero apenas puede decirse que Colmillo Blanco fuera miembro de la banda. No se mezclaba con ella, sino que permanecía distante, siempre él mismo, e incluso era temido por ella. Es cierto que trabajaba con ella. Se peleaba con el perro extranjero mientras la banda esperaba. Y cuando había derrocado al perro extranjero, la banda irrumpía para acabar con él. Pero es igualmente cierto que entonces él se retiraba, dejando que la banda recibiera el castigo de los dioses ultrajados.

No se necesitaba mucho esfuerzo para comenzar estas peleas. Todo lo que tenía que hacer, cuando los perros extranjeros llegaban a tierra, era mostrarse. Cuando le veían se abalanzaban sobre él. Era su instinto. Él era lo Salvaje... lo desconocido, lo terrible, lo siempre amenazador, lo que merodeaba en la oscuridad alrededor de los fuegos del mundo primigenio cuando ellos, acurrucados cerca de las hogueras, estaban remodelando sus instintos, aprendiendo a temer a lo Salvaje de lo que habían salido y que habían abando-

generation, down all the generations, had this fear of the Wild been stamped into their natures. For centuries the Wild had stood for terror and destruction. And during all this time free licence had been theirs, from their masters, to kill the things of the Wild. In doing this they had protected both themselves and the gods whose companionship they shared.

And so, fresh from the soft southern world, these dogs, trotting down the gang-plank and out upon the Yukon shore had but to see White Fang to experience the irresistible impulse to rush upon him and destroy him. They might be town-reared dogs, but the instinctive fear of the Wild was theirs just the same. Not alone with their own eyes did they see the wolfish creature in the clear light of day, standing before them. They saw him with the eyes of their ancestors, and by their inherited memory they knew White Fang for the wolf, and they remembered the ancient feud.

All of which served to make White Fang's days enjoyable. If the sight of him drove these strange dogs upon him, so much the better for him, so much the worse for them. They looked upon him as legitimate prey, and as legitimate prey he looked upon them.

Not for nothing had he first seen the light of day in a lonely lair and fought his first fights with the ptarmigan, the weasel, and the lynx. And not for nothing had his puppyhood been made bitter by the persecution of Lip-lip and the whole puppy pack. It might have been otherwise, and he would then have been otherwise. Had Lip-lip not existed, he would have passed his puppyhood with the other puppies and grown up more doglike and with more liking for dogs. Had Grey Beaver possessed the plummet of affection and love, he might have sounded the deeps of White Fang's nature and brought up to the surface all manner of kindly qualities. But these things had not been so. The clay of White Fang had been moulded until he became what he was, morose and lonely, unloving and ferocious, the enemy of all his kind.

nado y traicionado. Generación tras generación, a lo largo de todas las generaciones, este miedo a lo Salvaje se había estampado en sus naturalezas. Durante siglos, lo Salvaje había sido sinónimo de terror y destrucción. Y durante todo ese tiempo habían tenido libre licencia, de sus amos, para matar a las cosas de la Naturaleza. Al hacerlo, se habían protegido a sí mismos y a los dioses cuya compañía compartían.

Y así, recién llegados del suave mundo sureño, estos perros, trotando por la pasarela y saliendo a la orilla del Yukón no tuvieron más que ver a Colmillo Blanco para experimentar el irresistible impulso de abalanzarse sobre él y destruirlo. Podían ser perros criados en la ciudad, pero el miedo instintivo a lo Salvaje era igualmente suyo. No sólo con sus propios ojos vieron a la criatura lobuna a la clara luz del día, de pie ante ellos. Lo vieron con los ojos de sus antepasados, y por su memoria heredada conocieron a Colmillo Blanco por el lobo, y recordaron la antigua disputa.

Todo ello sirvió para que Colmillo Blanco disfrutara de sus días. Si su mirada atraía a estos perros extranjeros hacia él, tanto mejor para él, tanto peor para ellos. Le miraban como una presa legítima, y como una presa legítima les miraba él a ellos.

No en vano había visto por primera vez la luz del día en una guarida solitaria y había librado sus primeros combates con la perdiz, la comadreja y el lince. Y no en vano su condición de cachorro se había visto amargada por la persecución de Labio-labio y de toda la manada de cachorros. Podría haber sido de otro modo, y entonces él habría sido de otro modo. Si Labio-labio no hubiera existido, él habría pasado su etapa de cachorro con los demás cachorros y habría crecido más perruno y con más afición por los perros. Si Castor Gris hubiera poseído la plomada del afecto y el amor, podría haber sondeado las profundidades de la naturaleza de Colmillo Blanco y sacado a la superficie todo tipo de cualidades bondadosas. Pero no había sido así. La arcilla de Colmillo Blanco había sido moldeada hasta que se convirtió en lo que era, taciturno y solitario, falto de amor y feroz, enemigo de todos los de su especie.

## CHAPTER II — THE MAD GOD

A small number of white men lived in Fort Yukon. These men had been long in the country. They called themselves Sourdoughs, and took great pride in so classifying themselves. For other men, new in the land, they felt nothing but disdain. The men who came ashore from the steamers were newcomers. They were known as *chechaquos*, and they always wilted at the application of the name. They made their bread with baking-powder. This was the invidious distinction between them and the Sour-doughs, who, forsooth, made their bread from sour-dough because they had no baking-powder.

All of which is neither here nor there. The men in the fort disdained the newcomers and enjoyed seeing them come to grief. Especially did they enjoy the havoc worked amongst the newcomers' dogs by White Fang and his disreputable gang. When a steamer arrived, the men of the fort made it a point always to come down to the bank and see the fun. They looked forward to it with as much anticipation as did the Indian dogs, while they were not slow to appreciate the savage and crafty part played by White Fang.

But there was one man amongst them who particularly enjoyed the sport. He would come running at the first sound of a steamboat's whistle; and when the last fight was over and White Fang and the pack had scattered, he would return slowly to the fort, his face heavy with regret. Sometimes, when a soft southland dog went down, shrieking its death-cry under the fangs of the pack, this man would be unable to contain himself, and would leap into the air and cry out with delight. And always he had a sharp and covetous eye for White Fang.

This man was called "Beauty" by the other men of the fort. No one knew his first name, and in general he was known in the country as Beauty Smith. But he was anything save a beauty. To antithesis was due his naming. He was pre-eminently unbeautiful. Nature had been niggardly with him. He was a small man to begin with; and upon his meagre frame was deposited an even more strikingly meagre head. Its apex might be likened to a point.

En Fuerte Yukón vivía un pequeño número de hombres blancos. Estos hombres llevaban mucho tiempo en el país. Se llamaban a sí mismos Sour-doughs [masa agria], y se enorgullecían de clasificarse así. Por los otros hombres, nuevos en la tierra, no sentían más que desdén. Los hombres que desembarcaban de los vapores eran recién llegados. Se les conocía como *chechaquos*, y siempre se encogían al escuchar ese nombre. Hacían su pan con polvo de hornear. Esta era la irritante distinción entre ellos y los Sour-doughs, que, por cierto, hacían su pan con masa agria porque no tenían polvo de hornear.

Todo ello no viene al caso. Los hombres del fuerte desdeñaban a los recién llegados y disfrutaban viéndoles sufrir. Especialmente disfrutaban con los estragos causados entre los perros de los recién llegados por Colmillo Blanco y su banda de mala reputación. Cuando llegaba un barco de vapor, los hombres del fuerte se encargaban siempre de bajar a la orilla y ver la diversión. Lo esperaban con tanta expectación como los perros indios, aunque no tardaron en apreciar el salvaje y astuto papel desempeñado por Colmillo Blanco.

Pero había un hombre entre ellos que disfrutaba especialmente del deporte. Venía corriendo al primer sonido del silbato de un barco de vapor; y cuando terminaba la última pelea y Colmillo Blanco y la manada se habían dispersado, regresaba lentamente al fuerte, con el rostro cargado de pesar. A veces, cuando un suave perro de las tierras del sur caía, chillando su grito de muerte bajo los colmillos de la manada, este hombre era incapaz de contenerse, saltaba en el aire y gritaba de alegría. Y siempre tenía un ojo agudo y codicioso por Colmillo Blanco.

Este hombre era llamado «Beauty» [Belleza] por los demás hombres del fuerte. Nadie sabía su nombre de pila, y en general se le conocía en el país como Beauty Smith. Pero era cualquier cosa menos una belleza. A la antítesis se debía su nombre. Era preeminentemente poco bello. La naturaleza había sido mezquina con él. Para empezar, era un hombre pequeño; y sobre su escasa contextura se depositaba una cabeza aún más sorprendentemente magra. Su vér-

In fact, in his boyhood, before he had been named Beauty by his fellows, he had been called "Pinhead."

Backward, from the apex, his head slanted down to his neck and forward it slanted uncompromisingly to meet a low and remarkably wide forehead. Beginning here, as though regretting her parsimony, Nature had spread his features with a lavish hand. His eyes were large, and between them was the distance of two eyes. His face, in relation to the rest of him, was prodigious. In order to discover the necessary area, Nature had given him an enormous prognathous jaw. It was wide and heavy, and protruded outward and down until it seemed to rest on his chest. Possibly this appearance was due to the weariness of the slender neck, unable properly to support so great a burden.

This jaw gave the impression of ferocious determination. But something lacked. Perhaps it was from excess. Perhaps the jaw was too large. At any rate, it was a lie. Beauty Smith was known far and wide as the weakest of weak-kneed and snivelling cowards. To complete his description, his teeth were large and yellow, while the two eye-teeth, larger than their fellows, showed under his lean lips like fangs. His eyes were yellow and muddy, as though Nature had run short on pigments and squeezed together the dregs of all her tubes. It was the same with his hair, sparse and irregular of growth, muddy-yellow and dirty-yellow, rising on his head and sprouting out of his face in unexpected tufts and bunches, in appearance like clumped and wind-blown grain.

In short, Beauty Smith was a monstrosity, and the blame of it lay elsewhere. He was not responsible. The clay of him had been so moulded in the making. He did the cooking for the other men in the fort, the dish-washing and the drudgery. They did not despise him. Rather did they tolerate him in a broad human way, as one tolerates any creature evilly treated in the making. Also, they feared him. His cowardly rages made them dread a shot in the back or poison in their coffee. But somebody had to do the cooking, and whatever else his shortcomings, Beauty Smith could cook.

tice podría compararse a una punta. De hecho, en su niñez, antes de que sus compañeros lo llamaran «Belleza», lo habían llamado «Cabeza de alfiler».

Hacia atrás, desde el vértice, su cabeza se inclinaba hasta el cuello y hacia delante se inclinaba sin concesiones hasta encontrarse con una frente baja y notablemente ancha. A partir de aquí, como si lamentara su parsimonia, la Naturaleza había extendido sus rasgos con mano pródiga. Sus ojos eran grandes, y entre ellos había la distancia de dos ojos. Su rostro, en relación con el resto de él, era prodigioso. Para descubrir la zona necesaria, la Naturaleza le había dotado de una enorme mandíbula prognata. Era ancha y pesada, y sobresalía hacia fuera y hacia abajo hasta que parecía apoyarse en su pecho. Posiblemente este aspecto se debía al cansancio del fino cuello, incapaz de soportar adecuadamente una carga tan grande.

Esta mandíbula daba la impresión de una determinación feroz. Pero algo le faltaba. Quizá fuera por exceso. Quizá la mandíbula era demasiado grande. En cualquier caso, era mentira. Beauty Smith era conocido en todas partes como el más débil de los cobardes débiles y llorones. Para completar su descripción, sus dientes eran grandes y amarillos, mientras que los dos caninos, más grandes que sus compañeros, asomaban bajo sus labios magros como colmillos. Sus ojos eran amarillos y turbios, como si la Naturaleza se hubiera quedado corta de pigmentos y hubiera exprimido la escoria de todos sus tubos. Lo mismo ocurría con su cabello, escaso e irregular de crecimiento, de un amarillo turbio y sucio, que se alzaba sobre su cabeza y brotaba de su rostro en inesperados mechones y racimos, en apariencia como grano apelmazado y soplado por el viento.

En resumen, Beauty Smith era una monstruosidad, y la culpa de ello la tenía otro. Él no era responsable. La arcilla de él había sido moldeada así en la fabricación. Cocinaba para los otros hombres del fuerte, lavaba los platos y hacía el trabajo pesado. No le despreciaban. Más bien le toleraban de un modo ampliamente humano, como se tolera a cualquier criatura maltratada en la elaboración. Además, le temían. Sus rabietas cobardes les hacían temer un tiro por la espalda o veneno en el café. Pero alguien tenía que cocinar, y cualesquiera que fueran sus defectos, Beauty Smith sabía cocinar.

This was the man that looked at White Fang, delighted in his ferocious prowess, and desired to possess him. He made overtures to White Fang from the first. White Fang began by ignoring him. Later on, when the overtures became more insistent, White Fang bristled and bared his teeth and backed away. He did not like the man. The feel of him was bad. He sensed the evil in him, and feared the extended hand and the attempts at soft-spoken speech. Because of all this, he hated the man.

With the simpler creatures, good and bad are things simply understood. The good stands for all things that bring easement and satisfaction and surcease from pain. Therefore, the good is liked. The bad stands for all things that are fraught with discomfort, menace, and hurt, and is hated accordingly. White Fang's feel of Beauty Smith was bad. From the man's distorted body and twisted mind, in occult ways, like mists rising from malarial marshes, came emanations of the unhealth within. Not by reasoning, not by the five senses alone, but by other and remoter and uncharted senses, came the feeling to White Fang that the man was ominous with evil, pregnant with hurtfulness, and therefore a thing bad, and wisely to be hated.

White Fang was in Grey Beaver's camp when Beauty Smith first visited it. At the faint sound of his distant feet, before he came in sight, White Fang knew who was coming and began to bristle. He had been lying down in an abandon of comfort, but he arose quickly, and, as the man arrived, slid away in true wolf-fashion to the edge of the camp. He did not know what they said, but he could see the man and Grey Beaver talking together. Once, the man pointed at him, and White Fang snarled back as though the hand were just descending upon him instead of being, as it was, fifty feet away. The man laughed at this; and White Fang slunk away to the sheltering woods, his head turned to observe as he glided softly over the ground.

Grey Beaver refused to sell the dog. He had grown rich with his trading and stood in need of nothing. Besides, White Fang was a valuable animal, the strongest sled-dog he had ever owned, and

Éste era el hombre que miraba a Colmillo Blanco, se deleitaba con su feroz destreza y deseaba poseerlo. Hizo insinuaciones a Colmillo Blanco desde el primer momento. Colmillo Blanco empezó por ignorarle. Más tarde, cuando las insinuaciones se hicieron más insistentes, Colmillo Blanco se erizó, enseñó los dientes y retrocedió. No le gustaba aquel hombre. Le daba mala espina. Percibía la maldad en él y temía la mano extendida y los intentos de hablar en voz baja. Por todo ello, odiaba al hombre.

Para las criaturas más simples, el bien y el mal son cosas que se entienden de forma sencilla. El bien representa todas las cosas que aportan facilidad y satisfacción y alivio del dolor. Por lo tanto, lo bueno gusta. Lo malo representa todas las cosas que están cargadas de incomodidad, amenaza y dolor, y se odia en consecuencia. Colmillo Blanco sintió que Beauty Smith era malo. Del cuerpo distorsionado y la mente retorcida del hombre, de forma oculta, como nieblas que surgen de pantanos palúdicos, salían emanaciones de la insalubridad interior. No por el razonamiento, no sólo por los cinco sentidos, sino por otros sentidos más remotos e inexplorados, le llegó a Colmillo Blanco la sensación de que el hombre era ominoso en su maldad, preñado de nocividad, y por lo tanto una cosa mala, y que sabiamente debía ser odiada.

Colmillo Blanco estaba en el campamento de Castor Gris cuando Beauty Smith lo visitó por primera vez. Al oír el débil sonido de sus pies lejanos, antes de que estuviera a la vista, Colmillo Blanco supo quién venía y empezó a erizarse. Había estado tumbado en un abandono de comodidad, pero se levantó rápidamente y, cuando el hombre llegó, se escabulló a la manera de un verdadero lobo hasta el borde del campamento. No supo lo que dijeron, pero pudo ver al hombre y a Castor Gris hablando juntos. Una vez, el hombre le señaló, y Colmillo Blanco gruñó de vuelta como si la mano acabara de descender sobre él en lugar de estar, como estaba, a cincuenta pies de distancia. El hombre se rió de esto; y Colmillo Blanco se escabulló hacia el bosque protector, con la cabeza vuelta para observar mientras se deslizaba suavemente sobre el suelo.

Castor Gris se negó a vender el perro. Se había enriquecido con su comercio y no necesitaba nada. Por otro lado, Colmillo Blanco era un animal valioso, el perro de trineo más fuerte que había te-

the best leader. Furthermore, there was no dog like him on the Mackenzie nor the Yukon. He could fight. He killed other dogs as easily as men killed mosquitoes. (Beauty Smith's eyes lighted up at this, and he licked his thin lips with an eager tongue). No, White Fang was not for sale at any price.

But Beauty Smith knew the ways of Indians. He visited Grey Beaver's camp often, and hidden under his coat was always a black bottle or so. One of the potencies of whisky is the breeding of thirst. Grey Beaver got the thirst. His fevered membranes and burnt stomach began to clamour for more and more of the scorching fluid; while his brain, thrust all awry by the unwonted stimulant, permitted him to go any length to obtain it. The money he had received for his furs and mittens and moccasins began to go. It went faster and faster, and the shorter his money-sack grew, the shorter grew his temper.

In the end his money and goods and temper were all gone. Nothing remained to him but his thirst, a prodigious possession in itself that grew more prodigious with every sober breath he drew. Then it was that Beauty Smith had talk with him again about the sale of White Fang; but this time the price offered was in bottles, not dollars, and Grey Beaver's ears were more eager to hear.

"You ketch um dog you take um all right," was his last word.

The bottles were delivered, but after two days. "You ketch um dog," were Beauty Smith's words to Grey Beaver.

White Fang slunk into camp one evening and dropped down with a sigh of content. The dreaded white god was not there. For days his manifestations of desire to lay hands on him had been growing more insistent, and during that time White Fang had been compelled to avoid the camp. He did not know what evil was threatened by those insistent hands. He knew only that they did threaten evil of some sort, and that it was best for him to keep out of their reach.

nido y el mejor líder. Además, no había ningún perro como él en el Mackenzie ni en el Yukón. Sabía luchar. Mataba a otros perros con la misma facilidad con la que los hombres matan mosquitos. (Los ojos de Beauty Smith se iluminaron al oír esto, y se lamió sus finos labios con lengua ansiosa). No, Colmillo Blanco no estaba a la venta a ningún precio.

Pero Beauty Smith conocía las costumbres de los indios. Visitaba a menudo el campamento de Castor Gris, y escondida bajo su abrigo había siempre una botella negra o algo así. Una de las potencias del whisky es la de provocar sed. Castor Gris tuvo sed. Sus membranas enfebrecidas y su estómago quemado empezaron a clamar por más y más del abrasador fluido; mientras que su cerebro, trastornado por el inusitado estimulante, le permitía llegar hasta donde fuera para obtenerlo. El dinero que había recibido por sus pieles, mitones y mocasines empezó a esfumarse. Se iba cada vez más rápido, y cuanto más se reducía su saco de dinero, más se reducía su temperamento.

Al final, su dinero, sus bienes y su temperamento habían desaparecido. No le quedaba nada más que su sed, una posesión prodigiosa en sí misma que se hacía más prodigiosa con cada aliento sobrio que respiraba. Entonces fue cuando Beauty Smith volvió a hablar con él sobre la venta de Colmillo Blanco; pero esta vez el precio ofrecido fue en botellas, no en dólares, y los oídos de Castor Gris estaban más deseosos de escuchar.

«Tú coges el perro y te lo llevas», fueron sus últimas palabras.

Las botellas fueron entregadas, pero al cabo de dos días. «Tú eres el que coge el perro», fueron las palabras de Beauty Smith a Grey Beaver.

Colmillo Blanco entró en el campamento una tarde y se dejó caer con un suspiro de satisfacción. El temido dios blanco no estaba allí. Durante días sus manifestaciones de deseo de ponerle las manos encima habían sido cada vez más insistentes, y durante ese tiempo Colmillo Blanco se había visto obligado a evitar el campamento. No sabía qué mal amenazaban aquellas manos insistentes. Sólo sabía que amenazaban algún tipo de mal, y que lo mejor para él era mantenerse fuera de su alcance.

But scarcely had he lain down when Grey Beaver staggered over to him and tied a leather thong around his neck. He sat down beside White Fang, holding the end of the thong in his hand. In the other hand he held a bottle, which, from time to time, was inverted above his head to the accompaniment of gurgling noises.

An hour of this passed, when the vibrations of feet in contact with the ground foreran the one who approached. White Fang heard it first, and he was bristling with recognition while Grey Beaver still nodded stupidly. White Fang tried to draw the thong softly out of his master's hand; but the relaxed fingers closed tightly and Grey Beaver roused himself.

Beauty Smith strode into camp and stood over White Fang. He snarled softly up at the thing of fear, watching keenly the deportment of the hands. One hand extended outward and began to descend upon his head. His soft snarl grew tense and harsh. The hand continued slowly to descend, while he crouched beneath it, eyeing it malignantly, his snarl growing shorter and shorter as, with quickening breath, it approached its culmination. Suddenly he snapped, striking with his fangs like a snake. The hand was jerked back, and the teeth came together emptily with a sharp click. Beauty Smith was frightened and angry. Grey Beaver clouted White Fang alongside the head, so that he cowered down close to the earth in respectful obedience.

White Fang's suspicious eyes followed every movement. He saw Beauty Smith go away and return with a stout club. Then the end of the thong was given over to him by Grey Beaver. Beauty Smith started to walk away. The thong grew taut. White Fang resisted it. Grey Beaver clouted him right and left to make him get up and follow. He obeyed, but with a rush, hurling himself upon the stranger who was dragging him away. Beauty Smith did not jump away. He had been waiting for this. He swung the club smartly, stopping the rush midway and smashing White Fang down upon the ground. Grey Beaver laughed and nodded approval. Beauty Smith tightened the thong again, and White Fang crawled limply and dizzily to his feet.

Pero apenas se había echado cuando Castor Gris se tambaleó hacia él y le ató una correa de cuero al cuello. Se sentó junto a Colmillo Blanco, sosteniendo el extremo de la correa en la mano. En la otra mano sostenía una botella que, de vez en cuando, invertía sobre su cabeza con el acompañamiento de gorgoteos.

Pasó una hora de esto, cuando las vibraciones de unos pies en contacto con el suelo anunciaron al que se acercaba. Colmillo Blanco lo oyó primero, y se erizó al reconocerlo mientras Castor Gris seguía asintiendo estúpidamente. Colmillo Blanco intentó sacar suavemente la correa de la mano de su amo; pero los dedos relajados se cerraron con fuerza y Castor Gris se despertó.

Beauty Smith entró a zancadas en el campamento y se paró junto a Colmillo Blanco. Gruñó suavemente a la cosa del miedo, observando con agudeza el comportamiento de las manos. Una mano se extendió hacia fuera y comenzó a descender sobre su cabeza. Su suave gruñido se volvió tenso y áspero. La mano siguió descendiendo lentamente, mientras él se agazapaba bajo ella, mirándola malignamente, su gruñido se hacía cada vez más corto a medida que, con la respiración acelerada, se acercaba a su culminación. De repente chasqueó, golpeando con sus colmillos como una serpiente. La mano se echó hacia atrás y los dientes se juntaron en el vacío con un agudo chasquido. Beauty Smith estaba asustado y furioso. Castor Gris golpeó a Colmillo Blanco a lo largo de la cabeza, de modo que él se encogió cerca de la tierra en respetuosa obediencia.

Los ojos suspicaces de Colmillo Blanco seguían cada movimiento. Vio a Beauty Smith alejarse y regresar con un robusto garrote. Luego el extremo de la correa le fue entregado por Castor Gris. Beauty Smith empezó a alejarse. La correa se tensó. Colmillo Blanco se resistió. Castor Gris lo golpeó a diestra y siniestra para que se levantara y lo siguiera. Obedeció, pero con precipitación, lanzándose sobre el extraño que lo arrastraba. Beauty Smith no se apartó de un salto. Había estado esperando esto. Blandió el garrote con inteligencia, deteniendo la acometida a medio camino y aplastando a Colmillo Blanco contra el suelo. Castor Gris rió y asintió con la cabeza. Beauty Smith volvió a apretar la correa y Colmillo Blanco se arrastró cojeando y mareado hasta ponerse de pie.

He did not rush a second time. One smash from the club was sufficient to convince him that the white god knew how to handle it, and he was too wise to fight the inevitable. So he followed morosely at Beauty Smith's heels, his tail between his legs, yet snarling softly under his breath. But Beauty Smith kept a wary eye on him, and the club was held always ready to strike.

At the fort Beauty Smith left him securely tied and went in to bed. White Fang waited an hour. Then he applied his teeth to the thong, and in the space of ten seconds was free. He had wasted no time with his teeth. There had been no useless gnawing. The thong was cut across, diagonally, almost as clean as though done by a knife. White Fang looked up at the fort, at the same time bristling and growling. Then he turned and trotted back to Grey Beaver's camp. He owed no allegiance to this strange and terrible god. He had given himself to Grey Beaver, and to Grey Beaver he considered he still belonged.

But what had occurred before was repeated—with a difference. Grey Beaver again made him fast with a thong, and in the morning turned him over to Beauty Smith. And here was where the difference came in. Beauty Smith gave him a beating. Tied securely, White Fang could only rage futilely and endure the punishment. Club and whip were both used upon him, and he experienced the worst beating he had ever received in his life. Even the big beating given him in his puppyhood by Grey Beaver was mild compared with this.

Beauty Smith enjoyed the task. He delighted in it. He gloated over his victim, and his eyes flamed dully, as he swung the whip or club and listened to White Fang's cries of pain and to his helpless bellows and snarls. For Beauty Smith was cruel in the way that cowards are cruel. Cringing and snivelling himself before the blows or angry speech of a man, he revenged himself, in turn, upon creatures weaker than he. All life likes power, and Beauty Smith was no exception. Denied the expression of power amongst his own kind, he fell back upon the lesser creatures and there vindicated the life that was in him. But Beauty Smith had not created himself, and no blame was to be attached to him. He had come

No se dio prisa la segunda vez. Un golpe del garrote bastó para convencerle de que el dios blanco sabía cómo manejarlo, y él era demasiado sabio para luchar contra lo inevitable. Así que siguió morosamente los talones de Beauty Smith, con el rabo entre las piernas, aunque gruñendo suavemente en voz baja. Pero Beauty Smith le vigilaba con cautela, y el garrote se mantenía siempre listo para golpear.

En el fuerte, Beauty Smith le dejó bien atado y se fue a la cama. Colmillo Blanco esperó una hora. Entonces aplicó sus dientes a la correa y en el espacio de diez segundos estaba libre. No había perdido el tiempo con los dientes. No había roído inútilmente. La correa estaba cortada transversalmente, en diagonal, casi tan limpia como si lo hubiera hecho un cuchillo. Colmillo Blanco miró hacia el fuerte, al mismo tiempo erizado y gruñendo. Luego se dio la vuelta y regresó trotando al campamento de Castor Gris. No debía ninguna lealtad a este dios extraño y terrible. Se había entregado a Castor Gris, y a Castor Gris consideraba que aún pertenecía.

Pero lo que había ocurrido antes se repitió... con una diferencia. Castor Gris volvió a atarlo con una correa y por la mañana lo entregó a Beauty Smith. Y aquí fue donde se produjo la diferencia. Beauty Smith le dio una paliza. Bien atado, Colmillo Blanco sólo pudo rabiar inútilmente y soportar el castigo. Tanto el garrote como el látigo fueron utilizados sobre él, y experimentó la peor paliza que había recibido en su vida. Incluso la gran paliza que le dio en su época de cachorro Castor Gris fue leve comparada con ésta.

Beauty Smith disfrutó la tarea. Se deleitaba en ella. Se regodeaba en su víctima, y sus ojos llameaban apagadamente, mientras blandía el látigo o el garrote y escuchaba los gritos de dolor de Colmillo Blanco y sus bramidos y gruñidos de impotencia. Porque Beauty Smith era cruel en la forma en que son crueles los cobardes. Encogiéndose y lloriqueando ante los golpes o el discurso airado de un hombre, se vengaba, a su vez, de las criaturas más débiles que él. A toda vida le gusta el poder, y Beauty Smith no era una excepción. Al negársele la expresión del poder entre los de su especie, recayó sobre las criaturas inferiores y allí reivindicó la vida que había en él. Pero Beauty Smith no se había creado a sí mismo, y no había que

into the world with a twisted body and a brute intelligence. This had constituted the clay of him, and it had not been kindly mould-ed by the world.

White Fang knew why he was being beaten. When Grey Beaver tied the thong around his neck, and passed the end of the thong into Beauty Smith's keeping, White Fang knew that it was his god's will for him to go with Beauty Smith. And when Beauty Smith left him tied outside the fort, he knew that it was Beauty Smith's will that he should remain there. Therefore, he had disobeyed the will of both the gods, and earned the consequent punishment. He had seen dogs change owners in the past, and he had seen the runaways beaten as he was being beaten. He was wise, and yet in the nature of him there were forces greater than wisdom. One of these was fidelity. He did not love Grey Beaver, yet, even in the face of his will and his anger, he was faithful to him. He could not help it. This faithfulness was a quality of the clay that composed him. It was the quality that was peculiarly the possession of his kind; the quality that set apart his species from all other species; the quality that has enabled the wolf and the wild dog to come in from the open and be the companions of man.

After the beating, White Fang was dragged back to the fort. But this time Beauty Smith left him tied with a stick. One does not give up a god easily, and so with White Fang. Grey Beaver was his own particular god, and, in spite of Grey Beaver's will, White Fang still clung to him and would not give him up. Grey Beaver had be-trayed and forsaken him, but that had no effect upon him. Not for nothing had he surrendered himself body and soul to Grey Bea-ver. There had been no reservation on White Fang's part, and the bond was not to be broken easily.

So, in the night, when the men in the fort were asleep, White Fang applied his teeth to the stick that held him. The wood was seasoned and dry, and it was tied so closely to his neck that he could scarcely get his teeth to it. It was only by the severest mus-cular exertion and neck-arching that he succeeded in getting the wood between his teeth, and barely between his teeth at that; and it was only by the exercise of an immense patience, extending through many hours, that he succeeded in gnawing through the

culparle de nada. Había venido al mundo con un cuerpo retorcido y una inteligencia bruta. Esto había constituido la arcilla de él, y él no había sido moldeado amablemente por el mundo.

Colmillo Blanco sabía por qué estaba siendo golpeado. Cuando Castor Gris ató la correa alrededor de su cuello, y pasó el extremo de la correa a Beauty Smith, Colmillo Blanco supo que era la voluntad de su dios que se fuera con Beauty Smith. Y cuando Beauty Smith lo dejó atado fuera del fuerte, supo que era voluntad de Beauty Smith que permaneciera allí. Por lo tanto, había desobedecido la voluntad de ambos dioses y se había ganado el consiguiente castigo. Había visto a perros cambiar de dueño en el pasado, y había visto a los fugitivos golpeados como él estaba siendo golpeado. Era sabio y, sin embargo, en su naturaleza había fuerzas superiores a la sabiduría. Una de ellas era la fidelidad. No amaba a Castor Gris, y sin embargo, incluso frente a su voluntad y su ira, le era fiel. No podía evitarlo. Esta fidelidad era una cualidad de la arcilla que le componía. Era la cualidad que poseía peculiarmente su especie; la cualidad que diferenciaba a su especie de todas las demás; la cualidad que ha permitido al lobo y al perro salvaje venir desde la intemperie y ser compañeros del hombre.

Tras la paliza, Colmillo Blanco fue arrastrado de nuevo al fuerte. Pero esta vez Beauty Smith lo dejó atado con un palo. Uno no renuncia fácilmente a un dios, y así ocurrió con Colmillo Blanco. Castor Gris era su dios particular y, a pesar de la voluntad de Castor Gris, Colmillo Blanco seguía aferrado a él y no quería renunciar a él. Castor Gris le había traicionado y abandonado, pero eso no tuvo ningún efecto sobre él. No en vano se había entregado en cuerpo y alma a Castor Gris. No había habido ninguna reserva por parte de Colmillo Blanco, y el vínculo no se rompería fácilmente.

Así que, por la noche, cuando los hombres del fuerte dormían, Colmillo Blanco aplicó sus dientes al palo que lo sujetaba. La madera estaba curtida y seca, y estaba atada tan estrechamente a su cuello que apenas podía clavarle los dientes. Sólo mediante el más severo esfuerzo muscular y arqueando el cuello consiguió meter la madera entre sus dientes, y a duras penas; y sólo mediante el ejercicio de una inmensa paciencia, que se prolongó durante muchas horas, consiguió roer el palo. Esto era algo que se suponía que los perros

stick. This was something that dogs were not supposed to do. It was unprecedented. But White Fang did it, trotting away from the fort in the early morning, with the end of the stick hanging to his neck.

He was wise. But had he been merely wise he would not have gone back to Grey Beaver who had already twice betrayed him. But there was his faithfulness, and he went back to be betrayed yet a third time. Again he yielded to the tying of a thong around his neck by Grey Beaver, and again Beauty Smith came to claim him. And this time he was beaten even more severely than before.

Grey Beaver looked on stolidly while the white man wielded the whip. He gave no protection. It was no longer his dog. When the beating was over White Fang was sick. A soft southland dog would have died under it, but not he. His school of life had been sterner, and he was himself of sterner stuff. He had too great vitality. His clutch on life was too strong. But he was very sick. At first he was unable to drag himself along, and Beauty Smith had to wait half-an-hour for him. And then, blind and reeling, he followed at Beauty Smith's heels back to the fort.

But now he was tied with a chain that defied his teeth, and he strove in vain, by lunging, to draw the staple from the timber into which it was driven. After a few days, sober and bankrupt, Grey Beaver departed up the Porcupine on his long journey to the Mackenzie. White Fang remained on the Yukon, the property of a man more than half mad and all brute. But what is a dog to know in its consciousness of madness? To White Fang, Beauty Smith was a veritable, if terrible, god. He was a mad god at best, but White Fang knew nothing of madness; he knew only that he must submit to the will of this new master, obey his every whim and fancy.

no podían hacer. No tenía precedentes. Pero Colmillo Blanco lo hizo, alejándose trotando del fuerte a primera hora de la mañana, con el extremo del palo colgando de su cuello.

Era sabio. Pero si hubiera sido simplemente sabio no habría vuelto con Castor Gris que ya le había traicionado dos veces. Pero ahí estaba su fidelidad, y volvió para ser traicionado una tercera vez más. De nuevo cedió a que Castor Gris le atara una correa al cuello, y de nuevo Beauty Smith vino a reclamarle. Y esta vez fue golpeado aún más severamente que antes.

Castor Gris miraba impasible mientras el hombre blanco blandía el látigo. No le protegió de ninguna manera. Ya no era su perro. Cuando terminó la paliza Colmillo Blanco estaba enfermo. Un perro blando de las tierras del sur habría muerto bajo ella, pero él no. Su escuela de vida había sido más dura, y él mismo era de materia más dura. Tenía una vitalidad demasiado grande. Su sujeción a la vida era demasiado fuerte. Pero estaba muy enfermo. Al principio era incapaz de arrastrarse y Beauty Smith tuvo que esperarle media hora. Y entonces, ciego y tambaleante, siguió los talones de Beauty Smith de vuelta al fuerte.

Pero ahora estaba atado con una cadena que desafiaba sus dientes, y se esforzaba en vano, lanzándose, por sacar la grapa del madero en el que estaba clavada. Al cabo de unos días, sobrio y en bancarrota, Castor Gris partió remontando el Porcupine en su largo viaje hacia el Mackenzie. Colmillo Blanco permaneció en el Yukón, propiedad de un hombre más que medio loco y todo un bruto. Pero, ¿qué puede saber un perro en su conciencia sobre la locura? Para Colmillo Blanco, Beauty Smith era un verdadero, aunque terrible, dios. Era un dios loco en el mejor de los casos, pero Colmillo Blanco no sabía nada de la locura; sólo sabía que debía someterse a la voluntad de este nuevo amo, obedecer todos sus caprichos y antojos.

CHAPTER III — THE REIGN OF HATE

Under the tutelage of the mad god, White Fang became a fiend. He was kept chained in a pen at the rear of the fort, and here Beauty Smith teased and irritated and drove him wild with petty torments. The man early discovered White Fang's susceptibility to laughter, and made it a point after painfully tricking him, to laugh at him. This laughter was uproarious and scornful, and at the same time the god pointed his finger derisively at White Fang. At such times reason fled from White Fang, and in his transports of rage he was even more mad than Beauty Smith.

Formerly, White Fang had been merely the enemy of his kind, withal a ferocious enemy. He now became the enemy of all things, and more ferocious than ever. To such an extent was he tormented, that he hated blindly and without the faintest spark of reason. He hated the chain that bound him, the men who peered in at him through the slats of the pen, the dogs that accompanied the men and that snarled malignantly at him in his helplessness. He hated the very wood of the pen that confined him. And, first, last, and most of all, he hated Beauty Smith.

But Beauty Smith had a purpose in all that he did to White Fang. One day a number of men gathered about the pen. Beauty Smith entered, club in hand, and took the chain off from White Fang's neck. When his master had gone out, White Fang turned loose and tore around the pen, trying to get at the men outside. He was magnificently terrible. Fully five feet in length, and standing two and one-half feet at the shoulder, he far outweighed a wolf of corresponding size. From his mother he had inherited the heavier proportions of the dog, so that he weighed, without any fat and without an ounce of superfluous flesh, over ninety pounds. It was all muscle, bone, and sinew-fighting flesh in the finest condition.

The door of the pen was being opened again. White Fang paused. Something unusual was happening. He waited. The door was opened wider. Then a huge dog was thrust inside, and the door was slammed shut behind him. White Fang had never seen such a dog (it was a mastiff); but the size and fierce aspect of the

## CAPÍTULO III — EL REINO DEL ODIO

Bajo la tutela del dios loco, Colmillo Blanco se convirtió en un demonio. Lo mantuvieron encadenado en un corral en la parte trasera del fuerte, y allí Beauty Smith se burlaba de él, lo irritaba y lo volvía loco con pequeños tormentos. Pronto descubrió la susceptibilidad de Colmillo Blanco a la risa, y se propuso, después de engañarle dolorosamente, reírse de él. Esta risa era escandalosa y desdeñosa, y al mismo tiempo el dios señalaba con su dedo, burlonamente, a Colmillo Blanco. En esos momentos la razón huía de Colmillo Blanco, y en sus transportes de rabia estaba aún más loco que Beauty Smith.

Antes, Colmillo Blanco había sido simplemente el enemigo de su especie, con todos un enemigo feroz. Ahora se convirtió en el enemigo de todas las cosas, y más feroz que nunca. Hasta tal punto estaba atormentado, que odiaba ciegamente y sin la menor chispa de razón. Odiaba la cadena que lo ataba, a los hombres que se asomaban a él a través de las tablillas del corral, a los perros que acompañaban a los hombres y que le gruñían malignamente en su indefensión. Odiaba la madera misma del corral que lo confinaba. Y, ante todo y sobre todo, odiaba a Beauty Smith.

Pero Beauty Smith tenía un propósito en todo lo que hizo a Colmillo Blanco. Un día, varios hombres se reunieron en torno al corral. Beauty Smith entró, garrote en mano, y le quitó la cadena del cuello a Colmillo Blanco. Cuando su amo hubo salido, Colmillo Blanco se soltó y dio vueltas por el corral, tratando de alcanzar a los hombres que estaban fuera. Era magníficamente terrible. Con sus cinco pies de largo y sus dos pies y medio de altura a la altura del hombro, superaba con creces el peso de un lobo de tamaño correspondiente. De su madre había heredado las proporciones más pesadas del perro, de modo que pesaba, sin nada de grasa y sin un gramo de carne superflua, más de noventa libras. Era todo músculo, hueso y tendón: carne de combate en las mejores condiciones.

La puerta del corral se estaba abriendo de nuevo. Colmillo Blanco hizo una pausa. Algo inusual estaba ocurriendo. Esperó. La puerta se abrió más. Entonces un enorme perro fue introducido dentro y la puerta se cerró de golpe tras él. Colmillo Blanco nunca había visto un perro así (era un mastín); pero el tamaño y el aspecto feroz del in-

intruder did not deter him. Here was some thing, not wood nor iron, upon which to wreak his hate. He leaped in with a flash of fangs that ripped down the side of the mastiff's neck. The mastiff shook his head, growled hoarsely, and plunged at White Fang. But White Fang was here, there, and everywhere, always evading and eluding, and always leaping in and slashing with his fangs and leaping out again in time to escape punishment.

The men outside shouted and applauded, while Beauty Smith, in an ecstasy of delight, gloated over the ripping and mangling performed by White Fang. There was no hope for the mastiff from the first. He was too ponderous and slow. In the end, while Beauty Smith beat White Fang back with a club, the mastiff was dragged out by its owner. Then there was a payment of bets, and money clinked in Beauty Smith's hand.

White Fang came to look forward eagerly to the gathering of the men around his pen. It meant a fight; and this was the only way that was now vouchsafed him of expressing the life that was in him. Tormented, incited to hate, he was kept a prisoner so that there was no way of satisfying that hate except at the times his master saw fit to put another dog against him. Beauty Smith had estimated his powers well, for he was invariably the victor. One day, three dogs were turned in upon him in succession. Another day a full-grown wolf, fresh-caught from the Wild, was shoved in through the door of the pen. And on still another day two dogs were set against him at the same time. This was his severest fight, and though in the end he killed them both he was himself half killed in doing it.

In the fall of the year, when the first snows were falling and mush-ice was running in the river, Beauty Smith took passage for himself and White Fang on a steamboat bound up the Yukon to Dawson. White Fang had now achieved a reputation in the land. As "the Fighting Wolf" he was known far and wide, and the cage in which he was kept on the steam-boat's deck was usually surrounded by curious men. He raged and snarled at them, or lay quietly and studied them with cold hatred. Why should he not hate them? He never asked himself the question. He knew only hate and lost himself in the passion of it. Life had become a hell to

truso no le disuadieron. Aquí había algo, no madera ni hierro, sobre lo que descargar su odio. Saltó con un destello de colmillos que rasgó el costado del cuello del mastín. El mastín sacudió la cabeza, gruñó roncamente y se lanzó contra Colmillo Blanco. Pero Colmillo Blanco estaba aquí, allí y en todas partes, siempre esquivando y eludiendo, y siempre saltando y acuchillando con sus colmillos y volviendo a saltar a tiempo para escapar del castigo.

Los hombres de fuera gritaban y aplaudían, mientras Beauty Smith, en un éxtasis de deleite, se regodeaba con los desgarros y destrozos realizados por Colmillo Blanco. No había esperanza para el mastín desde el primer momento. Era demasiado pesado y lento. Al final, mientras Beauty Smith golpeaba a Colmillo Blanco con un garrote, el mastín fue sacado a rastras por su dueño. Luego hubo un pago de apuestas, y el dinero tintineó en la mano de Beauty Smith.

Colmillo Blanco llegó a esperar con impaciencia la reunión de los hombres en torno a su corral. Significaba una pelea; y ésta era la única forma que se le concedía ahora de expresar la vida que había en él. Atormentado, incitado al odio, se le mantenía prisionero de modo que no había forma de satisfacer ese odio salvo en los momentos en que su amo consideraba oportuno poner a otro perro contra él. Beauty Smith había estimado bien sus poderes, ya que era invariablemente el vencedor. Un día, tres perros se volvieron contra él sucesivamente. Otro día le metieron por la puerta del corral un lobo adulto, recién capturado de la naturaleza. Y otro día más, dos perros se volvieron contra él al mismo tiempo. Esta fue su lucha más dura, y aunque al final los mató a los dos, él mismo resultó medio muerto al hacerlo.

En el otoño del año, cuando caían las primeras nieves y el agua helada a medias corría por el río, Beauty Smith sacó pasaje para él y Colmillo Blanco en un barco de vapor que remontaba el Yukón hasta Dawson. Colmillo Blanco había alcanzado ya una reputación en la tierra. Como «el lobo luchador» era conocido en todas partes, y la jaula en la que se le mantenía en la cubierta del barco de vapor solía estar rodeada de hombres curiosos. Se enfurecía y les gruñía, o se quedaba quieto y los estudiaba con frío odio. ¿Por qué no iba a odiarlos? Nunca se hizo la pregunta. Sólo conocía el odio y se perdía en la pasión del mismo. La vida se había convertido en un infierno

him. He had not been made for the close confinement wild beasts endure at the hands of men. And yet it was in precisely this way that he was treated. Men stared at him, poked sticks between the bars to make him snarl, and then laughed at him.

They were his environment, these men, and they were moulding the clay of him into a more ferocious thing than had been intended by Nature. Nevertheless, Nature had given him plasticity. Where many another animal would have died or had its spirit broken, he adjusted himself and lived, and at no expense of the spirit. Possibly Beauty Smith, arch-fiend and tormentor, was capable of breaking White Fang's spirit, but as yet there were no signs of his succeeding.

If Beauty Smith had in him a devil, White Fang had another; and the two of them raged against each other unceasingly. In the days before, White Fang had had the wisdom to cower down and submit to a man with a club in his hand; but this wisdom now left him. The mere sight of Beauty Smith was sufficient to send him into transports of fury. And when they came to close quarters, and he had been beaten back by the club, he went on growling and snarling, and showing his fangs. The last growl could never be extracted from him. No matter how terribly he was beaten, he had always another growl; and when Beauty Smith gave up and withdrew, the defiant growl followed after him, or White Fang sprang at the bars of the cage bellowing his hatred.

When the steamboat arrived at Dawson, White Fang went ashore. But he still lived a public life, in a cage, surrounded by curious men. He was exhibited as "the Fighting Wolf," and men paid fifty cents in gold dust to see him. He was given no rest. Did he lie down to sleep, he was stirred up by a sharp stick—so that the audience might get its money's worth. In order to make the exhibition interesting, he was kept in a rage most of the time. But worse than all this, was the atmosphere in which he lived. He was regarded as the most fearful of wild beasts, and this was borne in to him through the bars of the cage. Every word, every cautious action, on the part of the men, impressed upon him his own ter-

para él. No había sido hecho para el estrecho confinamiento que las bestias salvajes soportan a manos de los hombres. Y sin embargo, era precisamente así como le trataban. Los hombres le miraban fijamente, clavaban palos entre los barrotes para hacerle gruñir y luego se reían de él.

Eran su entorno, estos hombres, y estaban moldeando la arcilla que era él para convertirlo en algo más feroz de lo que había previsto la Naturaleza. Sin embargo, la Naturaleza le había dado plasticidad. Donde muchos otros animales habrían muerto o se les habría quebrado el espíritu, él se adaptó y vivió, y sin menoscabo del espíritu. Posiblemente Beauty Smith, archienemigo y atormentador, era capaz de romper el espíritu de Colmillo Blanco, pero hasta ahora no había señales de que lo consiguiera.

Si Beauty Smith tenía en él un demonio, Colmillo Blanco tenía otro; y los dos se enfurecían el uno contra el otro sin cesar. En los días anteriores, Colmillo Blanco había tenido la sabiduría de acobardarse y someterse a un hombre con un garrote en la mano; pero esta sabiduría le abandonaba ahora. La mera visión de Beauty Smith bastaba para hacerle entrar en transportes de furia. Y cuando llegaron al cuerpo a cuerpo, y él era rechazado por el garrote, seguía gruñendo y gruñendo, y mostrando los colmillos. Nunca se le podía arrancar el último gruñido. No importaba lo terriblemente golpeado que estuviera, siempre tenía otro gruñido; y cuando Beauty Smith se daba por vencido y se retiraba, el gruñido desafiante le seguía, o Colmillo Blanco se abalanzaba sobre los barrotes de la jaula bramando su odio.

Cuando el barco de vapor llegó a Dawson, Colmillo Blanco desembarcó. Pero aún vivía una vida pública, en una jaula, rodeado de hombres curiosos. Fue exhibido como «el Lobo Luchador», y los hombres pagaban cincuenta centavos en polvo de oro por verlo. No se le daba descanso. Si se acostaba a dormir, se le agitaba con un palo afilado, para que el público pudiera sacar provecho de su dinero. Para que la exhibición resultara interesante, se le mantenía furioso la mayor parte del tiempo. Pero peor que todo esto, era el ambiente en el que vivía. Se le consideraba la más temible de las fieras, y esto se le transmitía a través de los barrotes de la jaula. Cada palabra, cada acción cautelosa, por parte de los hombres, imprimía

rible ferocity. It was so much added fuel to the flame of his fierceness. There could be but one result, and that was that his ferocity fed upon itself and increased. It was another instance of the plasticity of his clay, of his capacity for being moulded by the pressure of environment.

In addition to being exhibited he was a professional fighting animal. At irregular intervals, whenever a fight could be arranged, he was taken out of his cage and led off into the woods a few miles from town. Usually this occurred at night, so as to avoid interference from the mounted police of the Territory. After a few hours of waiting, when daylight had come, the audience and the dog with which he was to fight arrived. In this manner it came about that he fought all sizes and breeds of dogs. It was a savage land, the men were savage, and the fights were usually to the death.

Since White Fang continued to fight, it is obvious that it was the other dogs that died. He never knew defeat. His early training, when he fought with Lip-lip and the whole puppy-pack, stood him in good stead. There was the tenacity with which he clung to the earth. No dog could make him lose his footing. This was the favourite trick of the wolf breeds—to rush in upon him, either directly or with an unexpected swerve, in the hope of striking his shoulder and overthrowing him. Mackenzie hounds, Eskimo and Labrador dogs, huskies and Malemutes—all tried it on him, and all failed. He was never known to lose his footing. Men told this to one another, and looked each time to see it happen; but White Fang always disappointed them.

Then there was his lightning quickness. It gave him a tremendous advantage over his antagonists. No matter what their fighting experience, they had never encountered a dog that moved so swiftly as he. Also to be reckoned with, was the immediateness of his attack. The average dog was accustomed to the preliminaries of snarling and bristling and growling, and the average dog was knocked off his feet and finished before he had begun to fight or recovered from his surprise. So often did this happen, that it became the custom to hold White Fang until the other dog went through its preliminaries, was good and ready, and even made the first attack.

en él su propia terrible ferocidad. Era tanto combustible añadido a la llama de su ferocidad. Sólo podía haber un resultado, y era que su ferocidad se alimentaba de sí misma y aumentaba. Era otro ejemplo de la plasticidad de su arcilla, de su capacidad para ser moldeado por la presión del entorno.

Además de ser exhibido era un animal de pelea profesional. A intervalos irregulares, siempre que se podía organizar una pelea, se le sacaba de su jaula y se le conducía al bosque, a unos millas de la ciudad. Normalmente esto ocurría de noche, para evitar la interferencia de la policía montada del Territorio. Tras unas horas de espera, cuando ya había amanecido, llegaba el público y el perro con el que iba a luchar. De este modo llegó a luchar con perros de todos los tamaños y razas. Era una tierra salvaje, los hombres eran salvajes y las peleas solían ser a muerte.

Como Colmillo Blanco seguía luchando, es obvio que fueron los otros perros los que murieron. Nunca conoció la derrota. Su entrenamiento temprano, cuando luchaba con Labio-labio y toda la manada de cachorros, le sirvió de mucho. Estaba la tenacidad con la que se aferraba a la tierra. Ningún perro podía hacerle perder pie. Este era el truco favorito de las razas de lobos: abalanzarse sobre él, directamente o con un giro inesperado, con la esperanza de atacarle el hombro y derribarlo. Sabuesos Mackenzie, perros esquimales y labradores, huskies y malemutes: todos lo intentaron con él, y todos fracasaron. Nunca se supo que perdiera pie. Los hombres se lo contaban unos a otros, y miraban cada vez para ver si ocurría alguna vez; pero Colmillo Blanco siempre les decepcionaba.

También estaba su rapidez de relámpago. Le daba una tremenda ventaja sobre sus antagonistas. Fuera cual fuera su experiencia en la lucha, nunca se habían encontrado con un perro que se moviera tan rápido como él. También había que tener en cuenta la inmediatez de su ataque. El perro medio estaba acostumbrado a los preliminares de gruñir, erizarse y ladrar, y el perro medio era derribado y rematado antes de que hubiera empezado a luchar o se hubiera recuperado de su sorpresa. Tan a menudo ocurría esto, que se convirtió en costumbre retener a Colmillo Blanco hasta que el otro perro pasara por sus preliminares, estuviera bien preparado, e incluso realizara el primer ataque.

But greatest of all the advantages in White Fang's favour, was his experience. He knew more about fighting than did any of the dogs that faced him. He had fought more fights, knew how to meet more tricks and methods, and had more tricks himself, while his own method was scarcely to be improved upon.

As the time went by, he had fewer and fewer fights. Men despaired of matching him with an equal, and Beauty Smith was compelled to pit wolves against him. These were trapped by the Indians for the purpose, and a fight between White Fang and a wolf was always sure to draw a crowd. Once, a full-grown female lynx was secured, and this time White Fang fought for his life. Her quickness matched his; her ferocity equalled his; while he fought with his fangs alone, and she fought with her sharp-clawed feet as well.

But after the lynx, all fighting ceased for White Fang. There were no more animals with which to fight—at least, there was none considered worthy of fighting with him. So he remained on exhibition until spring, when one Tim Keenan, a faro-dealer, arrived in the land. With him came the first bull-dog that had ever entered the Klondike. That this dog and White Fang should come together was inevitable, and for a week the anticipated fight was the mainspring of conversation in certain quarters of the town.

Pero la mayor de todas las ventajas a favor de Colmillo Blanco, era su experiencia. Sabía más de lucha que cualquiera de los perros que se enfrentaron a él. Había librado más combates, sabía cómo enfrentarse a más trucos y métodos, y él mismo tenía más trucos, mientras que su propio método apenas podía mejorarse.

A medida que pasaba el tiempo, cada vez tenía menos combates. Los hombres perdían la esperanza de emparejarlo con un igual, y Beauty Smith se vio obligado a enfrentar lobos contra él. Éstos eran atrapados por los indios con este fin, y una pelea entre Colmillo Blanco y un lobo siempre atraía a una multitud. Una vez, consiguieron un lince hembra adulto, y esta vez Colmillo Blanco luchó por su vida. La rapidez de ella igualaba a la suya; su ferocidad igualaba a la suya; mientras él luchaba sólo con sus colmillos, ella lo hacía también con sus patas de afiladas garras.

Pero después del lince, todos los combates cesaron para Colmillo Blanco. No había más animales con los que luchar; al menos, no había ninguno considerado digno de luchar con él. Así que permaneció en exhibición hasta la primavera, cuando un tal Tim Keenan, un jugador de naipes, llegó a la tierra. Con él venía el primer bull-dog que había entrado en el Klondike. Que este perro y Colmillo Blanco se enfrentaran era inevitable, y durante una semana la esperada pelea fue el principal motivo de conversación en ciertos barrios del pueblo.

CHAPTER IV — THE CLINGING DEATH

Beauty Smith slipped the chain from his neck and stepped back.

For once White Fang did not make an immediate attack. He stood still, ears pricked forward, alert and curious, surveying the strange animal that faced him. He had never seen such a dog before. Tim Keenan shoved the bull-dog forward with a muttered "Go to it." The animal waddled toward the centre of the circle, short and squat and ungainly. He came to a stop and blinked across at White Fang.

There were cries from the crowd of, "Go to him, Cherokee! Sick 'm, Cherokee! Eat 'm up!"

But Cherokee did not seem anxious to fight. He turned his head and blinked at the men who shouted, at the same time wagging his stump of a tail good-naturedly. He was not afraid, but merely lazy. Besides, it did not seem to him that it was intended he should fight with the dog he saw before him. He was not used to fighting with that kind of dog, and he was waiting for them to bring on the real dog.

Tim Keenan stepped in and bent over Cherokee, fondling him on both sides of the shoulders with hands that rubbed against the grain of the hair and that made slight, pushing-forward movements. These were so many suggestions. Also, their effect was irritating, for Cherokee began to growl, very softly, deep down in his throat. There was a correspondence in rhythm between the growls and the movements of the man's hands. The growl rose in the throat with the culmination of each forward-pushing movement, and ebbed down to start up afresh with the beginning of the next movement. The end of each movement was the accent of the rhythm, the movement ending abruptly and the growling rising with a jerk.

This was not without its effect on White Fang. The hair began to rise on his neck and across the shoulders. Tim Keenan gave a final shove forward and stepped back again. As the impetus that

## CAPÍTULO IV — LAS GARRAS DE LA MUERTE

Beauty Smith deslizó la cadena de su cuello y dio un paso atrás.

Por una vez, Colmillo Blanco no atacó inmediatamente. Permaneció inmóvil, con las orejas erguidas, alerta y curioso, observando al extraño animal que tenía enfrente. Nunca antes había visto un perro así. Tim Keenan empujó al bull-dog hacia delante murmurando «ve a por él». El animal se dirigió hacia el centro del círculo, bajo y rechoncho y desgarbado. Se detuvo y parpadeó mirando a Colmillo Blanco.

Hubo gritos de la multitud de: «¡Ve a por él, Cherokee! ¡Trágatelo, Cherokee! ¡Cómelo!».

Pero Cherokee no parecía ansioso por luchar. Giró la cabeza y parpadeó a los hombres que gritaban, al tiempo que movía su muñón de cola con buen humor. No tenía miedo, sino simplemente pereza. Además, no le parecía que estuviera previsto que luchara con el perro que veía ante él. No estaba acostumbrado a luchar con ese tipo de perro, y estaba esperando a que trajeran al perro de verdad.

Tim Keenan intervino y se inclinó sobre Cherokee, acariciándole a ambos lados de los hombros con manos que rozaban el grano del pelo y que hacían ligeros movimientos de empuje hacia delante. Eran muchas sugestiones. Además, su efecto era irritante, porque Cherokee empezó a gruñir, muy suavemente, en lo más profundo de su garganta. Había una correspondencia de ritmo entre los gruñidos y los movimientos de las manos del hombre. El gruñido subía en la garganta con la culminación de cada movimiento, empujando hacia delante, y bajaba para volver a empezar con el comienzo del siguiente movimiento. El final de cada movimiento era el acento del ritmo, el movimiento terminaba bruscamente y el gruñido se elevaba con una sacudida.

Esto no dejó de tener su efecto en Colmillo Blanco. El vello comenzó a erizarse en su cuello y a través de los hombros. Tim Keenan dio un último empujón hacia delante y retrocedió de nuevo. Cuando el

carried Cherokee forward died down, he continued to go forward of his own volition, in a swift, bow-legged run. Then White Fang struck. A cry of startled admiration went up. He had covered the distance and gone in more like a cat than a dog; and with the same cat-like swiftness he had slashed with his fangs and leaped clear.

The bull-dog was bleeding back of one ear from a rip in his thick neck. He gave no sign, did not even snarl, but turned and followed after White Fang. The display on both sides, the quickness of the one and the steadiness of the other, had excited the partisan spirit of the crowd, and the men were making new bets and increasing original bets. Again, and yet again, White Fang sprang in, slashed, and got away untouched, and still his strange foe followed after him, without too great haste, not slowly, but deliberately and determinedly, in a businesslike sort of way. There was purpose in his method—something for him to do that he was intent upon doing and from which nothing could distract him.

His whole demeanour, every action, was stamped with this purpose. It puzzled White Fang. Never had he seen such a dog. It had no hair protection. It was soft, and bled easily. There was no thick mat of fur to baffle White Fang's teeth as they were often baffled by dogs of his own breed. Each time that his teeth struck they sank easily into the yielding flesh, while the animal did not seem able to defend itself. Another disconcerting thing was that it made no outcry, such as he had been accustomed to with the other dogs he had fought. Beyond a growl or a grunt, the dog took its punishment silently. And never did it flag in its pursuit of him.

Not that Cherokee was slow. He could turn and whirl swiftly enough, but White Fang was never there. Cherokee was puzzled, too. He had never fought before with a dog with which he could not close. The desire to close had always been mutual. But here was a dog that kept at a distance, dancing and dodging here and there and all about. And when it did get its teeth into him, it did not hold on but let go instantly and darted away again.

ímpetu que llevó a Cherokee hacia delante se apagó, siguió avanzando por su propia voluntad, en una veloz carrera con las piernas arqueadas. Entonces Colmillo Blanco atacó. Se oyó un grito de asombrada admiración. Había cubierto la distancia y había comenzado más como un gato que como un perro; y con la misma rapidez felina había cortado con sus colmillos y saltado lejos.

El bull-dog sangraba por detrás de una oreja por un desgarrón en su grueso cuello. No dio ninguna señal, ni siquiera gruñó, sino que se volvió y siguió a Colmillo Blanco. La exhibición de ambos bandos, la rapidez de uno y la firmeza del otro, había excitado el espíritu partidista de la multitud, y los hombres hacían nuevas apuestas y aumentaban las originales. Una y otra vez, Colmillo Blanco se abalanzó, asestó un corte y salió ileso, y aún así su extraño enemigo le siguió, sin demasiada prisa, no lentamente, sino deliberada y decididamente, de un modo empresarial. Había un propósito en su método... algo que se proponía hacer y de lo que nada podía distraerle.

Todo su comportamiento, cada una de sus acciones, llevaba impreso ese propósito. Desconcertó a Colmillo Blanco. Nunca había visto un perro así. No tenía pelo de protección. Era suave y sangraba con facilidad. No había una espesa alfombra de pelo que desconcertara los dientes de Colmillo Blanco como a menudo los desconcertaban los perros de su propia raza. Cada vez que sus dientes golpeaban se hundían fácilmente en la carne que cedía, mientras que el animal no parecía capaz de defenderse. Otra cosa desconcertante era que no emitía ningún grito, como a los que estaba acostumbrado con los otros perros con los que había luchado. Más allá de un gruñido o un resoplido, el perro recibía su castigo en silencio. Y nunca flaqueó en su persecución hacia él.

No es que Cherokee fuera lento. Podía girar y dar vueltas con suficiente rapidez, pero Colmillo Blanco nunca estaba allí. Cherokee también estaba desconcertado. Nunca antes había luchado con un perro al que no pudiera acercarse. El deseo de acercarse siempre había sido mutuo. Pero aquí había un perro que se mantenía a distancia, bailando y esquivando aquí y allá y por todas partes. Y cuando le hincaba el diente, no se aferraba sino que lo soltaba al instante y se alejaba corriendo de nuevo.

But White Fang could not get at the soft underside of the throat. The bull-dog stood too short, while its massive jaws were an added protection. White Fang darted in and out unscathed, while Cherokee's wounds increased. Both sides of his neck and head were ripped and slashed. He bled freely, but showed no signs of being disconcerted. He continued his plodding pursuit, though once, for the moment baffled, he came to a full stop and blinked at the men who looked on, at the same time wagging his stump of a tail as an expression of his willingness to fight.

In that moment White Fang was in upon him and out, in passing ripping his trimmed remnant of an ear. With a slight manifestation of anger, Cherokee took up the pursuit again, running on the inside of the circle White Fang was making, and striving to fasten his deadly grip on White Fang's throat. The bull-dog missed by a hair's-breadth, and cries of praise went up as White Fang doubled suddenly out of danger in the opposite direction.

The time went by. White Fang still danced on, dodging and doubling, leaping in and out, and ever inflicting damage. And still the bull-dog, with grim certitude, toiled after him. Sooner or later he would accomplish his purpose, get the grip that would win the battle. In the meantime, he accepted all the punishment the other could deal him. His tufts of ears had become tassels, his neck and shoulders were slashed in a score of places, and his very lips were cut and bleeding—all from these lightning snaps that were beyond his foreseeing and guarding.

Time and again White Fang had attempted to knock Cherokee off his feet; but the difference in their height was too great. Cherokee was too squat, too close to the ground. White Fang tried the trick once too often. The chance came in one of his quick doublings and counter-circlings. He caught Cherokee with head turned away as he whirled more slowly. His shoulder was exposed. White Fang drove in upon it: but his own shoulder was high above, while he struck with such force that his momentum carried him on across over the other's body. For the first time in his fighting history, men saw White Fang lose his footing. His

Pero Colmillo Blanco no podía llegar a la suave parte inferior de la garganta. El bull-dog era demasiado bajo, mientras que sus enormes mandíbulas eran una protección añadida. Colmillo Blanco atacaba y salía ileso, mientras las heridas de Cherokee aumentaban. Ambos lados de su cuello y cabeza estaban desgarrados y cortados. Sangraba abundantemente, pero no mostraba signos de estar desconcertado. Continuó su persecución a tropezones, aunque una vez, desconcertado por un momento, se detuvo por completo y parpadeó a los hombres que lo miraban, al tiempo que movía el muñón de su cola como expresión de su voluntad de luchar.

En ese momento Colmillo Blanco estaba sobre él y se retiró, arrancándole de paso el resto recortado de una oreja. Con una leve manifestación de ira, Cherokee retomó la persecución, corriendo por el interior del círculo que estaba haciendo Colmillo Blanco, y esforzándose por afianzar su agarre mortal en la garganta de Colmillo Blanco. El bull-dog falló por un pelo, y se oyeron gritos de alabanza cuando Colmillo Blanco giró de repente, fuera de peligro, en la dirección opuesta.

El tiempo pasaba. Colmillo Blanco seguía danzando, esquivando y girando, saltando dentro y fuera, y siempre infligiendo daño. Y todavía el bull-dog, con sombría certeza, se afanaba tras él. Tarde o temprano lograría su propósito, conseguiría el agarre que le haría ganar la batalla. Mientras tanto, aceptaba todo el castigo que el otro pudiera infligirle. Sus mechones de orejas se habían convertido en borlas, tenía el cuello y los hombros cortados en una veintena de sitios, y sus mismos labios estaban cortados y sangraban, todo a causa de estos zarpazos relámpago que escapaban a su previsión y vigilancia.

Una y otra vez Colmillo Blanco había intentado derribar a Cherokee; pero la diferencia de altura entre ellos era demasiado grande. Cherokee era demasiado bajo, estaba demasiado cerca del suelo. Colmillo Blanco intentó el truco demasiadas veces. La oportunidad llegó en uno de sus rápidos giros y contragiros. Pilló a Cherokee con la cabeza girada hacia otro lado mientras giraba más lentamente. Su hombro quedó al descubierto. Colmillo Blanco se abalanzó sobre él: pero su propio hombro estaba muy por encima, mientras golpeaba con tal fuerza que su impulso le llevó por encima del cuerpo del otro. Por primera vez en su historia de lucha, los hombres vieron a Colmi-

body turned a half-somersault in the air, and he would have landed on his back had he not twisted, catlike, still in the air, in the
effort to bring his feet to the earth. As it was, he struck heavily on
his side. The next instant he was on his feet, but in that instant
Cherokee's teeth closed on his throat.

It was not a good grip, being too low down toward the chest; but
Cherokee held on. White Fang sprang to his feet and tore wildly around, trying to shake off the bull-dog's body. It made him
frantic, this clinging, dragging weight. It bound his movements,
restricted his freedom. It was like the trap, and all his instinct resented it and revolted against it. It was a mad revolt. For several
minutes he was to all intents insane. The basic life that was in
him took charge of him. The will to exist of his body surged over
him. He was dominated by this mere flesh-love of life. All intelligence was gone. It was as though he had no brain. His reason was
unseated by the blind yearning of the flesh to exist and move, at
all hazards to move, to continue to move, for movement was the
expression of its existence.

Round and round he went, whirling and turning and revers-
ing, trying to shake off the fifty-pound weight that dragged at his
throat. The bull-dog did little but keep his grip. Sometimes, and
rarely, he managed to get his feet to the earth and for a moment to
brace himself against White Fang. But the next moment his footing would be lost and he would be dragging around in the whirl of
one of White Fang's mad gyrations. Cherokee identified himself
with his instinct. He knew that he was doing the right thing by
holding on, and there came to him certain blissful thrills of satisfaction. At such moments he even closed his eyes and allowed his
body to be hurled hither and thither, willy-nilly, careless of any
hurt that might thereby come to it. That did not count. The grip
was the thing, and the grip he kept.

White Fang ceased only when he had tired himself out. He could
do nothing, and he could not understand. Never, in all his fighting, had this thing happened. The dogs he had fought with did
not fight that way. With them it was snap and slash and get away,

llo Blanco perder pie. Su cuerpo dio una media voltereta en el aire, y habría aterrizado de espaldas si no se hubiera retorcido, como un gato, aún en el aire, en el esfuerzo por llevar los pies a la tierra. Así las cosas, se golpeó fuertemente en un costado. Al instante siguiente estaba de pie, pero en ese instante los dientes de Cherokee se cerraron sobre su garganta.

No era un buen agarre, pues estaba demasiado abajo, hacia el pecho; pero Cherokee aguantó. Colmillo Blanco se puso en pie de un salto y dio vueltas salvajemente, intentando sacudirse el cuerpo del bull-dog. Le ponía frenético, ese peso que se aferraba y arrastraba. Limitaba sus movimientos, restringía su libertad. Era como una trampa, y todo su instinto se resintió y se rebeló contra ella. Fue una revuelta enloquecida. Durante varios minutos estuvo, a todos los efectos, loco. La vida básica que había en él se hizo cargo de él. La voluntad de existir de su cuerpo se abalanzó sobre él. Estaba dominado por este mero amor carnal a la vida. Toda inteligencia había desaparecido. Era como si no tuviera cerebro. Su razón fue desbancada por el ciego anhelo de la carne de existir y moverse, a toda costa moverse, seguir moviéndose, pues el movimiento era la expresión de su existencia.

Dio vueltas y vueltas, girando y dando marcha atrás, intentando sacudirse el peso de cincuenta libras que le arrastraba por la garganta. El bull-dog hacía poco más que mantenerse agarrado. A veces, y rara vez, conseguía poner los pies en la tierra y por un momento bracear contra Colmillo Blanco. Pero a continuación perdía el equilibrio y se veía arrastrado por el torbellino de una de las locas piruetas de Colmillo Blanco. Cherokee se identificó con su instinto. Sabía que estaba haciendo lo correcto al agarrarse, y le venían ciertas emociones de dicha y satisfacción. En esos momentos incluso cerraba los ojos y dejaba que su cuerpo se lanzara de un lado a otro, a su antojo, sin importarle el daño que pudiera causarle. Eso no contaba. El agarre era lo importante, y él mantenía el agarre.

Colmillo Blanco sólo cesó cuando se hubo cansado. No podía hacer nada, y no podía entenderlo. Nunca, en todos sus combates, había ocurrido algo así. Los perros con los que había luchado no peleaban así. Con ellos era mordida, corte y huir, mordida, corte y huir.

snap and slash and get away. He lay partly on his side, panting for breath. Cherokee still holding his grip, urged against him, trying to get him over entirely on his side. White Fang resisted, and he could feel the jaws shifting their grip, slightly relaxing and coming together again in a chewing movement. Each shift brought the grip closer to his throat. The bull-dog's method was to hold what he had, and when opportunity favoured to work in for more. Opportunity favoured when White Fang remained quiet. When White Fang struggled, Cherokee was content merely to hold on.

The bulging back of Cherokee's neck was the only portion of his body that White Fang's teeth could reach. He got hold toward the base where the neck comes out from the shoulders; but he did not know the chewing method of fighting, nor were his jaws adapted to it. He spasmodically ripped and tore with his fangs for a space. Then a change in their position diverted him. The bull-dog had managed to roll him over on his back, and still hanging on to his throat, was on top of him. Like a cat, White Fang bowed his hind-quarters in, and, with the feet digging into his enemy's abdomen above him, he began to claw with long tearing-strokes. Cherokee might well have been disembowelled had he not quickly pivoted on his grip and got his body off of White Fang's and at right angles to it.

There was no escaping that grip. It was like Fate itself, and as inexorable. Slowly it shifted up along the jugular. All that saved White Fang from death was the loose skin of his neck and the thick fur that covered it. This served to form a large roll in Cherokee's mouth, the fur of which well-nigh defied his teeth. But bit by bit, whenever the chance offered, he was getting more of the loose skin and fur in his mouth. The result was that he was slowly throttling White Fang. The latter's breath was drawn with greater and greater difficulty as the moments went by.

It began to look as though the battle were over. The backers of Cherokee waxed jubilant and offered ridiculous odds. White Fang's backers were correspondingly depressed, and refused bets of ten to one and twenty to one, though one man was rash

Se tumbó parcialmente de lado, jadeando. Cherokee, que seguía agarrándole, apretaba contra él, intentando tumbarle totalmente de lado. Colmillo Blanco se resistió, y pudo sentir cómo las mandíbulas cambiaban de agarre, se relajaban ligeramente y volvían a juntarse en un movimiento de masticación. Cada desplazamiento acercaba el agarre a su garganta. El método del bull-dog consistía en aguantar lo que tenía y, cuando la oportunidad favoreciera, trabajar para conseguir más. La oportunidad favorecía cuando Colmillo Blanco permanecía quieto. Cuando Colmillo Blanco forcejeaba, Cherokee se contentaba con aguantar.

La abultada nuca de Cherokee era la única porción de su cuerpo que los dientes de Colmillo Blanco podían alcanzar. Se agarró hacia la base, donde el cuello sale de los hombros; pero no conocía el método masticatorio de lucha, ni sus mandíbulas estaban adaptadas a él. Espasmódicamente rasgó y desgarró con sus colmillos por un espacio. Entonces un cambio en su posición le desvió. El bull-dog había conseguido darle la vuelta sobre su espalda y, aún colgado de su garganta, estaba encima de él. Como un gato, Colmillo Blanco inclinó sus cuartos traseros hacia dentro y, con las patas clavándose en el abdomen de su enemigo por encima de él, empezó a arañar con largos golpes desgarradores. Cherokee bien podría haber sido destripado si no hubiera pivotado rápidamente sobre su agarre y sacado su cuerpo del de Colmillo Blanco y en ángulo recto con él.

No había forma de escapar de ese agarre. Era como el propio Destino, e igual de inexorable. Lentamente se desplazó hacia arriba a lo largo de la yugular. Lo único que salvaba a Colmillo Blanco de la muerte fue la piel suelta de su cuello y el grueso pelaje que lo cubría. Esto sirvió para formar un gran rollo en la boca de Cherokee, cuyo pelaje casi desafiaba a sus dientes. Pero poco a poco, cada vez que se presentaba la ocasión, iba metiéndose más piel suelta y pelaje en la boca. El resultado fue que estaba estrangulando lentamente a Colmillo Blanco. La respiración de este último se hacía cada vez más difícil a medida que pasaban los momentos.

Empezó a parecer que la batalla había terminado. Los partidarios de Cherokee estaban exultantes y ofrecían apuestas ridículas. Los partidarios de Colmillo Blanco estaban correspondientemente deprimidos y rechazaron apuestas de diez a uno y de veinte a uno,

enough to close a wager of fifty to one. This man was Beauty Smith. He took a step into the ring and pointed his finger at White Fang. Then he began to laugh derisively and scornfully. This produced the desired effect. White Fang went wild with rage. He called up his reserves of strength, and gained his feet. As he struggled around the ring, the fifty pounds of his foe ever dragging on his throat, his anger passed on into panic. The basic life of him dominated him again, and his intelligence fled before the will of his flesh to live. Round and round and back again, stumbling and falling and rising, even uprearing at times on his hind-legs and lifting his foe clear of the earth, he struggled vainly to shake off the clinging death.

At last he fell, toppling backward, exhausted; and the bull-dog promptly shifted his grip, getting in closer, mangling more and more of the fur-folded flesh, throttling White Fang more severely than ever. Shouts of applause went up for the victor, and there were many cries of "Cherokee!" "Cherokee!" To this Cherokee responded by vigorous wagging of the stump of his tail. But the clamour of approval did not distract him. There was no sympathetic relation between his tail and his massive jaws. The one might wag, but the others held their terrible grip on White Fang's throat.

It was at this time that a diversion came to the spectators. There was a jingle of bells. Dog-mushers' cries were heard. Everybody, save Beauty Smith, looked apprehensively, the fear of the police strong upon them. But they saw, up the trail, and not down, two men running with sled and dogs. They were evidently coming down the creek from some prospecting trip. At sight of the crowd they stopped their dogs and came over and joined it, curious to see the cause of the excitement. The dog-musher wore a moustache, but the other, a taller and younger man, was smooth-shaven, his skin rosy from the pounding of his blood and the running in the frosty air.

White Fang had practically ceased struggling. Now and again he resisted spasmodically and to no purpose. He could get little air, and that little grew less and less under the merciless grip that ever tightened. In spite of his armour of fur, the great vein of his

aunque un hombre fue lo bastante temerario como para cerrar una apuesta de cincuenta a uno. Este hombre era Beauty Smith. Dio un paso hacia el ring y señaló con el dedo a Colmillo Blanco. Entonces comenzó a reír burlona y despectivamente. Esto produjo el efecto deseado. Colmillo Blanco enloqueció de rabia. Invocó sus reservas de fuerza y se puso en pie. Mientras se debatía en el ring, con las cincuenta libras de su enemigo siempre arrastrando su garganta, su ira se transformó en pánico. La vida básica volvió a dominarle, y su inteligencia huyó ante la voluntad de vivir de su carne. Giraba y giraba y volvía a girar, tropezando y cayendo y levantándose, incluso levantándose a veces sobre sus patas traseras y levantando a su enemigo de la tierra, luchaba en vano por sacudirse la muerte aferrada.

Por fin cayó, desplomándose hacia atrás, exhausto; y el bull-dog cambió prontamente su agarre, acercándose más, tomando más y más de la carne y la piel, estrangulando a Colmillo Blanco más severamente que nunca. Se alzaron gritos y aplausos para el vencedor, y hubo muchos gritos de «¡Cherokee!», «¡Cherokee!». A esto Cherokee respondió moviendo vigorosamente el muñón de su cola. Pero el clamor de aprobación no le distrajo. No había una relación simpática entre su cola y sus enormes mandíbulas. Una podía menearse, pero las otras mantenían su terrible agarre sobre la garganta de Colmillo Blanco.

Fue en ese momento cuando una distracción llegó a los espectadores. Se oyó un tintineo de campanas. Se oyeron gritos de perreros. Todos, excepto Beauty Smith, miraron con aprensión, el miedo a la policía fuertemente presente sobre ellos. Pero vieron, subiendo por el sendero, y no bajando, a dos hombres corriendo con trineo y perros. Evidentemente venían por el arroyo de algún viaje de prospección. Al ver a la multitud detuvieron a sus perros y se acercaron para unirse a ella, curiosos por ver la causa del alboroto. El cuidador de perros llevaba bigote, pero el otro, un hombre más alto y más joven, iba afeitado, con la piel sonrosada por el golpeteo de la sangre y la carrera en el aire helado.

Colmillo Blanco prácticamente había dejado de luchar. De vez en cuando se resistía espasmódicamente y sin ningún propósito. Podía tomar poco aire, y ese poco era cada vez menos bajo el despiadado agarre que cada vez le apretaba más. Si no fuera por su coraza de

throat would have long since been torn open, had not the first grip of the bull-dog been so low down as to be practically on the chest. It had taken Cherokee a long time to shift that grip upward, and this had also tended further to clog his jaws with fur and skin-fold.

In the meantime, the abysmal brute in Beauty Smith had been rising into his brain and mastering the small bit of sanity that he possessed at best. When he saw White Fang's eyes beginning to glaze, he knew beyond doubt that the fight was lost. Then he broke loose. He sprang upon White Fang and began savagely to kick him. There were hisses from the crowd and cries of protest, but that was all. While this went on, and Beauty Smith continued to kick White Fang, there was a commotion in the crowd. The tall young newcomer was forcing his way through, shouldering men right and left without ceremony or gentleness. When he broke through into the ring, Beauty Smith was just in the act of delivering another kick. All his weight was on one foot, and he was in a state of unstable equilibrium. At that moment the newcomer's fist landed a smashing blow full in his face. Beauty Smith's remaining leg left the ground, and his whole body seemed to lift into the air as he turned over backward and struck the snow. The newcomer turned upon the crowd.

"You cowards!" he cried. "You beasts!"

He was in a rage himself—a sane rage. His grey eyes seemed metallic and steel-like as they flashed upon the crowd. Beauty Smith regained his feet and came toward him, sniffling and cowardly. The new-comer did not understand. He did not know how abject a coward the other was, and thought he was coming back intent on fighting. So, with a "You beast!" he smashed Beauty Smith over backward with a second blow in the face. Beauty Smith decided that the snow was the safest place for him, and lay where he had fallen, making no effort to get up.

"Come on, Matt, lend a hand," the newcomer called the dog-musher, who had followed him into the ring.

pieles, la gran vena de su garganta se habría desgarrado hacía tiempo, si el primer agarre del bull-dog no hubiera sido tan bajo como para estar prácticamente sobre el pecho. A Cherokee le había llevado mucho tiempo desplazar ese agarre hacia arriba, y esto también había tendido a obstruir aún más sus mandíbulas con pelaje y pliegues de piel.

Mientras tanto, el bruto abismal de Beauty Smith había ido subiendo a su cerebro y dominando la pequeña pizca de cordura que, en el mejor de los casos, poseía. Cuando vio que los ojos de Colmillo Blanco empezaban a ponerse vidriosos, supo sin lugar a dudas que la lucha estaba perdida. Entonces se soltó. Saltó sobre Colmillo Blanco y comenzó a patearlo salvajemente. Hubo silbidos de la multitud y gritos de protesta, pero eso fue todo. Mientras esto ocurría, y Beauty Smith seguía pateando a Colmillo Blanco, se produjo una conmoción entre la multitud. El joven y alto recién llegado se abría paso a la fuerza, arrollando a hombres a diestra y siniestra sin ceremonia ni delicadeza. Cuando se abrió paso hacia el ring, Beauty Smith estaba a punto de asestar otra patada. Todo su peso recaía sobre un pie y se encontraba en un estado de equilibrio inestable. En ese momento, el puño del recién llegado le asestó un golpe demoledor en toda la cara. La pierna que le quedaba apoyada a Beauty Smith abandonó el suelo y todo su cuerpo pareció elevarse en el aire mientras giraba hacia atrás y golpeaba la nieve. El recién llegado se volvió hacia la multitud.

«¡Cobardes!», gritó. «¡Bestias!».

Él mismo estaba furioso, un furioso cuerdo. Sus ojos grises parecían metálicos y acerados cuando se lanzaron sobre la multitud. Beauty Smith se recuperó y se acercó a él, lloriqueando y de manera cobarde. El recién llegado no comprendía. No sabía lo cobarde que era el otro y pensó que volvía con intención de luchar. Así que, con un «¡Bestia!», le propinó a Beauty Smith un segundo golpe en la cara. Beauty Smith decidió que la nieve era el lugar más seguro para él, y se tumbó donde había caído, sin hacer ningún esfuerzo por levantarse.

«Vamos, Matt, échame una mano», llamó el recién llegado al perrero, que le había seguido hasta el ring.

Both men bent over the dogs. Matt took hold of White Fang, ready to pull when Cherokee's jaws should be loosened. This the younger man endeavoured to accomplish by clutching the bulldog's jaws in his hands and trying to spread them. It was a vain undertaking. As he pulled and tugged and wrenched, he kept exclaiming with every expulsion of breath, "Beasts!"

The crowd began to grow unruly, and some of the men were protesting against the spoiling of the sport; but they were silenced when the newcomer lifted his head from his work for a moment and glared at them.

"You damn beasts!" he finally exploded, and went back to his task.

"It's no use, Mr. Scott, you can't break 'm apart that way," Matt said at last.

The pair paused and surveyed the locked dogs.

"Ain't bleedin' much," Matt announced. "Ain't got all the way in yet."

"But he's liable to any moment," Scott answered. "There, did you see that! He shifted his grip in a bit."

The younger man's excitement and apprehension for White Fang was growing. He struck Cherokee about the head savagely again and again. But that did not loosen the jaws. Cherokee wagged the stump of his tail in advertisement that he understood the meaning of the blows, but that he knew he was himself in the right and only doing his duty by keeping his grip.

"Won't some of you help?" Scott cried desperately at the crowd.

But no help was offered. Instead, the crowd began sarcastically to cheer him on and showered him with facetious advice.

Ambos hombres se inclinaron sobre los perros. Matt agarró a Colmillo Blanco, listo para tirar cuando las mandíbulas de Cherokee se soltaran. Esto el hombre más joven se esforzó por conseguir agarrando las mandíbulas del bull-dog con sus manos e intentando separarlas. Fue una empresa vana. Mientras tiraba y tiraba y tiraba, no dejaba de exclamar con cada expulsión de aliento: «¡Bestias!».

La multitud empezó a ponerse revoltosa, y algunos de los hombres protestaban diciendo que el deporte había sido estropeado; pero se callaron cuando el recién llegado levantó un momento la cabeza de su trabajo y los miró con odio.

«¡Malditas bestias!», estalló finalmente, y volvió a su tarea.

«Es inútil, Mr. Scott, no puede separarla así», dijo Matt al fin.

Los dos hombres hicieron una pausa y observaron a los perros trabados.

«No sangra mucho», anunció Matt. «Aún no ha entrado del todo».

«Pero es probable que lo haga en cualquier momento», respondió Scott. «¡Ahí, vio eso! Cambió un poco su agarre».

La excitación y la aprensión del más joven por Colmillo Blanco iban en aumento. Golpeó salvajemente a Cherokee en la cabeza una y otra vez. Pero eso no aflojó las mandíbulas. Cherokee meneó el muñón de su cola en señal de que comprendía el significado de los golpes, pero que sabía que él mismo estaba en lo cierto y que sólo cumplía con su deber manteniendo el agarre.

«¿No va a ayudar alguno?», gritó Scott desesperadamente a la multitud.

Pero no se le ofreció ninguna ayuda. En lugar de ello, la multitud comenzó a animarle sarcásticamente y le colmó de consejos jocosos.

"You'll have to get a pry," Matt counselled.

The other reached into the holster at his hip, drew his revolver, and tried to thrust its muzzle between the bull-dog's jaws. He shoved, and shoved hard, till the grating of the steel against the locked teeth could be distinctly heard. Both men were on their knees, bending over the dogs. Tim Keenan strode into the ring. He paused beside Scott and touched him on the shoulder, saying ominously:

"Don't break them teeth, stranger."

"Then I'll break his neck," Scott retorted, continuing his shoving and wedging with the revolver muzzle.

"I said don't break them teeth," the faro-dealer repeated more ominously than before.

But if it was a bluff he intended, it did not work. Scott never desisted from his efforts, though he looked up coolly and asked:

"Your dog?"

The faro-dealer grunted.

"Then get in here and break this grip."

"Well, stranger," the other drawled irritatingly, "I don't mind telling you that's something I ain't worked out for myself. I don't know how to turn the trick."

"Then get out of the way," was the reply, "and don't bother me. I'm busy."

Tim Keenan continued standing over him, but Scott took no further notice of his presence. He had managed to get the muzzle in between the jaws on one side, and was trying to get it out between the jaws on the other side. This accomplished, he pried gently and carefully, loosening the jaws a bit at a time, while Matt, a bit at a time, extricated White Fang's mangled neck.

«Tendrá que conseguir una palanca», le aconsejó Matt.

El otro metió la mano en la funda de su cadera, desenfundó su revólver e intentó introducir su boca entre las fauces del bull-dog. Empujó, y empujó con fuerza, hasta que pudo oírse claramente el rechinar del acero contra los dientes trabados. Ambos hombres estaban de rodillas, inclinados sobre los perros. Tim Keenan entró a grandes zancadas en el ring. Se detuvo junto a Scott y le tocó en el hombro, diciendo ominosamente:

«No le rompa los dientes, forastero».

«Entonces le romperé el cuello», replicó Scott, continuando con sus empujones y embestidas con la boca del revólver.

«He dicho que no le rompa los dientes», repitió el jugador de naipes más ominosamente que antes.

Pero si era un engaño lo que pretendía, no funcionó. Scott no cejó en su empeño, aunque miró fríamente hacia arriba y preguntó:

«¿Su perro?».

El jugador de naipes gruñó.

«Entonces entre aquí y rompa este agarre».

«Bueno, forastero», se irritó el otro, «no me importa decirle que eso es algo que no he resuelto por mí mismo. No sé cómo darle la vuelta al truco».

«Entonces apártese», fue la respuesta, «y no me moleste. Estoy ocupado».

Tim Keenan seguía de pie junto a él, pero Scott no reparó más en su presencia. Había conseguido meter la boca del arma entre las mandíbulas de un lado e intentaba sacarlo entre las del otro. Conseguido esto, hizo palanca suavemente y con cuidado, aflojando las mandíbulas un poco cada vez, mientras Matt, un poco cada vez, sacaba el cuello destrozado de Colmillo Blanco.

"Stand by to receive your dog," was Scott's peremptory order to Cherokee's owner.

The faro-dealer stooped down obediently and got a firm hold on Cherokee.

"Now!" Scott warned, giving the final pry.

The dogs were drawn apart, the bull-dog struggling vigorously.

"Take him away," Scott commanded, and Tim Keenan dragged Cherokee back into the crowd.

White Fang made several ineffectual efforts to get up. Once he gained his feet, but his legs were too weak to sustain him, and he slowly wilted and sank back into the snow. His eyes were half closed, and the surface of them was glassy. His jaws were apart, and through them the tongue protruded, draggled and limp. To all appearances he looked like a dog that had been strangled to death. Matt examined him.

"Just about all in," he announced; "but he's breathin' all right."

Beauty Smith had regained his feet and come over to look at White Fang.

"Matt, how much is a good sled-dog worth?" Scott asked.

The dog-musher, still on his knees and stooped over White Fang, calculated for a moment.

"Three hundred dollars," he answered.

"And how much for one that's all chewed up like this one?" Scott asked, nudging White Fang with his foot.

"Half of that," was the dog-musher's judgment. Scott turned upon Beauty Smith.

"Did you hear, Mr. Beast? I'm going to take your dog from you,

«Prepárese para recibir a su perro», fue la perentoria orden de Scott al dueño de Cherokee.

El jugador de naipes se agachó obedientemente y agarró con fuerza a Cherokee.

«¡Ahora!», advirtió Scott, dando el último empujón.

Los perros se separaron, el bull-dog luchaba vigorosamente.

«Llévenselo», ordenó Scott, y Tim Keenan arrastró a Cherokee de vuelta a la multitud.

Colmillo Blanco hizo varios esfuerzos ineficaces por levantarse. Una vez consiguió ponerse en pie, pero sus piernas eran demasiado débiles para sostenerle, y lentamente se debilitó y volvió a hundirse en la nieve. Tenía los ojos cerrados a medias y la superficie de los mismos estaba vidriosa. Tenía las mandíbulas separadas y a través de ellas sobresalía la lengua, arrastrada y flácida. A todas luces parecía un perro que hubiera muerto estrangulado. Matt lo examinó.

«Casi todo perdido», anunció; «pero respira bien».

Beauty Smith se había recuperado y se acercó a mirar a Colmillo Blanco.

«Matt, ¿cuánto vale un buen perro de trineo?», preguntó Scott.

El perrero, aún de rodillas e inclinado sobre Colmillo Blanco, calculó por un momento.

«Trescientos dólares», respondió.

«¿Y cuánto por uno que está todo magullado como éste?», preguntó Scott, dando un puntapié a Colmillo Blanco.

«La mitad de eso», fue el juicio del perrero. Scott se volvió hacia Beauty Smith.

«¿Ha oído, Sr. Bestia? Voy a quitarle a su perro y le daré ciento cin-

and I'm going to give you a hundred and fifty for him."

He opened his pocket-book and counted out the bills.

Beauty Smith put his hands behind his back, refusing to touch the proffered money.

"I ain't a-sellin'," he said.

"Oh, yes you are," the other assured him. "Because I'm buying. Here's your money. The dog's mine."

Beauty Smith, his hands still behind him, began to back away.

Scott sprang toward him, drawing his fist back to strike. Beauty Smith cowered down in anticipation of the blow.

"I've got my rights," he whimpered.

"You've forfeited your rights to own that dog," was the rejoinder. "Are you going to take the money? or do I have to hit you again?"

"All right," Beauty Smith spoke up with the alacrity of fear. "But I take the money under protest," he added. "The dog's a mint. I ain't a-goin' to be robbed. A man's got his rights."

"Correct," Scott answered, passing the money over to him. "A man's got his rights. But you're not a man. You're a beast."

"Wait till I get back to Dawson," Beauty Smith threatened. "I'll have the law on you."

"If you open your mouth when you get back to Dawson, I'll have you run out of town. Understand?"

Beauty Smith replied with a grunt.

"Understand?" the other thundered with abrupt fierceness.

cuenta por él».

Abrió su cartera y contó los billetes.

Beauty Smith puso las manos a la espalda, negándose a tocar el dinero ofrecido.

«No estoy vendiendo», dijo.

«Oh, sí que lo está», le aseguró el otro. «Porque yo estoy comprando. Aquí tiene su dinero. El perro es mío».

Beauty Smith, con las manos aún detrás de él, comenzó a retroceder.

Scott saltó hacia él, desenvainando el puño para golpear. Beauty Smith se encogió anticipándose al golpe.

«Tengo mis derechos», gimoteó.

«Ha perdido sus derechos a poseer ese perro», fue la réplica. «¿Va a aceptar el dinero o tengo que pegarle otra vez?».

«De acuerdo», dijo Beauty Smith con la presteza del miedo. «Pero acepto el dinero bajo protesta», añadió. «El perro está en perfecto estado. No me van a robar. Un hombre tiene sus derechos».

«Correcto», respondió Scott, pasándole el dinero. «Un hombre tiene sus derechos. Pero usted no es un hombre. Es una bestia».

«Espere a que vuelva a Dawson», amenazó Beauty Smith. «Pondrá la ley sobre usted».

«Si abre la boca cuando vuelva a Dawson, haré que le echen de la ciudad. ¿Entendido?».

Beauty Smith respondió con un gruñido.

«¿Entendido?», tronó el otro con brusca fiereza.

"Yes," Beauty Smith grunted, shrinking away.

"Yes what?"

"Yes, sir," Beauty Smith snarled.

"Look out! He'll bite!" some one shouted, and a guffaw of laughter went up.

Scott turned his back on him, and returned to help the dog-musher, who was working over White Fang.

Some of the men were already departing; others stood in groups, looking on and talking. Tim Keenan joined one of the groups.

"Who's that mug?" he asked.

"Weedon Scott," some one answered.

"And who in hell is Weedon Scott?" the faro-dealer demanded.

"Oh, one of them crackerjack minin' experts. He's in with all the big bugs. If you want to keep out of trouble, you'll steer clear of him, that's my talk. He's all hunky with the officials. The Gold Commissioner's a special pal of his."

"I thought he must be somebody," was the faro-dealer's comment. "That's why I kept my hands offen him at the start."

«Sí», gruñó Beauty Smith, encogiéndose.

«¿Si qué?».

«Sí, señor», gruñó Beauty Smith.

«¡Cuidado! ¡Va a morder!», gritó alguien, y se oyó una carcajada.

Scott le dio la espalda y volvió a ayudar al perrero, que estaba trabajando sobre Colmillo Blanco.

Algunos de los hombres ya se estaban marchando; otros permanecían de pie en grupos, mirando y hablando. Tim Keenan se unió a uno de los grupos.

«¿Quién es ese idiota?», preguntó.

«Weedon Scott», respondió alguien.

«¿Y quién demonios es Weedon Scott?», preguntó el jugador de naipes.

«Oh, uno de esos expertos mineros. Está con todos los grandes bichos. Si no quiere meterse en líos, manténgase alejado de él, eso digo yo. Se lleva bien con los funcionarios. El Comisario del Oro es un amigo especial suyo».

«Pensé que debía ser alguien», fue el comentario del jugador de naipes. «Por eso le quité las manos de encima desde un principio».

# CHAPTER V — THE INDOMITABLE

"It's hopeless," Weedon Scott confessed.

He sat on the step of his cabin and stared at the dog-musher, who responded with a shrug that was equally hopeless.

Together they looked at White Fang at the end of his stretched chain, bristling, snarling, ferocious, straining to get at the sled-dogs. Having received sundry lessons from Matt, said lessons being imparted by means of a club, the sled-dogs had learned to leave White Fang alone; and even then they were lying down at a distance, apparently oblivious of his existence.

"It's a wolf and there's no taming it," Weedon Scott announced.

"Oh, I don't know about that," Matt objected. "Might be a lot of dog in 'm, for all you can tell. But there's one thing I know sure, an' that there's no gettin' away from."

The dog-musher paused and nodded his head confidentially at Moosehide Mountain.

"Well, don't be a miser with what you know," Scott said sharply, after waiting a suitable length of time. "Spit it out. What is it?"

The dog-musher indicated White Fang with a backward thrust of his thumb.

"Wolf or dog, it's all the same—he's ben tamed 'ready."

"No!"

"I tell you yes, an' broke to harness. Look close there. D'ye see them marks across the chest?"

"You're right, Matt. He was a sled-dog before Beauty Smith got hold of him."

## CAPÍTULO V — EL INDOMABLE

«No tiene remedio», confesó Weedon Scott.

Se sentó en el escalón de su cabaña y miró fijamente al perrero, que respondió con un encogimiento de hombros igualmente desesperanzado.

Juntos miraron a Colmillo Blanco en el extremo de su cadena estirada, erizado, gruñendo, feroz, esforzándose por alcanzar a los perros de trineo. Después de haber recibido varias lecciones de Matt, impartidas con un garrote, los perros de trineo habían aprendido a dejar en paz a Colmillo Blanco; e incluso entonces estaban tumbados a cierta distancia, aparentemente ajenos a su existencia.

«Es un lobo y no hay forma de domarlo», anunció Weedon Scott.

«Oh, no sé nada de eso», objetó Matt. «Podría haber mucho de perro en él, por lo que se puede decir. Pero hay una cosa de la que estoy seguro, y de la que no hay escapatoria».

El perrero hizo una pausa e hizo un gesto confidencial con la cabeza hacia la montaña Moosehide.

«Bueno, no seas avaro con lo que sabes», dijo Scott bruscamente, después de esperar un tiempo adecuado. «Escúpelo. ¿De qué se trata?».

El perrero indicó a Colmillo Blanco con un empujón hacia atrás de su pulgar.

«Lobo o perro, es todo lo mismo... ha sido domesticado».

«¡No!»

«Le digo que sí, y acostumbrado al arnés. Mire bien ahí. ¿Ve esas marcas en el pecho?».

«Tienes razón, Matt. Era un perro de trineo antes de que Beauty Smith se apoderara de él».

"And there's not much reason against his bein' a sled-dog again."

"What d'ye think?" Scott queried eagerly. Then the hope died down as he added, shaking his head, "We've had him two weeks now, and if anything he's wilder than ever at the present moment."

"Give 'm a chance," Matt counselled. "Turn 'm loose for a spell."

The other looked at him incredulously.

"Yes," Matt went on, "I know you've tried to, but you didn't take a club."

"You try it then."

The dog-musher secured a club and went over to the chained animal. White Fang watched the club after the manner of a caged lion watching the whip of its trainer.

"See 'm keep his eye on that club," Matt said. "That's a good sign. He's no fool. Don't dast tackle me so long as I got that club handy. He's not clean crazy, sure."

As the man's hand approached his neck, White Fang bristled and snarled and crouched down. But while he eyed the approaching hand, he at the same time contrived to keep track of the club in the other hand, suspended threateningly above him. Matt unsnapped the chain from the collar and stepped back.

White Fang could scarcely realise that he was free. Many months had gone by since he passed into the possession of Beauty Smith, and in all that period he had never known a moment of freedom except at the times he had been loosed to fight with other dogs. Immediately after such fights he had always been imprisoned again.

He did not know what to make of it. Perhaps some new dev-

«Y no hay muchas razones para que no vuelva a ser un perro de trineo».

«¿Qué te parece?», preguntó Scott con entusiasmo. Luego la esperanza se apagó cuando añadió, sacudiendo la cabeza: «Hace ya dos semanas que lo tenemos, y si acaso está más salvaje que nunca en este momento».

«Dele una oportunidad», aconsejó Matt. «Suéltele un rato».

El otro le miró incrédulo.

«Sí», continuó Matt, «sé que lo ha intentado, pero no ha cogido un garrote».

«Inténtalo tú entonces».

El perrero se aseguró un garrote y se acercó al animal encadenado. Colmillo Blanco observó el garrote a la manera de un león enjaulado que mira el látigo de su domador.

«Mire como le echa el ojo a ese garrote», dijo Matt. «Esa es una buena señal. No es tonto. No me atacará mientras tenga este garrote a mano. No está completamente loco, eso es seguro».

Cuando la mano del hombre se acercó a su cuello, Colmillo Blanco se erizó, gruñó y se agachó. Pero mientras observaba la mano que se acercaba, al mismo tiempo se las ingeniaba para no perder de vista el garrote que llevaba en la otra mano, suspendido amenazadoramente sobre él. Matt desenganchó la cadena del collar y dio un paso atrás.

Colmillo Blanco apenas se daba cuenta de que estaba libre. Habían pasado muchos meses desde que pasó a poder de Beauty Smith, y en todo ese período nunca había conocido un momento de libertad, salvo en las ocasiones en que le habían soltado para pelear con otros perros. Inmediatamente después de tales peleas siempre había sido encerrado de nuevo.

No sabía qué pensar de ello. Quizá alguna nueva diablura de los

ilry of the gods was about to be perpetrated on him. He walked slowly and cautiously, prepared to be assailed at any moment. He did not know what to do, it was all so unprecedented. He took the precaution to sheer off from the two watching gods, and walked carefully to the corner of the cabin. Nothing happened. He was plainly perplexed, and he came back again, pausing a dozen feet away and regarding the two men intently.

"Won't he run away?" his new owner asked.

Matt shrugged his shoulders. "Got to take a gamble. Only way to find out is to find out."

"Poor devil," Scott murmured pityingly. "What he needs is some show of human kindness," he added, turning and going into the cabin.

He came out with a piece of meat, which he tossed to White Fang. He sprang away from it, and from a distance studied it suspiciously.

"Hi-yu, Major!" Matt shouted warningly, but too late.

Major had made a spring for the meat. At the instant his jaws closed on it, White Fang struck him. He was overthrown. Matt rushed in, but quicker than he was White Fang. Major staggered to his feet, but the blood spouting from his throat reddened the snow in a widening path.

"It's too bad, but it served him right," Scott said hastily.

But Matt's foot had already started on its way to kick White Fang. There was a leap, a flash of teeth, a sharp exclamation. White Fang, snarling fiercely, scrambled backward for several yards, while Matt stooped and investigated his leg.

"He got me all right," he announced, pointing to the torn trousers and undercloths, and the growing stain of red.

dioses estaba a punto de perpetrarse contra él. Caminaba lenta y cautelosamente, preparado para ser atacado en cualquier momento. No sabía qué hacer, todo aquello era tan inaudito. Tomó la precaución de apartarse de los dos dioses vigilantes y caminó con cuidado hasta la esquina de la cabaña. No ocurrió nada. Estaba claramente perplejo, y regresó de nuevo, deteniéndose a una docena de pies y observando a los dos hombres con atención.

«¿No se escapará?», le preguntó su nuevo dueño.

Matt se encogió de hombros. «Hay que jugársela. La única forma de averiguarlo es averiguarlo».

«Pobre diablo», murmuró Scott con lástima. «Lo que necesita es alguna muestra de amabilidad humana», añadió, dándose la vuelta y entrando en la cabaña.

Salió con un trozo de carne, que arrojó a Colmillo Blanco. Éste se apartó de un salto y, desde la distancia, lo estudió con suspicacia.

«¡Espera, Mayor!», gritó Matt en tono de advertencia, pero demasiado tarde.

Mayor había hecho un salto hacia la carne. En el instante en que sus mandíbulas se cerraban sobre ella, Colmillo Blanco le atacó. Fue derribado. Matt se lanzó, pero más rápido que él fue Colmillo Blanco. Mayor se puso en pie tambaleándose, pero la sangre que brotaba de su garganta enrojecía la nieve en un camino cada vez más ancho.

«Es una lástima, pero se lo merecía», se apresuró a decir Scott.

Pero el pie de Matt ya había iniciado su camino para patear a Colmillo Blanco. Hubo un salto, un destello de dientes, una exclamación aguda. Colmillo Blanco, gruñendo ferozmente, retrocedió varias yardas, mientras Matt se agachaba e investigaba su pierna.

«Me ha pillado bien», anunció, señalando los pantalones y la ropa interior rotos, y la creciente mancha roja.

"I told you it was hopeless, Matt," Scott said in a discouraged voice. "I've thought about it off and on, while not wanting to think of it. But we've come to it now. It's the only thing to do."

As he talked, with reluctant movements he drew his revolver, threw open the cylinder, and assured himself of its contents.

"Look here, Mr. Scott," Matt objected; "that dog's ben through hell. You can't expect 'm to come out a white an' shinin' angel. Give 'm time."

"Look at Major," the other rejoined.

The dog-musher surveyed the stricken dog. He had sunk down on the snow in the circle of his blood and was plainly in the last gasp.

"Served 'm right. You said so yourself, Mr. Scott. He tried to take White Fang's meat, an' he's dead-O. That was to be expected. I wouldn't give two whoops in hell for a dog that wouldn't fight for his own meat."

"But look at yourself, Matt. It's all right about the dogs, but we must draw the line somewhere."

"Served me right," Matt argued stubbornly. "What'd I want to kick 'm for? You said yourself that he'd done right. Then I had no right to kick 'm."

"It would be a mercy to kill him," Scott insisted. "He's untamable."

"Now look here, Mr. Scott, give the poor devil a fightin' chance. He ain't had no chance yet. He's just come through hell, an' this is the first time he's ben loose. Give 'm a fair chance, an' if he don't deliver the goods, I'll kill 'm myself. There!"

"God knows I don't want to kill him or have him killed," Scott answered, putting away the revolver. "We'll let him run loose and

«Te dije que no tenía remedio, Matt», dijo Scott con voz desalentada. «He pensado en ello de vez en cuando, aunque no quería pensar en ello. Pero ahora hemos llegado a ello. Es lo único que podemos hacer».

Mientras hablaba, con movimientos renuentes desenfundó su revólver, abrió el cilindro y se aseguró de su contenido.

«Mire, Sr. Scott», objetó Matt; «ese perro ha pasado por un infierno. No puede esperar que salga convertido en un ángel, vestido de blanco y reluciente. Dele tiempo».

«Mira a Mayor», retrucó el otro.

El perrero observó al perro herido. Se había hundido en la nieve en el círculo de su sangre y estaba claramente dando el último suspiro.

«Se lo merecía. Usted mismo lo dijo, Sr. Scott. Intentó llevarse la carne de Colmillo Blanco y está muerto. Era de esperar. No gritaría dos veces en el infierno por un perro que no pelea por su propia carne».

«Pero mírate, Matt. Está bien lo de los perros, pero debemos trazar la línea en algún sitio».

«Me lo merecía», argumentó Matt tercamente. «¿Por qué iba a patearlo? Usted mismo dijo que él hizo lo correcto. Entonces no tenía derecho a patearlo».

«Sería una misericordia matarlo», insistió Scott. «Es indomable».

«Mire, Sr. Scott, dele al pobre diablo una oportunidad de luchar. Aún no ha tenido ninguna oportunidad. Acaba de pasar por el infierno y ésta es la primera vez que está suelto. Dele una oportunidad justa, y si no reacciona bien, lo mataré yo mismo. ¡Allí!».

«Dios sabe que no quiero matarlo ni hacer que lo maten», respondió Scott, guardando el revólver. «Le dejaremos suelto y veremos lo

see what kindness can do for him. And here's a try at it."

He walked over to White Fang and began talking to him gently and soothingly.

"Better have a club handy," Matt warned.

Scott shook his head and went on trying to win White Fang's confidence.

White Fang was suspicious. Something was impending. He had killed this god's dog, bitten his companion god, and what else was to be expected than some terrible punishment? But in the face of it he was indomitable. He bristled and showed his teeth, his eyes vigilant, his whole body wary and prepared for anything. The god had no club, so he suffered him to approach quite near. The god's hand had come out and was descending upon his head. White Fang shrank together and grew tense as he crouched under it. Here was danger, some treachery or something. He knew the hands of the gods, their proved mastery, their cunning to hurt. Besides, there was his old antipathy to being touched. He snarled more menacingly, crouched still lower, and still the hand descended. He did not want to bite the hand, and he endured the peril of it until his instinct surged up in him, mastering him with its insatiable yearning for life.

Weedon Scott had believed that he was quick enough to avoid any snap or slash. But he had yet to learn the remarkable quickness of White Fang, who struck with the certainty and swiftness of a coiled snake.

Scott cried out sharply with surprise, catching his torn hand and holding it tightly in his other hand. Matt uttered a great oath and sprang to his side. White Fang crouched down, and backed away, bristling, showing his fangs, his eyes malignant with menace. Now he could expect a beating as fearful as any he had received from Beauty Smith.

"Here! What are you doing?" Scott cried suddenly.

que la bondad puede hacer por él. Y aquí tiene una chance».

Se acercó a Colmillo Blanco y empezó a hablarle suave y tranquilizadoramente.

«Será mejor que tenga un garrote a mano», advirtió Matt.

Scott sacudió la cabeza y seguía intentando ganarse la confianza de Colmillo Blanco.

Colmillo Blanco sospechaba. Algo era inminente. Había matado al perro de este dios, había mordido a su dios compañero, y ¿qué otra cosa cabía esperar sino un terrible castigo? Pero ante ello se mostró indomable. Se erizó y mostró los dientes, sus ojos vigilantes, todo su cuerpo cauteloso y preparado para cualquier cosa. El dios no tenía garrote, así que él permitió que se acercara bastante. La mano del dios había salido y descendía sobre su cabeza. Colmillo Blanco se encogió y se puso tenso mientras se agazapaba bajo ella. Aquí había peligro, alguna traición o algo así. Conocía las manos de los dioses, su probada maestría, su astucia para herir. Además, estaba su vieja antipatía a ser tocado. Gruñó más amenazadoramente, se agachó aún más y la mano siguió descendiendo. No quería morder la mano, y soportó el peligro hasta que su instinto surgió en él, dominándole con su insaciable ansia de vida.

Weedon Scott se había creído lo bastante rápido como para evitar cualquier chasquido o corte. Pero aún no conocía la extraordinaria rapidez de Colmillo Blanco, que atacaba con la certeza y la rapidez de una serpiente enroscada.

Scott gritó bruscamente, sorprendido, cogiéndose la mano desgarrada y sujetándola con fuerza con la otra. Matt profirió un gran juramento y saltó a su lado. Colmillo Blanco se agachó y retrocedió, erizado, mostrando los colmillos, los ojos malignos de amenaza. Ahora podía esperar una paliza tan temible como cualquiera de las que había recibido de Beauty Smith.

«¡Escucha! ¿Qué estás haciendo?», gritó Scott de repente.

Matt had dashed into the cabin and come out with a rifle.

"Nothin'," he said slowly, with a careless calmness that was assumed, "only goin' to keep that promise I made. I reckon it's up to me to kill 'm as I said I'd do."

"No you don't!"

"Yes I do. Watch me."

As Matt had pleaded for White Fang when he had been bitten, it was now Weedon Scott's turn to plead.

"You said to give him a chance. Well, give it to him. We've only just started, and we can't quit at the beginning. It served me right, this time. And—look at him!"

White Fang, near the corner of the cabin and forty feet away, was snarling with blood-curdling viciousness, not at Scott, but at the dog-musher.

"Well, I'll be everlastingly gosh-swoggled!" was the dog-musher's expression of astonishment.

"Look at the intelligence of him," Scott went on hastily. "He knows the meaning of firearms as well as you do. He's got intelligence and we've got to give that intelligence a chance. Put up the gun."

"All right, I'm willin'," Matt agreed, leaning the rifle against the woodpile.

"But will you look at that!" he exclaimed the next moment.

White Fang had quieted down and ceased snarling. "This is worth investigatin'. Watch."

Matt, reached for the rifle, and at the same moment White Fang snarled. He stepped away from the rifle, and White Fang's lifted

Matt había entrado corriendo en la cabaña y había salido con un rifle.

«Nada», dijo lentamente, con una despreocupada calma asumida, «sólo voy a cumplir la promesa que hice. Creo que depende de mí matarle como dije que lo haría».

«¡No es cierto!».

«Sí, es así. Míreme».

Al igual que Matt había suplicado por Colmillo Blanco cuando le habían mordido, ahora le tocaba suplicar a Weedon Scott.

«Dijiste que le diéramos una oportunidad. Pues dásela. Estamos empezando y no podemos abandonar al principio. Esta vez me lo merecía. Y... ¡míralo!».

Colmillo Blanco, cerca de la esquina de la cabaña y a cuarenta pies de distancia, gruñía con una saña que helaba la sangre, no a Scott, sino al perrero.

«¡Bueno, estaré eternamente condenado!», fue la expresión de asombro del perrero.

«Fíjate en su inteligencia», se apresuró a decir Scott. «Conoce el significado de las armas de fuego tan bien como tú. Tiene inteligencia y tenemos que darle una oportunidad a esa inteligencia. Levanta el arma».

«De acuerdo, estoy dispuesto», aceptó Matt, apoyando el rifle contra la pila de leña.

«¡Pero, mira eso!», exclamó a continuación.

Colmillo Blanco se había calmado y había dejado de gruñir. «Merece la pena investigar esto. Observa».

Matt, cogió el rifle, y en el mismo momento Colmillo Blanco gruñó. Se apartó del rifle, y los labios levantados de Colmillo Blanco descen-

lips descended, covering his teeth.

"Now, just for fun."

Matt took the rifle and began slowly to raise it to his shoulder. White Fang's snarling began with the movement, and increased as the movement approached its culmination. But the moment before the rifle came to a level on him, he leaped sidewise behind the corner of the cabin. Matt stood staring along the sights at the empty space of snow which had been occupied by White Fang.

The dog-musher put the rifle down solemnly, then turned and looked at his employer.

"I agree with you, Mr. Scott. That dog's too intelligent to kill."

dieron, cubriéndole los dientes.

«Esta vez, sólo por diversión».

Matt cogió el rifle y empezó a subirlo lentamente hasta su hombro. Los gruñidos de Colmillo Blanco comenzaron con el movimiento y aumentaron a medida que éste se acercaba a su culminación. Pero en el momento antes de que el rifle se pusiera a su altura, saltó de lado detrás de la esquina de la cabaña. Matt se quedó mirando por la mira el espacio vacío de nieve que había ocupado Colmillo Blanco.

El perrero bajó el rifle solemnemente, luego se volvió y miró a su patrón.

«Estoy de acuerdo con usted, Sr. Scott. Ese perro es demasiado inteligente para matarlo».

CHAPTER VI — THE LOVE-MASTER

As White Fang watched Weedon Scott approach, he bristled and snarled to advertise that he would not submit to punishment. Twenty-four hours had passed since he had slashed open the hand that was now bandaged and held up by a sling to keep the blood out of it. In the past White Fang had experienced delayed punishments, and he apprehended that such a one was about to befall him. How could it be otherwise? He had committed what was to him sacrilege, sunk his fangs into the holy flesh of a god, and of a white-skinned superior god at that. In the nature of things, and of intercourse with gods, something terrible awaited him.

The god sat down several feet away. White Fang could see nothing dangerous in that. When the gods administered punishment they stood on their legs. Besides, this god had no club, no whip, no firearm. And furthermore, he himself was free. No chain nor stick bound him. He could escape into safety while the god was scrambling to his feet. In the meantime he would wait and see.

The god remained quiet, made no movement; and White Fang's snarl slowly dwindled to a growl that ebbed down in his throat and ceased. Then the god spoke, and at the first sound of his voice, the hair rose on White Fang's neck and the growl rushed up in his throat. But the god made no hostile movement, and went on calmly talking. For a time White Fang growled in unison with him, a correspondence of rhythm being established between growl and voice. But the god talked on interminably. He talked to White Fang as White Fang had never been talked to before. He talked softly and soothingly, with a gentleness that somehow, somewhere, touched White Fang. In spite of himself and all the pricking warnings of his instinct, White Fang began to have confidence in this god. He had a feeling of security that was belied by all his experience with men.

After a long time, the god got up and went into the cabin. White Fang scanned him apprehensively when he came out. He had neither whip nor club nor weapon. Nor was his uninjured hand

Cuando Colmillo Blanco vio acercarse a Weedon Scott, se erizó y gruñó para anunciar que no se sometería al castigo. Habían pasado veinticuatro horas desde que le había abierto de un tajo la mano que ahora estaba vendada y sujeta por un cabestrillo para que no manara sangre. En el pasado, Colmillo Blanco había experimentado castigos tardíos y temía que uno así estuviera a punto de caerle encima. ¿Cómo podía ser de otro modo? Había cometido lo que para él era un sacrilegio, había hundido sus colmillos en la carne sagrada de un dios, y de un dios superior de piel blanca además. En la naturaleza de las cosas, y el trato con los dioses, le esperaba algo terrible.

El dios se sentó a varios pies de distancia. Colmillo Blanco no veía nada peligroso en ello. Cuando los dioses administraban castigos se mantenían en pie. Además, este dios no tenía garrote, ni látigo, ni arma de fuego. Y además, él mismo estaba libre. Ninguna cadena ni palo le ataba. Podía escapar hacia un lugar seguro mientras el dios se ponía en pie. Mientras tanto esperaría y vería.

El dios permaneció callado, no hizo ningún movimiento; y el gruñido de Colmillo Blanco fue disminuyendo lentamente hasta convertirse en un gruñido que bajó por su garganta y cesó. Entonces el dios habló, y al primer sonido de su voz, a Colmillo Blanco se le erizó el vello del cuello y el gruñido se le subió a la garganta. Pero el dios no hizo ningún movimiento hostil y siguió hablando tranquilamente. Durante un tiempo Colmillo Blanco gruñó al unísono con él, estableciéndose una correspondencia de ritmo entre el gruñido y la voz. Pero el dios siguió hablando interminablemente. Habló a Colmillo Blanco como nunca antes le habían hablado a Colmillo Blanco. Hablaba suave y tranquilizadoramente, con una dulzura que de algún modo, en algún lugar, conmovía a Colmillo Blanco. A pesar de sí mismo y de todas las punzantes advertencias de su instinto, Colmillo Blanco empezó a tener confianza en este dios. Tuvo una sensación de seguridad que desmentía toda su experiencia con los hombres.

Tras un largo rato, el dios se levantó y entró en la cabaña. Colmillo Blanco lo escrutó con aprensión cuando salió. No llevaba ni látigo ni garrote ni arma. Tampoco tenía la mano ilesa detrás de la espalda

behind his back hiding something. He sat down as before, in the same spot, several feet away. He held out a small piece of meat. White Fang pricked his ears and investigated it suspiciously, managing to look at the same time both at the meat and the god, alert for any overt act, his body tense and ready to spring away at the first sign of hostility.

Still the punishment delayed. The god merely held near to his nose a piece of meat. And about the meat there seemed nothing wrong. Still White Fang suspected; and though the meat was proffered to him with short inviting thrusts of the hand, he refused to touch it. The gods were all-wise, and there was no telling what masterful treachery lurked behind that apparently harmless piece of meat. In past experience, especially in dealing with squaws, meat and punishment had often been disastrously related.

In the end, the god tossed the meat on the snow at White Fang's feet. He smelled the meat carefully; but he did not look at it. While he smelled it he kept his eyes on the god. Nothing happened. He took the meat into his mouth and swallowed it. Still nothing happened. The god was actually offering him another piece of meat. Again he refused to take it from the hand, and again it was tossed to him. This was repeated a number of times. But there came a time when the god refused to toss it. He kept it in his hand and steadfastly proffered it.

The meat was good meat, and White Fang was hungry. Bit by bit, infinitely cautious, he approached the hand. At last the time came that he decided to eat the meat from the hand. He never took his eyes from the god, thrusting his head forward with ears flattened back and hair involuntarily rising and cresting on his neck. Also a low growl rumbled in his throat as warning that he was not to be trifled with. He ate the meat, and nothing happened. Piece by piece, he ate all the meat, and nothing happened. Still the punishment delayed.

He licked his chops and waited. The god went on talking. In his voice was kindness—something of which White Fang had no experience whatever. And within him it aroused feelings which he

ocultando algo. Se sentó como antes, en el mismo sitio, a varios pies de distancia. Le tendió un pequeño trozo de carne. Colmillo Blanco aguzó las orejas y lo investigó con suspicacia, mirando al mismo tiempo tanto a la carne como al dios, alerta ante cualquier acto manifiesto, con el cuerpo tenso y listo para saltar a la primera señal de hostilidad.

Aún así, el castigo se demoraba. El dios se limitó a acercar a su hocico un trozo de carne. Y en la carne no parecía haber nada malo. Aun así, Colmillo Blanco sospechó; y aunque la carne le fue ofrecida con breves señas invitadores de la mano, se negó a tocarla. Los dioses eran omniscientes, y no se sabía qué magistral traición se escondía tras aquel trozo de carne aparentemente inofensivo. En experiencias pasadas, especialmente en el trato con las indias, la carne y el castigo habían estado a menudo desastrosamente relacionados.

Al final, el dios arrojó la carne sobre la nieve a los pies de Colmillo Blanco. Él olió la carne con cuidado, pero no la miró. Mientras la olía mantenía los ojos fijos en el dios. No ocurrió nada. Se llevó la carne a la boca y la tragó. Aún así no ocurrió nada. El dios le estaba ofreciendo otro trozo de carne. De nuevo se negó a cogerlo de la mano y de nuevo se lo lanzaron. Esto se repitió varias veces. Pero llegó un momento en que el dios se negó a arrojárselo. Lo mantuvo en la mano y se lo ofreció con firmeza.

La carne era buena y Colmillo Blanco tenía hambre. Poco a poco, con infinita cautela, se acercó a la mano. Por fin llegó el momento en que decidió comer la carne de la mano. Sin apartar los ojos del dios, echó la cabeza hacia delante con las orejas aplastadas hacia atrás y el pelo involuntariamente erizado y encrespado en el cuello. También un gruñido grave retumbó en su garganta como advertencia de que no se podía jugar con él. Comió la carne y no pasó nada. Trozo a trozo, se comió toda la carne, y no pasó nada. El castigo seguía demorándose.

Se relamió y esperó. El dios siguió hablando. En su voz había bondad, algo de lo que Colmillo Blanco no tenía experiencia alguna. Y en su interior despertó sentimientos que tampoco había experimen-

had likewise never experienced before. He was aware of a certain strange satisfaction, as though some need were being gratified, as though some void in his being were being filled. Then again came the prod of his instinct and the warning of past experience. The gods were ever crafty, and they had unguessed ways of attaining their ends.

Ah, he had thought so! There it came now, the god's hand, cunning to hurt, thrusting out at him, descending upon his head. But the god went on talking. His voice was soft and soothing. In spite of the menacing hand, the voice inspired confidence. And in spite of the assuring voice, the hand inspired distrust. White Fang was torn by conflicting feelings, impulses. It seemed he would fly to pieces, so terrible was the control he was exerting, holding together by an unwonted indecision the counter-forces that struggled within him for mastery.

He compromised. He snarled and bristled and flattened his ears. But he neither snapped nor sprang away. The hand descended. Nearer and nearer it came. It touched the ends of his upstanding hair. He shrank down under it. It followed down after him, pressing more closely against him. Shrinking, almost shivering, he still managed to hold himself together. It was a torment, this hand that touched him and violated his instinct. He could not forget in a day all the evil that had been wrought him at the hands of men. But it was the will of the god, and he strove to submit.

The hand lifted and descended again in a patting, caressing movement. This continued, but every time the hand lifted, the hair lifted under it. And every time the hand descended, the ears flattened down and a cavernous growl surged in his throat. White Fang growled and growled with insistent warning. By this means he announced that he was prepared to retaliate for any hurt he might receive. There was no telling when the god's ulterior motive might be disclosed. At any moment that soft, confidence-inspiring voice might break forth in a roar of wrath, that gentle and caressing hand transform itself into a vice-like grip to hold him helpless and administer punishment.

But the god talked on softly, and ever the hand rose and fell with

tado nunca. Fue consciente de cierta extraña satisfacción, como si alguna necesidad estuviera siendo satisfecha, como si algún vacío en su ser estuviera siendo llenado. Entonces llegó de nuevo la picana de su instinto y la advertencia de la experiencia pasada. Los dioses eran siempre astutos, y tenían formas insospechadas de alcanzar sus fines.

¡Ah, eso había pensado! Ahí venía ahora, la mano del dios, astuta para herir, dirigiéndose a él, descendiendo sobre su cabeza. Pero el dios siguió hablando. Su voz era suave y tranquilizadora. A pesar de la mano amenazadora, la voz inspiraba confianza. Y a pesar de la voz tranquilizadora, la mano inspiraba desconfianza. Colmillo Blanco se sintió desgarrado por sentimientos, impulsos contradictorios. Parecía que iba a volar en pedazos, tan terrible era el control que ejercía, manteniendo unidas por una indecisión inusitada las fuerzas contrarias que luchaban en su interior por el dominio.

Transigió. Gruñó, se erizó y agachó las orejas. Pero ni chasqueó ni se apartó. La mano descendía. Cada vez más cerca. Tocó las puntas de su erguido pelo. Él se encogió bajo ella. Siguió bajando tras él, apretándose más contra él. Encogiéndose, casi temblando, él aún consiguió mantenerse firme. Era un tormento, esta mano que le tocaba y violaba su instinto. No podía olvidar en un día todo el mal que le habían hecho los hombres. Pero era la voluntad del dios, y se esforzó por someterse.

La mano se elevaba y volvía a descender en un movimiento de palmadas y caricias. Esto continuó, pero cada vez que la mano se levantaba, el pelo se alzaba bajo ella. Y cada vez que la mano descendía, las orejas se aplastaban y un gruñido cavernoso surgía en su garganta. Colmillo Blanco gruñía y gruñía advirtiendo insistentemente. Con ello anunciaba que estaba dispuesto a tomar represalias por cualquier daño que pudiera recibir. No se sabía cuándo podría revelarse el motivo oculto del dios. En cualquier momento aquella voz suave y confiada podría estallar en un rugido de ira, aquella mano suave y acariciadora transformarse en un apretón vicioso para sujetarle indefenso y administrarle el castigo.

Pero el dios seguía hablando en voz baja, y siempre subía y bajaba

non-hostile pats. White Fang experienced dual feelings. It was distasteful to his instinct. It restrained him, opposed the will of him toward personal liberty. And yet it was not physically painful. On the contrary, it was even pleasant, in a physical way. The patting movement slowly and carefully changed to a rubbing of the ears about their bases, and the physical pleasure even increased a little. Yet he continued to fear, and he stood on guard, expectant of unguessed evil, alternately suffering and enjoying as one feeling or the other came uppermost and swayed him.

"Well, I'll be gosh-swoggled!"

So spoke Matt, coming out of the cabin, his sleeves rolled up, a pan of dirty dish-water in his hands, arrested in the act of emptying the pan by the sight of Weedon Scott patting White Fang.

At the instant his voice broke the silence, White Fang leaped back, snarling savagely at him.

Matt regarded his employer with grieved disapproval.

"If you don't mind my expressin' my feelin's, Mr. Scott, I'll make free to say you're seventeen kinds of a damn fool an' all of 'em different, an' then some."

Weedon Scott smiled with a superior air, gained his feet, and walked over to White Fang. He talked soothingly to him, but not for long, then slowly put out his hand, rested it on White Fang's head, and resumed the interrupted patting. White Fang endured it, keeping his eyes fixed suspiciously, not upon the man that patted him, but upon the man that stood in the doorway.

"You may be a number one, tip-top minin' expert, all right all right," the dog-musher delivered himself oracularly, "but you missed the chance of your life when you was a boy an' didn't run off an' join a circus."

la mano con palmadas que no eran hostiles. Colmillo Blanco experimentó sentimientos encontrados. Era desagradable a su instinto. Le coartaba, se oponía a su voluntad hacia la libertad personal. Y, sin embargo, no era físicamente doloroso. Al contrario, era incluso agradable, de un modo físico. El movimiento de palmadas cambió lenta y cuidadosamente a un frotamiento de las orejas alrededor de sus bases, y el placer físico incluso aumentó un poco. Sin embargo, seguía temiendo, y se mantenía en guardia, expectante ante el mal no adivinado, sufriendo y gozando alternativamente según un sentimiento u otro se impusiera y le hiciera cambiar de opinión.

«¡Bueno, estoy condenado!».

Así habló Matt, saliendo de la cabaña, con las mangas arremangadas y una cacerola de agua sucia para fregar en las manos, detenido en el acto de vaciar la cacerola ante la visión de Weedon Scott dando palmadas a Colmillo Blanco.

En el instante en que su voz rompió el silencio, Colmillo Blanco saltó hacia atrás, gruñéndole salvajemente.

Matt miró a su jefe con afligida desaprobación.

«Si no le importa que exprese lo que siento, Sr. Scott, diré libremente que usted es un maldito tonto de diecisiete clases y todas ellas diferentes, y algo más».

Weedon Scott sonrió con aire de superioridad, se puso en pie y caminó hacia Colmillo Blanco. Le habló tranquilamente, pero no por mucho tiempo, luego extendió lentamente la mano, la apoyó sobre la cabeza de Colmillo Blanco y reanudó las interrumpidas palmadas. Colmillo Blanco lo soportó, manteniendo los ojos fijos con desconfianza, no en el hombre que le daba las palmadas, sino en el que estaba de pie en la puerta.

«Puede que sea un experto minero de primera, muy bien, muy bien», se entregó oracularmente el perrero, «pero perdió la oportunidad de su vida cuando era un niño y no salió corriendo a unirse a un circo».

White Fang snarled at the sound of his voice, but this time did not leap away from under the hand that was caressing his head and the back of his neck with long, soothing strokes.

It was the beginning of the end for White Fang—the ending of the old life and the reign of hate. A new and incomprehensibly fairer life was dawning. It required much thinking and endless patience on the part of Weedon Scott to accomplish this. And on the part of White Fang it required nothing less than a revolution. He had to ignore the urges and promptings of instinct and reason, defy experience, give the lie to life itself.

Life, as he had known it, not only had had no place in it for much that he now did; but all the currents had gone counter to those to which he now abandoned himself. In short, when all things were considered, he had to achieve an orientation far vaster than the one he had achieved at the time he came voluntarily in from the Wild and accepted Grey Beaver as his lord. At that time he was a mere puppy, soft from the making, without form, ready for the thumb of circumstance to begin its work upon him. But now it was different. The thumb of circumstance had done its work only too well. By it he had been formed and hardened into the Fighting Wolf, fierce and implacable, unloving and unlovable. To accomplish the change was like a reflux of being, and this when the plasticity of youth was no longer his; when the fibre of him had become tough and knotty; when the warp and the woof of him had made of him an adamantine texture, harsh and unyielding; when the face of his spirit had become iron and all his instincts and axioms had crystallised into set rules, cautions, dislikes, and desires.

Yet again, in this new orientation, it was the thumb of circumstance that pressed and prodded him, softening that which had become hard and remoulding it into fairer form. Weedon Scott was in truth this thumb. He had gone to the roots of White Fang's nature, and with kindness touched to life potencies that had languished and well-nigh perished. One such potency was *love*. It took the place of *like*, which latter had been the highest feeling that thrilled him in his intercourse with the gods.

Colmillo Blanco gruñó al oír su voz, pero esta vez no se apartó de un salto de debajo de la mano que le acariciaba la cabeza y la nuca con caricias largas y tranquilizadoras.

Era el principio del fin para Colmillo Blanco: el final de la vieja vida y del reino del odio. Amanecía una vida nueva e incomprensiblemente más justa. Por parte de Weedon Scott fue necesario pensar mucho y tener una paciencia infinita para lograrlo. Y por parte de Colmillo Blanco requirió nada menos que una revolución. Tenía que ignorar los impulsos y las pulsiones del instinto y la razón, desafiar a la experiencia, dar la razón a la vida misma.

La vida... tal como la había conocido... no sólo él no tenía cabida en ella para mucho de lo que él hacía ahora, sino que todas las corrientes habían ido en contra de aquellas a las que ahora se abandonaba. En resumen, si se consideraban todas las cosas, tenía que alcanzar una orientación mucho más vasta que la que había alcanzado en el momento en que llegó voluntariamente de la Naturaleza y aceptó a Castor Gris como su amo. En aquel momento era un mero cachorro, blando de nacimiento, sin forma, listo para que el pulgar de las circunstancias comenzara su trabajo sobre él. Pero ahora era diferente. El pulgar de las circunstancias había hecho su trabajo demasiado bien. Por él había sido formado y endurecido como Lobo de Pelea, feroz e implacable, sin amar ni ser amado. Llevar a cabo el cambio fue como un reflujo del ser, y esto cuando la plasticidad de la juventud ya no era suya; cuando la fibra de él se había vuelto dura y nudosa; cuando la urdimbre y la trama de él habían hecho de él una textura adamantina, áspera e inflexible; cuando el rostro de su espíritu se había vuelto de hierro y todos sus instintos y axiomas habían cristalizado en reglas fijas, precauciones, aversiones y deseos.

Una vez más, en esta nueva orientación, fue el pulgar de las circunstancias el que le presionó y le empujó, ablandando lo que se había vuelto duro y remodelándolo en una forma más justa. Weedon Scott era en verdad este pulgar. Había ido a las raíces de la naturaleza de Colmillo Blanco, y con amabilidad tocó las potencias de vida que habían languidecido y casi perecido. Una de esas potencias era *el amor*. Ocupó el lugar del *agrado,* que había sido el sentimiento más elevado que le había emocionado en su trato con los dioses.

But this love did not come in a day. It began with *like* and out of it slowly developed. White Fang did not run away, though he was allowed to remain loose, because he liked this new god. This was certainly better than the life he had lived in the cage of Beauty Smith, and it was necessary that he should have some god. The lordship of man was a need of his nature. The seal of his dependence on man had been set upon him in that early day when he turned his back on the Wild and crawled to Grey Beaver's feet to receive the expected beating. This seal had been stamped upon him again, and ineradicably, on his second return from the Wild, when the long famine was over and there was fish once more in the village of Grey Beaver.

And so, because he needed a god and because he preferred Weedon Scott to Beauty Smith, White Fang remained. In acknowledgment of fealty, he proceeded to take upon himself the guardianship of his master's property. He prowled about the cabin while the sled-dogs slept, and the first night-visitor to the cabin fought him off with a club until Weedon Scott came to the rescue. But White Fang soon learned to differentiate between thieves and honest men, to appraise the true value of step and carriage. The man who travelled, loud-stepping, the direct line to the cabin door, he let alone—though he watched him vigilantly until the door opened and he received the endorsement of the master. But the man who went softly, by circuitous ways, peering with caution, seeking after secrecy—that was the man who received no suspension of judgment from White Fang, and who went away abruptly, hurriedly, and without dignity.

Weedon Scott had set himself the task of redeeming White Fang—or rather, of redeeming mankind from the wrong it had done White Fang. It was a matter of principle and conscience. He felt that the ill done White Fang was a debt incurred by man and that it must be paid. So he went out of his way to be especially kind to the Fighting Wolf. Each day he made it a point to caress and pet White Fang, and to do it at length.

At first suspicious and hostile, White Fang grew to like this petting. But there was one thing that he never outgrew—his growling.

Pero este amor no surgió en un día. Comenzó con un *agrado* y a partir de él se desarrolló lentamente. Colmillo Blanco no huyó, aunque se le permitió permanecer suelto, porque le gustaba este nuevo dios. Sin duda era mejor que la vida que había vivido en la jaula de Beauty Smith, y era necesario que tuviera algún dios. El señorío del hombre era una necesidad de su naturaleza. El sello de su dependencia del hombre se había estampado en él en aquel temprano día en que dio la espalda a lo Salvaje y se arrastró hasta los pies de Castor Gris para recibir la esperada paliza. Este sello se había estampado en él de nuevo, y de forma inerradicable, en su segundo regreso de lo Salvaje, cuando la larga hambruna había terminado y había pescado una vez más en la aldea de Castor Gris.

Y así, porque necesitaba un dios y porque prefería a Weedon Scott antes que a Beauty Smith, Colmillo Blanco se quedó. En reconocimiento de lealtad, procedió a tomar sobre sí la tutela de la propiedad de su amo. Merodeaba por la cabaña mientras los perros de trineo dormían, y el primer visitante nocturno de la cabaña luchó contra él con un garrote hasta que Weedon Scott acudió al rescate. Pero Colmillo Blanco aprendió pronto a diferenciar entre ladrones y hombres honrados, a apreciar el verdadero valor del paso y del porte. Al hombre que recorría, a grandes pasos, la línea directa hasta la puerta de la cabina, lo dejaba en paz... aunque lo vigilaba atentamente hasta que la puerta se abría y recibía el visto bueno del amo. Pero al hombre que se dirigía suavemente, por caminos tortuosos, espiando con cautela, buscando el sigilo, ése era el hombre que no recibía ninguna suspensión de juicio por parte de Colmillo Blanco, y que se marchaba bruscamente, apresuradamente y sin dignidad.

Weedon Scott se había impuesto la tarea de redimir a Colmillo Blanco o, mejor dicho, de redimir a la humanidad del mal que le había hecho a Colmillo Blanco. Era una cuestión de principios y de conciencia. Sentía que el mal hecho a Colmillo Blanco era una deuda contraída por el hombre y que debía ser saldada. Así que se desvivió por ser especialmente amable con el Lobo de Pelea. Cada día se proponía acariciar y acariciar a Colmillo Blanco, y hacerlo por largo tiempo.

Al principio receloso y hostil, a Colmillo Blanco le fueron gustando estas caricias. Pero había una cosa que nunca superó: sus gruñidos.

Growl he would, from the moment the petting began till it ended. But it was a growl with a new note in it. A stranger could not hear this note, and to such a stranger the growling of White Fang was an exhibition of primordial savagery, nerve-racking and blood-curdling. But White Fang's throat had become harsh-fibred from the making of ferocious sounds through the many years since his first little rasp of anger in the lair of his cubhood, and he could not soften the sounds of that throat now to express the gentleness he felt. Nevertheless, Weedon Scott's ear and sympathy were fine enough to catch the new note all but drowned in the fierceness—the note that was the faintest hint of a croon of content and that none but he could hear.

As the days went by, the evolution of *like* into *love* was accelerated. White Fang himself began to grow aware of it, though in his consciousness he knew not what love was. It manifested itself to him as a void in his being—a hungry, aching, yearning void that clamoured to be filled. It was a pain and an unrest; and it received easement only by the touch of the new god's presence. At such times love was joy to him, a wild, keen-thrilling satisfaction. But when away from his god, the pain and the unrest returned; the void in him sprang up and pressed against him with its emptiness, and the hunger gnawed and gnawed unceasingly.

White Fang was in the process of finding himself. In spite of the maturity of his years and of the savage rigidity of the mould that had formed him, his nature was undergoing an expansion. There was a burgeoning within him of strange feelings and unwonted impulses. His old code of conduct was changing. In the past he had liked comfort and surcease from pain, disliked discomfort and pain, and he had adjusted his actions accordingly. But now it was different. Because of this new feeling within him, he ofttimes elected discomfort and pain for the sake of his god. Thus, in the early morning, instead of roaming and foraging, or lying in a sheltered nook, he would wait for hours on the cheerless cabin-stoop for a sight of the god's face. At night, when the god returned home, White Fang would leave the warm sleeping-place he had burrowed in the snow in order to receive the friendly snap of fingers and the word of greeting. Meat, even meat itself, he would forego

Gruñía, desde que empezaban las caricias hasta que terminaban. Pero era un gruñido con una nueva nota en él. Un extraño no podía oír esta nota, y para tal extraño el gruñido de Colmillo Blanco era una exhibición de salvajismo primordial, que crispaba los nervios y helaba la sangre. Pero la garganta de Colmillo Blanco se había vuelto áspera por la emisión de sonidos feroces a lo largo de los muchos años transcurridos desde su primer pequeño gruñido de ira en la guarida de su etapa de cachorro, y ahora no podía suavizar los sonidos de esa garganta para expresar la dulzura que sentía. Sin embargo, el oído y la simpatía de Weedon Scott eran lo suficientemente finos como para captar la nueva nota casi ahogada en la ferocidad, la nota que era el más leve indicio de un canturreo de satisfacción y que nadie más que él podía oír.

A medida que pasaban los días, la evolución de el *agrado* hacia el *amor* se aceleró. El propio Colmillo Blanco empezó a ser consciente de ello, aunque en su conciencia no sabía lo que era el amor. Se le manifestó como un vacío en su ser... un vacío hambriento, dolorido y anhelante que clamaba por ser llenado. Era un dolor y una inquietud; y sólo recibía alivio con el contacto de la presencia del nuevo dios. En esos momentos, el amor era alegría para él, una satisfacción salvaje y punzante. Pero cuando estaba lejos de su dios, el dolor y el desasosiego volvían; el vacío en él brotaba y le oprimía con su carencia, y el hambre le roía y roía sin cesar.

Colmillo Blanco estaba en proceso de encontrarse a sí mismo. A pesar de la madurez de sus años y de la rigidez salvaje del molde que le había formado, su naturaleza estaba experimentando una expansión. Surgían en él sentimientos extraños e impulsos inusitados. Su antiguo código de conducta estaba cambiando. En el pasado, le habían gustado la comodidad y el alivio del dolor, le habían disgustado la incomodidad y el dolor, y había ajustado sus acciones en consecuencia. Pero ahora era diferente. Debido a este nuevo sentimiento en su interior, a menudo elegía la incomodidad y el dolor por el bien de su dios. Así, por la mañana temprano, en lugar de vagar y buscar comida, o tumbarse en un rincón resguardado, esperaba durante horas en la alegre entrada de la cabaña a ver el rostro del dios. Por la noche, cuando el dios regresaba a casa, Colmillo Blanco abandonaba el cálido lugar para dormir que había excavado en la nieve para recibir el amistoso chasquido de dedos y la palabra de

to be with his god, to receive a caress from him or to accompany him down into the town.

*Like* had been replaced by *love*. And love was the plummet dropped down into the deeps of him where like had never gone. And responsive out of his deeps had come the new thing—love. That which was given unto him did he return. This was a god indeed, a love-god, a warm and radiant god, in whose light White Fang's nature expanded as a flower expands under the sun.

But White Fang was not demonstrative. He was too old, too firmly moulded, to become adept at expressing himself in new ways. He was too self-possessed, too strongly poised in his own isolation. Too long had he cultivated reticence, aloofness, and moroseness. He had never barked in his life, and he could not now learn to bark a welcome when his god approached. He was never in the way, never extravagant nor foolish in the expression of his love. He never ran to meet his god. He waited at a distance; but he always waited, was always there. His love partook of the nature of worship, dumb, inarticulate, a silent adoration. Only by the steady regard of his eyes did he express his love, and by the unceasing following with his eyes of his god's every movement. Also, at times, when his god looked at him and spoke to him, he betrayed an awkward self-consciousness, caused by the struggle of his love to express itself and his physical inability to express it.

He learned to adjust himself in many ways to his new mode of life. It was borne in upon him that he must let his master's dogs alone. Yet his dominant nature asserted itself, and he had first to thrash them into an acknowledgment of his superiority and leadership. This accomplished, he had little trouble with them. They gave trail to him when he came and went or walked among them, and when he asserted his will they obeyed.

In the same way, he came to tolerate Matt—as a possession of his master. His master rarely fed him. Matt did that, it was his business; yet White Fang divined that it was his master's food he ate and that it was his master who thus fed him vicariously. Matt

saludo. Renunciaba a la carne, incluso a la carne misma, para estar con su dios, recibir una caricia suya o acompañarle al pueblo.

El *agrado* había sido sustituido por el *amor*. Y el amor era la plomada que había descendido a las profundidades de él allí donde el agrado nunca había llegado. Y receptivo fuera de sus profundidades había venido la nueva cosa... el amor. Aquello que le fue dado él lo devolvió. Éste era un dios en verdad, un dios-amor, un dios cálido y radiante, a cuya luz la naturaleza de Colmillo Blanco se expandía como una flor se expande bajo el sol.

Pero Colmillo Blanco no era demostrativo. Era demasiado viejo, estaba demasiado firmemente moldeado, para volverse adepto a expresarse de nuevas maneras. Era demasiado dueño de sí mismo, demasiado fuertemente aplomado en su propio aislamiento. Había cultivado durante demasiado tiempo la reticencia, el distanciamiento y la morosidad. Nunca había ladrado en su vida, y ahora no podía aprender a ladrar dando la bienvenida cuando su dios se acercaba. Nunca estorbó, nunca fue extravagante ni insensato en la expresión de su amor. Nunca corrió al encuentro de su dios. Esperó a la distancia; pero siempre esperó, siempre estuvo allí. Su amor tenía la naturaleza del culto, mudo, inarticulado, una adoración silenciosa. Sólo con la mirada fija de sus ojos expresaba su amor, y siguiendo incesantemente con la mirada cada movimiento de su dios. También, a veces, cuando su dios le miraba y le hablaba, traicionaba una torpe autoconciencia, causada por la lucha de su amor por expresarse y su incapacidad física para hacerlo.

Aprendió a adaptarse de muchas maneras a su nuevo modo de vida. Se le inculcó que debía dejar en paz a los perros de su amo. Sin embargo, su naturaleza dominante se impuso y primero tuvo que atacarlos para que reconocieran su superioridad y liderazgo. Logrado esto, tuvo pocos problemas con ellos. Le cedían el paso cuando iba y venía o caminaba entre ellos, y cuando hacía valer su voluntad le obedecían.

Del mismo modo, llegó a tolerar a Matt... como una posesión de su amo. Su amo rara vez le daba de comer. Matt lo hacía, era asunto suyo; sin embargo, Colmillo Blanco adivinó que era la comida de su amo la que comía y que era su amo quien así le alimentaba vicaria-

it was who tried to put him into the harness and make him haul sled with the other dogs. But Matt failed. It was not until Weedon Scott put the harness on White Fang and worked him, that he understood. He took it as his master's will that Matt should drive him and work him just as he drove and worked his master's other dogs.

Different from the Mackenzie toboggans were the Klondike sleds with runners under them. And different was the method of driving the dogs. There was no fan-formation of the team. The dogs worked in single file, one behind another, hauling on double traces. And here, in the Klondike, the leader was indeed the leader. The wisest as well as strongest dog was the leader, and the team obeyed him and feared him. That White Fang should quickly gain this post was inevitable. He could not be satisfied with less, as Matt learned after much inconvenience and trouble. White Fang picked out the post for himself, and Matt backed his judgment with strong language after the experiment had been tried. But, though he worked in the sled in the day, White Fang did not forego the guarding of his master's property in the night. Thus he was on duty all the time, ever vigilant and faithful, the most valuable of all the dogs.

"Makin' free to spit out what's in me," Matt said one day, "I beg to state that you was a wise guy all right when you paid the price you did for that dog. You clean swindled Beauty Smith on top of pushin' his face in with your fist."

A recrudescence of anger glinted in Weedon Scott's grey eyes, and he muttered savagely, "The beast!"

In the late spring a great trouble came to White Fang. Without warning, the love-master disappeared. There had been warning, but White Fang was unversed in such things and did not understand the packing of a grip. He remembered afterwards that his packing had preceded the master's disappearance; but at the time he suspected nothing. That night he waited for the master to return. At midnight the chill wind that blew drove him to shelter at the rear of the cabin. There he drowsed, only half asleep, his ears keyed for the first sound of the familiar step. But, at two in

mente. Matt fue quien trató de ponerle el arnés y hacer que arrastrara el trineo con los otros perros. Pero Matt fracasó. Hasta que Weedon Scott no le puso el arnés a Colmillo Blanco y lo hizo trabajar no lo comprendió. Tomó como voluntad de su amo que Matt lo condujera y lo hiciera trabajar, de la misma manera que conducía y hacía trabajar a los otros perros de su amo.

Diferentes de los toboganes del Mackenzie eran los trineos del Klondike, con patines debajo. Y diferente era el método de conducción de los perros. No había formación en abanico del equipo. Los perros trabajaban en fila india, uno detrás de otro, arrastrando en doble tracción. Y aquí, en el Klondike, el líder era realmente el líder. El perro más sabio, además del más fuerte, era el líder, y el equipo le obedecía y le temía. Que Colmillo Blanco se hiciera rápidamente con este puesto era inevitable. No podía conformarse con menos, como aprendió Matt después de muchos inconvenientes y problemas. Colmillo Blanco eligió el puesto para sí mismo, y Matt respaldó su juicio con lenguaje fuerte después de que hubiera concluido el experimento. Pero, aunque trabajaba en el trineo durante el día, Colmillo Blanco no renunciaba a la vigilancia de la propiedad de su amo por la noche. Así, estaba de guardia todo el tiempo, siempre vigilante y fiel, el más valioso de todos los perros.

«Dando rienda suelta a lo que llevo dentro», dijo Matt un día, «me permito afirmar que usted fue un tipo muy listo cuando pagó el precio que pagó por ese perro. Estafó limpiamente a Beauty Smith además de empujarle la cara con su puño».

Un recrudecimiento de ira brilló en los ojos grises de Weedon Scott, y murmuró salvajemente: «¡La bestia!».

A finales de la primavera le llegó un gran problema a Colmillo Blanco. Sin previo aviso, el amo del amor desapareció. Había habido una advertencia, pero Colmillo Blanco no estaba versado en esas cosas y no comprendía cuando alguien empaca. Recordó después que el empaque había precedido a la desaparición del amo; pero en aquel momento no sospechó nada. Aquella noche esperó a que regresara el amo. A medianoche, el viento helado que soplaba le llevó a refugiarse en la parte trasera de la cabaña. Allí dormitó, sólo dormido a medias, con los oídos atentos al primer sonido del paso familiar.

the morning, his anxiety drove him out to the cold front stoop, where he crouched, and waited.

But no master came. In the morning the door opened and Matt stepped outside. White Fang gazed at him wistfully. There was no common speech by which he might learn what he wanted to know. The days came and went, but never the master. White Fang, who had never known sickness in his life, became sick. He became very sick, so sick that Matt was finally compelled to bring him inside the cabin. Also, in writing to his employer, Matt devoted a postscript to White Fang.

Weedon Scott reading the letter down in Circle City, came upon the following:

"That dam wolf won't work. Won't eat. Aint got no spunk left. All the dogs is licking him. Wants to know what has become of you, and I don't know how to tell him. Mebbe he is going to die."

It was as Matt had said. White Fang had ceased eating, lost heart, and allowed every dog of the team to thrash him. In the cabin he lay on the floor near the stove, without interest in food, in Matt, nor in life. Matt might talk gently to him or swear at him, it was all the same; he never did more than turn his dull eyes upon the man, then drop his head back to its customary position on his fore-paws.

And then, one night, Matt, reading to himself with moving lips and mumbled sounds, was startled by a low whine from White Fang. He had got upon his feet, his ears cocked towards the door, and he was listening intently. A moment later, Matt heard a foot-step. The door opened, and Weedon Scott stepped in. The two men shook hands. Then Scott looked around the room.

"Where's the wolf?" he asked.

Then he discovered him, standing where he had been lying, near to the stove. He had not rushed forward after the manner of other dogs. He stood, watching and waiting.

Pero, a las dos de la mañana, su ansiedad le hizo salir al frío porche delantero, donde se agazapó y esperó.

Pero no vino ningún amo. Por la mañana se abrió la puerta y Matt salió. Colmillo Blanco le miró con nostalgia. No había un lenguaje común con el que pudiera aprender lo que quería saber. Los días iban y venían, pero nunca el amo. Colmillo Blanco, que nunca había conocido la enfermedad en su vida, enfermó. Se puso muy enfermo, tanto que Matt se vio finalmente obligado a llevarlo al interior de la cabaña. Además, al escribir a su patrón, Matt dedicó una posdata a Colmillo Blanco.

Weedon Scott leyendo la carta en Circle City, se encontró con lo siguiente:

«Ese maldito lobo no quiere trabajar. No come. No le quedan agallas. Todos los perros le lamen. Quiere saber qué ha sido de usted y no sé cómo decírselo. Quizá vaya a morir».

Era como Matt había dicho. Colmillo Blanco había dejado de comer, perdió el ánimo y permitió que todos los perros del equipo le dieran una paliza. En la cabaña yacía en el suelo cerca de la estufa, sin interés por la comida, ni por Matt, ni por la vida. Matt podía hablarle suavemente o maldecirle, daba igual; nunca hacía más que volver sus ojos apagados hacia el hombre y luego dejar caer la cabeza a su posición habitual sobre las patas delanteras.

Y entonces, una noche, Matt, que leía para sí mismo moviendo los labios y murmurando sonidos, se vio sobresaltado por un quejido grave de Colmillo Blanco. Se había puesto en pie, con las orejas agachadas hacia la puerta, y escuchaba atentamente. Un momento después, Matt oyó unas pisadas. La puerta se abrió y Weedon Scott entró. Los dos hombres se estrecharon la mano. Luego Scott miró alrededor de la habitación.

«¿Dónde está el lobo?», preguntó.

Entonces lo descubrió, de pie donde había estado tumbado, cerca de la estufa. No se había lanzado como lo hacen los otros perros. Se quedó de pie, observando y esperando.

"Holy smoke!" Matt exclaimed. "Look at 'm wag his tail!"

Weedon Scott strode half across the room toward him, at the same time calling him. White Fang came to him, not with a great bound, yet quickly. He was awakened from self-consciousness, but as he drew near, his eyes took on a strange expression. Something, an incommunicable vastness of feeling, rose up into his eyes as a light and shone forth.

"He never looked at me that way all the time you was gone!" Matt commented.

Weedon Scott did not hear. He was squatting down on his heels, face to face with White Fang and petting him—rubbing at the roots of the ears, making long caressing strokes down the neck to the shoulders, tapping the spine gently with the balls of his fingers. And White Fang was growling responsively, the crooning note of the growl more pronounced than ever.

But that was not all. What of his joy, the great love in him, ever surging and struggling to express itself, succeeded in finding a new mode of expression. He suddenly thrust his head forward and nudged his way in between the master's arm and body. And here, confined, hidden from view all except his ears, no longer growling, he continued to nudge and snuggle.

The two men looked at each other. Scott's eyes were shining.

"Gosh!" said Matt in an awe-stricken voice.

A moment later, when he had recovered himself, he said, "I always insisted that wolf was a dog. Look at 'm!"

With the return of the love-master, White Fang's recovery was rapid. Two nights and a day he spent in the cabin. Then he sallied forth. The sled-dogs had forgotten his prowess. They remembered only the latest, which was his weakness and sickness. At the sight of him as he came out of the cabin, they sprang upon him.

«¡Santo cielo!», exclamó Matt. «¡Mira cómo mueve la cola!».

Weedon Scott recorrió media habitación hacia él, al tiempo que le llamaba. Colmillo Blanco se acercó a él, no con gran brío, pero sí rápidamente. Despertó de su timidez, pero al acercarse, sus ojos adoptaron una expresión extraña. Algo, una inmensidad incomunicable de sentimientos, surgió en sus ojos como una luz y brilló.

«¡Nunca me miró así en todo el tiempo que estuvo fuera!», comentó Matt.

Weedon Scott no lo oyó. Estaba en cuclillas sobre sus talones, cara a cara con Colmillo Blanco y dándole palmadas... frotándole en la raíz de las orejas, dando largas caricias por el cuello hasta los hombros, golpeando suavemente la columna vertebral con las yemas de los dedos. Y Colmillo Blanco gruñía en respuesta, la nota canturreante del gruñido más pronunciada que nunca.

Pero eso no fue todo. A causa de su alegría, el gran amor que había en él, siempre agitado y luchando por expresarse, logró encontrar un nuevo modo de expresión. De repente echó la cabeza hacia delante y se abrió paso entre el brazo y el cuerpo del amo. Y aquí, confinado, oculto a la vista de todos excepto de sus orejas, ya sin gruñir, siguió empujando suavemente y acurrucándose.

Los dos hombres se miraron. A Scott le brillaban los ojos.

«¡Caramba!», dijo Matt con voz de asombro.

Un momento después, cuando se hubo recuperado, dijo: «Siempre insistí en que ese lobo era un perro. Mírelo».

Con el regreso del amo del amor, la recuperación de Colmillo Blanco fue rápida. Pasó dos noches y un día en la cabaña. Luego se puso en marcha. Los perros de trineo habían olvidado sus proezas. Sólo recordaban lo último, que era su debilidad y su enfermedad. Al verle salir de la cabaña, se abalanzaron sobre él.

"Talk about your rough-houses," Matt murmured gleefully, standing in the doorway and looking on.

"Give 'm hell, you wolf! Give 'm hell!—an' then some!"

White Fang did not need the encouragement. The return of the love-master was enough. Life was flowing through him again, splendid and indomitable. He fought from sheer joy, finding in it an expression of much that he felt and that otherwise was without speech. There could be but one ending. The team dispersed in ignominious defeat, and it was not until after dark that the dogs came sneaking back, one by one, by meekness and humility signifying their fealty to White Fang.

Having learned to snuggle, White Fang was guilty of it often. It was the final word. He could not go beyond it. The one thing of which he had always been particularly jealous was his head. He had always disliked to have it touched. It was the Wild in him, the fear of hurt and of the trap, that had given rise to the panicky impulses to avoid contacts. It was the mandate of his instinct that that head must be free. And now, with the love-master, his snuggling was the deliberate act of putting himself into a position of hopeless helplessness. It was an expression of perfect confidence, of absolute self-surrender, as though he said: "I put myself into thy hands. Work thou thy will with me."

One night, not long after the return, Scott and Matt sat at a game of cribbage preliminary to going to bed. "Fifteen-two, fifteen-four an' a pair makes six," Mat was pegging up, when there was an outcry and sound of snarling without. They looked at each other as they started to rise to their feet.

"The wolf's nailed somebody," Matt said.

A wild scream of fear and anguish hastened them.

"Bring a light!" Scott shouted, as he sprang outside.

Matt followed with the lamp, and by its light they saw a man lying on his back in the snow. His arms were folded, one above

«Hablando de sus asperezas», murmuró Matt alegremente, de pie en la puerta y mirando.

«¡Dales caña, lobo! ¡Dales caña! ¡Y un poco más que eso!».

Colmillo Blanco no necesitaba el estímulo. El regreso del amo del amor era suficiente. La vida fluía de nuevo a través de él, espléndida e indomable. Luchaba de pura alegría, encontrando en ello una expresión de mucho de lo que sentía y que de otro modo no tenía palabra. Sólo podía haber un final. El equipo se dispersó en ignominiosa derrota, y no fue hasta después del anochecer cuando los perros volvieron a hurtadillas, uno a uno, dando a entender con mansedumbre y humildad su lealtad a Colmillo Blanco.

Habiendo aprendido a acurrucarse, Colmillo Blanco era culpable de ello a menudo. Era la última palabra. No podía ir más allá. De lo que siempre había sido especialmente celoso era de su cabeza. Siempre le había disgustado que se la tocaran. Era lo Salvaje en él, el miedo a las heridas y a la trampa, lo que había dado lugar a los impulsos de pánico por evitar los contactos. Era el mandato de su instinto que esa cabeza debía estar libre. Y ahora, con el amo del amor, su acurrucamiento era el acto deliberado de colocarse en una posición de indefensión sin remedio. Era una expresión de perfecta confianza, de absoluta autoentrega, como si dijera: «Me pongo en tus manos. Haz conmigo tu voluntad».

Una noche, no mucho después del regreso, Scott y Matt se sentaron a jugar a los naipes antes de irse a la cama. «Quince... dos, quince... cuatro y un par hacen seis», Matt estaba ganando, cuando se oyó un grito y un sonido de gruñidos fuera. Se miraron mientras empezaban a ponerse en pie.

«El lobo ha atrapado a alguien», dijo Matt.

Un grito salvaje de miedo y angustia les hizo darse prisa.

«¡Trae una luz!», gritó Scott, mientras salía corriendo.

Matt le siguió con la lámpara, y a su luz vieron a un hombre tumbado de espaldas en la nieve. Tenía los brazos cruzados, uno sobre

the other, across his face and throat. Thus he was trying to shield himself from White Fang's teeth. And there was need for it. White Fang was in a rage, wickedly making his attack on the most vulnerable spot. From shoulder to wrist of the crossed arms, the coat-sleeve, blue flannel shirt and undershirt were ripped in rags, while the arms themselves were terribly slashed and streaming blood.

All this the two men saw in the first instant. The next instant Weedon Scott had White Fang by the throat and was dragging him clear. White Fang struggled and snarled, but made no attempt to bite, while he quickly quieted down at a sharp word from the master.

Matt helped the man to his feet. As he arose he lowered his crossed arms, exposing the bestial face of Beauty Smith. The dog-musher let go of him precipitately, with action similar to that of a man who has picked up live fire. Beauty Smith blinked in the lamplight and looked about him. He caught sight of White Fang and terror rushed into his face.

At the same moment Matt noticed two objects lying in the snow. He held the lamp close to them, indicating them with his toe for his employer's benefit—a steel dog-chain and a stout club.

Weedon Scott saw and nodded. Not a word was spoken. The dog-musher laid his hand on Beauty Smith's shoulder and faced him to the right about. No word needed to be spoken. Beauty Smith started.

In the meantime the love-master was patting White Fang and talking to him.

"Tried to steal you, eh? And you wouldn't have it! Well, well, he made a mistake, didn't he?"

"Must 'a' thought he had hold of seventeen devils," the dog-musher sniggered.

otro, sobre la cara y la garganta. Así intentaba protegerse de los dientes de Colmillo Blanco. Y había necesidad de ello. Colmillo Blanco estaba furioso y atacaba con maldad en el punto más vulnerable. Desde el hombro hasta las muñecas de los brazos cruzados, la camisa de franela azul con mangas abrigadas y la camiseta interior estaban hechas jirones, mientras que los propios brazos estaban terriblemente cortados y chorreaban sangre.

Todo esto lo vieron los dos hombres en el primer instante. A continuación, Weedon Scott tenía a Colmillo Blanco agarrado por el cuello y lo arrastraba. Colmillo Blanco forcejeó y gruñó, pero no hizo ningún intento de morder, mientras se calmaba rápidamente ante una palabra cortante del amo.

Matt ayudó al hombre a ponerse en pie. Al levantarse, bajó los brazos cruzados, dejando al descubierto el rostro bestial de Beauty Smith. El perrero le soltó precipitadamente, con una acción similar a la de un hombre que ha cogido fuego vivo. Beauty Smith parpadeó a la luz de la lámpara y miró a su alrededor. Alcanzó a ver a Colmillo Blanco y el terror se apoderó de su rostro.

En el mismo momento, Matt se fijó en dos objetos que yacían en la nieve. Sostuvo la lámpara cerca de ellos, indicándolos con el dedo del pie para beneficio de su patrón: una cadena de perro de acero y un garrote robusto.

Weedon Scott vio y asintió. No dijo ni una palabra. El perrero puso la mano en el hombro de Beauty Smith y le miró hacia la derecha. No hizo falta pronunciar palabra. Beauty Smith se puso en marcha.

Mientras tanto, el amo del amor acariciaba a Colmillo Blanco y le hablaba.

«Intentó robarte, ¿eh? ¡Y no quisiste! Bueno, bueno, cometió un error, ¿no?».

«Debió pensar que tenía en sus manos diecisiete demonios», se rió el perrero.

White Fang, still wrought up and bristling, growled and growled, the hair slowly lying down, the crooning note remote and dim, but growing in his throat.

Colmillo Blanco, aún crispado y erizado, gruñía y gruñía, el pelo lentamente echado hacia abajo, la nota de canturreo remota y tenue, pero creciendo en su garganta.

PART V

CHAPTER I — THE LONG TRAIL

It was in the air. White Fang sensed the coming calamity, even before there was tangible evidence of it. In vague ways it was borne in upon him that a change was impending. He knew not how nor why, yet he got his feel of the oncoming event from the gods themselves. In ways subtler than they knew, they betrayed their intentions to the wolf-dog that haunted the cabin-stoop, and that, though he never came inside the cabin, knew what went on inside their brains.

"Listen to that, will you!" the dog-musher exclaimed at supper one night.

Weedon Scott listened. Through the door came a low, anxious whine, like a sobbing under the breath that had just grown audible. Then came the long sniff, as White Fang reassured himself that his god was still inside and had not yet taken himself off in mysterious and solitary flight.

"I do believe that wolf's on to you," the dog-musher said.

Weedon Scott looked across at his companion with eyes that almost pleaded, though this was given the lie by his words.

"What the devil can I do with a wolf in California?" he demanded.

"That's what I say," Matt answered. "What the devil can you do with a wolf in California?"

But this did not satisfy Weedon Scott. The other seemed to be judging him in a non-committal sort of way.

"White man's dogs would have no show against him," Scott went on. "He'd kill them on sight. If he didn't bankrupt me with damaged suits, the authorities would take him away from me and electrocute him."

PARTE V

## CAPÍTULO I — LA LARGA HUELLA

Estaba en el aire. Colmillo Blanco intuía la calamidad que se avecinaba, incluso antes de que hubiera pruebas tangibles de ello. De forma vaga, se le fue metiendo en la cabeza que un cambio era inminente. No sabía cómo ni por qué, pero percibía el acontecimiento que se avecinaba a través de los propios dioses. De maneras más sutiles de lo que sabían, traicionaron sus intenciones al perro-lobo que rondaba la entrada de la cabaña y que, aunque nunca entró en ella, sabía lo que pasaba dentro de sus cerebros.

«¡Escuche esto, quiere!», exclamó el perrero una noche durante la cena.

Weedon Scott escuchó. A través de la puerta llegó un gemido bajo y ansioso, como un sollozo bajo la respiración que acababa de hacerse audible. Luego llegó el largo olfateo, mientras Colmillo Blanco se aseguraba de que su dios seguía dentro y aún no se había largado en misteriosa y solitaria huida.

«Creo que ese lobo está con usted», dijo el perrero.

Weedon Scott miró a su compañero con ojos casi suplicantes, aunque sus palabras lo desmentían.

«¿Qué demonios puedo hacer con un lobo en California?», preguntó.

«Eso es lo que yo digo», respondió Matt. «¿Qué demonios se puede hacer con un lobo en California?».

Pero esto no satisfizo a Weedon Scott. El otro parecía juzgarle de una forma poco comprometida.

«Los perros del hombre blanco no podrán hacer nada contra él», continuó Scott. «Los mataría en cuanto los viera. Si no me llevara a la bancarrota con juicios por daños, las autoridades me lo quitarían y lo electrocutarían».

"He's a downright murderer, I know," was the dog-musher's comment.

Weedon Scott looked at him suspiciously.

"It would never do," he said decisively.

"It would never do!" Matt concurred. "Why you'd have to hire a man 'specially to take care of 'm."

The other suspicion was allayed. He nodded cheerfully. In the silence that followed, the low, half-sobbing whine was heard at the door and then the long, questing sniff.

"There's no denyin' he thinks a hell of a lot of you," Matt said.

The other glared at him in sudden wrath. "Damn it all, man! I know my own mind and what's best!"

"I'm agreein' with you, only . . . "

"Only what?" Scott snapped out.

"Only . . . " the dog-musher began softly, then changed his mind and betrayed a rising anger of his own. "Well, you needn't get so all-fired het up about it. Judgin' by your actions one'd think you didn't know your own mind."

Weedon Scott debated with himself for a while, and then said more gently: "You are right, Matt. I don't know my own mind, and that's what's the trouble."

"Why, it would be rank ridiculousness for me to take that dog along," he broke out after another pause.

"I'm agreein' with you," was Matt's answer, and again his employer was not quite satisfied with him.

"But how in the name of the great Sardanapolis he knows you're goin' is what gets me," the dog-musher continued innocently.

«Es un verdadero asesino, lo sé», fue el comentario del perrero.

Weedon Scott le miró con suspicacia.

«Nunca funcionaría», dijo él con decisión.

«¡Nunca funcionaría!», Matt coincidió. «Tendría que contratar a un hombre especialmente para cuidarlo».

La otra sospecha se disipó. Él asintió alegremente. En el silencio que siguió, se oyó el quejido bajo y medio sollozante en la puerta y luego el olfateo largo y escrutador.

«No se puede negar que piensa mucho en usted», dijo Matt.

El otro lo miró con ira repentina. «¡Maldito sea todo, hombre! ¡Conozco lo que pienso y lo que es mejor!».

«Estoy de acuerdo con usted, es sólo que...».

«¿Sólo qué?», espetó Scott.

«Sólo que...», empezó a decir suavemente el perrero, luego cambió de opinión y delató un creciente enfado propio. «Bueno, no hace falta que se ponga así. A juzgar por sus acciones, uno pensaría que no sabe lo que piensa».

Weedon Scott debatió consigo mismo durante un rato, y luego dijo más suavemente: «Tienes razón, Matt. No sé lo que pienso, y ése es el problema».

«Sería una ridiculez total que me llevara a ese perro», soltó tras otra pausa.

«Estoy de acuerdo con usted», fue la respuesta de Matt, y de nuevo su patrón no quedó del todo satisfecho con él.

«Pero cómo, en nombre de la gran Sardanápolis, sabe que usted se va es lo que me preocupa», continuó inocentemente el perrero.

"It's beyond me, Matt," Scott answered, with a mournful shake of the head.

Then came the day when, through the open cabin door, White Fang saw the fatal grip on the floor and the love-master packing things into it. Also, there were comings and goings, and the erstwhile placid atmosphere of the cabin was vexed with strange perturbations and unrest. Here was indubitable evidence. White Fang had already scented it. He now reasoned it. His god was preparing for another flight. And since he had not taken him with him before, so, now, he could look to be left behind.

That night he lifted the long wolf-howl. As he had howled, in his puppy days, when he fled back from the Wild to the village to find it vanished and naught but a rubbish-heap to mark the site of Grey Beaver's tepee, so now he pointed his muzzle to the cold stars and told to them his woe.

Inside the cabin the two men had just gone to bed.

"He's gone off his food again," Matt remarked from his bunk.

There was a grunt from Weedon Scott's bunk, and a stir of blankets.

"From the way he cut up the other time you went away, I wouldn't wonder this time but what he died."

The blankets in the other bunk stirred irritably.

"Oh, shut up!" Scott cried out through the darkness. "You nag worse than a woman."

"I'm agreein' with you," the dog-musher answered, and Weedon Scott was not quite sure whether or not the other had snickered.

The next day White Fang's anxiety and restlessness were even more pronounced. He dogged his master's heels whenever he left the cabin, and haunted the front stoop when he remained inside. Through the open door he could catch glimpses of the luggage on

«Me sobrepasa, Matt», contestó Scott, con un lúgubre movimiento de cabeza.

Entonces llegó el día en que, a través de la puerta abierta de la cabaña, Colmillo Blanco vio el bolso de viaje fatal en el suelo y al amo guardando cosas en ella. Además, hubo idas y venidas, y la antes plácida atmósfera de la cabaña se vio vejada por extrañas perturbaciones e inquietud. Aquí había pruebas indudables. Colmillo Blanco ya lo había olfateado. Ahora la razonaba. Su dios se preparaba para otra huida. Y como antes no le había llevado con él, ahora no podía esperar otra cosa que ser dejado atrás.

Aquella noche lanzó el largo aullido de lobo. Como había aullado, en sus días de cachorro, cuando huyó de vuelta de lo Salvaje a la aldea para encontrarla desaparecida y nada más que un montón de basura para marcar el sitio del tipi de Castor Gris, así ahora apuntó su hocico a las frías estrellas y les contó su desdicha.

Dentro de la cabaña los dos hombres acababan de acostarse.

«Ha vuelto a dejar de comer», comentó Matt desde su litera.

Se oyó un gruñido desde la litera de Weedon Scott y un revuelo de mantas.

«Por la forma en que quedó la otra vez que se fue, no me extrañaría que esta vez se muera».

Las mantas de la otra litera se agitaron irritadas.

«¡Oh, cállate!», gritó Scott a través de la oscuridad. «Te quejas más que una mujer».

«Estoy de acuerdo con usted», respondió el perrero, y Weedon Scott no estaba muy seguro de si el otro se había reído o no.

Al día siguiente, la ansiedad y la inquietud de Colmillo Blanco eran aún más pronunciadas. Perseguía los talones de su amo cada vez que salía de la cabaña y rondaba la entrada cuando permanecía dentro. A través de la puerta abierta podía vislumbrar el equipaje en

the floor. The grip had been joined by two large canvas bags and a box. Matt was rolling the master's blankets and fur robe inside a small tarpaulin. White Fang whined as he watched the operation.

Later on two Indians arrived. He watched them closely as they shouldered the luggage and were led off down the hill by Matt, who carried the bedding and the grip. But White Fang did not follow them. The master was still in the cabin. After a time, Matt returned. The master came to the door and called White Fang inside.

"You poor devil," he said gently, rubbing White Fang's ears and tapping his spine. "I'm hitting the long trail, old man, where you cannot follow. Now give me a growl—the last, good, good-bye growl."

But White Fang refused to growl. Instead, and after a wistful, searching look, he snuggled in, burrowing his head out of sight between the master's arm and body.

"There she blows!" Matt cried. From the Yukon arose the hoarse bellowing of a river steamboat. "You've got to cut it short. Be sure and lock the front door. I'll go out the back. Get a move on!"

The two doors slammed at the same moment, and Weedon Scott waited for Matt to come around to the front. From inside the door came a low whining and sobbing. Then there were long, deep-drawn sniffs.

"You must take good care of him, Matt," Scott said, as they started down the hill. "Write and let me know how he gets along."

"Sure," the dog-musher answered. "But listen to that, will you!"

Both men stopped. White Fang was howling as dogs howl when their masters lie dead. He was voicing an utter woe, his cry bursting upward in great heart-breaking rushes, dying down into quavering misery, and bursting upward again with a rush upon rush of grief.

el suelo. Al bolso de viaje se habían unido dos grandes bolsas de lona y una caja. Matt estaba enrollando las mantas y la bata de piel del amo dentro de una pequeña lona. Colmillo Blanco gimoteó mientras observaba la operación.

Más tarde llegaron dos indios. Los observó de cerca mientras se echaban el equipaje al hombro y eran conducidos colina abajo por Matt, que llevaba la ropa de cama y el bolso de viaje. Pero Colmillo Blanco no les siguió. El amo seguía en la cabaña. Al cabo de un rato, Matt regresó. El amo se acercó a la puerta y llamó a Colmillo Blanco al interior.

«Pobre diablo», dijo suavemente, frotando las orejas de Colmillo Blanco y dándole golpecitos en el lomo. «Estoy siguiendo el rastro largo, viejo, donde no puedes seguirme. Ahora dame un gruñido... el último gruñido de despedida».

Pero Colmillo Blanco se negó a gruñir. En su lugar, y tras una mirada melancólica y escrutadora, se acurrucó, escondiendo la cabeza entre el brazo y el cuerpo del amo.

«¡Allí está!», gritó Matt. Desde el Yukón surgió el ronco bramido de un barco de vapor fluvial. «Tiene que darse prisa. Asegúrese de cerrar la puerta delantera. Yo saldré por atrás. ¡Muévase!».

Las dos puertas se cerraron de golpe en el mismo momento y Weedon Scott esperó a que Matt diera la vuelta hacia la parte delantera. Desde el interior de la puerta llegaban unos gemidos y sollozos bajos. Luego se oyeron olfateos largos y profundos.

«Debes cuidarlo bien, Matt», dijo Scott, mientras empezaban a bajar la colina. «Escríbeme y hazme saber cómo le va».

«Claro», respondió el perrero. «¡Pero escuche eso, quiere!».

Ambos hombres se detuvieron. Colmillo Blanco aullaba como aúllan los perros cuando sus amos yacen muertos. Expresaba una desdicha absoluta, su grito estallaba hacia arriba en grandes ráfagas desgarradoras, se apagaba en una miseria trémula y volvía a estallar hacia arriba con un torrente tras otro de dolor.

The *Aurora* was the first steamboat of the year for the Outside, and her decks were jammed with prosperous adventurers and broken gold seekers, all equally as mad to get to the Outside as they had been originally to get to the Inside. Near the gang-plank, Scott was shaking hands with Matt, who was preparing to go ashore. But Matt's hand went limp in the other's grasp as his gaze shot past and remained fixed on something behind him. Scott turned to see. Sitting on the deck several feet away and watching wistfully was White Fang.

The dog-musher swore softly, in awe-stricken accents. Scott could only look in wonder.

"Did you lock the front door?" Matt demanded. The other nodded, and asked, "How about the back?"

"You just bet I did," was the fervent reply.

White Fang flattened his ears ingratiatingly, but remained where he was, making no attempt to approach.

"I'll have to take 'm ashore with me."

Matt made a couple of steps toward White Fang, but the latter slid away from him. The dog-musher made a rush of it, and White Fang dodged between the legs of a group of men. Ducking, turning, doubling, he slid about the deck, eluding the other's efforts to capture him.

But when the love-master spoke, White Fang came to him with prompt obedience.

"Won't come to the hand that's fed 'm all these months," the dog-musher muttered resentfully. "And you—you ain't never fed 'm after them first days of gettin' acquainted. I'm blamed if I can see how he works it out that you're the boss."

Scott, who had been patting White Fang, suddenly bent closer and pointed out fresh-made cuts on his muzzle, and a gash be-

El *Aurora* era el primer barco de vapor del año que partía para el Exterior, y sus cubiertas estaban atestadas de prósperos aventureros y quebrados buscadores de oro, todos igual de locos por llegar al Exterior como lo habían estado en un principio por llegar al Interior. Cerca de la pasarela, Scott estrechaba la mano de Matt, que se disponía a embarcar. Pero la mano de Matt se volvió flácida en el agarre del otro mientras su mirada se desviaba y permanecía fija en algo que había detrás de él. Scott se volvió para ver. Sentado en la cubierta a varios pies de distancia y observando con nostalgia estaba Colmillo Blanco.

El perrero maldijo en voz baja, con acento de asombro. Scott sólo pudo mirar asombrado.

«¿Cerró la puerta principal?», preguntó Matt. El otro asintió y preguntó: «¿Y la trasera?».

«Puede apostar a que sí», fue la ferviente respuesta.

Colmillo Blanco agachó las orejas congraciadamente, pero permaneció donde estaba, sin hacer ningún intento de acercarse.

«Tendré que llevármelo a tierra conmigo».

Matt dio un par de pasos hacia Colmillo Blanco, pero éste se escabulló de él. El perrero se lanzó sobre él y Colmillo Blanco lo esquivó pasando entre las piernas de un grupo de hombres. Agachándose, girando, doblando, se deslizó por la cubierta, eludiendo los esfuerzos del otro por capturarle.

Pero cuando el amo del amor hablaba, Colmillo Blanco acudió a él con pronta obediencia.

«No vendrá a la mano que le ha alimentado todos estos meses», murmuró el perrero con resentimiento. «Y usted... usted nunca le ha dado de comer después de los primeros días de conocerse. Estoy condenado si entiendo cómo se da cuenta de que usted es el jefe».

Scott, que había estado acariciando a Colmillo Blanco, se inclinó de repente más cerca y le señaló unos cortes recién hechos en el ho-

tween the eyes.

Matt bent over and passed his hand along White Fang's belly.

"We plump forgot the window. He's all cut an' gouged under-neath. Must 'a' butted clean through it, b'gosh!"

But Weedon Scott was not listening. He was thinking rapidly. The *Aurora's* whistle hooted a final announcement of departure. Men were scurrying down the gang-plank to the shore. Matt loosened the bandana from his own neck and started to put it around White Fang's. Scott grasped the dog-musher's hand.

"Good-bye, Matt, old man. About the wolf—you needn't write. You see, I've . . . !"

"What!" the dog-musher exploded. "You don't mean to say . . .?"

"The very thing I mean. Here's your bandana. I'll write to you about him."

Matt paused halfway down the gang-plank.

"He'll never stand the climate!" he shouted back. "Unless you clip 'm in warm weather!"

The gang-plank was hauled in, and the *Aurora* swung out from the bank. Weedon Scott waved a last good-bye. Then he turned and bent over White Fang, standing by his side.

"Now growl, damn you, growl," he said, as he patted the responsive head and rubbed the flattening ears.

cico y un tajo entre los ojos.

Matt se inclinó y pasó la mano por el vientre de Colmillo Blanco.

«Nos olvidamos de la ventana. Está todo cortado y marcado por debajo. Debe haberle atravesado, ¡caramba!».

Pero Weedon Scott no estaba escuchando. Estaba pensando rápidamente. El silbato del *Aurora* ululó un último anuncio de partida. Los hombres corrían por la pasarela hacia la orilla. Matt se soltó el pañuelo de su propio cuello y empezó a ponérselo alrededor del de Colmillo Blanco. Scott agarró la mano del perrero.

«Adiós, Matt, viejo. En cuanto al lobo... no hace falta que escriba. Verá, he...!».

«¡Qué!», estalló el perrero. «¿No querrá decir...?».

«A eso mismo me refiero. Aquí tiene su pañuelo. Le escribiré sobre él».

Matt se detuvo a medio camino de la pasarela.

«¡No soportará el clima!», le gritó. «¡A menos que lo pele en el clima cálido!».

La pasarela fue arrastrada y el *Aurora* se apartó de la orilla. Weedon Scott se despidió por última vez. Luego se volvió y se inclinó sobre Colmillo Blanco, que estaba a su lado.

«Ahora gruñe, maldita sea, gruñe», dijo, mientras acariciaba la cabeza receptiva y le frotaba las orejas aplastadas.

## CHAPTER II — THE SOUTHLAND

White Fang landed from the steamer in San Francisco. He was appalled. Deep in him, below any reasoning process or act of consciousness, he had associated power with godhead. And never had the white men seemed such marvellous gods as now, when he trod the slimy pavement of San Francisco. The log cabins he had known were replaced by towering buildings. The streets were crowded with perils—waggons, carts, automobiles; great, straining horses pulling huge trucks; and monstrous cable and electric cars hooting and clanging through the midst, screeching their insistent menace after the manner of the lynxes he had known in the northern woods.

All this was the manifestation of power. Through it all, behind it all, was man, governing and controlling, expressing himself, as of old, by his mastery over matter. It was colossal, stunning. White Fang was awed. Fear sat upon him. As in his cubhood he had been made to feel his smallness and puniness on the day he first came in from the Wild to the village of Grey Beaver, so now, in his full-grown stature and pride of strength, he was made to feel small and puny. And there were so many gods! He was made dizzy by the swarming of them. The thunder of the streets smote upon his ears. He was bewildered by the tremendous and endless rush and movement of things. As never before, he felt his dependence on the love-master, close at whose heels he followed, no matter what happened never losing sight of him.

But White Fang was to have no more than a nightmare vision of the city—an experience that was like a bad dream, unreal and terrible, that haunted him for long after in his dreams. He was put into a baggage-car by the master, chained in a corner in the midst of heaped trunks and valises. Here a squat and brawny god held sway, with much noise, hurling trunks and boxes about, dragging them in through the door and tossing them into the piles, or flinging them out of the door, smashing and crashing, to other gods who awaited them.

And here, in this inferno of luggage, was White Fang deserted

Colmillo Blanco desembarcó del vapor en San Francisco. Estaba consternado. En lo más profundo de su ser, por debajo de cualquier proceso de razonamiento o acto de conciencia, había asociado el poder con la divinidad. Y nunca los hombres blancos le habían parecido dioses tan maravillosos como ahora, cuando pisaba el viscoso pavimento de San Francisco. Las cabañas de troncos que había conocido habían sido sustituidas por altísimos edificios. Las calles estaban abarrotadas de peligros: carretas, carros, automóviles; grandes y fuertes caballos tirando de enormes camiones; y monstruosos coches eléctricos y tranvías ululando y repicando por el medio, chirriando su insistente amenaza a la manera de los linces que había conocido en los bosques del norte.

Todo ello era manifestación de poder. A través de todo ello, detrás de todo ello, estaba el hombre, gobernando y controlando, expresándose, como antaño, por su dominio sobre la materia. Era colosal, impresionante. Colmillo Blanco estaba sobrecogido. El miedo se apoderó de él. Así como en su etapa de cachorro le habían hecho sentir su pequeñez y debilidad el día en que llegó por primera vez de lo Salvaje a la aldea de Castor Gris, ahora, en su estatura adulta y orgulloso de su fuerza, le hacían sentir pequeño y débil. ¡Y había tantos dioses! Le mareaba el enjambre de ellos. El estruendo de las calles golpeaba sus oídos. Estaba desconcertado por el tremendo e interminable ajetreo y movimiento de las cosas. Como nunca antes, sintió su dependencia del amo, cerca de cuyos talones le seguía, sin perderle nunca de vista pasara lo que pasara.

Pero Colmillo Blanco no iba a tener más que una visión de pesadilla de la ciudad, una experiencia que fue como un mal sueño, irreal y terrible, que le persiguió durante mucho tiempo después en sus sueños. El amo le metió en un vagón de equipajes, encadenado en un rincón en medio de baúles y maletas amontonados. Allí, un dios achaparrado y musculoso dominaba, con mucho ruido, lanzando baúles y cajas de un lado a otro, arrastrándolos por la puerta y arrojándolos a los montones, o lanzándolos por la puerta, destrozándolos y estrellándolos, hacia otros dioses que los esperaban.

Y aquí, en este infierno de equipaje, estaba Colmillo Blanco aban-

by the master. Or at least White Fang thought he was deserted, until he smelled out the master's canvas clothes-bags alongside of him, and proceeded to mount guard over them.

"'Bout time you come," growled the god of the car, an hour later, when Weedon Scott appeared at the door. "That dog of yourn won't let me lay a finger on your stuff."

White Fang emerged from the car. He was astonished. The nightmare city was gone. The car had been to him no more than a room in a house, and when he had entered it the city had been all around him. In the interval the city had disappeared. The roar of it no longer dinned upon his ears. Before him was smiling country, streaming with sunshine, lazy with quietude. But he had little time to marvel at the transformation. He accepted it as he accepted all the unaccountable doings and manifestations of the gods. It was their way.

There was a carriage waiting. A man and a woman approached the master. The woman's arms went out and clutched the master around the neck—a hostile act! The next moment Weedon Scott had torn loose from the embrace and closed with White Fang, who had become a snarling, raging demon.

"It's all right, mother," Scott was saying as he kept tight hold of White Fang and placated him. "He thought you were going to injure me, and he wouldn't stand for it. It's all right. It's all right. He'll learn soon enough."

"And in the meantime I may be permitted to love my son when his dog is not around," she laughed, though she was pale and weak from the fright.

She looked at White Fang, who snarled and bristled and glared malevolently.

"He'll have to learn, and he shall, without postponement," Scott said.

He spoke softly to White Fang until he had quieted him, then

donado por el amo. O al menos Colmillo Blanco pensó que estaba abandonado, hasta que olió las bolsas de lona de ropa del amo a su lado, y procedió a montar guardia sobre ellas.

«Ya era hora de que viniera», gruñó el dios del coche, una hora más tarde, cuando Weedon Scott apareció en la puerta. «Ese perro suyo no me deja poner un dedo en sus cosas».

Colmillo Blanco salió del coche. Estaba atónito. La ciudad de pesadilla había desaparecido. El coche no había sido para él más que la habitación de una casa, y cuando había entrado en él la ciudad le había rodeado. En el intervalo la ciudad había desaparecido. Su rugido ya no retumbaba en sus oídos. Ante él estaba el campo sonriente, bañado por el sol, perezoso por la quietud. Pero tuvo poco tiempo para maravillarse de la transformación. La aceptó como aceptaba todos los hechos y manifestaciones inexplicables de los dioses. Era su forma de ser.

Había un coche esperando. Un hombre y una mujer se acercaron al amo. Los brazos de la mujer se extendieron y agarraron al amo por el cuello... ¡un acto hostil! A continuación, Weedon Scott se había soltado del abrazo y se había acercado a Colmillo Blanco, que se había convertido en un demonio furioso y gruñón.

«No pasa nada, madre», decía Scott mientras sujetaba con fuerza a Colmillo Blanco y lo aplacaba. «Pensó que ibas a herirme y no lo toleraría. No pasa nada. No pasa nada. Pronto aprenderá».

«Y mientras tanto se me permitirá amar a mi hijo cuando su perro no esté cerca», se rió ella, aunque estaba pálida y débil por el susto.

Miró a Colmillo Blanco, que gruñó, se erizó y lanzó una mirada malévola.

«Tendrá que aprender, y lo hará, sin demora», dijo Scott.

Habló suavemente a Colmillo Blanco hasta que lo hubo calmado, a

his voice became firm.

"Down, sir! Down with you!"

This had been one of the things taught him by the master, and White Fang obeyed, though he lay down reluctantly and sullenly.

"Now, mother."

Scott opened his arms to her, but kept his eyes on White Fang.

"Down!" he warned. "Down!"

White Fang, bristling silently, half-crouching as he rose, sank back and watched the hostile act repeated. But no harm came of it, nor of the embrace from the strange man-god that followed. Then the clothes-bags were taken into the carriage, the strange gods and the love-master followed, and White Fang pursued, now running vigilantly behind, now bristling up to the running horses and warning them that he was there to see that no harm befell the god they dragged so swiftly across the earth.

At the end of fifteen minutes, the carriage swung in through a stone gateway and on between a double row of arched and inter-lacing walnut trees. On either side stretched lawns, their broad sweep broken here and there by great sturdy-limbed oaks. In the near distance, in contrast with the young-green of the tend-ed grass, sunburnt hay-fields showed tan and gold; while beyond were the tawny hills and upland pastures. From the head of the lawn, on the first soft swell from the valley-level, looked down the deep-porched, many-windowed house.

Little opportunity was given White Fang to see all this. Hardly had the carriage entered the grounds, when he was set upon by a sheep-dog, bright-eyed, sharp-muzzled, righteously indignant and angry. It was between him and the master, cutting him off. White Fang snarled no warning, but his hair bristled as he made

continuación su voz se volvió firme.

«¡Abajo, señor! ¡Abajo con usted!».

Ésta había sido una de las cosas que le enseñó el amo, y Colmillo Blanco obedeció, aunque se tumbó de mala gana y hoscamente.

«Ahora, madre».

Scott abrió los brazos hacia ella, pero mantuvo la mirada en Colmillo Blanco.

«¡Abajo!», advirtió. «¡Abajo!».

Colmillo Blanco, erizado en silencio, medio agachado mientras se levantaba, se echó hacia atrás y observó cómo se repetía el acto hostil. Pero no se produjo ningún daño, ni tampoco el abrazo del desconocido hombre-dios que le siguió. A continuación subieron las bolsas de ropa al coche, los extraños dioses y el amo del amor les siguieron, y Colmillo Blanco les persiguió, ahora corriendo vigilante detrás, ahora erizándose ante los caballos que corrían y advirtiéndoles que él estaba allí para ver que no le ocurriera ningún daño al dios que arrastraban tan velozmente por la tierra.

Al cabo de quince minutos, el coche entró por una puerta de piedra y avanzó entre una doble hilera de nogales arqueados y entrelazados. A ambos lados se extendía el césped, cuya amplia extensión se veía interrumpida aquí y allá por grandes robles de robustas extremidades. A una distancia cercana, en contraste con el verde joven de la hierba cuidada, los campos de heno quemados por el sol se mostraban bronceados y dorados; mientras que más allá estaban las colinas leonadas y los pastos de las tierras altas. Desde el comienzo del césped, en el primer suave oleaje desde el nivel del valle, se divisaba la casa de porches profundos y muchas ventanas.

Poca oportunidad tuvo Colmillo Blanco de ver todo esto. Apenas había entrado el coche en el recinto, cuando se le echó encima un perro pastor, de ojos brillantes y hocico afilado, justamente indignado y furioso. Se interpuso entre él y el amo, cortándole el paso. Colmillo Blanco no gruñó ninguna advertencia, pero su pelo se erizó

his silent and deadly rush. This rush was never completed. He halted with awkward abruptness, with stiff fore-legs bracing himself against his momentum, almost sitting down on his haunches, so desirous was he of avoiding contact with the dog he was in the act of attacking. It was a female, and the law of his kind thrust a barrier between. For him to attack her would require nothing less than a violation of his instinct.

But with the sheep-dog it was otherwise. Being a female, she possessed no such instinct. On the other hand, being a sheep-dog, her instinctive fear of the Wild, and especially of the wolf, was unusually keen. White Fang was to her a wolf, the hereditary marauder who had preyed upon her flocks from the time sheep were first herded and guarded by some dim ancestor of hers. And so, as he abandoned his rush at her and braced himself to avoid the contact, she sprang upon him. He snarled involuntarily as he felt her teeth in his shoulder, but beyond this made no offer to hurt her. He backed away, stiff-legged with self-consciousness, and tried to go around her. He dodged this way and that, and curved and turned, but to no purpose. She remained always between him and the way he wanted to go.

"Here, Collie!" called the strange man in the carriage.

Weedon Scott laughed.

"Never mind, father. It is good discipline. White Fang will have to learn many things, and it's just as well that he begins now. He'll adjust himself all right."

The carriage drove on, and still Collie blocked White Fang's way. He tried to outrun her by leaving the drive and circling across the lawn but she ran on the inner and smaller circle, and was always there, facing him with her two rows of gleaming teeth. Back he circled, across the drive to the other lawn, and again she headed him off.

The carriage was bearing the master away. White Fang caught glimpses of it disappearing amongst the trees. The situation was desperate. He essayed another circle. She followed, running

mientras hacía su silenciosa y mortal acometida. Esta acometida no llegó a completarse. Se detuvo con torpe brusquedad, con las patas delanteras rígidas se apoyó en su impulso, casi se sentó sobre sus ancas, tan deseoso estaba de evitar el contacto con el perro al que estaba en el acto de atacar. Era una hembra, y la ley de su especie interponía una barrera. Para él, atacarla requeriría nada menos que una violación de su instinto.

Pero con la perra ovejera era de otro modo. Al ser hembra, no poseía tal instinto. Por otra parte, siendo una perra ovejera, su miedo instintivo a lo Salvaje, y especialmente al lobo, era inusualmente agudo. Colmillo Blanco era para ella un lobo, el merodeador hereditario que había hecho presa en sus rebaños desde que las ovejas fueron arreadas y guardadas por primera vez por algún oscuro antepasado suyo. Y así, cuando él abandonó su carrera hacia ella y se preparó para evitar el contacto, ella se abalanzó sobre él. Él gruñó involuntariamente al sentir sus dientes en su hombro, pero más allá de esto no hizo ningún intento de herirla. Retrocedió, con las piernas rígidas por la timidez, e intentó rodearla. Esquivó por aquí y por allá, y se curvó y giró, pero fue en vano. Ella permaneció siempre entre él y el camino que él quería seguir.

«¡Aquí, Collie!», llamó el hombre desconocido del coche.

Weedon Scott se rió.

«No importa, padre. Es una buena disciplina. Colmillo Blanco tendrá que aprender muchas cosas, y es mejor que empiece ahora. Se adaptará muy bien».

El coche siguió su camino, y aún así Collie bloqueó el paso de Colmillo Blanco. Él intentó dejarla atrás saliendo del camino de entrada y dando vueltas por el césped, pero ella corría por el círculo interior y más pequeño, y siempre estaba allí, frente a él, con sus dos hileras de dientes relucientes. Él volvió a dar vueltas, cruzando el camino de entrada hasta el otro trozo de césped, y de nuevo ella le hizo frente.

El coche se llevaba al amo. Colmillo Blanco vislumbró cómo desaparecía entre los árboles. La situación era desesperada. Ensayó otro círculo. Ella le siguió, corriendo velozmente. Y entonces, de repen-

swiftly. And then, suddenly, he turned upon her. It was his old fighting trick. Shoulder to shoulder, he struck her squarely. Not only was she overthrown. So fast had she been running that she rolled along, now on her back, now on her side, as she struggled to stop, clawing gravel with her feet and crying shrilly her hurt pride and indignation.

White Fang did not wait. The way was clear, and that was all he had wanted. She took after him, never ceasing her outcry. It was the straightaway now, and when it came to real running, White Fang could teach her things. She ran frantically, hysterically, straining to the utmost, advertising the effort she was making with every leap: and all the time White Fang slid smoothly away from her silently, without effort, gliding like a ghost over the ground.

As he rounded the house to the *porte-cochère*, he came upon the carriage. It had stopped, and the master was alighting. At this moment, still running at top speed, White Fang became suddenly aware of an attack from the side. It was a deer-hound rushing upon him. White Fang tried to face it. But he was going too fast, and the hound was too close. It struck him on the side; and such was his forward momentum and the unexpectedness of it, White Fang was hurled to the ground and rolled clear over. He came out of the tangle a spectacle of malignancy, ears flattened back, lips writhing, nose wrinkling, his teeth clipping together as the fangs barely missed the hound's soft throat.

The master was running up, but was too far away; and it was Collie that saved the hound's life. Before White Fang could spring in and deliver the fatal stroke, and just as he was in the act of springing in, Collie arrived. She had been out-manoeuvred and out-run, to say nothing of her having been unceremoniously tumbled in the gravel, and her arrival was like that of a tornado—made up of offended dignity, justifiable wrath, and instinctive hatred for this marauder from the Wild. She struck White Fang at right angles in the midst of his spring, and again he was knocked off his feet and rolled over.

te, se volvió hacia ella. Era su viejo truco de combate. Hombro con hombro, la golpeó de lleno. No sólo fue derribada. Tan rápido había corrido que rodó, ahora de espaldas, ahora de lado, mientras luchaba por detenerse, arañando la grava con los pies y gritando estridentemente su orgullo herido y su indignación.

Colmillo Blanco no esperó. El camino estaba despejado, y eso era todo lo que él quería. Ella salió tras él, sin cesar de quejarse Ahora venía una recta, y cuando se trataba de correr de verdad, Colmillo Blanco podía enseñarle cosas. Ella corría frenética, histérica, esforzándose al máximo, anunciando el esfuerzo que hacía con cada salto y todo el tiempo Colmillo Blanco se deslizaba suavemente lejos de ella en silencio, sin esfuerzo, patinando como un fantasma sobre el suelo.

Al rodear la casa, hasta la *porte-cochère*, él se topó con el coche. Se había detenido y el amo se apeaba. En ese momento, todavía corriendo a toda velocidad, Colmillo Blanco se percató de repente de un ataque lateral. Era un galgo de Escocia que se abalanzaba sobre él. Colmillo Blanco intentó hacerle frente. Pero iba demasiado rápido, y el galgo estaba demasiado cerca. Le golpeó en el costado; y tal fue su ímpetu hacia delante y lo inesperado del golpe, que Colmillo Blanco fue arrojado al suelo y rodó por encima. Salió de la maraña convertido en un espectáculo de malignidad, con las orejas aplastadas hacia atrás, los labios retorciéndose, el hocico arrugándose, los dientes chasqueándose mientras los colmillos apenas si rozaban la suave garganta del galgo.

El amo se acercaba corriendo, pero estaba demasiado lejos; y fue Collie quien salvó la vida del galgo. Antes de que Colmillo Blanco pudiera saltar y asestar el golpe fatal, y justo cuando estaba en el acto de saltar, llegó Collie. Había sido superada en maniobra y en carrera, por no decir que había sido derribada sin contemplaciones en la grava, y su llegada fue como la de un tornado todo hecho de dignidad ofendida, ira justificable y odio instintivo hacia este merodeador de lo salvaje. Golpeó a Colmillo Blanco en ángulo recto en medio de su salto, y de nuevo él fue derribado y volcado.

The next moment the master arrived, and with one hand held White Fang, while the father called off the dogs.

"I say, this is a pretty warm reception for a poor lone wolf from the Arctic," the master said, while White Fang calmed down under his caressing hand. "In all his life he's only been known once to go off his feet, and here he's been rolled twice in thirty seconds."

The carriage had driven away, and other strange gods had appeared from out the house. Some of these stood respectfully at a distance; but two of them, women, perpetrated the hostile act of clutching the master around the neck. White Fang, however, was beginning to tolerate this act. No harm seemed to come of it, while the noises the gods made were certainly not threatening. These gods also made overtures to White Fang, but he warned them off with a snarl, and the master did likewise with word of mouth. At such times White Fang leaned in close against the master's legs and received reassuring pats on the head.

The hound, under the command, "Dick! Lie down, sir!" had gone up the steps and lain down to one side of the porch, still growling and keeping a sullen watch on the intruder. Collie had been taken in charge by one of the woman-gods, who held arms around her neck and petted and caressed her; but Collie was very much perplexed and worried, whining and restless, outraged by the permitted presence of this wolf and confident that the gods were making a mistake.

All the gods started up the steps to enter the house. White Fang followed closely at the master's heels. Dick, on the porch, growled, and White Fang, on the steps, bristled and growled back.

"Take Collie inside and leave the two of them to fight it out," suggested Scott's father. "After that they'll be friends."

"Then White Fang, to show his friendship, will have to be chief mourner at the funeral," laughed the master.

A continuación llegó el amo, y con una mano sujetó a Colmillo Blanco, mientras el padre llamaba a los perros.

«Yo digo... ésta es una recepción bastante calurosa para un pobre lobo solitario del Ártico», dijo el amo, mientras Colmillo Blanco se calmaba bajo su mano acariciadora. «En toda su vida sólo se le ha visto una vez no estar sobre sus pies, y aquí le han hecho rodar dos veces en treinta segundos».

El coche se había alejado y otros dioses extraños habían aparecido desde fuera de la casa. Algunos de éstos se mantuvieron respetuosamente a distancia; pero dos de ellos, mujeres, perpetraron el acto hostil de agarrar al amo por el cuello. Colmillo Blanco, sin embargo, empezaba a tolerar este acto. No parecía causar ningún daño, mientras que los ruidos que hacían los dioses no eran ciertamente amenazadores. Estos dioses también hacían insinuaciones a Colmillo Blanco, pero éste les advertía con un gruñido, y el amo hacía lo mismo de palabra. En esos momentos Colmillo Blanco se apoyaba contra las piernas del amo y recibía palmaditas tranquilizadoras en la cabeza.

El galgo, bajo la orden: «¡Dick! ¡Abajo, señor!», había subido los escalones y se había tumbado a un lado del porche, gruñendo aún y vigilando hoscamente al intruso. Collie había sido tomada a cargo por una de las mujeres-dioses, que le rodeaba el cuello con los brazos y la acariciaba; pero Collie estaba muy perpleja y preocupada, quejumbrosa e inquieta, indignada por la presencia permitida de aquel lobo y segura de que los dioses estaban cometiendo un error.

Todos los dioses subieron los escalones para entrar en la casa. Colmillo Blanco seguía de cerca los talones del amo. Dick, en el porche, gruñó, y Colmillo Blanco, en los escalones, se erizó y gruñó como respuesta.

«Lleva a Collie dentro y deja que los dos se peleen», sugirió el padre de Scott. «Después serán amigos».

«Entonces Colmillo Blanco, para demostrar su amistad, tendrá que ser el doliente principal en el funeral», rió el amo.

The elder Scott looked incredulously, first at White Fang, then at Dick, and finally at his son.

"You mean . . .?"

Weedon nodded his head. "I mean just that. You'd have a dead Dick inside one minute—two minutes at the farthest."

He turned to White Fang. "Come on, you wolf. It's you that'll have to come inside."

White Fang walked stiff-legged up the steps and across the porch, with tail rigidly erect, keeping his eyes on Dick to guard against a flank attack, and at the same time prepared for whatever fierce manifestation of the unknown that might pounce out upon him from the interior of the house. But no thing of fear pounced out, and when he had gained the inside he scouted carefully around, looking at it and finding it not. Then he lay down with a contented grunt at the master's feet, observing all that went on, ever ready to spring to his feet and fight for life with the terrors he felt must lurk under the trap-roof of the dwelling.

El mayor de los Scott miró incrédulo, primero a Colmillo Blanco, luego a Dick y finalmente a su hijo.

«¿Quieres decir...?».

Weedon asintió con la cabeza. «Eso quiero decir. Tendrías a Dick muerto en un minuto, dos como mucho».

Se volvió hacia Colmillo Blanco. «Vamos, lobo. Eres tú quien tendrá que entrar».

Colmillo Blanco subió con las piernas rígidas los escalones y cruzó el porche, con la cola rígidamente erguida, manteniendo los ojos en Dick para protegerse de un ataque por el flanco, y al mismo tiempo preparado para cualquier manifestación feroz de lo desconocido que pudiera abalanzarse sobre él desde el interior de la casa. Pero ninguna cosa temible se abalanzó sobre él, y cuando hubo ganado el interior exploró cuidadosamente alrededor, mirándo, sin encontrar nada que temer. Luego se tumbó con un gruñido de satisfacción a los pies del amo, observando todo lo que ocurría, siempre dispuesto a ponerse en pie y luchar por la vida contra los terrores que sentía que debían acechar bajo el tejado-trampa de la vivienda.

Not only was White Fang adaptable by nature, but he had travelled much, and knew the meaning and necessity of adjustment. Here, in Sierra Vista, which was the name of Judge Scott's place, White Fang quickly began to make himself at home. He had no further serious trouble with the dogs. They knew more about the ways of the Southland gods than did he, and in their eyes he had qualified when he accompanied the gods inside the house. Wolf that he was, and unprecedented as it was, the gods had sanctioned his presence, and they, the dogs of the gods, could only recognise this sanction.

Dick, perforce, had to go through a few stiff formalities at first, after which he calmly accepted White Fang as an addition to the premises. Had Dick had his way, they would have been good friends. All but White Fang was averse to friendship. All he asked of other dogs was to be let alone. His whole life he had kept aloof from his kind, and he still desired to keep aloof. Dick's overtures bothered him, so he snarled Dick away. In the north he had learned the lesson that he must let the master's dogs alone, and he did not forget that lesson now. But he insisted on his own privacy and self-seclusion, and so thoroughly ignored Dick that that good-natured creature finally gave him up and scarcely took as much interest in him as in the hitching-post near the stable.

Not so with Collie. While she accepted him because it was the mandate of the gods, that was no reason that she should leave him in peace. Woven into her being was the memory of countless crimes he and his had perpetrated against her ancestry. Not in a day nor a generation were the ravaged sheepfolds to be forgotten. All this was a spur to her, pricking her to retaliation. She could not fly in the face of the gods who permitted him, but that did not prevent her from making life miserable for him in petty ways. A feud, ages old, was between them, and she, for one, would see to it that he was reminded.

So Collie took advantage of her sex to pick upon White Fang and maltreat him. His instinct would not permit him to attack her,

Colmillo Blanco no sólo era adaptable por naturaleza, sino que había viajado mucho y conocía el significado y la necesidad de la adaptación. Aquí, en Sierra Vista, que era el nombre del lugar del Juez Scott, Colmillo Blanco empezó rápidamente a sentirse como en casa. No tuvo más problemas serios con los perros. Ellos sabían más que él sobre las costumbres de los dioses de las Tierras del Sur, y a sus ojos él se había calificado cuando acompañó a los dioses al interior de la casa. Lobo que era, y sin precedentes como era, los dioses habían sancionado su presencia, y ellos, los perros de los dioses, sólo podían reconocer esta sanción.

Dick, forzosamente, tuvo que pasar por unas cuantas formalidades rígidas al principio, tras lo cual aceptó tranquilamente a Colmillo Blanco como una adición al local. Si Dick se hubiera salido con la suya, habrían sido buenos amigos. Todo bien, salvo que Colmillo Blanco era reacio a la amistad. Lo único que pedía a los demás perros era que le dejaran en paz. Toda su vida se había mantenido distante de los de su especie, y aún deseaba mantenerse distante. Las insinuaciones de Dick le molestaban, así que lo alejó gruñendo. En el norte había aprendido la lección de que debía dejar en paz a los perros del amo, y no olvidaba esa lección ahora. Pero insistió en su propia intimidad y autoexclusión, e ignoró tan completamente a Dick que aquella criatura de buen carácter acabó por rendirse y apenas se interesó por él tanto como por el poste cercano al establo.

No era así con Collie. Aunque ella le aceptó porque era el mandato de los dioses, eso no era razón para que le dejara en paz. Entretejido en su ser estaba el recuerdo de los incontables crímenes que él y los suyos habían perpetrado contra su ascendencia. Ni en un día ni en una generación iba a olvidar los rediles asolados. Todo esto fue un acicate para ella, aguijoneándola para que tome represalias. No podía enfrentarse a los dioses que lo permitían, pero eso no le impedía hacerle la vida imposible de pequeñas formas. Entre ellos existía una enemistad de siglos, y ella, por su parte, se encargaría de recordárselo.

Así es que Collie aprovechaba su sexo para meterse con Colmillo Blanco y maltratarlo. El instinto de él no le permitía atacarla, mien-

while her persistence would not permit him to ignore her. When she rushed at him he turned his fur-protected shoulder to her sharp teeth and walked away stiff-legged and stately. When she forced him too hard, he was compelled to go about in a circle, his shoulder presented to her, his head turned from her, and on his face and in his eyes a patient and bored expression. Sometimes, however, a nip on his hind-quarters hastened his retreat and made it anything but stately. But as a rule he managed to maintain a dignity that was almost solemnity. He ignored her existence whenever it was possible, and made it a point to keep out of her way. When he saw or heard her coming, he got up and walked off.

There was much in other matters for White Fang to learn. Life in the Northland was simplicity itself when compared with the complicated affairs of Sierra Vista. First of all, he had to learn the family of the master. In a way he was prepared to do this. As Mit-sah and Kloo-kooch had belonged to Grey Beaver, sharing his food, his fire, and his blankets, so now, at Sierra Vista, belonged to the love-master all the denizens of the house.

But in this matter there was a difference, and many differences. Sierra Vista was a far vaster affair than the tepee of Grey Beaver. There were many persons to be considered. There was Judge Scott, and there was his wife. There were the master's two sisters, Beth and Mary. There was his wife, Alice, and then there were his children, Weedon and Maud, toddlers of four and six. There was no way for anybody to tell him about all these people, and of blood-ties and relationship he knew nothing whatever and never would be capable of knowing. Yet he quickly worked it out that all of them belonged to the master. Then, by observation, whenever opportunity offered, by study of action, speech, and the very intonations of the voice, he slowly learned the intimacy and the degree of favour they enjoyed with the master. And by this ascertained standard, White Fang treated them accordingly. What was of value to the master he valued; what was dear to the master was to be cherished by White Fang and guarded carefully.

Thus it was with the two children. All his life he had disliked

tras que la persistencia de ella no le permitía ignorarla. Cuando ella se abalanzaba sobre él, él giraba su hombro protegido por el pelaje ante sus afilados dientes y se alejaba con las piernas rígidas y de manera señorial. Cuando ella le forzaba demasiado, él se veía obligado a dar vueltas en círculo, con el hombro presentado ante ella, la cabeza vuelta hacia ella y en la cara y en los ojos una expresión paciente y aburrida. A veces, sin embargo, un pellizco en sus cuartos traseros aceleraba su retirada y lo hacía todo menos señorial. Pero por regla general conseguía mantener una dignidad que era casi solemnidad. Ignoraba su existencia siempre que le era posible y se empeñaba en apartarse de su camino. Cuando la veía o la oía acercarse, se levantaba y se alejaba.

Colmillo Blanco debía aprender mucho en cuanto a otros asuntos. La vida en las Tierras del Norte era la simplicidad misma si se comparaba con los complicados asuntos de Sierra Vista. En primer lugar, tenía que aprender la familia del amo. En cierto modo estaba preparado para hacerlo. Como Mit-sah y Kloo-kooch habían pertenecido a Castor Gris, compartiendo su comida, su fuego y sus mantas, así ahora, en Sierra Vista, pertenecían al amo todos los habitantes de la casa.

Pero en este asunto había una diferencia, y muchas diferencias. Sierra Vista era un asunto mucho más vasto que el tipi de Castor Gris. Había muchas personas a tener en cuenta. Estaba el Juez Scott, y estaba su esposa. Estaban las dos hermanas del amo, Beth y Mary. Estaba su esposa, Alice, y luego estaban sus hijos, Weedon y Maud, pequeños de cuatro y seis años. No había forma de que nadie le hablara de toda esa gente, y de lazos de sangre y parentesco no sabía nada en absoluto y nunca sería capaz de saberlo. Sin embargo, rápidamente dedujo que todos ellos pertenecían al amo. Luego, mediante la observación, siempre que se presentaba la oportunidad, mediante el estudio de la acción, el habla y las propias entonaciones de la voz, fue aprendiendo poco a poco la intimidad y el grado de favor de que gozaban con el amo. Y según este criterio asegurado, Colmillo Blanco los trataba en consecuencia. Lo que era de valor para el amo, él lo valoraba; lo que era querido para el amo debía ser apreciado por Colmillo Blanco y guardado con cuidado.

Así fue con los dos niños. Toda su vida le habían disgustado los

children. He hated and feared their hands. The lessons were not tender that he had learned of their tyranny and cruelty in the days of the Indian villages. When Weedon and Maud had first approached him, he growled warningly and looked malignant. A cuff from the master and a sharp word had then compelled him to permit their caresses, though he growled and growled under their tiny hands, and in the growl there was no crooning note. Later, he observed that the boy and girl were of great value in the master's eyes. Then it was that no cuff nor sharp word was necessary before they could pat him.

Yet White Fang was never effusively affectionate. He yielded to the master's children with an ill but honest grace, and endured their fooling as one would endure a painful operation. When he could no longer endure, he would get up and stalk determinedly away from them. But after a time, he grew even to like the children. Still he was not demonstrative. He would not go up to them. On the other hand, instead of walking away at sight of them, he waited for them to come to him. And still later, it was noticed that a pleased light came into his eyes when he saw them approaching, and that he looked after them with an appearance of curious regret when they left him for other amusements.

All this was a matter of development, and took time. Next in his regard, after the children, was Judge Scott. There were two reasons, possibly, for this. First, he was evidently a valuable possession of the master's, and next, he was undemonstrative. White Fang liked to lie at his feet on the wide porch when he read the newspaper, from time to time favouring White Fang with a look or a word—untroublesome tokens that he recognised White Fang's presence and existence. But this was only when the master was not around. When the master appeared, all other beings ceased to exist so far as White Fang was concerned.

White Fang allowed all the members of the family to pet him and make much of him; but he never gave to them what he gave to the master. No caress of theirs could put the love-croon into his throat, and, try as they would, they could never persuade him into snuggling against them. This expression of abandon and surren-

niños. Odiaba y temía sus manos. No eran tiernas las lecciones que había aprendido de su tiranía y crueldad en los días de las aldeas indias. Cuando Weedon y Maud se habían acercado a él por primera vez, gruñó en advertencia y puso mala cara. Un manotazo del amo y una palabra cortante le habían obligado entonces a permitir sus caricias, aunque gruñó y gruñó bajo sus pequeñas manos, y en el gruñido no había ninguna nota de canturreo. Más tarde, observó que el niño y la niña eran de gran valor a los ojos del amo. Por lo tanto, no fue necesario ni un manotazo ni una palabra cortante para que pudieran acariciarle.

Sin embargo, Colmillo Blanco nunca fue efusivamente afectuoso. Se sometía a los hijos del amo con una gracia enfermiza pero honesta, y soportaba sus tonterías como se soportaría una operación dolorosa. Cuando ya no podía aguantar más, se levantaba y se alejaba decididamente de ellos. Pero al cabo de un tiempo, incluso llegaron a gustarle los niños. Aun así, no era demostrativo. No se acercaba a ellos. Por el contrario, en lugar de alejarse al verlos, esperaba a que se acercaran a él. Y aún más tarde, se observó que una luz complacida aparecía en sus ojos cuando los veía acercarse, y que los miraba con una apariencia de curioso pesar cuando lo dejaban por otras diversiones.

Todo esto era una cuestión de desarrollo y llevaba su tiempo. El siguiente en su consideración, después de los niños, era el Juez Scott. Había dos razones, posiblemente, para ello. En primer lugar, era evidentemente una valiosa posesión del amo, y además, era poco demostrativo. A Colmillo Blanco le gustaba tumbarse a sus pies en el amplio porche cuando leía el periódico, y de vez en cuando él favorecía a Colmillo Blanco con una mirada o una palabra, indicios inequívocos de que reconocía la presencia y la existencia de Colmillo Blanco. Pero esto sólo ocurría cuando el amo no estaba cerca. Cuando aparecía el amo, todos los demás seres dejaban de existir en lo que a Colmillo Blanco se refería.

Colmillo Blanco permitía que todos los miembros de la familia le acariciaran y le hicieran cumplidos; pero nunca les dio a ellos lo que le daba al amo. Ninguna caricia de ellos podía prepararle la garganta para el amor y, por mucho que lo intentaran, nunca podían persuadirle para que se acurrucara contra ellos. Esta expresión de abando-

der, of absolute trust, he reserved for the master alone. In fact, he never regarded the members of the family in any other light than possessions of the love-master.

Also White Fang had early come to differentiate between the family and the servants of the household. The latter were afraid of him, while he merely refrained from attacking them. This because he considered that they were likewise possessions of the master. Between White Fang and them existed a neutrality and no more. They cooked for the master and washed the dishes and did other things just as Matt had done up in the Klondike. They were, in short, appurtenances of the household.

Outside the household there was even more for White Fang to learn. The master's domain was wide and complex, yet it had its metes and bounds. The land itself ceased at the county road. Outside was the common domain of all gods—the roads and streets. Then inside other fences were the particular domains of other gods. A myriad laws governed all these things and determined conduct; yet he did not know the speech of the gods, nor was there any way for him to learn save by experience. He obeyed his natural impulses until they ran him counter to some law. When this had been done a few times, he learned the law and after that observed it.

But most potent in his education was the cuff of the master's hand, the censure of the master's voice. Because of White Fang's very great love, a cuff from the master hurt him far more than any beating Grey Beaver or Beauty Smith had ever given him. They had hurt only the flesh of him; beneath the flesh the spirit had still raged, splendid and invincible. But with the master the cuff was always too light to hurt the flesh. Yet it went deeper. It was an expression of the master's disapproval, and White Fang's spirit wilted under it.

In point of fact, the cuff was rarely administered. The master's voice was sufficient. By it White Fang knew whether he did right or not. By it he trimmed his conduct and adjusted his actions. It was the compass by which he steered and learned to chart the manners of a new land and life.

no y entrega, de confianza absoluta, la reservaba sólo para el amo. De hecho, nunca consideraba a los miembros de la familia bajo otra luz que la de posesiones del amo del amor.

También Colmillo Blanco había llegado pronto a diferenciar entre la familia y los criados de la casa. Estos últimos le temían, mientras que él simplemente se abstenía de atacarles. Esto se debía a que consideraba que eran igualmente posesiones del amo. Entre Colmillo Blanco y ellos existía una neutralidad y nada más. Cocinaban para el amo y lavaban los platos y hacían otras cosas igual que Matt había hecho en el Klondike. Eran, en resumen, pertenencias del hogar.

Fuera del hogar había aún más cosas que Colmillo Blanco debía aprender. Los dominios del amo eran amplios y complejos, pero tenían sus límites. El terreno en sí cesaba en la carretera comarcal. Fuera estaba el dominio común de todos los dioses: los caminos y las calles. Luego, dentro de otras vallas, estaban los dominios particulares de otros dioses. Una miríada de leyes regían todas estas cosas y determinaban la conducta; sin embargo, él no conocía el habla de los dioses, ni había forma de que aprendiera salvo por experiencia. Obedecía a sus impulsos naturales hasta que éstos le llevaban la contraria a alguna ley. Cuando había hecho esto unas cuantas veces, aprendía la ley y después la observaba.

Pero lo más potente en su educación fue el coscorrón de la mano del amo, la censura de la voz del amo. Debido al gran amor de Colmillo Blanco, un coscorrón del amo le dolía mucho más que cualquier paliza que le hubieran dado Castor Gris o Beauty Smith. Le habían herido sólo en la carne; bajo la carne, el espíritu seguía rugiendo, espléndido e invencible. Pero con el amo la paliza era siempre demasiado leve para herir la carne. Sin embargo, iba más allá. Era una expresión de la desaprobación del amo, y el espíritu de Colmillo Blanco se marchitó bajo ella.

De hecho, rara vez se administraba el coscorrón. La voz del amo era suficiente. Por ella Colmillo Blanco sabía si hacía bien o no. Por ella recortaba su conducta y ajustaba sus acciones. Era la brújula con la que se guiaba y aprendía a trazar los modales de una tierra y una vida nuevas.

In the Northland, the only domesticated animal was the dog. All other animals lived in the Wild, and were, when not too formidable, lawful spoil for any dog. All his days White Fang had foraged among the live things for food. It did not enter his head that in the Southland it was otherwise. But this he was to learn early in his residence in Santa Clara Valley. Sauntering around the corner of the house in the early morning, he came upon a chicken that had escaped from the chicken-yard. White Fang's natural impulse was to eat it. A couple of bounds, a flash of teeth and a frightened squawk, and he had scooped in the adventurous fowl. It was farm-bred and fat and tender; and White Fang licked his chops and decided that such fare was good.

Later in the day, he chanced upon another stray chicken near the stables. One of the grooms ran to the rescue. He did not know White Fang's breed, so for weapon he took a light buggy-whip. At the first cut of the whip, White Fang left the chicken for the man. A club might have stopped White Fang, but not a whip. Silently, without flinching, he took a second cut in his forward rush, and as he leaped for the throat the groom cried out, "My God!" and staggered backward. He dropped the whip and shielded his throat with his arms. In consequence, his forearm was ripped open to the bone.

The man was badly frightened. It was not so much White Fang's ferocity as it was his silence that unnerved the groom. Still protecting his throat and face with his torn and bleeding arm, he tried to retreat to the barn. And it would have gone hard with him had not Collie appeared on the scene. As she had saved Dick's life, she now saved the groom's. She rushed upon White Fang in frenzied wrath. She had been right. She had known better than the blundering gods. All her suspicions were justified. Here was the ancient marauder up to his old tricks again.

The groom escaped into the stables, and White Fang backed away before Collie's wicked teeth, or presented his shoulder to them and circled round and round. But Collie did not give over, as was her wont, after a decent interval of chastisement. On the contrary, she grew more excited and angry every moment, until,

En las Tierras del Norte, el único animal domesticado era el perro. Todos los demás animales vivían en estado salvaje y eran, cuando no demasiado formidables, botín lícito para cualquier perro. Todos sus días Colmillo Blanco había buscado entre las cosas vivas su alimento. No le entraba en la cabeza que en las Tierras del Sur fuera de otro modo. Pero esto lo aprendería pronto en su residencia en el valle de Santa Clara. Paseando por la esquina de la casa a primera hora de la mañana, se encontró con un pollo que se había escapado del gallinero. El impulso natural de Colmillo Blanco fue comérselo. Un par de saltos, un relámpago de dientes y un graznido asustado, y había atrapado al ave aventurera. Era de granja, gorda y tierna; y Colmillo Blanco se relamió las chuletas y decidió que esa comida era buena.

Más tarde, por casualidad, se topó con otro pollo extraviado cerca de los establos. Uno de los mozos corrió a rescatarlo. No conocía la raza de Colmillo Blanco, así que como arma cogió un látigo ligero de calesa. Al primer golpe del látigo, Colmillo Blanco dejó el pollo al hombre. Un garrote podría haber detenido a Colmillo Blanco, pero no un látigo. Silenciosamente, sin inmutarse, recibió un segundo golpe en su acometida hacia delante, y cuando saltaba hacia la garganta el mozo gritó: «¡Dios mío!» y se tambaleó hacia atrás. Dejó caer el látigo y se protegió la garganta con los brazos. Como consecuencia, su antebrazo fue desgarrado hasta el hueso.

El hombre estaba muy asustado. No fue tanto la ferocidad de Colmillo Blanco como su silencio lo que inquietó al mozo. Protegiéndose aún la garganta y la cara con su brazo desgarrado y sangrante, intentó retirarse al granero. Y le hubiera ido mal si Collie no hubiera aparecido en escena. Igual que había salvado la vida de Dick, ahora salvó la del mozo. Ella se abalanzó sobre Colmillo Blanco con una furia frenética. Tenía razón. Lo había sabido mejor que los torpes dioses. Todas sus sospechas estaban justificadas. Aquí estaba de nuevo el antiguo merodeador haciendo de las suyas.

El mozo escapó a los establos, y Colmillo Blanco retrocedió ante los malvados dientes de Collie, o les presentó el hombro y dio vueltas y vueltas. Pero Collie no se rindió, como era su costumbre, tras un intervalo decente de castigo. Al contrario, se excitaba y enfurecía más a cada momento, hasta que, al final, Colmillo Blanco dejó su

in the end, White Fang flung dignity to the winds and frankly fled away from her across the fields.

"He'll learn to leave chickens alone," the master said. "But I can't give him the lesson until I catch him in the act."

Two nights later came the act, but on a more generous scale than the master had anticipated. White Fang had observed closely the chicken-yards and the habits of the chickens. In the night-time, after they had gone to roost, he climbed to the top of a pile of newly hauled lumber. From there he gained the roof of a chicken-house, passed over the ridgepole and dropped to the ground inside. A moment later he was inside the house, and the slaughter began.

In the morning, when the master came out on to the porch, fifty white Leghorn hens, laid out in a row by the groom, greeted his eyes. He whistled to himself, softly, first with surprise, and then, at the end, with admiration. His eyes were likewise greeted by White Fang, but about the latter there were no signs of shame nor guilt. He carried himself with pride, as though, forsooth, he had achieved a deed praiseworthy and meritorious. There was about him no consciousness of sin. The master's lips tightened as he faced the disagreeable task. Then he talked harshly to the unwitting culprit, and in his voice there was nothing but godlike wrath. Also, he held White Fang's nose down to the slain hens, and at the same time cuffed him soundly.

White Fang never raided a chicken-roost again. It was against the law, and he had learned it. Then the master took him into the chicken-yards. White Fang's natural impulse, when he saw the live food fluttering about him and under his very nose, was to spring upon it. He obeyed the impulse, but was checked by the master's voice. They continued in the yards for half an hour. Time and again the impulse surged over White Fang, and each time, as he yielded to it, he was checked by the master's voice. Thus it was he learned the law, and ere he left the domain of the chickens, he had learned to ignore their existence.

"You can never cure a chicken-killer." Judge Scott shook his

dignidad y huyó con toda franqueza de ella a través de los campos.

«Aprenderá a dejar en paz a los pollos», dijo el amo. «Pero no puedo darle la lección hasta que le pille haciéndolo».

Dos noches más tarde llegó el momento, pero a una escala más generosa de lo que el amo había previsto. Colmillo Blanco había observado de cerca los gallineros y los hábitos de las pollos. Por la noche, después de que se hubieran ido a dormir, trepó a lo alto de una pila de madera recién acarreada. Desde allí alcanzó el tejado de un gallinero, pasó por encima del caballete y se dejó caer al suelo en el interior. Un momento después estaba dentro del gallinero y comenzó la matanza.

Por la mañana, cuando el amo salió al porche, cincuenta gallinas Leghorn blancas, dispuestas en fila por el mozo de cuadra, saludaron sus ojos. Silbó para sí, suavemente, primero con sorpresa y luego, al final, con admiración. Sus ojos fueron saludados igualmente por Colmillo Blanco, pero sobre este último no había signos de vergüenza ni de culpabilidad. Se comportaba con orgullo, como si, por el contrario, hubiera realizado una hazaña loable y meritoria. No había en él conciencia de pecado. Los labios del amo se apretaron al enfrentarse a la desagradable tarea. Entonces habló con dureza al involuntario culpable, y en su voz no había más que ira divina. Además, sujetó el hocico de Colmillo Blanco hacia las gallinas sacrificadas y, al mismo tiempo, lo dio severos coscorrones.

Colmillo Blanco nunca volvió a asaltar un gallinero. Iba contra la ley y lo había aprendido. Entonces el amo lo llevó al patio de los pollos. El impulso natural de Colmillo Blanco, cuando vio la comida viva revoloteando a su alrededor y ante sus propias narices, fue saltar sobre ella. Obedeció el impulso, pero fue frenado por la voz del amo. Continuaron en los patios durante media hora. Una y otra vez el impulso se apoderaba de Colmillo Blanco, y cada vez, cuando cedía a él, era frenado por la voz del amo. Así fue como aprendió la ley, y antes de abandonar el dominio de los pollos, había aprendido a ignorar su existencia.

«Nunca se puede curar a un asesino de pollos». El Juez Scott sa-

head sadly at luncheon table, when his son narrated the lesson he had given White Fang. "Once they've got the habit and the taste of blood . . ." Again he shook his head sadly.

But Weedon Scott did not agree with his father. "I'll tell you what I'll do," he challenged finally. "I'll lock White Fang in with the chickens all afternoon."

"But think of the chickens," objected the judge.

"And furthermore," the son went on, "for every chicken he kills, I'll pay you one dollar gold coin of the realm."

"But you should penalise father, too," interpose Beth.

Her sister seconded her, and a chorus of approval arose from around the table. Judge Scott nodded his head in agreement.

"All right." Weedon Scott pondered for a moment. "And if, at the end of the afternoon White Fang hasn't harmed a chicken, for every ten minutes of the time he has spent in the yard, you will have to say to him, gravely and with deliberation, just as if you were sitting on the bench and solemnly passing judgment, 'White Fang, you are smarter than I thought.'"

From hidden points of vantage the family watched the performance. But it was a fizzle. Locked in the yard and there deserted by the master, White Fang lay down and went to sleep. Once he got up and walked over to the trough for a drink of water. The chickens he calmly ignored. So far as he was concerned they did not exist. At four o'clock he executed a running jump, gained the roof of the chicken-house and leaped to the ground outside, whence he sauntered gravely to the house. He had learned the law. And on the porch, before the delighted family, Judge Scott, face to face with White Fang, said slowly and solemnly, sixteen times, "White Fang, you are smarter than I thought."

But it was the multiplicity of laws that befuddled White Fang and often brought him into disgrace. He had to learn that he must

cudió tristemente la cabeza durante el almuerzo, cuando su hijo le narró la lección que le había dado a Colmillo Blanco. «Una vez que han adquirido el hábito y el gusto por la sangre...». De nuevo sacudió la cabeza con tristeza.

Pero Weedon Scott no estaba de acuerdo con su padre. «Te diré lo que haré», desafió finalmente. «Encerraré a Colmillo Blanco con los pollos toda la tarde».

«Pero piensa en las pollos», objetó el juez.

«Y además», continuó el hijo, «por cada pollo que mate, te pagaré una moneda de dólar de oro del estado».

«Pero también deberías penalizar a papá», dijo Beth.

Su hermana la secundó y un coro de aprobación surgió alrededor de la mesa. El Juez Scott asintió con la cabeza.

«De acuerdo». Weedon Scott reflexionó un momento. «Y si al final de la tarde Colmillo Blanco no ha hecho daño a un solo pollo, por cada diez minutos del tiempo que ha pasado en el patio, tendrás que decirle, gravemente y con deliberación, como si estuvieras sentado en el banquillo y dictando sentencia solemnemente: "Colmillo Blanco, eres más listo de lo que pensaba"».

Desde puestos de observación ocultos, la familia miró la actuación. Pero fue un fracaso. Encerrado en el patio y allí abandonado por el amo, Colmillo Blanco se tumbó y se durmió. Una vez se levantó y se acercó al abrevadero para beber agua. A los pollos los ignoró con toda tranquilidad. Para él no existían. A las cuatro en punto ejecutó un salto en carrera, se encaramó al tejado del gallinero y saltó al suelo en el exterior, desde donde se dirigió a la casa con paso grave. Había aprendido la ley. Y en el porche, ante la encantada familia, el Juez Scott, cara a cara con Colmillo Blanco, dijo lenta y solemnemente, dieciséis veces: «Colmillo Blanco, eres más listo de lo que pensaba».

Pero fue la multiplicidad de leyes la que desconcertó a Colmillo Blanco y a menudo le hizo caer en desgracia. Tuvo que aprender que

not touch the chickens that belonged to other gods. Then there were cats, and rabbits, and turkeys; all these he must let alone. In fact, when he had but partly learned the law, his impression was that he must leave all live things alone. Out in the back-pasture, a quail could flutter up under his nose unharmed. All tense and trembling with eagerness and desire, he mastered his instinct and stood still. He was obeying the will of the gods.

And then, one day, again out in the back-pasture, he saw Dick start a jackrabbit and run it. The master himself was looking on and did not interfere. Nay, he encouraged White Fang to join in the chase. And thus he learned that there was no taboo on jackrabbits. In the end he worked out the complete law. Between him and all domestic animals there must be no hostilities. If not amity, at least neutrality must obtain. But the other animals—the squirrels, and quail, and cottontails, were creatures of the Wild who had never yielded allegiance to man. They were the lawful prey of any dog. It was only the tame that the gods protected, and between the tame deadly strife was not permitted. The gods held the power of life and death over their subjects, and the gods were jealous of their power.

Life was complex in the Santa Clara Valley after the simplicities of the Northland. And the chief thing demanded by these intricacies of civilisation was control, restraint—a poise of self that was as delicate as the fluttering of gossamer wings and at the same time as rigid as steel. Life had a thousand faces, and White Fang found he must meet them all—thus, when he went to town, in to San Jose, running behind the carriage or loafing about the streets when the carriage stopped. Life flowed past him, deep and wide and varied, continually impinging upon his senses, demanding of him instant and endless adjustments and correspondences, and compelling him, almost always, to suppress his natural impulses.

There were butcher-shops where meat hung within reach. This meat he must not touch. There were cats at the houses the master visited that must be let alone. And there were dogs everywhere that snarled at him and that he must not attack. And then, on the

no debía tocar los pollos que pertenecían a otros dioses. Luego estaban los gatos, los conejos y los pavos; a todos ellos debía dejarlos en paz. De hecho, cuando sólo había aprendido en parte la ley, su impresión era que debía dejar en paz a todas las cosas vivas. En el prado trasero, una codorniz podía revolotear ante sus narices ilesa. Todo tenso y tembloroso de impaciencia y deseo, dominaba su instinto y se quedaba quieto. Estaba obedeciendo la voluntad de los dioses.

Y un día, de nuevo en el prado trasero, vio a Dick asustar una liebre y hacerla correr. El amo en persona estaba mirando y no interfirió. Es más, animó a Colmillo Blanco a unirse a la persecución. Y así aprendió que no había ningún tabú sobre las liebres. Al final entendió la ley completa. Entre él y todos los animales domésticos no debía haber hostilidades. Si no amistad, al menos neutralidad debía existir. Pero los otros animales —las ardillas, las codornices y los conejos cola de algodón— eran criaturas salvajes que nunca habían rendido pleitesía al hombre. Eran la presa legítima de cualquier perro. Sólo a los domesticados protegían los dioses, y entre los domesticados no se permitía la lucha mortal. Los dioses tenían el poder de la vida y la muerte sobre sus súbditos, y los dioses eran celosos de su poder.

La vida era compleja en el valle de Santa Clara después de las simplicidades de las Tierras del Norte. Y lo principal que exigían estas complejidades de la civilización era control, contención... un aplomo de sí mismo que era tan delicado como el aleteo de unas alas de gasa y al mismo tiempo tan rígido como el acero. La vida tenía mil caras, y Colmillo Blanco descubrió que debía conocerlas todas; así, cuando iba a la ciudad, en San José, corría detrás del coche o holgazaneaba por las calles cuando el coche se detenía. La vida fluía a su lado, profunda y amplia y variada, incidiendo continuamente en sus sentidos, exigiéndole ajustes y correspondencias instantáneas e interminables, y obligándole, casi siempre, a reprimir sus impulsos naturales.

Había carnicerías donde la carne colgaba al alcance de la mano. Esta carne no debía tocarla. Había gatos en las casas que visitaba el amo a los que debía dejar en paz. Y había perros por todas partes que le gruñían y a los que no debía atacar. Y además, en las aceras

crowded sidewalks there were persons innumerable whose attention he attracted. They would stop and look at him, point him out to one another, examine him, talk of him, and, worst of all, pat him. And these perilous contacts from all these strange hands he must endure. Yet this endurance he achieved. Furthermore, he got over being awkward and self-conscious. In a lofty way he received the attentions of the multitudes of strange gods. With condescension he accepted their condescension. On the other hand, there was something about him that prevented great familiarity. They patted him on the head and passed on, contented and pleased with their own daring.

But it was not all easy for White Fang. Running behind the carriage in the outskirts of San Jose, he encountered certain small boys who made a practice of flinging stones at him. Yet he knew that it was not permitted him to pursue and drag them down. Here he was compelled to violate his instinct of self-preservation, and violate it he did, for he was becoming tame and qualifying himself for civilisation.

Nevertheless, White Fang was not quite satisfied with the arrangement. He had no abstract ideas about justice and fair play. But there is a certain sense of equity that resides in life, and it was this sense in him that resented the unfairness of his being permitted no defence against the stone-throwers. He forgot that in the covenant entered into between him and the gods they were pledged to care for him and defend him. But one day the master sprang from the carriage, whip in hand, and gave the stone-throwers a thrashing. After that they threw stones no more, and White Fang understood and was satisfied.

One other experience of similar nature was his. On the way to town, hanging around the saloon at the cross-roads, were three dogs that made a practice of rushing out upon him when he went by. Knowing his deadly method of fighting, the master had never ceased impressing upon White Fang the law that he must not fight. As a result, having learned the lesson well, White Fang was hard put whenever he passed the cross-roads saloon. After the first rush, each time, his snarl kept the three dogs at a distance but they trailed along behind, yelping and bickering and insult-

abarrotadas había innumerables personas cuya atención él atraía. Se paraban a mirarle, se lo señalaban unos a otros, le examinaban, hablaban de él y, lo peor de todo, le acariciaban. Y estos contactos peligrosos de todas estas manos extrañas debía soportarlos. Sin embargo, consiguió desarrollar esta resistencia. Además, superó el sentirse torpe y cohibido. Con altivez recibió las atenciones de las multitudes de dioses extraños. Con condescendencia aceptó su condescendencia. Por otro lado, había algo en él que impedía una gran familiaridad. Le daban una palmadita en la cabeza y seguían adelante, contentos y satisfechos de su propio atrevimiento.

Pero no todo fue fácil para Colmillo Blanco. Corriendo detrás del coche en las afueras de San José, se encontró con ciertos niños pequeños que tomaron por costumbre el lanzarle piedras. Sin embargo, sabía que no le estaba permitido perseguirlos o arrastrarlos. Aquí se vio obligado a violar su instinto de autoconservación, y lo violó, pues se estaba domesticando y cualificando para ser civilizado.

Sin embargo, Colmillo Blanco no estaba del todo satisfecho con el acuerdo. No tenía ideas abstractas sobre la justicia y el juego limpio. Pero hay un cierto sentido de la equidad que reside en la vida, y fue este sentido en él el que resintió la injusticia de que no se le permitiera defenderse de los lanzadores de piedras. Olvidó que en el pacto concertado entre él y los dioses éstos se habían comprometido a cuidarle y defenderle. Pero un día el amo saltó del coche, látigo en mano, y dio una paliza a los tiradores de piedras. Después de eso no volvieron a tirar piedras, y Colmillo Blanco comprendió y quedó satisfecho.

Tuvo otra experiencia de naturaleza similar. De camino a la ciudad, merodeando por la taberna del cruce, había tres perros que tenían por costumbre abalanzarse sobre él cuando pasaba. Conociendo su mortífero método de lucha, el amo no había dejado de inculcar a Colmillo Blanco la ley diciendo que no debía pelear. Como resultado, habiendo aprendido bien la lección, Colmillo Blanco se veía en apuros cada vez que pasaba por delante de la taberna del cruce. Después de la primera acometida, cada vez, su gruñido mantenía a los tres perros a distancia, pero le seguían a la zaga, aullando,

ing him. This endured for some time. The men at the saloon even urged the dogs on to attack White Fang. One day they openly sicked the dogs on him. The master stopped the carriage.

"Go to it," he said to White Fang.

But White Fang could not believe. He looked at the master, and he looked at the dogs. Then he looked back eagerly and questioningly at the master.

The master nodded his head. "Go to them, old fellow. Eat them up."

White Fang no longer hesitated. He turned and leaped silently among his enemies. All three faced him. There was a great snarling and growling, a clashing of teeth and a flurry of bodies. The dust of the road arose in a cloud and screened the battle. But at the end of several minutes two dogs were struggling in the dirt and the third was in full flight. He leaped a ditch, went through a rail fence, and fled across a field. White Fang followed, sliding over the ground in wolf fashion and with wolf speed, swiftly and without noise, and in the centre of the field he dragged down and slew the dog.

With this triple killing his main troubles with dogs ceased. The word went up and down the valley, and men saw to it that their dogs did not molest the Fighting Wolf.

riñendo e insultándole. Esto duró algún tiempo. Los hombres de la taberna incluso instaron a los perros a atacar a Colmillo Blanco. Un día se ensañaron abiertamente con él. El amo detuvo el carruaje.

«Ve a por ellos», le dijo a Colmillo Blanco.

Pero Colmillo Blanco no podía creerlo. Miró al amo y miró a los perros. Luego volvió a mirar de manera ansiosa e interrogante al amo.

El amo asintió con la cabeza. «Ve a por ellos, viejo amigo. Cómetelos».

Colmillo Blanco ya no vaciló. Se volvió y saltó silenciosamente entre sus enemigos. Los tres se enfrentaron a él. Hubo un gran aullido y gruñido, un entrechocar de dientes y una ráfaga de cuerpos. El polvo del camino se levantó en una nube y ocultó la batalla. Pero al cabo de varios minutos dos perros se debatían en la tierra y el tercero estaba en plena huida. Él saltó una zanja, atravesó una valla de raíles y huyó campo a través. Colmillo Blanco le siguió, deslizándose por el suelo a la manera y con la velocidad del lobo, con rapidez y sin hacer ruido, y en el centro del campo arrastró y mató al perro.

Con esta triple matanza cesaron sus principales problemas con los perros. Se corrió la voz por todo el valle y los hombres se encargaron de que sus perros no molestaran al Lobo de Pelea.

# CHAPTER IV — THE CALL OF KIND

The months came and went. There was plenty of food and no work in the Southland, and White Fang lived fat and prosperous and happy. Not alone was he in the geographical Southland, for he was in the Southland of life. Human kindness was like a sun shining upon him, and he flourished like a flower planted in good soil.

And yet he remained somehow different from other dogs. He knew the law even better than did the dogs that had known no other life, and he observed the law more punctiliously; but still there was about him a suggestion of lurking ferocity, as though the Wild still lingered in him and the wolf in him merely slept.

He never chummed with other dogs. Lonely he had lived, so far as his kind was concerned, and lonely he would continue to live. In his puppyhood, under the persecution of Lip-lip and the puppy-pack, and in his fighting days with Beauty Smith, he had acquired a fixed aversion for dogs. The natural course of his life had been diverted, and, recoiling from his kind, he had clung to the human.

Besides, all Southland dogs looked upon him with suspicion. He aroused in them their instinctive fear of the Wild, and they greeted him always with snarl and growl and belligerent hatred. He, on the other hand, learned that it was not necessary to use his teeth upon them. His naked fangs and writhing lips were uniformly efficacious, rarely failing to send a bellowing on-rushing dog back on its haunches.

But there was one trial in White Fang's life—Collie. She never gave him a moment's peace. She was not so amenable to the law as he. She defied all efforts of the master to make her become friends with White Fang. Ever in his ears was sounding her sharp and nervous snarl. She had never forgiven him the chicken-killing episode, and persistently held to the belief that his intentions were bad. She found him guilty before the act, and treated him accordingly. She became a pest to him, like a policeman following

## CAPÍTULO IV — LA LLAMADA DE LA RAZA

Los meses pasaron y pasaron. Había comida en abundancia y no había que trabajar en la Tierra del Sur, y Colmillo Blanco vivía gordo, próspero y feliz. No sólo estaba en la Tierra del Sur geográfica, pues estaba en la Tierra del Sur de la vida. La bondad humana era como un sol que brillaba sobre él, y florecía como una flor plantada en buena tierra.

Y, sin embargo, seguía siendo de algún modo diferente a los demás perros. Conocía la ley incluso mejor que los perros que no habían conocido otra vida, y la observaba más puntillosamente; pero aún así había en él una sugerencia de ferocidad acechante, como si lo Salvaje aún perdurara en él y el lobo que había en él sólo durmiera.

Nunca se relacionó con otros perros. Solitario había vivido, en lo que a su especie se refería, y solitario seguiría viviendo. En su época de cachorro, bajo la persecución de Labio-labio y la manada de cachorros, y en sus días de pelea con Beauty Smith, había adquirido una aversión marcada por los perros. El curso natural de su vida se había desviado y, retrocediendo ante los de su especie, se había aferrado a los humanos.

Además, todos los perros de las Tierras del Sur le miraban con recelo. Despertaba en ellos su miedo instintivo a lo Salvaje, y le recibían siempre con gruñidos, aullidos y odio beligerante. Él, en cambio, aprendió que no era necesario utilizar sus dientes con ellos. Sus colmillos desnudos y sus labios retorcidos eran uniformemente eficaces, y rara vez fallaban a la hora de hacer retroceder a toda prisa sobre sus ancas a un perro que bramaba.

Pero había una prueba en la vida de Colmillo Blanco: Collie. Ella nunca le dio un momento de paz. Ella no era tan dócil a la ley como él. Desafiaba todos los esfuerzos del amo por hacerla amiga de Colmillo Blanco. Siempre sonaba en sus oídos su gruñido agudo y nervioso. Ella nunca le había perdonado el episodio de la matanza de las gallinas y persistía en la creencia de que sus intenciones eran malas. Le consideró culpable antes del acto, y le trató en consecuencia. Se convirtió en una peste para él, como un policía que le seguía por el

him around the stable and the hounds, and, if he even so much as glanced curiously at a pigeon or chicken, bursting into an outcry of indignation and wrath. His favourite way of ignoring her was to lie down, with his head on his fore-paws, and pretend sleep. This always dumfounded and silenced her.

With the exception of Collie, all things went well with White Fang. He had learned control and poise, and he knew the law. He achieved a staidness, and calmness, and philosophic tolerance. He no longer lived in a hostile environment. Danger and hurt and death did not lurk everywhere about him. In time, the unknown, as a thing of terror and menace ever impending, faded away. Life was soft and easy. It flowed along smoothly, and neither fear nor foe lurked by the way.

He missed the snow without being aware of it. "An unduly long summer," would have been his thought had he thought about it; as it was, he merely missed the snow in a vague, subconscious way. In the same fashion, especially in the heat of summer when he suffered from the sun, he experienced faint longings for the Northland. Their only effect upon him, however, was to make him uneasy and restless without his knowing what was the matter.

White Fang had never been very demonstrative. Beyond his snuggling and the throwing of a crooning note into his love-growl, he had no way of expressing his love. Yet it was given him to discover a third way. He had always been susceptible to the laughter of the gods. Laughter had affected him with madness, made him frantic with rage. But he did not have it in him to be angry with the love-master, and when that god elected to laugh at him in a good-natured, bantering way, he was nonplussed. He could feel the pricking and stinging of the old anger as it strove to rise up in him, but it strove against love. He could not be angry; yet he had to do something. At first he was dignified, and the master laughed the harder. Then he tried to be more dignified, and the master laughed harder than before. In the end, the master laughed him out of his dignity. His jaws slightly parted, his lips lifted a little, and a quizzical expression that was more love than humour came into his eyes. He had learned to laugh.

establo y los campos y, si él echaba siquiera una mirada curiosa a una paloma o un pollo, estallaba en un alboroto de indignación e ira. La forma favorita de él para ignorarla era tumbarse, con la cabeza sobre las patas delanteras, y fingir que dormía. Esto siempre la aturdía y la hacía calmarse.

A excepción de Collie, todo iba bien con Colmillo Blanco. Había aprendido el control y el aplomo, y conocía la ley. Alcanzó la estabilidad, la calma y la tolerancia filosófica. Ya no vivía en un entorno hostil. El peligro, el daño y la muerte no le acechaban por todas partes. Con el tiempo, lo desconocido, como algo terrorífico y amenazante, siempre inminente, se desvaneció. La vida era suave y fácil. Fluía suavemente, y ni el miedo ni el enemigo acechaban en el camino.

Echaba de menos la nieve sin ser consciente de ello. «Un verano excesivamente largo», habría sido su pensamiento si hubiera pensado en ello; tal como estaba, simplemente echaba de menos la nieve de una forma vaga y subconsciente. Del mismo modo, especialmente en el calor del verano, cuando sufría por el sol, experimentaba débiles añoranzas por las Tierras del Norte. Su único efecto sobre él, sin embargo, era molestarle y ponerle inquieto sin que él supiera de qué se trataba.

Colmillo Blanco nunca había sido muy demostrativo. Más allá de sus arrumacos y de lanzar una nota de canturreo en su gruñido de amor, no tenía forma de expresar su amor. Sin embargo, le fue dado descubrir una tercera vía. Siempre había sido susceptible a la risa de los dioses. La risa le había afectado hasta la locura, le había puesto frenético de rabia. Pero no estaba dispuesto a enfadarse con el amo del amor, y cuando ese dios decidió reírse de él de forma bromista y bondadosa, no se inmutó. Podía sentir la punzada y el aguijón de la vieja ira que se esforzaba por surgir en él, pero luchaba contra ella por amor. No podía enfadarse; sin embargo, tenía que hacer algo. Al principio se mostró digno, y el amo se rió con más ganas. Luego intentó ser más digno, y el amo se rió con más ganas que antes. Al final, el amo se rió de su dignidad. Sus mandíbulas se separaron ligeramente, sus labios se levantaron un poco, y una expresión interrogante que era más amor que humor apareció en sus ojos. Había aprendido a reír.

Likewise he learned to romp with the master, to be tumbled down and rolled over, and be the victim of innumerable rough tricks. In return he feigned anger, bristling and growling ferociously, and clipping his teeth together in snaps that had all the seeming of deadly intention. But he never forgot himself. Those snaps were always delivered on the empty air. At the end of such a romp, when blow and cuff and snap and snarl were fast and furious, they would break off suddenly and stand several feet apart, glaring at each other. And then, just as suddenly, like the sun rising on a stormy sea, they would begin to laugh. This would always culminate with the master's arms going around White Fang's neck and shoulders while the latter crooned and growled his love-song.

But nobody else ever romped with White Fang. He did not permit it. He stood on his dignity, and when they attempted it, his warning snarl and bristling mane were anything but playful. That he allowed the master these liberties was no reason that he should be a common dog, loving here and loving there, everybody's property for a romp and good time. He loved with single heart and refused to cheapen himself or his love.

The master went out on horseback a great deal, and to accompany him was one of White Fang's chief duties in life. In the Northland he had evidenced his fealty by toiling in the harness; but there were no sleds in the Southland, nor did dogs pack burdens on their backs. So he rendered fealty in the new way, by running with the master's horse. The longest day never played White Fang out. His was the gait of the wolf, smooth, tireless and effortless, and at the end of fifty miles he would come in jauntily ahead of the horse.

It was in connection with the riding, that White Fang achieved one other mode of expression—remarkable in that he did it but twice in all his life. The first time occurred when the master was trying to teach a spirited thoroughbred the method of opening and closing gates without the rider's dismounting. Time and again and many times he ranged the horse up to the gate in the effort to close it and each time the horse became frightened and backed and plunged away. It grew more nervous and excited

Del mismo modo aprendió a retozar con el amo, a ser derribado y revolcado, y a ser víctima de innumerables trucos bruscos. A cambio fingía enfadarse, erizándose y gruñendo ferozmente, y chasqueando los dientes en chasquidos que tenían toda la apariencia de una intención mortal. Pero nunca se olvidaba de sí mismo. Esos chasquidos siempre se lanzaban al aire vacío. Al final de ese retozo, cuando el golpe y el puño y el chasquido y el gruñido eran rápidos y furiosos, se separaban de repente y se quedaban a varios pies de distancia, mirándose el uno al otro. Y entonces, igual de repentinamente, como el sol saliendo en un mar tormentoso, empezaban a reír. Esto siempre culminaba con los brazos del amo rodeando el cuello y los hombros de Colmillo Blanco mientras éste canturreaba y gruñía su canción de amor.

Pero nadie más retozaba con Colmillo Blanco. Él no lo permitía. Se mantenía firme en su dignidad, y cuando lo intentaban, su gruñido de advertencia y su melena erizada eran cualquier cosa menos juguetones. Que permitiera al amo estas libertades no era razón para que fuera un perro común, cariñoso aquí y cariñoso allá, propiedad de todos para retozar y divertirse. Amaba con un solo corazón y se negaba a rebajarse a sí mismo o a su amor.

El amo salía mucho a caballo, y acompañarle era uno de los principales deberes de Colmillo Blanco en la vida. En las Tierras del Norte había demostrado su lealtad trabajando con el arnés; pero en las Tierras del Sur no había trineos ni los perros llevaban cargas a la espalda. Así que rindió lealtad de la nueva manera, corriendo junto al caballo del amo. El día más largo nunca jugó en contra de Colmillo Blanco. El suyo era el andar del lobo, suave, incansable y sin esfuerzo, y al final de cincuenta millas llegaba alegremente por delante del caballo.

Fue en relación con la equitación que Colmillo Blanco logró otro modo de expresión, notable por el hecho de que sólo lo hizo dos veces en toda su vida. La primera vez ocurrió cuando el amo intentaba enseñar a un brioso pura sangre el método de abrir y cerrar portones sin que el jinete tuviera que desmontar. Una y otra vez, y muchas veces, acercó el caballo a la verja para intentar cerrarla y cada vez el caballo se asustaba y retrocedía y se alejaba. A cada momento estaba más nervioso y excitado. Cuando se encabritaba, el amo le hendía

every moment. When it reared, the master put the spurs to it and made it drop its fore-legs back to earth, whereupon it would begin kicking with its hind-legs. White Fang watched the performance with increasing anxiety until he could contain himself no longer, when he sprang in front of the horse and barked savagely and warningly.

Though he often tried to bark thereafter, and the master encouraged him, he succeeded only once, and then it was not in the master's presence. A scamper across the pasture, a jackrabbit rising suddenly under the horse's feet, a violent sheer, a stumble, a fall to earth, and a broken leg for the master, was the cause of it. White Fang sprang in a rage at the throat of the offending horse, but was checked by the master's voice.

"Home! Go home!" the master commanded when he had ascertained his injury.

White Fang was disinclined to desert him. The master thought of writing a note, but searched his pockets vainly for pencil and paper. Again he commanded White Fang to go home.

The latter regarded him wistfully, started away, then returned and whined softly. The master talked to him gently but seriously, and he cocked his ears, and listened with painful intentness.

"That's all right, old fellow, you just run along home," ran the talk. "Go on home and tell them what's happened to me. Home with you, you wolf. Get along home!"

White Fang knew the meaning of "home," and though he did not understand the remainder of the master's language, he knew it was his will that he should go home. He turned and trotted reluctantly away. Then he stopped, undecided, and looked back over his shoulder.

"Go home!" came the sharp command, and this time he obeyed.

The family was on the porch, taking the cool of the afternoon, when White Fang arrived. He came in among them, panting, cov-

las espuelas y le hacía que caiga con las patas delanteras a tierra, tras lo cual empezaba a patalear con las traseras. Colmillo Blanco observó la actuación con creciente ansiedad hasta que no pudo contenerse más, momento en que saltó delante del caballo y ladró salvaje y en advertencia.

Aunque a menudo intentó ladrar después, y el amo le animó, sólo lo consiguió una vez, y entonces no fue en presencia del amo. Un correteo por el prado, una liebre que se levantó de repente bajo los pies del caballo, un violento tambaleo, un tropezón, una caída a tierra, y una pierna rota para el amo, fue la causa. Colmillo Blanco saltó furioso a la garganta del caballo ofensor, pero fue frenado por la voz del amo.

«¡A casa! ¡Ve a casa!», ordenó el amo cuando hubo comprobado su lesión.

Colmillo Blanco no estaba dispuesto a abandonarle. El amo pensó en escribir una nota, pero buscó en vano lápiz y papel en sus bolsillos. De nuevo ordenó a Colmillo Blanco que volviera a casa.

Éste lo miró con nostalgia, se alejó, luego regresó y gimoteó suavemente. El amo le habló suave pero seriamente, y él aguzó las orejas y escuchó con dolorosa atención.

«Está bien, viejo amigo, ve corriendo a casa», corrió la charla. «Ve a casa y cuéntales lo que me ha pasado. A casa contigo, lobo. Ve a casa».

Colmillo Blanco conocía el significado de «casa», y aunque no entendía el resto del lenguaje del amo, sabía que era su voluntad que volviera a casa. Se dio la vuelta y se alejó trotando de mala gana. Luego se detuvo, indeciso, y miró hacia atrás por encima del hombro.

«¡Ve a casa!», llegó la orden tajante, y esta vez obedeció.

La familia estaba en el porche, tomando el fresco de la tarde, cuando llegó Colmillo Blanco. Se acercó a ellos, jadeante, cubierto de pol-

ered with dust.

"Weedon's back," Weedon's mother announced.

The children welcomed White Fang with glad cries and ran to meet him. He avoided them and passed down the porch, but they cornered him against a rocking-chair and the railing. He growled and tried to push by them. Their mother looked apprehensively in their direction.

"I confess, he makes me nervous around the children," she said. "I have a dread that he will turn upon them unexpectedly some day."

Growling savagely, White Fang sprang out of the corner, over-turning the boy and the girl. The mother called them to her and comforted them, telling them not to bother White Fang.

"A wolf is a wolf!" commented Judge Scott. "There is no trusting one."

"But he is not all wolf," interposed Beth, standing for her brother in his absence.

"You have only Weedon's opinion for that," rejoined the judge. "He merely surmises that there is some strain of dog in White Fang; but as he will tell you himself, he knows nothing about it. As for his appearance—"

He did not finish his sentence. White Fang stood before him, growling fiercely.

"Go away! Lie down, sir!" Judge Scott commanded.

White Fang turned to the love-master's wife. She screamed with fright as he seized her dress in his teeth and dragged on it till the frail fabric tore away. By this time he had become the centre of interest.

He had ceased from his growling and stood, head up, looking

vo.

«Weedon ha vuelto», anunció la madre de Weedon.

Los niños recibieron a Colmillo Blanco con gritos de alegría y corrieron a su encuentro. Él los esquivó y pasó por el porche, pero ellos lo acorralaron contra una mecedora y la barandilla. Él gruñó y trató de empujarlos. Su madre miró con aprensión en su dirección.

«Confieso que me pone nerviosa cerca de los niños», dijo. «Tengo miedo de que algún día se vuelva contra ellos inesperadamente».

Gruñendo salvajemente, Colmillo Blanco saltó de la esquina, arrollando al niño y a la niña. La madre los llamó y los consoló, diciéndoles que no molestaran a Colmillo Blanco.

«¡Un lobo es un lobo!», comentó el Juez Scott. «No se puede confiar en uno».

«Pero no es todo lobo», interpuso Beth, sustituyendo a su hermano en su ausencia.

«Para eso sólo tienes la opinión de Weedon», replicó el juez. «Se limita a conjeturar que hay alguna cepa de perro en Colmillo Blanco; pero como él mismo te dirá, no sabe nada al respecto. En cuanto a su aspecto...».

No terminó su frase. Colmillo Blanco estaba ante él, gruñendo ferozmente.

«¡Vete! ¡Abajo, señor!», ordenó el Juez Scott.

Colmillo Blanco se volvió hacia la esposa del amo del amor. Ella gritó de miedo cuando él agarró su vestido entre los dientes y lo arrastró hasta que la frágil tela se desgarró. Para entonces se había convertido en el centro de interés.

Había dejado de gruñir y permanecía de pie, con la cabeza ergui-

into their faces. His throat worked spasmodically, but made no sound, while he struggled with all his body, convulsed with the effort to rid himself of the incommunicable something that strained for utterance.

"I hope he is not going mad," said Weedon's mother. "I told Weedon that I was afraid the warm climate would not agree with an Arctic animal."

"He's trying to speak, I do believe," Beth announced.

At this moment speech came to White Fang, rushing up in a great burst of barking.

"Something has happened to Weedon," his wife said decisively.

They were all on their feet now, and White Fang ran down the steps, looking back for them to follow. For the second and last time in his life he had barked and made himself understood.

After this event he found a warmer place in the hearts of the Sierra Vista people, and even the groom whose arm he had slashed admitted that he was a wise dog even if he was a wolf. Judge Scott still held to the same opinion, and proved it to everybody's dissatisfaction by measurements and descriptions taken from the encyclopaedia and various works on natural history.

The days came and went, streaming their unbroken sunshine over the Santa Clara Valley. But as they grew shorter and White Fang's second winter in the Southland came on, he made a strange discovery. Collie's teeth were no longer sharp. There was a playfulness about her nips and a gentleness that prevented them from really hurting him. He forgot that she had made life a burden to him, and when she disported herself around him he responded solemnly, striving to be playful and becoming no more than ridiculous.

One day she led him off on a long chase through the back-pasture land into the woods. It was the afternoon that the master was to ride, and White Fang knew it. The horse stood saddled and

da, mirándoles a la cara. Su garganta trabajaba espasmódicamente, pero no emitía ningún sonido, mientras luchaba con todo su cuerpo, convulsionado por el esfuerzo de librarse de ese algo incomunicable que se esforzaba por expresarse.

«Espero que no se esté volviendo loco», dijo la madre de Weedon. «Le dije a Weedon que temía que el clima cálido no le sentara bien a un animal del Ártico».

«Está intentando hablar, creo», anunció Beth.

En ese momento el habla llegó a Colmillo Blanco, precipitándose en un gran estallido de ladridos.

«Algo le ha ocurrido a Weedon», dijo su esposa con decisión.

Ahora todos estaban de pie y Colmillo Blanco bajó corriendo los escalones, mirando hacia atrás para que le siguieran. Por segunda y última vez en su vida había ladrado y se había hecho entender.

Después de este suceso encontró un lugar más cálido en los corazones de la gente de Sierra Vista, e incluso el mozo de cuadra a quien había cortado el brazo admitió que era un perro sabio aunque fuera un lobo. El Juez Scott seguía manteniendo la misma opinión, y lo demostró para insatisfacción de todos con medidas y descripciones tomadas de la enciclopedia y de varias obras de historia natural.

Los días iban y venían, derramando su sol ininterrumpido sobre el valle de Santa Clara. Pero a medida que se acortaban y llegaba el segundo invierno de Colmillo Blanco en las Tierras del Sur, hizo un extraño descubrimiento. Los dientes de Collie ya no estaban afilados. Había algo juguetón en sus mordiscos y una dulzura que impedía que le hicieran daño de verdad. Olvidó que ella había hecho de su vida una carga para él, y cuando ella daba vueltas a su alrededor él respondía con solemnidad, esforzándose por ser juguetón y sin llegar a lograr más que ponerse en ridículo.

Un día ella le llevó en una larga persecución a través de las tierras de pastoreo hacia el bosque. Era la tarde en que el amo iba a montar, y Colmillo Blanco lo sabía. El caballo estaba ensillado y esperando

waiting at the door. White Fang hesitated. But there was that in him deeper than all the law he had learned, than the customs that had moulded him, than his love for the master, than the very will to live of himself; and when, in the moment of his indecision, Collie nipped him and scampered off, he turned and followed after. The master rode alone that day; and in the woods, side by side, White Fang ran with Collie, as his mother, Kiche, and old One Eye had run long years before in the silent Northland forest.

en la puerta. Colmillo Blanco dudó. Pero había en él algo más profundo que toda la ley que había aprendido, que las costumbres que le habían moldeado, que su amor por el amo, que la propia voluntad de vivir; y cuando, en el momento de su indecisión, Collie le dio un mordisco y salió corriendo, se dio la vuelta y le siguió. El amo cabalgó solo aquel día; y en el bosque, codo a codo, Colmillo Blanco corría con Collie, como su madre, Kiche, y el viejo Un Ojo habían corrido largos años antes en el silencioso bosque de las Tierras del Norte.

## CHAPTER V — THE SLEEPING WOLF

It was about this time that the newspapers were full of the daring escape of a convict from San Quentin prison. He was a ferocious man. He had been ill-made in the making. He had not been born right, and he had not been helped any by the moulding he had received at the hands of society. The hands of society are harsh, and this man was a striking sample of its handiwork. He was a beast—a human beast, it is true, but nevertheless so terrible a beast that he can best be characterised as carnivorous.

In San Quentin prison he had proved incorrigible. Punishment failed to break his spirit. He could die dumb-mad and fighting to the last, but he could not live and be beaten. The more fiercely he fought, the more harshly society handled him, and the only effect of harshness was to make him fiercer. Strait-jackets, starvation, and beatings and clubbings were the wrong treatment for Jim Hall; but it was the treatment he received. It was the treatment he had received from the time he was a little pulpy boy in a San Francisco slum—soft clay in the hands of society and ready to be formed into something.

It was during Jim Hall's third term in prison that he encountered a guard that was almost as great a beast as he. The guard treated him unfairly, lied about him to the warden, lost his credits, persecuted him. The difference between them was that the guard carried a bunch of keys and a revolver. Jim Hall had only his naked hands and his teeth. But he sprang upon the guard one day and used his teeth on the other's throat just like any jungle animal.

After this, Jim Hall went to live in the incorrigible cell. He lived there three years. The cell was of iron, the floor, the walls, the roof. He never left this cell. He never saw the sky nor the sunshine. Day was a twilight and night was a black silence. He was in an iron tomb, buried alive. He saw no human face, spoke to no human thing. When his food was shoved in to him, he growled like a wild animal. He hated all things. For days and nights he bellowed his rage at the universe. For weeks and months he never made a

Fue por aquel entonces cuando los periódicos se llenaron con el relato de la audaz fuga de un convicto de la prisión de San Quintín. Era un hombre feroz. Había sido mal hecho en su formación. No había nacido bien, y no le había ayudado nada el moldeado que había recibido a manos de la sociedad. Las manos de la sociedad son duras, y este hombre era una llamativa muestra de su obra. Era una bestia... una bestia humana, es cierto, pero sin embargo una bestia tan terrible que la mejor manera de caracterizarla es como «carnívora».

En la prisión de San Quintín había demostrado ser incorregible. El castigo no logró quebrar su espíritu. Podía morir mudo y luchando hasta el final, pero no podía vivir y dejar que lo golpeen. Cuanto más ferozmente luchaba, más duramente lo trataba la sociedad, y el único efecto de la dureza era hacerlo más feroz. Las camisas de fuerza, el hambre, las palizas y los garrotazos eran el tratamiento equivocado para Jim Hall; pero ese era el tratamiento que recibía. Era el tratamiento que había recibido desde que era un niño pulposo en un tugurio de San Francisco: arcilla blanda en manos de la sociedad y lista para ser formada en algo.

Fue durante el tercer período de Jim Hall en prisión cuando se encontró con un guardia que era casi tan bestia como él. El guardia le trataba injustamente, mentía sobre él al encargado, menospreciaba sus créditos, le perseguía. La diferencia entre ellos era que el guardia llevaba un manojo de llaves y un revólver. Jim Hall sólo tenía sus manos desnudas y sus dientes. Pero un día se abalanzó sobre el guarda y utilizó sus dientes sobre la garganta del otro como cualquier animal de la selva.

Después de esto, Jim Hall fue a vivir a la celda de los incorregibles. Vivió allí tres años. La celda era de hierro, el suelo, las paredes, el techo. Nunca salía de esta celda. Nunca veía el cielo ni la luz del sol. El día era un crepúsculo y la noche un negro silencio. Estaba en una tumba de hierro, enterrado vivo. No veía ningún rostro humano, no hablaba con ningún ser humano. Cuando le metían la comida en la celda, gruñía como un animal salvaje. Odiaba todas las cosas. Durante días y noches bramó su rabia contra el universo. Durante

sound, in the black silence eating his very soul. He was a man and a monstrosity, as fearful a thing of fear as ever gibbered in the visions of a maddened brain.

And then, one night, he escaped. The warders said it was impossible, but nevertheless the cell was empty, and half in half out of it lay the body of a dead guard. Two other dead guards marked his trail through the prison to the outer walls, and he had killed with his hands to avoid noise.

He was armed with the weapons of the slain guards—a live arsenal that fled through the hills pursued by the organised might of society. A heavy price of gold was upon his head. Avaricious farmers hunted him with shot-guns. His blood might pay off a mortgage or send a son to college. Public-spirited citizens took down their rifles and went out after him. A pack of bloodhounds followed the way of his bleeding feet. And the sleuth-hounds of the law, the paid fighting animals of society, with telephone, and telegraph, and special train, clung to his trail night and day.

Sometimes they came upon him, and men faced him like heroes, or stampeded through barbed-wire fences to the delight of the commonwealth reading the account at the breakfast table. It was after such encounters that the dead and wounded were carted back to the towns, and their places filled by men eager for the man-hunt.

And then Jim Hall disappeared. The bloodhounds vainly quested on the lost trail. Inoffensive ranchers in remote valleys were held up by armed men and compelled to identify themselves. While the remains of Jim Hall were discovered on a dozen mountain-sides by greedy claimants for blood-money.

In the meantime the newspapers were read at Sierra Vista, not so much with interest as with anxiety. The women were afraid. Judge Scott pooh-poohed and laughed, but not with reason, for it was in his last days on the bench that Jim Hall had stood before

semanas y meses no emitió ni un solo sonido, en el negro silencio que carcomía su propia alma. Era un hombre y una monstruosidad, una cosa tan temible como jamás haya farfullado en las visiones de un cerebro enloquecido.

Y entonces, una noche, se escapó. Los guardianes dijeron que era imposible, pero sin embargo la celda estaba vacía, y medio dentro medio fuera de ella yacía el cuerpo de un guardia muerto. Otros dos guardias muertos marcaban su rastro a través de la prisión hasta los muros exteriores, y él había matado con sus manos para evitar el ruido.

Iba armado con las armas de los guardias asesinados... un arsenal vivo que huyó por las colinas perseguido por el poder organizado de la sociedad. Un alto precio en oro pesaba sobre su cabeza. Campesinos avaros le perseguían con escopetas. Su sangre podría pagar una hipoteca o enviar a un hijo a la universidad. Ciudadanos con espíritu público desenfundaron sus rifles y salieron tras él. Una manada de sabuesos siguió el camino de sus pies sangrantes. Y los sabuesos de la ley, los animales de combate a sueldo de la sociedad, con teléfono, y telégrafo, y tren especial, se aferraron a su rastro noche y día.

A veces se le echaban encima, y los hombres se enfrentaban a él como héroes, o atravesaban en estampida las alambradas de espino para deleite de la plebe que leía el relato en la mesa del desayuno. Era después de tales encuentros cuando los muertos y heridos eran acarreados de vuelta a las ciudades, y sus lugares ocupados por hombres ansiosos por la caza del hombre.

Y entonces Jim Hall desapareció. Los sabuesos buscaron en vano el rastro perdido. Los rancheros inofensivos de valles remotos fueron retenidos por hombres armados y obligados a identificarse. Mientras, los restos de Jim Hall eran descubiertos en una docena de laderas de montaña por codiciosos reclamantes de dinero manchado de sangre.

Mientras tanto, los periódicos se leían en Sierra Vista, no tanto con interés como con ansiedad. Las mujeres tenían miedo. El Juez Scott se burlaba y se reía, pero no tenía razón, pues había sido en sus últimos días en el banquillo cuando Jim Hall se había presentado ante

him and received sentence. And in open court-room, before all men, Jim Hall had proclaimed that the day would come when he would wreak vengeance on the Judge that sentenced him.

For once, Jim Hall was right. He was innocent of the crime for which he was sentenced. It was a case, in the parlance of thieves and police, of "rail-roading." Jim Hall was being "rail-roaded" to prison for a crime he had not committed. Because of the two prior convictions against him, Judge Scott imposed upon him a sentence of fifty years.

Judge Scott did not know all things, and he did not know that he was party to a police conspiracy, that the evidence was hatched and perjured, that Jim Hall was guiltless of the crime charged. And Jim Hall, on the other hand, did not know that Judge Scott was merely ignorant. Jim Hall believed that the judge knew all about it and was hand in glove with the police in the perpetration of the monstrous injustice. So it was, when the doom of fifty years of living death was uttered by Judge Scott, that Jim Hall, hating all things in the society that misused him, rose up and raged in the court-room until dragged down by half a dozen of his blue-coated enemies. To him, Judge Scott was the keystone in the arch of injustice, and upon Judge Scott he emptied the vials of his wrath and hurled the threats of his revenge yet to come. Then Jim Hall went to his living death . . . and escaped.

Of all this White Fang knew nothing. But between him and Alice, the master's wife, there existed a secret. Each night, after Sierra Vista had gone to bed, she rose and let in White Fang to sleep in the big hall. Now White Fang was not a house-dog, nor was he permitted to sleep in the house; so each morning, early, she slipped down and let him out before the family was awake.

On one such night, while all the house slept, White Fang awoke and lay very quietly. And very quietly he smelled the air and read the message it bore of a strange god's presence. And to his ears came sounds of the strange god's movements. White Fang burst into no furious outcry. It was not his way. The strange god walked softly, but more softly walked White Fang, for he had no clothes to

él y había recibido la sentencia. Y en la sala abierta del tribunal, ante todos los hombres, Jim Hall había proclamado que llegaría el día en que se vengaría del Juez que lo había sentenciado.

Por una vez, Jim Hall tenía razón. Era inocente del delito por el que había sido condenado. Era un caso, en el lenguaje de ladrones y policías, de «descarriaje». Jim Hall estaba siendo «descarriado» a prisión por un delito que no había cometido. Debido a las dos condenas anteriores que pesaban sobre él, el Juez Scott le impuso una pena de cincuenta años.

El Juez Scott no lo sabía todo, y no sabía que era parte de una conspiración policial, que las pruebas estaban tramadas y perjuradas, que Jim Hall era inocente del delito imputado. Y Jim Hall, por otra parte, no sabía que el Juez Scott era un mero ignorante. Jim Hall creía que el juez lo sabía todo y que estaba de acuerdo con la policía en la perpetración de la monstruosa injusticia. Así fue como, cuando la sentencia de cincuenta años, de muerte en vida, fue pronunciada por el Juez Scott, Jim Hall, odiando todo lo que había en la sociedad que le maltrataba, se sublevó y montó en cólera en la sala del tribunal hasta que fue arrastrado por media docena de sus enemigos vestidos de azul. Para él, el Juez Scott era la piedra angular del arco de la injusticia, y sobre el Juez Scott vació los recipientes de su ira y lanzó las amenazas de su venganza aún por llegar. Entonces Jim Hall fue hacia su muerte en vida... y escapó.

De todo esto Colmillo Blanco no sabía nada. Pero entre él y Alicia, la esposa del amo, existía un secreto. Cada noche, después de que Sierra Vista se hubiera ido a la cama, ella se levantaba y dejaba entrar a Colmillo Blanco para que durmiera en el gran salón. Ahora bien, Colmillo Blanco no era un perro casero, ni se le permitía dormir en la casa; así que cada mañana, temprano, ella se escabullía y lo dejaba salir antes de que la familia estuviera despierta.

Una de esas noches, mientras toda la casa dormía, Colmillo Blanco se despertó y se quedó muy quieto. Y muy tranquilo olió el aire y leyó el mensaje que venía de la presencia de un dios extraño. Y a sus oídos llegaron sonidos de los movimientos del extraño dios. Colmillo Blanco no hizo ningún alboroto. No era su forma de actuar. El dios extraño caminaba suavemente, pero más suavemente cami-

rub against the flesh of his body. He followed silently. In the Wild he had hunted live meat that was infinitely timid, and he knew the advantage of surprise.

The strange god paused at the foot of the great staircase and listened, and White Fang was as dead, so without movement was he as he watched and waited. Up that staircase the way led to the love-master and to the love-master's dearest possessions. White Fang bristled, but waited. The strange god's foot lifted. He was beginning the ascent.

Then it was that White Fang struck. He gave no warning, with no snarl anticipated his own action. Into the air he lifted his body in the spring that landed him on the strange god's back. White Fang clung with his fore-paws to the man's shoulders, at the same time burying his fangs into the back of the man's neck. He clung on for a moment, long enough to drag the god over backward. Together they crashed to the floor. White Fang leaped clear, and, as the man struggled to rise, was in again with the slashing fangs.

Sierra Vista awoke in alarm. The noise from downstairs was as that of a score of battling fiends. There were revolver shots. A man's voice screamed once in horror and anguish. There was a great snarling and growling, and over all arose a smashing and crashing of furniture and glass.

But almost as quickly as it had arisen, the commotion died away. The struggle had not lasted more than three minutes. The frightened household clustered at the top of the stairway. From below, as from out an abyss of blackness, came up a gurgling sound, as of air bubbling through water. Sometimes this gurgle became sibilant, almost a whistle. But this, too, quickly died down and ceased. Then naught came up out of the blackness save a heavy panting of some creature struggling sorely for air.

Weedon Scott pressed a button, and the staircase and downstairs hall were flooded with light. Then he and Judge Scott, revolvers in hand, cautiously descended. There was no need for this caution. White Fang had done his work. In the midst of the

naba Colmillo Blanco, pues no tenía ropas que rozaran la carne de su cuerpo. Lo siguió en silencio. En la naturaleza había cazado carne viva infinitamente huraña, y conocía la ventaja de la sorpresa.

El extraño dios se detuvo al pie de la gran escalera y escuchó, y era como si Colmillo Blanco estuviera muerto, tal era su ausencia de movimientos mientras observaba y esperaba. Por esa escalera subía él el camino hacia el amo del amor y hacia las posesiones más queridas del amo del amor. Colmillo Blanco se erizó, pero esperó. El pie del extraño dios se levantó. Comenzaba el ascenso.

Fue entonces cuando Colmillo Blanco atacó. No dio ningún aviso, ni anticipó con un gruñido su propia acción. Levantó su cuerpo en el aire en un salto que le hizo aterrizar sobre la espalda del extraño dios. Colmillo Blanco se aferró con sus patas delanteras a los hombros del hombre, enterrando al mismo tiempo sus colmillos en la nuca de éste. Se aferró un momento, lo suficiente para arrastrar al dios hacia atrás. Juntos se estrellaron contra el suelo. Colmillo Blanco saltó lejos y, mientras el hombre luchaba por levantarse, volvió a clavarle los cortantes colmillos.

Sierra Vista se despertó alarmada. El ruido procedente del piso de abajo era como el de una veintena de desalmados batallando. Se oyeron disparos de revólver. La voz de un hombre gritó una vez de horror y angustia. Se oyeron fuertes aullidos y gruñidos, y sobre todo se escuchó un estruendo de muebles y cristales.

Pero casi tan rápido como había surgido, la conmoción se apagó. La lucha no había durado más de tres minutos. La asustada familia se agrupó en lo alto de la escalera. De abajo, como de un abismo de negrura, surgía un gorgoteo, como de aire burbujeando a través del agua. A veces este gorgoteo se volvía sibilante, casi un silbido. Pero también éste se apagaba y cesaba rápidamente. A continuación no surgió nada de la negrura, salvo un pesado jadeo de alguna criatura que luchaba penosamente por respirar.

Weedon Scott pulsó un botón y la escalera y el vestíbulo de abajo se inundaron de luz. Entonces él y el Juez Scott, revólveres en mano, descendieron cautelosamente. No había necesidad de esta cautela. Colmillo Blanco había hecho su trabajo. En medio de los restos de

wreckage of overthrown and smashed furniture, partly on his side, his face hidden by an arm, lay a man. Weedon Scott bent over, removed the arm and turned the man's face upward. A gaping throat explained the manner of his death.

"Jim Hall," said Judge Scott, and father and son looked significantly at each other.

Then they turned to White Fang. He, too, was lying on his side. His eyes were closed, but the lids slightly lifted in an effort to look at them as they bent over him, and the tail was perceptibly agitated in a vain effort to wag. Weedon Scott patted him, and his throat rumbled an acknowledging growl. But it was a weak growl at best, and it quickly ceased. His eyelids drooped and went shut, and his whole body seemed to relax and flatten out upon the floor.

"He's all in, poor devil," muttered the master.

"We'll see about that," asserted the Judge, as he started for the telephone.

"Frankly, he has one chance in a thousand," announced the surgeon, after he had worked an hour and a half on White Fang.

Dawn was breaking through the windows and dimming the electric lights. With the exception of the children, the whole family was gathered about the surgeon to hear his verdict.

"One broken hind-leg," he went on. "Three broken ribs, one at least of which has pierced the lungs. He has lost nearly all the blood in his body. There is a large likelihood of internal injuries. He must have been jumped upon. To say nothing of three bullet holes clear through him. One chance in a thousand is really optimistic. He hasn't a chance in ten thousand."

"But he mustn't lose any chance that might be of help to him," Judge Scott exclaimed. "Never mind expense. Put him under the

muebles derribados y destrozados, parcialmente de lado, con la cara oculta por un brazo, yacía un hombre. Weedon Scott se agachó, retiró el brazo y volvió la cara del hombre hacia arriba. Una garganta abierta explicaba la forma de su muerte.

«Jim Hall», dijo el Juez Scott, y padre e hijo se miraron significativamente.

Luego se volvieron hacia Colmillo Blanco. También él estaba tumbado de lado. Tenía los ojos cerrados, pero los párpados se levantaban ligeramente en un esfuerzo por mirarles mientras se inclinaban sobre él, y la cola se agitaba perceptiblemente en un vano esfuerzo por menearse. Weedon Scott le dio una palmadita y su garganta emitió un gruñido de reconocimiento. Pero era un gruñido débil en el mejor de los casos, y cesó rápidamente. Sus párpados cayeron y se cerraron, y todo su cuerpo pareció relajarse y aplanarse sobre el suelo.

«Está todo perdido, pobre diablo», murmuró el amo.

«Ya lo veremos», afirmó el Juez, mientras se dirigía al teléfono.

«Francamente, tiene una oportunidad entre mil», anunció el cirujano, después de haber trabajado una hora y media en Colmillo Blanco.

El amanecer entraba por las ventanas y atenuaba las luces eléctricas. A excepción de los niños, toda la familia estaba reunida alrededor del cirujano para escuchar su veredicto.

«Una pata trasera rota», continuó. «Tres costillas rotas, al menos una de las cuales le ha perforado los pulmones. Ha perdido casi toda la sangre del cuerpo. Es muy probable que tenga heridas internas. Deben de haber saltado sobre él. Por no hablar de los tres agujeros de bala que le atravesaron. Una posibilidad entre mil es realmente optimista. No tiene ni siquiera una posibilidad entre diez mil».

«Pero no debe perder ninguna oportunidad que pueda serle de ayuda», exclamó el Juez Scott. «No importa el gasto. Póngalo bajo los

X-ray—anything. Weedon, telegraph at once to San Francisco for Doctor Nichols. No reflection on you, doctor, you understand; but he must have the advantage of every chance."

The surgeon smiled indulgently. "Of course I understand. He deserves all that can be done for him. He must be nursed as you would nurse a human being, a sick child. And don't forget what I told you about temperature. I'll be back at ten o'clock again."

White Fang received the nursing. Judge Scott's suggestion of a trained nurse was indignantly clamoured down by the girls, who themselves undertook the task. And White Fang won out on the one chance in ten thousand denied him by the surgeon.

The latter was not to be censured for his misjudgment. All his life he had tended and operated on the soft humans of civilisation, who lived sheltered lives and had descended out of many sheltered generations. Compared with White Fang, they were frail and flabby, and clutched life without any strength in their grip. White Fang had come straight from the Wild, where the weak perish early and shelter is vouchsafed to none. In neither his father nor his mother was there any weakness, nor in the generations before them. A constitution of iron and the vitality of the Wild were White Fang's inheritance, and he clung to life, the whole of him and every part of him, in spirit and in flesh, with the tenacity that of old belonged to all creatures.

Bound down a prisoner, denied even movement by the plaster casts and bandages, White Fang lingered out the weeks. He slept long hours and dreamed much, and through his mind passed an unending pageant of Northland visions. All the ghosts of the past arose and were with him. Once again he lived in the lair with Kiche, crept trembling to the knees of Grey Beaver to tender his allegiance, ran for his life before Lip-lip and all the howling bedlam of the puppy-pack.

He ran again through the silence, hunting his living food through the months of famine; and again he ran at the head of the team, the gut-whips of Mit-sah and Grey Beaver snapping behind, their voices crying "Ra! Raa!" when they came to a narrow

rayos X, lo que sea. Weedon, telegrafía de inmediato a San Francisco por el Doctor Nichols. No es un juicio sobre usted, doctor, usted entiende; pero él debe tener la ventaja de cada oportunidad».

El cirujano sonrió con indulgencia. «Por supuesto que lo entiendo. Se merece todo lo que se pueda hacer por él. Hay que cuidarle como se cuidaría a un ser humano, a un niño enfermo. Y no olvide lo que le dije sobre la temperatura. Volveré a las diez».

Colmillo Blanco recibió el cuidado. La sugerencia del Juez Scott de una enfermera cualificada fue rechazada con indignación por las muchachas, que asumieron ellas mismas la tarea. Y Colmillo Blanco ganó la única oportunidad entre diez mil que le negaba el cirujano.

Este último no debía ser censurado como un error de juicio. Toda su vida había atendido y operado a los humanos blandos de la civilización, que vivían protegidos y habían descendido de muchas generaciones protegidas. Comparados con Colmillo Blanco, eran frágiles y flácidos, y se aferraban a la vida sin fuerza en su agarre. Colmillo Blanco había venido directamente de lo Salvaje, donde los débiles perecen pronto y no se da cobijo a nadie. Ni en su padre ni en su madre había debilidad alguna, ni en las generaciones anteriores a ellos. Una constitución de hierro y la vitalidad de lo Salvaje eran la herencia de Colmillo Blanco, y se aferraba a la vida, todo él y cada parte de él se aferraba, en espíritu y en carne, con la tenacidad que antaño pertenecía a todas las criaturas.

Atado como un prisionero, negado incluso al movimiento por los yesos y los vendajes, Colmillo Blanco yació durante semanas. Dormía largas horas y soñaba mucho, y por su mente pasaba un interminable desfile de visiones de las Tierras del Norte. Todos los fantasmas del pasado surgieron y estuvieron con él. Una vez más vivió en la guarida con Kiche, se arrastró tembloroso hasta las rodillas de Castor Gris para ofrecer su lealtad, corrió por su vida ante Labio-labio y toda la algarabía aullante de la manada de cachorros.

Corrió de nuevo a través del silencio, cazando su alimento vivo durante los meses de hambruna; y de nuevo corrió a la cabeza del equipo, los látigos de tripa de Mit-sah y Castor Gris chasqueando detrás, sus voces gritando «¡Ra! ¡Raa!» cuando llegaban a un paso estrecho y

passage and the team closed together like a fan to go through. He lived again all his days with Beauty Smith and the fights he had fought. At such times he whimpered and snarled in his sleep, and they that looked on said that his dreams were bad.

But there was one particular nightmare from which he suffered—the clanking, clanging monsters of electric cars that were to him colossal screaming lynxes. He would lie in a screen of bushes, watching for a squirrel to venture far enough out on the ground from its tree-refuge. Then, when he sprang out upon it, it would transform itself into an electric car, menacing and terrible, towering over him like a mountain, screaming and clanging and spitting fire at him. It was the same when he challenged the hawk down out of the sky. Down out of the blue it would rush, as it dropped upon him changing itself into the ubiquitous electric car. Or again, he would be in the pen of Beauty Smith. Outside the pen, men would be gathering, and he knew that a fight was on. He watched the door for his antagonist to enter. The door would open, and thrust in upon him would come the awful electric car. A thousand times this occurred, and each time the terror it inspired was as vivid and great as ever.

Then came the day when the last bandage and the last plaster cast were taken off. It was a gala day. All Sierra Vista was gathered around. The master rubbed his ears, and he crooned his love-growl. The master's wife called him the "Blessed Wolf," which name was taken up with acclaim and all the women called him the Blessed Wolf.

He tried to rise to his feet, and after several attempts fell down from weakness. He had lain so long that his muscles had lost their cunning, and all the strength had gone out of them. He felt a little shame because of his weakness, as though, forsooth, he were failing the gods in the service he owed them. Because of this he made heroic efforts to arise and at last he stood on his four legs, tottering and swaying back and forth.

"The Blessed Wolf!" chorused the women.

el equipo se cerraba como un abanico para pasar. Volvió a vivir todos sus días con Beauty Smith y las peleas que había librado. En esos momentos gemía y gruñía en sueños, y los que miraban decían que sus sueños eran malos.

Pero había una pesadilla en particular en la que sufría: los monstruos tintineantes de los coches eléctricos que eran para él colosales linces chillones. Se tumbaba sobre una pantalla de arbustos, esperando a que una ardilla se aventurara lo bastante lejos en el suelo desde su refugio arbóreo. Entonces, cuando saltaba sobre ella, se transformaba en un coche eléctrico, amenazador y terrible, que se alzaba sobre él como una montaña, aullando y repiqueteando y escupiéndole fuego. Lo mismo ocurría cuando retaba al halcón a bajar del cielo. Bajaría de la nada, mientras caía sobre él transformándose en el omnipresente coche eléctrico. O de nuevo, se encontraría en el corral de Beauty Smith. Fuera del corral, los hombres se estarían reuniendo, y él sabía que había una pelea. Vigilaba la puerta por si entraba su antagonista. La puerta se abría y se abalanzaba sobre él el horrible coche eléctrico. Esto ocurrió mil veces, y cada vez el terror que inspiraba era tan vívido y grande como siempre.

Entonces llegó el día en que le quitaron el último vendaje y el último yeso. Fue un día de gala. Toda Sierra Vista estaba reunida alrededor. El amo le frotó las orejas y canturreó su gruñido de amor. La esposa del amo le llamó el «Lobo Bendito», nombre que fue acogido con aclamación y todas las mujeres le llamaron el Lobo Bendito.

Él intentó ponerse en pie, y tras varios intentos cayó por debilidad. Había permanecido tanto tiempo tumbado que sus músculos habían perdido su lozanía y toda la fuerza había desaparecido de ellos. Sintió un poco de vergüenza a causa de su debilidad, como si, por el contrario, estuviera fallando a los dioses en el servicio que les debía. Por eso hizo esfuerzos heroicos para levantarse y al final se puso en pie sobre sus cuatro patas, tambaleándose y balanceándose de un lado a otro.

«¡El Lobo Bendito!», corearon las mujeres.

Judge Scott surveyed them triumphantly.

"Out of your own mouths be it," he said. "Just as I contended right along. No mere dog could have done what he did. He's a wolf."

"A Blessed Wolf," amended the Judge's wife.

"Yes, Blessed Wolf," agreed the Judge. "And henceforth that shall be my name for him."

"He'll have to learn to walk again," said the surgeon; "so he might as well start in right now. It won't hurt him. Take him outside."

And outside he went, like a king, with all Sierra Vista about him and tending on him. He was very weak, and when he reached the lawn he lay down and rested for a while.

Then the procession started on, little spurts of strength coming into White Fang's muscles as he used them and the blood began to surge through them. The stables were reached, and there in the doorway, lay Collie, a half-dozen pudgy puppies playing about her in the sun.

White Fang looked on with a wondering eye. Collie snarled warningly at him, and he was careful to keep his distance. The master with his toe helped one sprawling puppy toward him. He bristled suspiciously, but the master warned him that all was well. Collie, clasped in the arms of one of the women, watched him jealously and with a snarl warned him that all was not well.

The puppy sprawled in front of him. He cocked his ears and watched it curiously. Then their noses touched, and he felt the warm little tongue of the puppy on his jowl. White Fang's tongue went out, he knew not why, and he licked the puppy's face.

Hand-clapping and pleased cries from the gods greeted the performance. He was surprised, and looked at them in a puzzled way. Then his weakness asserted itself, and he lay down, his ears

El Juez Scott las observó triunfante.

«Que sus bocas lo proclamen», dijo. «Tal como lo sostuve desde el principio. Ningún simple perro podría haber hecho lo que hizo. Es un lobo».

«Un Lobo Bendito», enmendó la esposa del Juez.

«Sí, Lobo Bendito», estuvo de acuerdo el Juez. «Y en adelante ese será mi nombre para él».

«Tendrá que aprender a caminar de nuevo», dijo el cirujano; «así que será mejor que empiece ahora mismo. No le hará daño. Llévenlo fuera».

Y salió fuera, como un rey, con toda Sierra Vista a su alrededor cuidando de él. Estaba muy débil, y cuando llegó al césped se tumbó y descansó un rato.

Entonces la procesión se puso en marcha, pequeñas rachas de fuerza acudían a los músculos de Colmillo Blanco a medida que los utilizaba y la sangre comenzaba a brotar a través de ellos. Llegaron a los establos y allí, en la puerta, yacía Collie, con media docena de cachorros regordetes jugando a su alrededor al sol.

Colmillo Blanco miraba con ojos asombrados. Collie le gruñó en advertencia y tuvo cuidado de mantener la distancia. El amo ayudó con la punta del pie a un cachorro despatarrado a acercarse a él. Él se erizó receloso, pero el amo le advirtió que todo iba bien. Collie, abrazada por una de las mujeres, le observó celosamente y con un gruñido le advirtió que no todo iba bien.

El cachorro se desperezó frente a él. Ladeó las orejas y lo observó con curiosidad. Entonces sus hocicos se tocaron y sintió la cálida lengüecita del cachorro en su papada. La lengua de Colmillo Blanco salió, no sabía por qué, y lamió la cara del cachorro.

Los aplausos y los gritos de satisfacción de los dioses saludaron la actuación. Él se sorprendió y los miró desconcertado. Entonces se impuso su debilidad y se tumbó, con las orejas gachas y la cabeza de

cocked, his head on one side, as he watched the puppy. The other puppies came sprawling toward him, to Collie's great disgust; and he gravely permitted them to clamber and tumble over him. At first, amid the applause of the gods, he betrayed a trifle of his old self-consciousness and awkwardness. This passed away as the puppies' antics and mauling continued, and he lay with half-shut patient eyes, drowsing in the sun.

lado, mientras observaba al cachorro. Para gran disgusto de Collie, los otros cachorros se acercaron a él arrastrándose, y él les permitió gravemente que treparan y dieran tumbos sobre él. Al principio, en medio de los aplausos de los dioses, traicionó un poco de su antigua timidez y torpeza. Éstas desaparecieron a medida que continuaban las payasadas y los zarandeos de los cachorros, y él yacía con los ojos pacientes, cerrados a medias, dormitando al sol.

CLÁSICOS EN ESPAÑOL

Esperamos que haya disfrutado esta lectura. ¿Quiere leer otra obra de nuestra colección de *Clásicos en español*?

En nuestro Club del Libro encontrarás artículos relacionados con los libros que publicamos y la literatura en general. ¡Suscríbete en nuestra página web y te ofrecemos un ebook gratis por mes!

Recibe tu copia totalmente gratuita de nuestro *Club del libro* en rosettaedu.com/pages/club-del-libro

ROSETTA EDU

## CLÁSICOS EN ESPAÑOL

*Una habitación propia* se estableció desde su publicación como uno de los libros fundamentales del feminismo. Basado en dos conferencias pronunciadas por Virginia Woolf en colleges para mujeres y ampliado luego por la autora, el texto es un testamento visionario, donde tópicos característicos del feminismo por casi un siglo son expuestos con claridad tal vez por primera vez.

Oscar Wilde escribe una sola novela, *El retrato de Dorian Gray*; ésta fue el objeto de una crítica moralizante mordaz por parte de sus contemporáneos que no pudieron ver que dentro de una trama perfectamente compuesta se escondía toda la tragedia del romanticismo. Cien años después no ha perdido su impacto original y sigue siendo un texto fundamental para los debates sobre la estética y la moral.

*Otra vuelta de tuerca* es una de las novelas de terror más difundidas en la literatura universal y cuenta una historia absorbente, siguiendo a una institutriz a cargo de dos niños en una gran mansión en la campiña inglesa que parece estar embrujada. Los detalles de la descripción y la narración en primera persona van conformando un mundo que puede inspirar genuino terror.

rosettaedu.com

www.ingramcontent.com/pod-product-compliance
Lightning Source LLC
Chambersburg PA
CBHW061544190726
48289CB00004B/1159